Sensitivos

SENSITIVOS

RAQUEL KOURY

Editora Cultrix
SÃO PAULO

CONSULTOR TÉCNICO
Adilson Ramachandra

COORDENAÇÃO EDITORIAL
Denise de C. Rocha Delela
Roseli de S. Ferraz

PREPARAÇÃO DE ORIGINAIS
Denise de C. Rocha Delela
Melania Scoss

REVISÃO DE PROVAS
Claudete Agua de Melo

Dados Internacionais de Catalogação na Publicação (CIP)
(Câmara Brasileira do Livro, SP, Brasil)

Koury, Raquel
Sensitivos / Raquel Koury. — São Paulo: Cultrix, 2009.

ISBN 978-85-316-1061-5

1. Ficção brasileira 2. Parapsicologia I. Título.

09-12440 CDD-869.93

Índices para catálogo sistemático:

1. Ficção : Literatura brasileira 869.93

O primeiro número à esquerda indica a edição, ou reedição, desta obra. A primeira dezena à direita indica o ano em que esta edição, ou reedição, foi publicada.

Edição	Ano
1-2-3-4-5-6-7-8-9-10	10-11-12-13-14-15-16

Direitos reservados
EDITORA PENSAMENTO-CULTRIX LTDA.
Rua Dr. Mário Vicente, 368 — 04270-000 — São Paulo, SP
Fone: 2066-9000 — Fax: 2066-9008
E-mail: pensamento@cultrix.com.br
http: //www.pensamento-cultrix.com.br

Apresentação

A autora e sua obra

Uma mulher jovem, na casa dos 30, que aos 13 anos, cheia de coragem, decidiu por sua independência, agora lança este seu primeiro livro. Só por isso o livro de Raquel Koury já mereceria atenção. Acontece que o livro é bom. A coragem que levou Raquel, aos 13 anos, a sair de sua cidade natal para enfrentar a maior cidade do Brasil, com uma pastinha debaixo do braço, para ajudar o pai a vender enxovais infantis, acompanha sua trajetória pela vida afora.

Inquieta, forjou sua personalidade passando por diversas atividades. Aos 16 anos, já se insinuava no mundo das artes e se tornou conhecida promovendo desfiles de moda. Poderia parar por aí. Já era independente, já construíra um futuro promissor. Mas quem disse que Raquel estava satisfeita? Aproximou-se mais ainda da arte experimentando o teatro. E ninguém tem uma vida assim impunemente. A cabecinha de Raquel fervilhava o tempo todo, armazenando informações e experiências.

Com um olhar, ela é capaz de fazer o retrato psicológico da pessoa com quem está falando — qualidade fundamental para uma escritora.

Raquel logo percebeu que a vida não lhe reservara apenas momentos bons. Registrou suas dores, armazenou sensações, com uma sensibilidade extraordinária para tudo o que acontecia com ela. Não se deixou abater diante das peças que a vida lhe pregou. Com uma rara força interior, aprendeu a superar acontecimentos que abateriam a maioria das pessoas. E logo percebeu que não era um ser humano comum, pois tem uma percepção além do normal. E, a certa altura, perguntou-se: por que guardar tudo isso só para mim? Generosa, decidiu escrever um livro no qual demonstra que todos podem ser como ela. Com graça e estilo, utilizou-se da ficção para criar personagens dotados de habilidades paranormais, registrando em seu livro grande parte de sua experiência pessoal.

Delicioso de ler, este livro faz o leitor perceber que ele também pode cultivar qualidades perdidas na poeira do tempo, mas que continuam dentro de cada um de nós, prontas para serem despertadas.

Raquel sabe que coincidências não existem. Esteja certo, leitor. Não foi o acaso que fez este livro chegar às suas mãos. Tenho certeza de que, ao terminar a leitura, você despertará para um mundo insuspeitado e verá que muito do que se convencionou chamar de milagre está ao seu alcance e você não sabe.

Roberto Farias

Já sentiu algo especial em você?
Perguntou-se por que tem sonhos estranhos ou dores inexplicáveis?
Sonhou ou pensou em alguém e essa pessoa
lhe telefonou em seguida?
Sentiu calafrios ou arrepios e logo depois recebeu
uma notícia inesperada?

Talvez...

Você seja um deles...

Prólogo

O espelho do camarim reflete a imagem de uma mulher bonita. Alta, robusta, pele morena e olhos que mudam de cor... Hoje estão verdes e profundos. Os cabelos negros, presos num coque. Vem à lembrança a noite de núpcias, em que Menezes carinhosamente soltara com os dedos os cabelos dela.

— Ah, Menezes... — suspira ela.

Um sorriso desanuvia o rosto tenso de Sara ao se lembrar do marido. Ele preferia seu cabelo solto. Quando chegasse em casa, ele ia soltá-lo e depois, lentamente, desceria as mãos pelas suas costas, provocando arrepios de prazer.

Ela respira fundo; está ansiosa. Aos 35 anos se sente nervosa como uma adolescente em seu primeiro encontro. Um vulto às suas costas, refletido no espelho, assusta Sara. Ela se vira instintivamente.

— Dona Sara — chama o rapaz. — É a sua vez.

— Está bem, obrigada. Já vou.

Ansiosa, inspira profundamente, prende a respiração, fecha as mãos com força e retesa todos os músculos do corpo. Depois, devagar, solta os dedos, relaxando, enquanto expira. É uma técnica muito eficaz para o controle emocional.

No auditório, o entrevistador mais conhecido da televisão brasileira, Flávio Soares, inicia seu programa:

FLÁVIO: Boa noite, Brasil! Hoje conversaremos sobre o assunto mais comentado nos últimos meses. Vocês já viram alguém se curar de um câncer apenas com a força da mente? Alguém capaz de transformar todos os seus sonhos em realidade? Alguém que almejou ter sucesso e conseguiu exatamente tudo o que queria, baseando-se apenas na fé? "Mas fé em quê, em quem?", vocês devem estar se perguntando. FÉ EM SI MESMO!

— Quero saúde!... Ok, eis aqui!
— Quero sucesso!... Pois não, aqui está.
— Não vou morrer!... Tudo bem, então você não morre.

Sara Salim afirma em seu livro, *Nem Tudo o que não é Explicado é Inexplicável*, que tudo isso é possível! Seu livro se tornou um *best-seller* e, depois de muita insistência, Sara vendeu os direitos para uma adaptação cinematográfica e o resultado foram prêmios de melhor filme, melhor roteiro adaptado, melhor protagonista, melhor ator coadjuvante, além de outros, recebidos no Grande Prêmio do Cinema Nacional deste ano. O filme *Sensitivos* foi assunto em todo o Brasil e na mídia internacional. Hoje entrevistaremos Sara Salim, autora, especialista na ciência da parapsicologia e também diretora do IPESPA – Instituto de Pesquisas Parapsicológicas. Vamos aplaudir Sara Salim!

Sara, que aguardava no camarim, entra no estúdio, tomando cuidado para não tropeçar nos fios e cabos. Os técnicos, muitos deles, estão espalhados pelo palco. Toda aquela gente olhando para ela! De novo, inspira profundamente. É a mais importante entrevista da sua vida. Gostaria tanto que os Sensitivos estivessem ali com ela!

O cenário não é tão bonito quanto aparece na tevê e a maquiagem do apresentador está visível no batom e no lápis preto que contorna os olhos. Ela entra em cena e dirige-se a ele, cumprimentando-o ao som dos aplausos do auditório do programa de entrevistas mais famoso do Brasil.

FLÁVIO: Sara Salim aceitou o convite para vir ao nosso programa contar como tudo começou. Boa noite, Sara.

SARA: Boa noite. É um prazer estar aqui, Flávio. Sou sua grande fã e, com toda sinceridade, sinto-me honrada de ser entrevistada por você.

FLÁVIO: A honra é toda minha de recebê-la. Nossa plateia está curiosa para conhecer toda a história, depois do grande sucesso do filme *Sensitivos*, que foi baseado na sua obra.

SARA: É uma longa história...

FLÁVIO: Você poderia começar nos dizendo como ajudou a desvendar os terríveis crimes que abalaram o país. Esses assassinatos foram mesmo cometidos por uma única pessoa, um *serial killer* vingativo e cruel, ou ele teve um cúmplice, como sugere o filme? Mas não responda agora...

O apresentador adia a resposta, pois precisa manter o suspense e segurar a audiência até o final do programa.

FLÁVIO: Antes, pediria que nos contasse um pouco da sua história e como você e os Sensitivos se conheceram e fundaram o IPESPA.

SARA: Bem, antes de os Sensitivos aparecerem na minha vida, eu passei por uma situação muito delicada. Adoeci. O que posso dizer é que, quando achei que ia morrer, renasci, e muito mais forte do que imaginava. Mas, junto com a bênção da minha cura, vieram muitas responsabilidades. O universo uniu nosso grupo e, graças à insistência dos Sensitivos, além de desvendarmos o caso do *serial killer*, salvamos muitas vidas.

FLÁVIO: Conta pra gente, Sara. Como foi sua cura?

SARA: Fui desenganada pela medicina alopática, busquei a homeopática e acabei antipática e depois apática, pois nada dava certo.

Ela fala com bom humor e já se sentindo inteiramente à vontade, ao ouvir os risos da plateia.

SARA: Também tomei chás de ervas, recebi bênçãos e ouvi rezas. Bem, quando já pensava em escrever um testamento precoce, resolvi aplicar em mim mesma as técnicas de autocura que aprendi ao longo dos vinte anos que estudo parapsicologia.

FLÁVIO: Você quer dizer que se curou graças à parapsicologia? A parapsicologia teria um poder de cura maior do que a medicina?

SARA: A parapsicologia é uma ciência estudada por pesquisadores seriíssimos, e seu campo de atuação não se restringe apenas à cura do corpo físico. Tomei contato com ela na adolescência, fiz muitos cursos ao longo dos anos, mas só me dediquei totalmente a essa ciência por ocasião da minha doença, um câncer no útero. Obtive a cura total utilizando as técnicas e exercícios que ensino no meu livro, nas palestras e nos *workshops* que realizo, e, mais recentemente, no meu blog *A Cura ao Seu Alcance*. Pelo número de acessos ao blog, a gente sabe que o interesse pelo assunto é muito grande e a desinformação também. O ser humano tem um poder muito maior do que supõe, e eu tenho me dedicado a divulgar esse fato. Penso que, no que se refere às curas pelo poder da mente, poderíamos dizer que o poder da parapsicologia começa quando termina o da medicina, mas a verdade é que ambas caminham juntas.

FLÁVIO: Mas esse, digamos..., esse seu dom de curar através do poder da mente surgiu depois de descobrir a doença?

SARA: Não, a doença foi somente uma pausa que aproveitei para colocar em prática todo o meu conhecimento na área, e foi essa pausa que mudou a minha vida. Esse "dom" que me curou não é um privilégio exclusivamente meu e sim um poder que todo ser humano tem, mas que a maioria desconhece. Alguns nascem com habilidades paranormais, outros desenvolvem essas habilidades em algum momento, seja naturalmente ou por meio de estudos e técnicas específicas.

FLÁVIO: Em seu livro, você diz que todos os casos paranormais citados foram reais, mas, quando assisti ao filme, notei algumas cenas diferentes das histórias contadas no livro. Para o telespectador que está nos assistindo agora, o que você recomenda primeiro: o livro ou o filme?

SARA: Olha, Flávio, relutei muito antes de aceitar essa adaptação para o cinema. Eu temia que mudassem ou banalizassem a obra original, mas aceitei quando comecei a ter contato com a equipe de produção. Senti que o interesse deles era manter realmente a história original, mas percebi que transformar um livro num filme é uma tarefa difícil e alguns acréscimos e alterações são necessários. O filme ficou ótimo e, apesar de infelizmente não comportar todos os casos que relato no livro, pude acrescentar no roteiro casos que aconteceram depois que o livro foi lançado. Portanto, recomendo os dois: o livro e o filme.

FLÁVIO: São verdadeiros os rumores de que a obra será uma trilogia?

SARA: Estamos pensando no assunto... Por enquanto prefiro falar só da primeira obra e do filme *Sensitivos*. O que posso garantir é que todos os casos e fenômenos que relato aconteceram realmente. Muitas pessoas que leram o livro se identificaram, o que é normal, pois tudo isso é tão real quanto vocês e eu sentados aqui. Acontece o tempo todo ao nosso redor.

FLÁVIO: E os Sensitivos citados no livro? Cada um tem uma profissão e um talento paranormal diferente. A paranormalidade é um superpoder? Um sensitivo pode voar ou atravessar paredes?

SARA: Quem já viu o filme ou leu o livro conhece essas respostas.

Isso dito num tom misterioso deixa os telespectadores e a plateia ainda mais curiosos.

SARA: Aliás, foi por isso que escrevi o livro, justamente para esclarecer aqueles que têm interesse no assunto.

FLÁVIO: Por sorte eu li o livro e assisti ao filme...

Ele se dirige, então, apenas ao público presente, de maneira bem-humorada, fingindo que Sara não pode ouvi-lo.

FLÁVIO: ...e posso perguntar umas coisinhas...

O apresentador esfrega as mãos, sorrindo, como se tivesse um trunfo nas mãos, sempre com muito bom humor. Aliás, esse é o segredo do programa de entrevistas de maior sucesso no Brasil: o humor contagiante e a inteligência do apresentador, sempre muito bem informado a respeito de seus entrevistados, além de uma produção excepcional que, além de oferecer boa música, sabe exatamente quando interromper as entrevistas para os intervalos comerciais.

FLÁVIO: O que achei curioso foi que, ao ler a obra, imaginei os Sensitivos de uma maneira muito semelhante aos atores escolhidos para o filme. Acho que minha curiosidade também é a dos telespectadores. Seria possível entrevistarmos na próxima semana todo o grupo, o verdadeiro? Acho que todos querem conhecê-los.

SARA: Na verdade, Flávio, eles têm suas profissões e atividades, independentemente do IPESPA, e sempre é muito difícil reunir todos ao mesmo tempo. Até por isso inicio o livro contando detalhadamente a vida de cada um deles, antes de descrever como nos conhecemos e como o universo nos uniu. Achei importante o leitor conhecê-los antes, para entender melhor como resolvíamos os casos em equipe. No filme, eles também optaram por dar detalhes da vida e da personalidade dos Sensitivos e também da minha vida e personalidade, antes de começarmos a resolver os casos.

FLÁVIO: Antes de encerrar este bloco, quero saber o que foi mais forte para você: a satisfação de capturar o *serial killer* ou a surpresa ao descobrir a identidade dele?

SARA: O mundo é cheio de surpresas. É claro que fiquei perplexa ao descobrir quem cometia os crimes, mas como nada é por acaso, enquanto procurávamos pistas para prendê-lo, aprendi que mais importante do que chegar ao destino é a caminhada... e nossa caminhada foi longa e louvável. Uma longa história...

As palavras de Sara, assim como a sua postura, são hipnotizantes. Todos se mostram curiosíssimos para saber o que chamou a atenção de tantas pessoas, no mundo todo, para aquela obra.

FLÁVIO: Senhoras e senhores, Sara Salim! Voltamos em dois minutos, depois dos nossos comerciais.

Primeira Parte

Os Sensitivos

Poucas pessoas conseguem perceber do que são capazes. Dentre elas, algumas já atingiram um estágio superior de desenvolvimento psíquico e são capazes de provocar fenômenos incríveis. Infelizmente, nem todas usam suas habilidades para o bem. Essas pessoas são: os Sensitivos.

O psicopata

O choro aterrorizado dos pequeninos,
com o passar do tempo, se tornará um agradecimento
a mim, pois os livrei do mundo em que viviam.

SERIAL KILLER

Parecia uma noite calma na zona oeste de São Paulo. Na residência da família Lima, o relógio do DVD marcava 20 horas. O som da tevê ligada misturava-se ao choro aterrorizado da criança. Tinha no máximo 3 anos. Olhos claros, cabelos loiros, lisos e compridos. Na pele branca e angelical, destacava-se a vermelhidão deixada pelo choro contínuo. O menino estava sentado em frente à tevê. Ao lado dele, um pacote de salgadinhos e uma caneca de refrigerante, ambos vazios. No entanto, esse não era o motivo do choro constante.

Seus olhos estavam fixos numa cena que jamais esqueceria. As moscas sobrevoavam os corpos caídos sobre a mesa de jantar e pousavam no sangue que pingava. O calmo gotejar, que aos poucos encharcava o tapete da sala, contrastava com a brutal carnificina que ocorrera havia pouco. O semblante das vítimas, no entanto, era tranquilo.

A mulher tinha ainda no garfo um pedaço de carne espetado, pronto para ser levado à boca. Parecia satisfeita com o delicioso jantar que preparara. O homem esboçava até um sorriso, porém a cabeça estava caída no prato à sua frente. Fora decapitado. O casal, mesmo depois do sangrento assassinato, continuava sentado à mesa, como se ainda jantasse. O menino chorava aterrorizado. Parecia impossível que o homem de capa preta, que antes de sair da casa lhe fizera um carinho, fosse capaz de tal carnificina.

Tudo aquilo, na verdade, só fora descoberto depois que a vizinha da casa ao lado, cansada de bater à porta e preocupada com os gritos do menino, chamou a polícia.

— Meu Deus... — suspirou, chocada, a detetive Rosana, ao invadir a casa acompanhada de outros policiais.

A brisa da tranquila noite de novembro trazia até ela o cheiro de sangue ainda fresco.

— Central, é a detetive Rosana. Estou atendendo ao chamado 128. Preciso que localizem o policial Pedro Silva e peçam que ele venha com urgência.

Rosana pegou no colo o menino, que aos poucos foi parando de chorar, confortado pelo carinho do abraço. Quando ele lhe pareceu mais calmo, ela o levou até a viatura de um colega.

Apesar de tantos anos na polícia, ainda estava abalada.

★ ★ ★

Esse era o terceiro caso na cidade. No primeiro, um bebê de poucos meses fora encontrado ao lado dos corpos dos pais. No segundo, uma menina de 6 anos estava em estado de choque, agarrada aos pés do cadáver da mãe. A criança não tinha ferimentos, mas o choque pós-traumático deixara-a muda e estática. Levaram-na para uma clínica psiquiátrica, mas dois meses tinham se passado e ela continuava em estado catatônico.

Em todos os casos, as vítimas foram casais, sempre na hora do jantar, por volta das 19h30.

Os corpos tinham nas costas desenhos enigmáticos, como se o assassino matasse e depois marcasse as vítimas friamente com um canivete. Se os crimes fossem obra de um psicopata, e tudo indicava que eram, também havia a possibilidade de que os marcasse com um canivete ainda vivos e só depois os matasse — mas era improvável. As vítimas eram sempre encontradas com os semblantes muito calmos, e isso era o que mais intrigava a perícia.

O curioso era que, no local dos crimes, não havia marcas de corpos arrastados. Nenhuma evidência de que o cenário tivesse sido montado. Ao contrário, os alimentos sobre a mesa ainda estavam mornos e os casais, realmente jantando quando foram atacados. A perícia concluiu que as roupas das vítimas não eram sequer tocadas, o que tornava difícil descobrir como o assassino fazia as misteriosas marcas.

Os fatos não tinham sido divulgados por completo. A jornalista Marina Sakamura, amiga de Pedro e Rosana, tentava insistentemente relacioná-los. Queria escrever uma matéria completa sobre o *serial killer*; porém, nada estava comprovado, e o delegado Clóvis, chefe de Rosana e Pedro, proibira qualquer comentário sobre as "coincidências" entre os casos. Alegava que, se isso fosse divulgado, a população ficaria alarmada, procurando mil motivos para achar que seriam as próximas vítimas. Os jornais tinham sido intimados pelo delegado a não atribuir o título de *serial killer* ao psicopata. Marina passava seus dias em busca de provas para que seu chefe permitisse a publicação da matéria.

Quando os peritos chegaram ao local do crime, o sangue continuava gotejando sobre o tapete da sala de jantar. Alguns talheres estavam no chão, aos pés do casal. Os corpos permaneciam na mesma posição em que tinham sido encontrados. A mulher parecia não ter sofrido nada, até um dos peritos afastar seus longos cabelos loiros, que escondiam um ferimento na testa, onde parte do cérebro estava exposto, esfacelado.

Enquanto um dos peritos isolava a casa, o outro se aproximou da mesa de jantar. Usando luvas, retirou do prato a cabeça do homem e a depositou dentro de um saco transparente.

Perplexa, Rosana assistia à cena quando Pedro chegou ao local.

[*PEDRO SILVA: 35 anos, negro, alto, forte, bonito, temperamento difícil. Pavio curto, briguento, pouco senso de humor e grande senso de justiça. Policial extremamente correto. Casado com Bel (30), pai de Zico (9, tetraplégico). Pedro professa a religião espírita e acredita que seu guia o conduz na solução dos crimes que desvenda. Ao tocar em pessoas ou objetos, Pedro tem visões do que aconteceu no local. A única pessoa que conhece seu dom é a colega de profissão, a detetive Rosana.*]

— Calma, Rosana — disse ele, abraçando-a. — Estamos perto de pegar esse assassino.

Protegida pelos fortes braços de Pedro, ela ficou mais tranquila.

Quando os peritos acabaram seu trabalho, Pedro se aproximou do corpo da mulher morta, tocou seu ombro e fechou os olhos, concentrado. Depois de alguns segundos, Rosana o interrompeu:

— E aí, Pedro, viu alguma coisa?

— Nada, Rosana. Não entendo por que não tenho a visão desses últimos assassinatos. Às vezes me pergunto por que o meu guia não permite que eu ajude a prender esse psicopata pra pôr um fim nessa série de crimes.

— Calma, não é sempre que você consegue ter essas visões, não é? Já tocou nos talheres?

— Já, mas também não vi nada.

— Ontem mandei outro e-mail para Sara Salim, pedindo que nos ajude — comentou Rosana.

— Sara?! — disse Pedro em tom mais alto. — Já te falei que o meu dom não tem nada a ver com essa tal de Sara e a parapsicologia dela. Não sou anormal. Sou médium.

— Sara estuda as pessoas paranormais, e não as anormais, Pedro.

Cético, Pedro não aceitava outra possibilidade a não ser a de que era "iluminado" pelo seu guia espiritual.

— Olha, Pedro, desde a primeira ocorrência eu e a Marina estamos insistindo pra Sara nos receber. Acredito que ela possa nos ajudar muito e, quando ela aceitar, você vai comigo, sim!

— Tudo bem, Rosana, posso até ir, mas ninguém vai me obrigar a acreditar nessas besteiras. Você e a Marina estão enfeitiçadas por essa louca!

Rosana ficou no local, tirando algumas fotos, enquanto Pedro voltava às ruas para a sua ronda.

★ ★ ★

Diversos jornalistas trabalhavam em ritmo frenético na redação. A editora-chefe, Joana, passava por todas as mesas, apressando-os.

— Marina! E a sua matéria, quando sai? Não adianta ficar pesquisando o resto da vida. Depois que o caso esfriar não vai valer mais a pena.

[*MARINA SAKAMURA: 26 anos, jornalista, nissei, muito bonita e inteligente. É superdotada; seu QI é 160. Conhece tudo sobre computadores, cibernética, sistemas de segurança e satélites. Quando criança, brincava de montar e desmontar componentes eletrônicos na loja do pai, o seu Oshiro. Perdeu a mãe por negligência médica; depois de doze horas sem ser atendida num hospital público, ela veio a óbito na fila de espera. Revoltada com o ocorrido, Marina passou a estudar incansavelmente casos de negligência e erros médicos, além de pesquisar tudo sobre sistemas públicos. Agora Marina está empenhada no caso do serial killer. Conta com a ajuda e as informações dos amigos Pedro e Rosana para escrever a matéria para o jornal.*]

— Por favor, Joana! — queixa-se Marina, parando de digitar o e-mail que redigia. — Não está nada fácil juntar todos os fatos; mas fique calma, esse caso não vai esfriar. Só preciso de mais um tempo.

— Veja lá, hein, Marina! A polícia não quer alarmar a população. Você vai mexer em vespeiro e não sei se o diretor do jornal vai aprovar.

— Deixa a matéria ficar pronta. Garanto que ele aprova — concluiu ela, voltando a escrever o e-mail para Sara:

Cara Sara Salim, sou jornalista e amiga da detetive Rosana. Estou trabalhando no caso do serial killer *e tudo indica que se trata de um paranormal. Preciso muito conversar com você.*

Aguardo seu contato.

Marina Sakamura.

Os fantasmas da mente

Tudo a que você resiste persiste.

Bruno acordou em seu apartamento, num luxuoso prédio do bairro de Higienópolis. Ao seu lado, duas garotas nuas e uma garrafa de uísque vazia. Deitada no chão, uma terceira garota, ainda com uma seringa espetada no braço esquerdo.

Bruno se levantou e foi ao banheiro. Diante do espelho, lavou o rosto e começou a escovar os dentes.

O banheiro da suíte era cinematográfico. Torneiras e cuba de bronze com detalhes dourados; o teto e uma das paredes revestidos com espelhos. A banheira dupla, de hidromassagem, ficava diante de um lindo jardim de inverno, decorado com plantas ornamentais. Atrás das plantas, havia uma grande pedra decorativa por onde escorria água, imitando uma cascata natural. A suíte de Bruno parecia a de um verdadeiro palacete, assim como os demais cômodos do apartamento espetacular.

Bruno escovava os dentes, olhando no espelho o reflexo do jardim, quando ouviu a tevê sendo ligada.

[BRUNO PONTALTI: 26 anos, alto, magro, pele clara e olhos azuis. Único herdeiro de uma tradicional família de fazendeiros. Assim que atingiu a maioridade passou a morar sozinho na cidade de São Paulo. Seu objetivo era estudar e, de fato, iniciou o ensino superior em quatro faculdades, mas desistiu de todas. Seus pais morreram num trágico acidente na fazenda onde residiam, quando ele tinha apenas 6 anos. Bruno continuou na fazenda, sendo criado pelos avós. Há alguns meses assumiu sua vida de playboy, regada a álcool, drogas e sexo, durante as suas muitas noitadas. Curte as mais badaladas casas noturnas paulistanas e torra a herança da família. Sempre foi um rapaz perturbado, mas depois que apresentou manifestações paranormais, passou a acreditar que estava sendo perseguido por demônios. Bruno apela para as drogas e o álcool toda vez que os demônios vêm atormentá-lo. Em muitas ocasiões, acordou confuso por causa da ressaca, não se lembrando de como tinha chegado ao seu apartamento ou onde estivera antes, como neste dia.]

Ainda com a escova nas mãos e a boca cheia de espuma, voltou ao quarto e certificou-se de que as garotas ainda dormiam. Enquanto procurava o controle da tevê para desligá-la, escutou um ruído na sala. O aparelho de som tinha ligado sozinho. Bruno desligou-o, mas então o telefone começou a tocar. Ele atendeu, mas não havia ninguém na linha. O aparelho de som tornou a funcionar espontaneamente. Amedrontado, sentou-se no sofá, abaixou a cabeça e começou a choramingar:

— São as drogas... Estou imaginando tudo isso...

Ao se levantar, ficou frente a frente com o controle da tevê, que flutuava na altura do seu nariz. Aterrorizado, gritou:

— Vá embora, me deixe em paz!

Correu para o quarto, mas não encontrou as garotas, somente objetos flutuando e cortinas se abrindo e fechando sozinhas.

— Onde vocês estão? — chamou, na esperança de que ao menos as garotas fossem reais em meio a todo aquele caos.

O único som que ouviu foi o assobiar de um vento forte que soprava dentro do quarto. No entanto, as janelas estavam fechadas! Como o vento podia soprar cada vez mais forte? Bruscamente, a porta do banheiro se abriu e de lá veio um grito de socorro.

Bruno entrou no banheiro e, de certo modo, sentiu-se aliviado ao ver as garotas encolhidas dentro da banheira. Duas eram loiras de pele clara e a outra, uma linda mulata, estava com o rosto tão pálido quanto as loiras. O alívio que Bruno sentiu ao ver que não estava sozinho nem totalmente louco logo se transformou em vergonha. Afinal, o que elas estariam pensando de tudo aquilo?

— Olha, nada disso aconteceu. É tudo piração. Nós abusamos demais ontem à noite e... — ele tentava explicar o inexplicável.

— Piração uma ova!!! — contestou uma delas. — Isso é magia negra, cara!

— Este lugar é mal-assombrado! — exclamou outra. — Vamos dar o fora daqui!

— Não, por favor, esperem! — pediu Bruno, enquanto as moças juntavam seus pertences e saíam apressadamente do apartamento. — Esperem... a grana, nem paguei vocês ainda!

Ao ver-se sozinho, Bruno agachou-se perto da porta e chorou desesperadamente. Desta vez não chorava somente de medo, mas também de vergonha. Ele não se lembrava como as garotas tinham ido parar na sua cama. Não que isso fosse um problema para Bruno, de maneira alguma; para ele, quanto mais mulheres, melhor. O que apavorava Bruno era que agora outras pessoas conheciam seu problema e isso lhe dava a certeza de que não eram alucinações. Estava realmente sendo perseguido por demônios e a sua casa estava cheia deles.

Tomando fôlego, ele começou a arrumar apressadamente a mala e deixou o apartamento.

★ ★ ★

FLÁVIO (*brincando*): Sara, não querendo interromper, mas já interrompendo... Desculpe, mas é inevitável o comentário. Estamos recebendo diversos e-mails de nossos telespectadores e a maioria deles pergunta se na vida real, quero dizer, na história que vocês viveram, os Sensitivos tinham exatamente esses poderes, como você relata na obra. Objetos voando? Ver o passado ao tocar um cadáver? Ninguém está duvidando das suas histórias, mas os telespectadores querem saber exatamente o que é realidade e o que é ficção no seu livro.

SARA: Tudo é real, Flávio. Do mesmo modo que você tem um compromisso com os seus telespectadores, eu também tenho, não só com os leitores, mas com o mundo. Se as pessoas em casa estão achando que as "habilidades" de Bruno e Pedro são, digamos, um pouco fantásticas, não sabem quantos fenômenos paranormais assombrosos são estudados pela parapsicologia.

Ela diz isso com um sorriso no final da frase.

Não muito tempo depois, Bruno sobrevoava a fazenda Pontalti, no interior de São Paulo, lugar onde nascera e crescera. Alguns trabalhadores e muitas crianças correram para ver o helicóptero pousar. Bruno desceu com a mala e caminhou em direção à sede, fazendo um pequeno aceno ao pessoal que o rodeava.

Na casa, duas empregadas já o aguardavam, depois de assistirem ao pouso. Sem dar atenção a elas, Bruno caminhou lentamente pelos cômodos da antiga casa, relembrando a época em que morara ali com os pais e depois com os avós.

O cheiro de comida caseira invadia os aposentos, que, aliás, mantinham a mesma aparência da última vez que ele estivera ali. Tudo no mesmo lugar. A decoração e a mobília antiga que sua avó tanto estimava!

Havia na casa nove dormitórios, uma cozinha enorme e uma ampla sala, toda avarandada. Na sala de jantar, uma grande mesa de madeira rústica já estava arrumada para o almoço de Bruno. Na cozinha, em cima do fogão a lenha fumegavam grandes panelas de ferro. Duas cozinheiras sorridentes preparavam o almoço. Bruno ainda não tinha encontrado ninguém conhecido até que dona Idália entrou na casa eufórica:

— Bruno, Bruno, Bruninho!... Que saudade, meu menino!

Idália tinha sido a cozinheira mais querida da avó de Bruno. Quando os velhos morreram, o administrador da fazenda tinha feito algumas mudanças e ela passara a trabalhar na lavoura com Júlio, seu filho. Apesar da aparência alegre, Idália vivia resmungando pelos cantos, orando e pedindo perdão a Deus, tomada por uma culpa inexplicável aos olhos daqueles que a conheciam.

— Tia Idália! Quanto tempo! — exclamou Bruno, dando-lhe um abraço apertado. — E Júlio, onde está? Já faz tantos anos que a gente não se vê!

— Deitado... — explicou Idália, com o seu carregado sotaque interiorano. — Desmaiou na lavoura de manhãzinha... Continua com aqueles "sonhos"... e logo depois vem a dor de cabeça.

Bruno e Idália foram a pé até a colônia. Júlio morava com a família na terceira casa depois da horta. Uma moradia muito simples, construída com tijolos antigos, sem reboque e sem pintura, e com um único cômodo grande, uma cozinha e um banheiro. Um armário antigo separava a cama de Idália do restante do aposento, onde Júlio dormia.

Depois do desmaio, Júlio fora trazido pelos outros empregados e colocado em sua cama, onde acabara adormecendo e tendo mais um de seus estranhos sonhos, precursores da temida cefaleia.

No sonho, ele se via deitado numa maca e, ao seu lado, havia outras duas macas. Uma mulher, vestindo um avental e uma máscara, segurava sua mão e lhe dizia: "Fique calmo, Júlio. Você não terá mais essas dores de cabeça. Vamos encontrá-lo e tudo isso vai acabar." Pela janela, ele avistava um lindo gramado, com inúmeras flores e árvores. Ao som do canto dos passarinhos, adormecia tranquilamente.

Idália e Bruno entraram no aposento onde ele dormia.

— Acorda, cara! Está pensando que isso aqui é moleza? — brinca Bruno, quase gritando.

Júlio, acordando assustado, cobriu o rosto com as mãos numa tentativa de proteger os olhos da luz solar, que invadira a casa junto com Bruno e Idália.

[*JÚLIO GARCIA: 23 anos, musculoso, moreno, bronzeado de sol, cabelos sem corte. Rapaz modesto, que não teve oportunidade de estudar. Aos 11 anos abandonou a escola para trabalhar na lavoura. Desde menino sonha com pessoas que nunca conheceu e são esses sonhos que lhe provocam terríveis dores de cabeça. Ocasionalmente, tem visões quando acordado. Apesar de ser bonito, o que mais chama a atenção nele é a sua beleza interior. Ingênuo e de coração puro, ele reza todos os dias para seu santo de devoção, Santo Agostinho, clamando por uma vida melhor para a mãe. Seu maior sonho é conhecer São Paulo, a cidade grande, símbolo de todo o progresso que ele só conhece pela tevê.*]

— Outro pesadelo, meu filho? — perguntou dona Idália. — Bem que a comadre Tereza disse que dava azar nascer com o cordão enrolado no pescoço... Não está reconhecendo o Bruninho? — perguntou, apontando para o rapaz.

Júlio sentou-se na cama e olhou longamente para Bruno, fazendo força para se lembrar. Bruno quebrou o silêncio.

— Cara, sou eu! Caramba!

— Seu Bruno! Quanto tempo… — respondeu baixinho.

— Que “seu” Bruno nada! Pra você, vou ser sempre o Bruno, seu amigo e irmão. E aí, tem cavalo bom pra gente montar?

— Nada parecido com o Alazão, mas tem outros *bão* também.

Aos poucos, Júlio foi colocando Bruno a par do que acontecera na fazenda nos últimos anos. Ele ficou triste ao ouvir Júlio falar da morte do Alazão. Era seu cavalo preferido!

— Eu agora só ando com duzentos cavalos! — brincou Bruno. — Carrões, meu chapa! Lave este rosto e vem comigo encher a barriga. Aquele cheiro na cozinha abriu meu apetite.

Idália avisou os rapazes que logo o almoço seria servido e voltou para a sede, deixando os dois amigos à vontade, relembrando o passado. Ela queria dar uma olhada na cozinha para ver se estava tudo em ordem.

Júlio hesitou por um momento, mas Bruno insistiu e eles foram para a sede da fazenda. Depois do almoço atravessaram a sala e seguiram até a varanda, onde Bruno deitou-se numa das redes e Júlio ficou em pé ao seu lado.

— Senta aí, cara, e me conta o que temos pra fazer por aqui. Como é que a gente se diverte? — perguntou Bruno, ansioso pelas baladas.

— Tem forró no sábado, lá na vila – respondeu Júlio.

— E a mulherada? Você virou um garanhão, hein? Deve pegar todas!

— Quem dera! A mulherada é tudo perna fechada, só casando — disse Júlio, já se soltando com o amigo. — Com vadia, dá medo de doença... só na munheca mesmo!

— Olha que isso faz mal! Falta de mulher deixa um homem doido!

Os dois riram muito e logo recuperaram a intimidade.

Bruno convidou Júlio para dormir na casa sede, mas ele hesitou, pois precisava acordar cedo no dia seguinte para trabalhar na lavoura. Mas, aos olhos de Bruno, isso não era problema. Para satisfazer seu desejo, o *playboy* simplesmente decretou que o dia seguinte seria feriado para todos. Júlio não se conteve e correu para contar à mãe. Pegou então uma muda de roupa e retornou à casa sede, onde os dois conversaram por muitas horas, relembrando os tempos de infância.

— Lembra do monte de truque de mágica que a gente fazia aqui neste quarto? — perguntou Júlio. — A mãe ficava louca com a gente, lembra?

— Não lembro muita coisa, Júlio! Tenho sofrido uns *apagão*.

— Você ainda tem aquilo? — quis saber Júlio, empolgado.

Pegou um copo sobre o criado-mudo, ficou de frente para Bruno, equilibrando o copo na palma da mão direita.

— Então, vai, derruba o copo! Vai, cara, aponta pra ele... usa a sua mágica!

— Que mágica, Júlio! Não viaja! Isso é tudo coisa desta sua cabeça doente.

Júlio sentou-se na cama, desconcertado.

— Para com isso, Bruno, não fala assim comigo, não. Só queria lembrar os velhos tempos...

— É, mas eu não quero lembrar. Prefiro esquecer os "velhos tempos" — disse Bruno, apagando a luz do quarto e encerrando o assunto.

No dia seguinte, a conversa continuou, agora na frente do laptop de Bruno, que queria mostrar ao amigo o mundo virtual. A certa altura, Júlio começou a falar do seu problema e Bruno comentou que conhecia alguém que poderia ajudá-lo.

— Tô ficando louco com os pesadelos! Sonho com crimes violentos, gente sem cabeça, gente que nunca vi antes... Também tem um bebê que não para de chorar... e um monstro de capa preta. Quando acordo, a minha cabeça parece que vai explodir. Já fiz promessa pra Santo Agostinho, mas nem ele deu jeito até agora.

— Espera aí, cara, monstro de capa preta é demais, né? Acho que você anda assistindo muito filme de terror.

— Pode crer, Bruno, é desse jeito mesmo que eu vejo. Mas conta, quem é essa tua amiga que pode me ajudar?

— Sara Salim, mas não é minha amiga... ainda não. Ela tem um blog que fala dessas coisas. Eu fico lendo só por curiosidade, e às vezes faço umas perguntas pra ela. Mas, olha, eu não acredito em tudo que tem lá, não!

— O que é blog? — perguntou Júlio, curioso.

— É difícil de explicar. Vou abrir a página aqui... Olha só!

Ao abrir a página de Sara, os olhos de Júlio fixaram-se naquilo que mais lhe interessava: "A cura ao seu alcance".

— Nossa! Essa mulher é bruxa?

— Não, Júlio, ela é parapsicóloga. A parapsicologia é uma ciência, não tem nada de sobrenatural.

Júlio olhava para o amigo com cara de quem não estava entendendo nada. Bruno continuou.

— É difícil explicar o que é parapsicologia. Mas... peraí! Tive uma ideia! Por que você não volta comigo pra Sampa?

— Pra... pra São Paulo? — gaguejou Júlio.

— É. A gente fala com a Sara Salim! Ela vai te explicar o que acontece com você.

Júlio ficou pasmo, mal conseguindo conter a felicidade. Ir para São Paulo?! Finalmente conheceria os shoppings, o estádio do seu time, os parques...

— E quando a gente vai, Bruno? Quer dizer, não sei se posso ir, tenho que trabalhar na lavoura e a minha mãe precisa do meu salário.

— Não se preocupe com a sua mãe. Eu ponho um trabalhador no seu lugar, dou férias antecipadas pra você ou uma licença remunerada... sei lá, essas coisas que os trabalhadores têm direito. Com o dinheiro que você vai receber vai poder deixar uma grana pra sua mãe. O administrador da fazenda cuida de tudo; passe mais tarde no escritório da administração pra cuidar disso. Depois arrume as suas coisas. Vamos amanhã mesmo!

Júlio não conseguia acreditar que o seu sonho se realizaria. Voltou para casa e contou à mãe que viajaria com Bruno.

Dona Idália ficou preocupada, pois Júlio faria falta na fazenda. Também receava a aproximação entre o filho e Bruno; temia o abismo entre as classes sociais de ambos, mas acabou se dobrando ao desejo do filho.

No dia seguinte, Júlio despediu-se da mãe e prometeu que voltaria em breve. O helicóptero pousou na Fazenda Pontalti e os dois embarcaram, rumo a São Paulo. Júlio mal cabia em si de emoção ao sair da fazenda de helicóptero.

Ao chegarem, Bruno levou o amigo para dar uma volta pela capital: parques, shoppings e museus, lugares que Júlio só tinha visto pela televisão. Ele parecia uma criança. No apartamento de Bruno, Júlio adorou brincar de acender e apagar as luzes com o controle remoto. Estava encantado com o mundo tecnológico, cheio de novidades e surpresas.

Percepções extrassensoriais

Os pensamentos ficam soltos no universo e algumas pessoas são capazes de captá-los.

Lisa e outras enfermeiras conversavam, enquanto trocavam os curativos de Josival, um paciente sob coma induzido para tratamento de graves queimaduras causadas por um acidente doméstico.

[*LISA GOUVEIA: 24 anos, loira, olhos verdes, cabelos longos. Bondosa e delicada, é a enfermeira mais querida do Hospital San Marco. Veio morar sozinha em São Paulo quando conseguiu uma vaga no hospital. Atualmente divide um apartamento no centro da cidade com a amiga Clara, estudante do último ano de medicina. O trabalho é sua verdadeira paixão; porém, costuma se envolver emocionalmente com os pacientes. Lisa percebe a angústia das pessoas e sofre junto com elas. O que ela ainda não sabe é que sua emoção e empatia vão muito além de mera compaixão pelos que sofrem.*]

Durante a conversa, Lisa ouviu um grito de socorro e pediu que as colegas fossem verificar os outros quartos. Apesar de não terem ouvido o grito, elas deixaram o quarto de Josival e foram investigar. Sozinha com o paciente, Lisa ouviu novamente o pedido de socorro.

A voz continuava a pedir socorro e, em certo momento, Lisa sentiu a mão do paciente em coma agarrar a sua. Assustada, tentou se soltar, mas ele a segurou com mais força ainda.

Então ela escutou novamente a voz: *Estou queimando! Socorro! Socorro! Vou morrer, me ajude!*

Lisa intuiu que a voz que escutava era de Josival. Pensou, a princípio, que estava ficando louca, até ouvir novamente: *Moça, me ajude, me ajude! Onde estou? Estou morto?* Lisa percebeu, enfim, que estava em comunicação mental com o paciente. Explicou que um botijão de gás havia explodido em seu prédio e ele, sofrido queimaduras, por isso estava no Hospital San Marco.

Josival perguntou por que não conseguia vê-la. Lisa explicou que ele estava em coma induzido para não sentir dores e que eles estavam se comunicando por pensamento. *Por pensamento? Então você é um anjo?* Lisa esclareceu-o por telepatia: *Não, senhor. Sou enfermeira aqui do hospital. Na verdade, não entendo como isso está acontecendo*. Ela estava tão surpresa quanto Josival.

Lisa costumava se envolver emocionalmente com os pacientes, e por isso era criticada pelos colegas de trabalho, mas desta vez tinha ido longe demais. Estava conversando com um paciente em coma! Isso a deixou confusa, tentando achar uma explicação lógica para o fenômeno. Lembrou-se de alguns fatos que tinham ocorrido na sua infância, como o dia em que sua avó tivera uma longa conversa com ela e depois havia se despedido, antes de morrer. Lisa tinha apenas 8 anos e, ao contar aos pais a conversa que tivera com a avó, eles não acreditaram nela. Disseram-lhe que fora apenas um sonho, pois a avó já não conseguia falar havia mais de uma semana. Outros episódios semelhantes tinham acontecido, mas Lisa sempre acreditava no que lhe diziam, no mais provável, no mais palpável. Mas, desta vez, não havia escapatória. Ela estava acordada e realmente se comunicava com um paciente em coma.

Lisa e Josival continuaram conversando mentalmente até serem interrompidos pelo dr. Verman, chefe de Lisa e médico responsável pelo caso. Quando o médico lhe pediu que fosse ministrar os medicamentos na paciente do quarto ao lado, Lisa informou que Josival ainda estava sentindo dores. Em seguida contou que o paciente tinha segurado sua mão.

O dr. Verman olhou para as mãos do paciente, que continuavam imóveis sobre o leito do hospital; olhou para os aparelhos que monitoravam os sinais vitais de Josival; finalmente, olhou para Lisa e abanou a cabeça de um lado para o outro, incrédulo. Mandou que ela fosse para casa descansar, pois passara a noite toda cuidando de Josival e estava visivelmente exausta e impressionada com o caso.

Apesar de sentir a mão de Josival na sua, Lisa olhou para a própria mão e percebeu que ela estava livre. Confusa, despediu-se do médico e saiu do quarto, seguindo pelos corredores em direção ao vestiário. Ao passar em frente ao quarto 88, sentiu-se fortemente atraída por ele e, sem saber por que, entrou.

— Desculpe, a senhora é...? — perguntou ela, enquanto examinava o prontuário.

— Estou aguardando o dr. Verman, enfermeira. Meu nome é...

Lisa interrompeu a mulher:

— Dona Sara Salim, está aqui em seu prontuário. A senhora veio para um exame, não é?

— Sim, estou aqui para comprovar uma coisa que já sei.

Lisa a interrompeu novamente:

— Sinto muito — disse Lisa com ar de pena. — Não perca as esperanças. Já soube de casos em que os pacientes venceram essa doença.

[*SARA SALIM: 34 anos, alta, robusta e bonita. É dotada de percepção extrassensorial desde a infância. Estuda parapsicologia há mais de vinte anos. Mãe de Ed (10), Beto (8) e Dudu (3), e casada com Menezes, advogado de uma multinacional. Empresária bem-sucedida, depois de descobrir um câncer, abandonou tudo para se dedicar à sua cura. Refugiou-se numa chácara em Sorocaba, local em que pretendem construir um empreendimento imobiliário. Esse retiro serviu, na verdade, para ela colocar em prática todas as técnicas de autocura que conhecia e descobrir seu verdadeiro propósito na vida.*]

— Não tenho mais nenhuma doença, querida — afirmou Sara. — Estou aqui para o dr. Verman fazer o ultrassom e comprovar que não tenho mais nada.

— Mas, como assim, dona Sara?

Lisa aproximou-se da cama e colocou a mão sobre a testa de Sara, achando que ela podia estar com febre e delirando, mas percebeu a certeza de Sara, que, muito segura de si, começou a explicar:

— Enfermeira, hoje é o dia mais feliz da minha vida. Estou aqui apenas pelo meu marido, pois ele só acredita em exames. Não quero discutir com ninguém até o dr. Verman confirmar. As pessoas acreditam somente nas coisas concretas.

Sara parou de falar, inconformada com a pouca fé do ser humano. Queria que seu médico chegasse logo, pois, com o exame nas mãos, as pessoas acreditariam naquilo sobre o qual ela não tinha mais dúvidas. Discutir com uma enfermeira cética não lhe renderia nada, a não ser stress.

Lisa continuou olhando para Sara e pensando que não tinha o direito de lhe tirar as esperanças. Afinal, quem acreditaria se ela contasse que conversou com um paciente em coma? Em meio aos pensamentos confusos, ouvia uma mistura de vozes na cabeça e, sem perceber, respondeu aos pensamentos de Sara.

— Dona Sara, eu não sou uma enfermeira cética e também não quero estressá-la. Nossa, o que estou dizendo! Desculpe! — disse Lisa ao perceber que se defendera de algo que a paciente não tinha nem sequer expresso em voz alta. — Não estou me sentindo bem hoje e mal consigo entender o que a senhora está dizendo. Fiquei acordada a noite toda e sua voz está ecoando dentro da minha cabeça.

Sara, percebendo que Lisa conseguira ler seus pensamentos, olhou nos olhos da enfermeira e explicou:

— Você ouviu o que eu estava pensando.

Nesse instante, o dr. Verman entrou no quarto acompanhado do marido de Sara, que estava visivelmente preocupado com a mulher. Ao ver que Lisa ainda continuava ali, o médico pediu novamente para que ela fosse descansar. Lisa desculpou-se, pediu licença e, exausta, seguiu para o vestiário.

Enquanto isso o dr. Verman solicitou que Sara o acompanhasse até a sala de exames. Ele manteve um silêncio inexplicável e preocupante durante toda a ultrassonografia. Acabado o exame, pediu que ela aguardasse ao lado do marido, e ausentou-se. Depois de um bom tempo, finalmente entrou na sala onde Sara e Menezes aguardavam ansiosos. Com o resultado dos dois ultrassons nas mãos, o antigo e o atual, e totalmente desconcertado, o médico começou a falar:

— Dona Sara, não sei como lhe dar essa notícia. Eu estava até agora em reunião com um colega e só temos uma explicação para tudo isso...

Menezes, nervoso, interrompeu-o:

— Doutor, por favor, diga logo, o sangramento que ela teve ontem piorou a situação?

— Seu Menezes, veja bem...

Procurando palavras para dar a notícia, o médico voltou-se novamente para Sara.

— Dona Sara, a verdade é que a senhora... a senhora não tem mais nada! Não há o menor vestígio de tumor em seu corpo. Sinceramente, não tenho explicações para isso. A senhora tem todo o direito de entrar com um processo contra o laboratório. Os exames que constataram o câncer possivelmente não eram seus; devem ter sido trocados.

Sara ouviu com alívio as palavras do médico, embora já soubesse em seu íntimo que estava curada e que ela mesma havia conseguido a cura. Emocionado, Menezes abraçou a esposa, sem pedir mais explicações. O casal pegou os exames, despediu-se do médico e foi embora.

No caminho de volta, Sara manteve-se calada, pensando em como o mundo poderia ser diferente se as pessoas soubessem que podiam curar a si mesmas, assim como ela... Essa descoberta não devia permanecer em segredo, como um privilégio de poucos. Devia ser divulgada.

★ ★ ★

No programa de Flávio Soares, Sara continua a entrevista:

SARA: Não há nenhum segredo. Isso não é privilégio de poucos. Essas coisas acontecem na vida de muitas pessoas, saibam elas ou não. A parapsicologia explica muitos fenômenos e não ajuda apenas na descoberta de crimes, graças a Deus! Há muitas pessoas que transformam suas vidas, que conseguem o emprego com que tanto sonhavam, que conquistam o amor que parecia impossível... Alguns chamam de "sorte", outros de "coincidência"... Enfim, como pesquisadora, aprendi que *coincidências não existem*. Tudo é *sincronicidade*. Basta desejar com uma fé profunda e a certeza de alcançar o sucesso, que o universo vai conspirar, de alguma forma, a seu favor.

FLÁVIO: Você já nos disse que estuda essa ciência há mais de vinte anos. No seu caso, esse dom surgiu espontaneamente ou através dos exercícios mentais e a aplicação de técnicas?

SARA: Desde menina sempre fui muito dinâmica e persistente. Com uma autoconfiança que poucos têm. Com o meu temperamento forte, ou até mesmo por causa dele, não me entrosava com as outras crianças. Eu sempre fui diferente, mas os adultos não me davam crédito. Mesmo rodeada de muita gente, sempre me senti muito só. Na infância, quando consegui finalmente fazer um amigo de verdade, desses em que a gente confia pra valer, sabe, todo mundo deu risada, dizendo que mais uma vez eu estava inventando coisas. Como, inventando? Eu não tinha culpa se eles não conseguiam enxergar o meu amiguinho!

O apresentador não podia perder esse gancho.

FLÁVIO: Você quer dizer que tinha um amigo invisível? Isso não é coisa de gente doida? Desculpe, Sara, eu não estou chamando você de maluca, mas que é estranho é! Se bem que eu também tenho uns amigos invisíveis: na hora em que vou pedir um favor, eles somem; quando vou cobrar aquela grana que emprestei, eles ficam invisíveis... (*brinca o apresentador*). Mas voltando ao nosso assunto, quando foi que você se interessou pela parapsicologia? Quando começou a ajudar as pessoas? Foi depois de conhecer esse amigo de "contornos tênues"?

Sara está bem-humorada. Sabe como são esses programas de televisão: sensacionalistas! Apenas de olho na audiência, a fim de vender os produtos anunciados pelos patrocinadores para telespectadores ávidos por novidades que os tirem da rotina e da mesquinhez de suas próprias vidas. Ela sabe que os crimes do *serial killer* alimentaram o inconsciente das pessoas. Mexeram com os medos e desejos ocultos nos recantos sutis daquelas almas comuns. Para o IPESPA é boa essa divulgação. Muita gente, presa à sua ignorância, poderia usufruir dos benefícios de uma visão científica sobre o que muitos ainda veem com olhos supersticiosos e amedrontados por crenças equivocadas.

Com delicadeza, ela responde a Flávio Soares, procurando ignorar a ironia do apresentador e desviando o assunto do seu amigo invisível da infância.

SARA: Aos 14 anos, Flávio, movida pela curiosidade que sempre tive, fiz um curso de parapsicologia. Esse novo saber foi transformador e adotei os princípios dessa ciência na minha vida. Como todo ser humano, passei por altos e baixos. Vivi momentos maravilhosos, como o meu casamento com o Menezes e o nascimento das crianças, mas também momentos dolorosos, como a doença dos meus filhos e a morte dos meus pais. Posso dizer que, em vez de me matar, o câncer me salvou. Foi, ao mesmo tempo, o pior e o mais grandioso momento da minha vida. Culminou com a minha evolução espiritual e a explosão da minha fé. Não uma fé de remover apenas montanhas, mas sim cordilheiras! De repente tudo estava de ponta-cabeça. Eu, uma empresária muito bem-sucedida, em vez de me dirigir todas as manhãs para a minha imobiliária, ia para o Hospital San Marco, submeter-me a exames invasivos e infindáveis. Foi lá que conheci um dos Sensitivos: a enfermeira Lisa.

★ ★ ★

Lisa ainda estava confusa quando chegou à estação do metrô. Entrou no trem quase sem perceber o que fazia. Não conseguia entender direito como o paciente em coma tinha segurado sua mão. Ou não tinha? O dr. Verman tinha razão. Ela estava exausta e trabalhando demais. Precisava descansar.

Seus pensamentos foram interrompidos por um garoto de uns 10 anos, sentado à sua frente:

— *Você é médica?*

— Sou enfermeira do Hospital San Marco — respondeu Lisa, observando o garoto.

— *Deve ser legal trabalhar num hospital! Quando crescer, quero ser médico e ajudar muitas pessoas.*

— Para ser médico você tem que estudar muito. Você gosta de estudar?

— *Gosto, mas acho muito ruim ir pra escola. Lá todo mundo fica zombando de mim.*

— Não ligue pra isso — aconselhou Lisa. — Você vai ter muitos amigos ainda.

A "conversa" foi subitamente interrompida pela mãe do garoto:

— Desculpe, mas com quem você está falando, moça?

— Com o seu filho. Ele tem grandes projetos para o futuro. Quer ser médico!

A mãe do garoto, com ar de pena, mas ao mesmo tempo surpresa, contestou:

— Mas... ele é surdo-mudo!

Quando o metrô parou numa das estações, a mãe se levantou, pegou o menino pela mão e desceu. Era a estação de Lisa. Atordoada, ela tentou descer, mas não conseguiu a tempo e o trem partiu, obrigando-a a descer na estação seguinte e tomar o metrô de volta.

Finalmente, ao chegar em casa, livrou-se das roupas, jogou-as em cima do sofá da sala e foi diretamente para o banho. Nesse momento, Clara chegou da faculdade e, ao ouvir o chuveiro ligado, seguiu para o banheiro e ficou observando Lisa em silêncio.

— Pô, Clara, dá um tempo! Me deixa tomar banho em paz! — gritou Lisa, fechando o box.

— Mas, Lisa, eu não disse nada!

— Como não?! Você disse que sou gostosa! — afirmou ela.

Clara, toda sem jeito, garantiu à amiga que não havia dito nada, mas Lisa insistiu.

— Você disse porque eu ouvi... ou será que só pensou?

Lisa desligou o chuveiro e enrolou-se na toalha. Com lágrimas nos olhos, saiu do box e abraçou a amiga.

— Estou com problemas, Clara. E, depois, me achar gostosa é um elogio. A opção de ser bissexual é sua e eu gosto de você de qualquer jeito. Desculpe o meu preconceito, eu não estou bem.

— Você está trabalhando muito, Lisa. Peraí, vou pegar uma coisa.

Clara foi até a cozinha e voltou com um copo d'água e um comprimido nas mãos. Ao ver Lisa sentada no sofá da sala, sentou-se ao lado dela e ofereceu o calmante à amiga. Lisa tomou o remédio e deitou-se no colo de Clara.

Enquanto alisava os cabelos de Lisa, Clara cogitou se deveria conversar com o dr. Verman, chefe de Lisa e seu professor na faculdade. Pensou em contar que a amiga andava com alucinações e ouvindo coisas. Nesse momento, Lisa levantou-se de um salto e disse em tom alto:

— Nem pensar! Você não pode falar com o dr. Verman sobre isso.

Pasma, Clara, que só havia pensado nessa possibilidade, percebeu que Lisa realmente ouvia seus pensamentos e começou a lhe dar crédito, pedindo que ela relatasse detalhadamente como isso acontecia. Lisa contou tudo à amiga.

Depois de ouvir todo o relato da amiga, Clara foi até o computador e abriu uma página na internet sobre pessoas paranormais. Lisa ficou encantada ao achar algumas respostas para os fenômenos inexplicáveis que aconteciam com ela e logo foi abrindo vários links até chegar ao blog de Sara.

— Ei! Conheci essa mulher hoje no hospital!

— Ela é parapsicóloga, Lisa. Pode ajudá-la.

— É, mas ela só foi fazer um exame e não mora aqui na capital. Certamente amanhã já terá ido embora.

— Pô, colega, você não pode perder essa chance. Vamos até o hospital já. Quem sabe ela ainda está lá.

— Mas o dr. Verman vai ficar furioso — disse Lisa. — Ele me mandou pra casa dormir, achando que eu estava com alucinações.

— Vamos, amiga, sei lidar com o *teacher*. Eu distraio o dr. Verman, enquanto você fala com a Sara Salim.

No hospital, Clara invadiu a sala do médico, inventando uma história sobre a pesquisa que ele pedira aos alunos. Distraiu o professor enquanto Lisa procurava Sara, mas a enfermeira logo descobriu que Sara já tinha de fato ido embora.

Decepcionada, Lisa foi procurar Clara, mas, ao percorrer os corredores do hospital, ouviu a voz de uma criança. Olhou para os lados e não viu ninguém por perto. Seguindo a voz, Lisa entrou na sala onde Zico, filho do policial Pedro, fazia uma sessão de fisioterapia.

O menino estava sentado num aparelho que movimentava seus braços e pernas. Enquanto se exercitava, Zico pensava em todos aqueles anos em que fizera os mesmos exercícios, sem sucesso. Ouvindo os pensamentos do garoto, Lisa percebeu que o menino já estava perdendo as esperanças de um dia andar. Aproximou-se e, em tom de brincadeira, investiu:

— Mas você é muito jovem para desanimar, meu querido! Agora que vai começar a ver os resultados está querendo desistir?

— Você é uma fada? — perguntou Zico ao perceber que Lisa lera seus pensamentos.

— Não sou fada, querido. Sou enfermeira aqui do hospital.

— Mas como você adivinhou o que eu estava pensando? — questionou Zico.

— Ah, são anos de experiência...

— Podemos brincar disso mais vezes? Você sabe... brincar de adivinhar?

— Claro, se isso te deixa feliz... — respondeu ela, com um sorriso no rosto. — Agora preciso ir, tenho que descansar.

Lisa encontrou-se com Clara e as duas foram embora. Já no apartamento, Lisa entrou no blog de Sara, procurou seu endereço eletrônico e lhe enviou uma mensagem:

Prezada Sara, nos conhecemos hoje no Hospital San Marco. Sou a enfermeira que ouviu seus pensamentos. Descobri seu blog e, agora que compreendi o que você estava dizendo, podemos nos encontrar?

Beijos, Lisa Gouveia.

Pedro Silva aproveitou sua folga para passar o dia com o filho. Zico pediu que o pai ficasse ao seu lado, assistindo ao episódio de *Johnny, o Policial do Futuro*. Pedro preparou um lanche para eles e, enquanto colocava pequenas porções na boca de Zico, o menino sussurrou no ouvido do pai:

— Eu sei do seu segredo.

— Ah, é? Qual deles? — Pedro brincou.

— Sei que você tem poderes especiais, igual ao Johnny, mas prometo guardar segredo se você me levar pra dar uma voltinha pelo céu da cidade. Você também voa, né, pai?

Pedro riu da situação, mas temia decepcionar o filho e por isso explicou cuidadosamente que a série de tevê era apenas uma ficção e que esses "poderes" não existiam. Zico interrompeu o pai e disse que ele estava enganado. Contou que tinha conhecido uma enfermeira no Hospital San Marco que também possuía habilidades e que ela lera os pensamentos dele.

Aparentemente, Pedro não deu crédito ao menino, mas, assim que acabou de assistir à série, trocou de roupa e disse à esposa que precisava sair. Bel ficou visivelmente aborrecida, mas Zico deu um beijo no pai e sussurrou novamente no ouvido dele:

— Pode ir, pai. Sei que vai pra mais uma das suas missões secretas.

Por um momento Pedro pensou que o menino descobrira seu "dom", mas ao ver o filho na cadeira de rodas diante da tevê, ansioso pelo próximo episódio da sua série favorita, percebeu que era só imaginação do garoto. O protagonista, Johnny, era um personagem totalmente fantástico. Podia voar, atravessar paredes e ainda soltava raios pelas pontas dos dedos. Johnny era policial, assim como Pedro, mas, além da profissão em comum, Johnny também era fanático por futebol, assim como Zico, seu pai Pedro e seu avô Sebastião. Aliás, foi o fanatismo da família pelo futebol que levara Zico a ter um nome tão extravagante: Zico Rivelino Casagrande Silva.

Pedro se aproximou de Bel para lhe dar um beijo antes de sair, mas ela, contrariada, virou o rosto, evitando o marido. Pedro saiu chateado com a incompreensão da esposa, mas não queria comentar nada com ela; nem aonde ia nem qual era a "missão secreta" dessa vez. Ultimamente, tudo era motivo de briga entre eles. Bel não aceitava que Pedro desse mais importância ao trabalho do que à família.

★ ★ ★

No dia seguinte, depois de cumprir seu plantão, Lisa despediu-se das colegas que estavam na recepção e saiu do hospital. Pedro a aguardava na calçada. O policial se apresentou como pai de Zico, o garoto tetraplégico que fazia fisioterapia no hospital. Lisa continuou caminhando, sem lhe dar muita atenção, e disse que ele devia falar de Zico com o fisioterapeuta responsável, pois ela trabalhava em outro setor.

Pedro quis saber por que ela tinha inventado histórias para seu filho, que já sofria tanto. Lisa desconversou, dizendo que o menino tinha uma imaginação muito fértil. Pedro percebeu que ela mentia.

Nesse momento, ela parou de andar, olhou para ele e disse:

— Seu Pedro Silva, saiba que não sou mentirosa! Gosto de brincar com as crianças e Zico é um menino muito solitário, pois o senhor só pensa no seu trabalho e não lhe dá atenção.

Pedro olhou-a surpreso. Não havia dito nada. Somente pensara que ela estava mentindo. Desconfiado, agarrou o braço da enfermeira, segurou a bolsa dela e disse:

— Esta bolsa você ganhou da sua mãe no Natal passado e sempre esquece em tudo que é lugar. Dentro dela você guarda muitas coisas, mas aquilo que mais ocupa espaço e que é mais importante pra você é uma Bíblia.

Impressionada, Lisa encarou Pedro e perguntou como ele podia conhecer o conteúdo da sua bolsa. Pedro respondeu-lhe que tinha habilidades, assim como ela, e que, juntos, poderiam ajudar Zico a voltar a andar. Pedro quis saber se Lisa também era médium, mas ela afirmou que não. Era católica, e essas eram habilidades extrassensoriais explicadas pela parapsicologia. Se ele tivesse dúvidas, seria interessante que estudasse o assunto, e recomendou-lhe o blog de Sara Salim, na internet.

Pedro, cético, ficou enraivecido por ver que Lisa também acreditava mais na parapsicologia do que no espiritismo, e principalmente pelo fato de ela ter citado Sara Salim, assim como a policial Rosana. Mas, diante de tudo aquilo, resolveu consultar o tal blog. Afinal, tinha de saber o que tanto falava aquela mulher para conseguir fazer a cabeça das pessoas.

O processo de cura

Mente sã, corpo são. Nenhuma doença permanece num corpo são,
e tudo o que a mente pode imaginar também pode criar.

Sara, empolgada com os resultados que conseguira, postava outro tema no seu blog: "Se eu consegui, você também consegue".

Enquanto escrevia, ouviu um som diferente. Parou, olhou pela janela e avistou um bando de maritacas. Pelo menos quarenta delas sobrevoavam a chácara e estavam pousando nos galhos da Sabedoria — nome que Sara dera para a velha árvore que ficava perto do seu laboratório. Ela não costumava dar nomes às árvores, mas aquela... Sara sempre meditava sob a sombra da árvore, mas, na maioria das vezes, perdia a concentração ao se lembrar de uma história que lera na infância, "O Campo e a Sabedoria". Ela lutava contra essas lembranças, e só passou a se concentrar realmente na meditação quando batizou a velha árvore de "Sabedoria".

Ao som do canto das maritacas, Sara parou por alguns minutos e recordou novamente sua infância. O cheiro do campo invadiu o laboratório. Não era o cheiro típico da chácara em que estava. Era o cheiro do lugar onde brincava com seu amiguinho imaginário. Lembrou-se do capinzal, da gruta, da cachoeira, do aroma do campo. Nossa! O aroma era inconfundível. Ela fez um esforço para se lembrar da fisionomia do amigo, mas o rosto dele se perdera no tempo. Só as lembranças do lugar permaneceram. Quando recebera a notícia da sua doença, Sara sentira-se sozinha, perdida num mundo em que só ela acreditava. Havia sentido muita falta do seu amiguinho naquele dia fatídico, quando recebeu a notícia:

— É câncer, dona Sara. Teremos que extrair o útero e os ovários antes que ele se espalhe.

O trágico diagnóstico caiu como uma bomba. Depois de um longo silêncio, Sara, sentindo-se oca, vazia, falara com voz trêmula:

— Deixar de ser mulher? Perder o útero?

— Sei como é difícil, dona Sara — consolou o médico. — Porém, o mais importante é salvar sua vida. A cirurgia deve ser realizada o mais cedo possível. Vou pedir exames complementares com urgência e então marcaremos a histerectomia.

Chocada, Sara saiu do hospital com as pernas bambas. Perdera o rumo totalmente. Uma mulher tão dinâmica, empresária bem-sucedida, com três filhos para criar... Não, realmente não estava preparada para aceitar a morte.

Embora tivesse cuidado dos filhos, jantado e deitado na cama ao lado do marido, passou aquele dia como um autômato.

Naquela noite, Sara acordou aos prantos, no meio de um pesadelo assustador, gritando: "Não, Deus! Ainda não!"

A camisola estava encharcada. No sonho, ela se via acompanhando o próprio enterro. Menezes também acordou assustado com o grito dela e a abraçou com força. Sara parecia aterrorizada.

★ ★ ★

No estúdio, o calor está insuportável. Sara começa a se abanar com o livro que tem nas mãos.

FLÁVIO: Você está bem, Sara?

SARA: Sim, é só o calor que está incomodando um pouco.

FLÁVIO: Estamos com o ar-condicionado ligado.

O apresentador sinaliza para o assistente de palco, que rapidamente traz um copo d'água para Sara e um lenço para que ela enxugue o suor, que já é visível.

SARA: Obrigada, Flávio. É um pouco difícil relembrar fatos dolorosos.

FLÁVIO: Eu imagino. E é por isso que queremos saber como você superou tudo isso.

SARA: (*suspirando*): Ah! Eu não tinha cabeça para administrar mais nada e tomei uma séria decisão. Sabia que tinha sido o excesso de trabalho e o stress que me deixaram doente. Ignorei as recomendações do médico para permanecer em repouso absoluto enquanto aguardava para ser operada. Conversei com o meu marido e resolvemos que era melhor eu tirar umas férias. Não sabia por quanto tempo, talvez para sempre. Eu não sabia mais o que esperar da vida... ou da morte. Vendemos o prédio da empresa, onde funcionava a imobiliária, deixamos nosso luxuoso apartamento em Moema e fomos morar em Sorocaba, cidade onde eu havia comprado uma chácara para transformá-la num grande empreendimento imobiliário. Na época fizemos muitas pesquisas e Sorocaba era a "bola da vez". Além de ser uma cidade linda e próxima a São Paulo, estava sendo muito procurada por causa da chegada de diversas multinacionais. O que eu nunca tinha imaginado é que a chácara serviria para a minha cura. Apesar de a cidade estar em pleno desenvolvimento, na chácara e nos parques urbanos ainda havia paz, silêncio e ar puro. Tudo o que eu precisava naquele momento: sentir a verdadeira presença de Deus.

FLÁVIO: E sua família aceitou bem essa mudança? Afinal vocês moravam em Moema, um bairro movimentado de São Paulo!

SARA: As crianças curtiram bastante. Em São Paulo, apesar das atrações da cidade, meus filhos acabavam ficando a maior parte do tempo presos no apartamento. Eu e o Menezes sempre trabalhamos como loucos. Na chácara, eles tinham mais liberdade. Até mesmo dentro de casa. Casa de campo, espaçosa, móveis rústicos, onde podiam botar os pés no sofá, correr sem se preocupar em esbarrar em algum móvel e derrubar aquele vaso caríssimo. Criança gosta de ficar solta. Eu tinha me esquecido disso.

FLÁVIO: E seu marido?

SARA: Ele não teve escolha. Não era um capricho da minha parte, mas uma questão de saúde. Ele foi muito generoso.

FLÁVIO: E foi nessa chácara que o IPESPA nasceu? Dentro da sua casa?

SARA: Não. Foi na chácara que nos reunimos pela primeira vez, mas em outra casa, no mesmo terreno. Ela estava meio abandonadinha, mas eu dei um jeito. Um dos cômodos foi transformado em sala de relaxamento, decorado com flores, pedras naturais e incensos, para que fossem usados durante as meditações. Num dos quartos, organizei meu escritório e, nas prateleiras, coloquei meus livros sobre paranormalidade. Numa sala toda branca, a antiga proprietária tinha deixado três macas. Antes de eu me mudar, lá funcionava um pequeno spa. Aproveitei esse local também. Organizei esse espaço como um recanto pessoal. Menezes apelidou meu cantinho de LSSS, Laboratório Secreto de Sara Salim. O IPESPA surgiu depois da primeira reunião com os Sensitivos.

FLÁVIO: Quer dizer que você transformou totalmente a vida de sua família?

SARA (*sorrindo*): Não tanto, Flávio. Na verdade, a transformação foi na minha vida.

★ ★ ★

Depois da mudança, as crianças continuaram estudando em período integral. Menezes saía mais cedo para levá-las ao colégio antes de ir trabalhar. Com o trânsito do final do dia, voltavam quase sempre à noite para a chácara.

Os dias para Sara se tornaram uma rotina. Acordava, beijava o marido e, enquanto ele tomava banho, ela preparava um delicioso café da manhã para a família. Depois do café, acompanhava-os até o carro, ouvindo todos os dias a mesma pergunta do pequeno Dudu:

— Você não vai com a gente hoje, mamãe?

Apesar de se mostrar forte e convicta ao responder sempre a mesma coisa: "Hoje não, querido, hoje não", ela se esforçava para segurar as lágrimas, não deixando que escorressem na frente das crianças.

Sara optou por uma vida reclusa. Não via mais sentido em se expor e muito menos em convencer os outros em relação aos seus princípios. A doença fez Sara perceber que não existia certo ou errado, o Bem ou o Mal. Compreendeu que cada indivíduo tinha seus próprios valores, enxergando somente aquilo que se permitisse ou pudesse enxergar. Naquela altura, ela não tinha mais motivo para argumentar ou se explicar às pessoas, defendendo-se das críticas. Decidira simplesmente curar-se e viver.

Depois de se despedir dos filhos, Sara abria o portão da chácara para eles saírem e acenava para a família até que o carro desaparecesse na alameda florida que desembocava na estrada. Em seguida, acionava o controle do portão e, mesmo antes que ele se fechasse por completo, Sara, parecendo uma criança, corria até a outra extremidade da chácara e passava o dia em seu laboratório.

Entre leituras e pesquisas, destinava um período maior do dia para colocar em prática técnicas de autocura, meditação e relaxamento. Reservava o final da tarde para postar seus textos no blog que criara, incentivando os visitantes a explorarem e desenvolverem o próprio potencial: potencial para a autocura, para a felicidade e para a prosperidade. O sonho de Sara era que cada um realizasse seu sonho. Ela vivia um momento de paz, buscando somente alegria e harmonia a fim de obter a própria cura. Seu isolamento do mundo fizera com que os amigos e familiares a criticassem ainda mais, e, consequentemente, julgassem-na mais. Sara não compreendia por que as pessoas julgavam umas às outras. Que direito tinham de fazer isso? E mais: quem lhes conferiu tal poder?

Durante alguns meses, ela se isolou, meditando e refletindo sobre todas as culpas que há anos carregava nos ombros. O fardo ficara pesado demais, mas tinha sido ela quem aceitara que cada grama dessa carga lhe fosse imposto. A cada crítica de que fora alvo, a cada julgamento que sofrera, tinha acrescentado mais um grama. Agora, no silêncio da chácara, Sara se dera conta de que esse peso não lhe pertencia, esse peso lhe trouxera o câncer e já era hora de se livrar dele. O ser humano é engraçado! Precisa atingir seu limite, ficar diante da evidência do fim, para se dar conta de que o essencial na vida são as coisas mais simples e puras.

Certa noite, ao meditar, ela havia se concentrado em seu útero e colocado em prática a "Técnica da Cura". Começara por imaginar, mentalizar e visualizar que as células saudáveis estavam vencendo a batalha que ela travava mentalmente contra as células cancerígenas. Com a mais absoluta fé, visualizara e *sentira* algo sair pela vagina.

Acendendo o abajur ao seu lado, sacudira o marido, tentando acordá-lo.

— Menezes! Menezes!

— Hum... o que foi, amor? — resmungou ele, sem acordar de todo — Está... sentindo... dor?

— Não, Menezes, o tumor saiu! Veja!

Ainda deitada, Sara mostrou a calcinha ao marido.

— O que é isso, Sara? Como assim, saiu? — perguntou Menezes, ainda sonolento.

— Amor, estou curada!

Menezes levantou-se, acendeu a luz do quarto e viu umas bolinhas esbranquiçadas, envolvidas por um pouco de sangue, no fundo da calcinha de Sara.

— Sara! Vamos já para o hospital! — falou Menezes, horrorizado, acordando de vez.

— Não é preciso, amor. Realmente estou curada! — insistiu Sara.

Menezes, mais racional, ligou para o dr. Verman, que pediu a Sara que fosse ao hospital no dia seguinte para uma avaliação.

— Dr. Verman quer vê-la amanhã de manhã — avisou Menezes.

— Amor, tenho certeza de que estou curada, mas vou ao hospital amanhã fazer os exames. Quero que você também fique tranquilo.

O estado de felicidade dela contrastava com o desespero de Menezes. Aquela noite fora um marco na vida de Sara.

★ ★ ★

TÉCNICA DA CURA

Acomode-se num lugar confortável, numa posição cômoda e agradável. Pode ser sentado ou deitado. Certifique-se de que não será interrompido por nada nem por ninguém. Desligue o celular.

Feche os olhos e relaxe, relaxe tranquilamente... Imagine e visualize que você está num quarto branco, totalmente branco. Imagine cada parte de seu corpo ficando cada vez mais leve, desde o topo da cabeça até a ponta dos dedos dos pés. Sinta seu corpo flutuando dentro desse quarto branco. Quando o corpo estiver totalmente relaxado, comece a relaxar a mente... Imagine-se caminhando num lindo e sereno bosque. De um lado, um jardim maravilhoso com majestosas árvores e flores coloridas; do outro, um rio com uma linda cachoeira. Caminhe lentamente pelo bosque e pare ao lado da cachoeira. Sinta seu corpo aquecido pelos raios solares. Agora imagine todas as células de seu corpo e as divida mentalmente: metade das células tem a cor vermelha e a outra metade, a cor azul. As células vermelhas são inimigas e estão prejudicando o seu bem-estar físico. As azuis são os soldados, seu batalhão de choque para enfrentar o inimigo; mesmo se estiverem em menor número, são mais fortes e destemidas. Imagine-se em pé, ao lado da cachoeira, e visualize um energético e curador feixe de luz azul vindo do Universo e entrando pelo topo de sua cabeça — uma luz restauradora capaz de curar qualquer malefício em seu organismo. Sinta essa luz correndo por toda a sua corrente sanguínea. Por onde ela passa, multiplica o número de suas células azuis. Imagine seu exército aumentando e combatendo todas as células vermelhas invasoras e em pouco tempo verá somente as células azuis. Agora seu corpo está saudável, seu coração batendo forte, você está revigorado. Ouça uma voz dentro de você, dizendo: "Eu sou saudável, eu sou forte, meu corpo está repleto de força e bem-estar. Minhas células são perfeitas!" Quando for preenchido com a sensação de cura, entre embaixo da cachoeira e deixe os resquícios maléficos irem embora junto com a água. Você estará purificado. Agradeça pela cura.

Essa técnica pode ser realizada diariamente, até que você consiga a concentração total. Os resultados serão melhores quando você conseguir:

Imaginar, Visualizar, Mentalizar e Representar

Ao voltar para casa, Menezes entrou no laboratório de Sara, interrompendo-lhe as lembranças. Quis saber como andavam as pesquisas e o blog. Sara contou que várias pessoas, dentre elas uma policial e uma jornalista ligadas ao caso dos últimos assassinatos, estavam deixando recados na sua página e isso a estava incomodando. Queria apenas divulgar suas certezas.

— Amor, tomei uma decisão! Vou tirar esse blog do ar. Não foi para isso que o criei. Não quero me expor e nem pensar em assassinatos neste momento da nossa vida.

— Ah, Sara, me poupe! — argumentou Menezes. — Você devia ter pensado nisso antes! Colocar na internet que conseguiu se "Curar de Um Câncer Com o Poder da Mente" — disse ele, destacando bem as palavras, — e achar que isso não ia chamar a atenção é muita ingenuidade. Atenda logo esse pessoal que eles deixam você em paz.

A conversa foi interrompida por uma ligação do pai de Menezes, convidando-os para o seu aniversário no dia seguinte. Sara fez que "não" com a cabeça, mas Menezes, educado como sempre, confirmou a presença de todos, pensando em desculpar-se depois pela ausência da esposa. Ao desligar o telefone, disse a ela:

— Por que não aproveita a minha ida à casa do papai com as crianças e marca um encontro com esse pessoal aqui na chácara?

— Sei lá, amor. Vamos jantar, depois penso nisso.

Depois do jantar, Sara sentou-se diante do laptop e escreveu para Vitor, seu amigo virtual. Vitor e Sara tinham se conhecido através do blog. Ele era um dos interlocutores de quem Sara mais gostava. Seus comentários sobre os casos paranormais relatados no blog eram precisos. Suas explicações tinham um embasamento teórico muito profundo, o que demonstrava que ele era realmente um estudioso da parapsicologia, além de muito inteligente. Há cerca de três meses eles se correspondiam. Trocavam e-mails e mantinham uma conversa particular fora do blog. Vitor e Sara tinham a mesma idade e faziam aniversário no mesmo mês. Ela pensava que talvez fosse esse o motivo de tanta identificação, cumplicidade e parceria entre eles. Menezes chegava a ter ciúmes quando Sara falava de Vitor.

[*VITOR GOMES: 34 anos, bonito, olhos verdes e expressivos, cabelos pretos, pele morena. Assim como Sara, Vitor se interessa muito por assuntos paranormais. É formado em filosofia; foi professor por alguns anos, mas agora se dedica a escrever livros didáticos e paradidáticos para jovens e crianças. É um homem reservado, mas falante com as pessoas em quem confia, como Sara, por exemplo.*]

Naquela noite, ela escreveu um e-mail para o seu amigo virtual:

Querido Vitor, estou em dúvida se devo ou não receber aqui em casa o pessoal que frequenta o blog. Não quero me envolver com esses crimes. Menezes acha que, se eu recebê-los, eles param de insistir tanto. O que você acha? Você viria também, não é?

Beijos, Sara.

Enviou a mensagem, abriu novamente o blog e ficou olhando para a foto e o perfil de Vitor Gomes. A relação entre eles sempre fora mágica, intuitiva, com uma compreensão imediata dos sentimentos. Agora, com os olhos fixos na foto dele, ela mentalizava e chamava-o telepaticamente para que ele respondesse logo ao seu e-mail. Em menos de dois minutos, Vitor respondeu.

Querida Sara, concordo com seu marido. O pessoal do blog parece ser bacana e quem sabe você possa ajudá-los de alguma maneira. Lembre-se de que "a bolinha que vem, volta", e, se você ajudá-los, eles também a ajudarão. Essa é a lei do Universo, lembra-se? Envie o endereço por e-mail. Farei o máximo para estar aí e, se não for fisicamente, estarei em pensamento, você sabe.

Beijos, Vitor.

Sara, com o apoio de Menezes e de Vitor, é claro, enviou uma mensagem ao celular de todos.

Posso recebê-los na minha chácara, em Sorocaba, amanhã às 10h. Enviarei para o e-mail de todos o endereço e um mapinha de como chegar aqui.

Beijos, Sara Salim.

Depois de enviar a mensagem, Sara juntou-se à família para um bate-papo antes de dormir. O dia seguinte seria muito especial, pois, enquanto Menezes estivesse na festa de aniversário do pai com as crianças, ela conheceria os Sensitivos. E, em especial, Vitor.

O encontro

Semelhante atrai semelhante, igual atrai igual.
O pensamento atrai a realidade do seu conteúdo.
Estamos todos conectados. Essa é a Magia do Universo.

O relógio marcava 9h55 quando o interfone tocou no laboratório de Sara. Pela câmera de segurança ela viu o rosto dos visitantes. Reconheceu alguns pelas fotos do blog e foi correndo atender, curiosa para conhecê-los pessoalmente.

Sara deixou o laboratório e os recebeu na sala de sua casa. Para sua decepção, o único que ainda não tinha aparecido era Vitor, justo aquele que ela mais desejava conhecer pessoalmente! Todos estranharam sua ausência, uma vez que Vitor era o participante mais assíduo do blog, mas Sara tinha esperanças de que ele chegasse a qualquer momento.

Os Sensitivos e Sara estavam à vontade. Alguns já se conheciam pessoalmente, outros através do blog. Falaram de suas habilidades e se mostraram interessados no caso do *serial killer*.

Pedro explicou que, ao tocar certos objetos, visualizava tudo o que acontecia ao redor deles, fosse no passado ou no presente, mas que não tinha domínio sobre isso. Segundo ele, os espíritos que lhe enviavam essas "visões" somente o faziam quando queriam.

Sara ouviu a história do policial, fez algumas perguntas técnicas e saiu para pegar um enorme facão. Pediu a Pedro que o tocasse. Ele hesitou, desconfiado, mas Sara disse que um crime fora cometido com aquele facão e insistiu para que ele tocasse o objeto e falasse o que via. Pedro segurou o facão e teve imediatamente uma visão, que começou a relatar:

Está escurecendo. Uma senhora de uns 50 anos pega o facão e anda em direção a algumas árvores... Ela parece ser fria, não demonstra nenhuma piedade... Canta uma estranha música religiosa, enquanto caminha com o facão nas mãos. Ela entra num pequeno bosque e some no meio das árvores. Não estou vendo ela mais. Espera! Estou escutando o barulho de um golpe. Agora vejo a senhora saindo de trás das árvores com as mãos sujas de sangue. Estou indo ver a vítima, o facão está no chão, ensanguentado. Vejo gotas de sangue pingando, a vítima deve estar pendurada no galho da árvore, olho para cima e...

Pedro abriu os olhos e disse:

— Não gostei da brincadeira. Era só uma mulher matando uma galinha.

Todos ficaram pasmados com o que tinham presenciado. Sara explicou então a Pedro que não eram os espíritos que o faziam ver os crimes, mas, sim, as habilidades de *clarividência* e *psicometria* que ele possuía.

— A clarividência é o fenômeno que permite a percepção visual por meios paranormais, e a psicometria é o fenômeno do conhecimento de fatos relacionados à vida de uma pessoa, a objetos ou ao ambiente. Acontecem através das informações contidas na “memória” das células que compõem a pessoa ou os objetos que ela toca, ou então que compõem o ambiente onde aconteceu algo. A pessoa dotada de psicometria recebe as informações da memória dessas células.

Pedro disse a Sara que ela podia dar o nome que quisesse, mas ele sabia que era o seu guia espiritual que tornava isso possível, pois nascera com o dom da mediunidade.

Sara, sem querer ser indelicada, concordou com Pedro e disse que não tinha intenção alguma de mudar as convicções dele. Alegou ter dado somente uma explicação científica ao seu caso.

Em seguida, Lisa falou do seu dom. Sara explicou que ela era *telepata*, isto é, obtinha informações acerca dos pensamentos, sofrimentos ou atividades de outras pessoas, como se "ouvisse" os pensamentos e sentimentos delas.

Rosana interrompeu a conversa, dizendo estar impressionada com as habilidades de todos, mas confessou que seu verdadeiro interesse era falar dos assassinatos e entrou logo no assunto:

— Nos últimos meses, três casas foram invadidas, sempre na hora do jantar. As vítimas foram os casais. Nas três ocasiões as crianças foram poupadas. Na primeira vez, um bebê foi encontrado num carrinho, ao lado dos pais mortos. No segundo caso, uma menina de 6 anos, que ainda está em estado de choque, presenciou o assassinato dos pais. E no terceiro, o sobrevivente foi um menino de 3 anos, aos prantos, que eu mesma resgatei.

Marina, muito interessada no assunto, disse que, apesar de a polícia estar falando em mera "coincidência" entre os casos, seria impossível que assassinos diferentes matassem as pessoas da mesma maneira e sem deixar nenhuma pista. Continuou:

— Vejam, ao mutilar ou decapitar a primeira vítima do casal, o outro parceiro reagiria imediatamente, concordam? Só que no local do crime e na posição em que os corpos foram encontrados não havia indícios de nenhuma reação. Além do mais, os desenhos que foram marcados nas costas das vítimas são totalmente inexplicáveis, uma vez que a perícia afirma que as roupas não foram nem tocadas. Ao que tudo indica, trata-se de um psicopata com poderes ou habilidades extraordinárias e eu, como jornalista, tenho o dever de alertar a população. Por isso estou aqui.

— Você não falou sobre seu poder, Marina — disse Júlio, interessado.

— Que poder, cara! Se liga! Não tenho poder nenhum, só quero desvendar esse caso.

Sara confessou que não tinha acompanhado esses casos, pois evitava se inteirar de fatos desagradáveis, notícias ruins e cenas violentas, mas, pelo pouco que vira, parecia realmente que o autor dos crimes era um paranormal.

Interrompendo Sara, Pedro disse que, da maneira como ela falava, parecia que tudo podia ser comprovado pela ciência ou explicado pela parapsicologia. Se fosse assim, ninguém mais acreditaria na existência de Deus. Sara respondeu que quase todas as pessoas acreditavam num Deus absoluto, porém cada uma tinha sua maneira de imaginá-lo. Alguns o chamavam de "Fonte", outros de "Energia" ou "Ser Superior", enfim, o nome não importava. O fato é que Ele existia não só para quem acreditava Nele como também para quem duvidava.

— É muito provável que esse assassino seja um paranormal desequilibrado. Vários fatores podem tê-lo levado a cometer tais atrocidades: trauma, vingança, ódio, revolta, etc. Não vejo como posso ajudar vocês nesse caso — concluiu Sara.

Júlio estava com os olhos fixos nas coxas grossas da jornalista Marina, por quem ele se encantara à primeira vista, quando Bruno, ao seu lado, levantou-se, gritando:

— O Júlio anda prevendo esses assassinatos!

Todos olharam espantados para Bruno.

— Como você sabe disso? — perguntou Sara.

— Oras, porque ele está sonhando com esses crimes — respondeu Bruno, já começando a levar o assunto a sério.

Júlio, todo tímido, levantou a mão, como se pedisse licença para falar. Explicou que as cenas de matança que via em seus "sonhos" eram iguais às que Rosana descrevera, assim como a idade das crianças sobreviventes era a mesma das crianças nos seus sonhos. Contou que a única diferença era que sonhara com quatro crimes, e não três. No último, o sobrevivente estava chorando dentro de um "chiqueirinho" e não devia ter mais que 2 anos.

Espantada, Sara pediu que Júlio a acompanhasse até o laboratório. Queria induzi-lo a se lembrar de mais detalhes, tais como local, data e hora desse "quarto crime", que ainda não acontecera.

Nesse momento, Bruno interrompeu a conversa, dessa vez soltando um grito altíssimo. Levantou-se do sofá com as mãos na cabeça e, olhando para o espelho que estava à sua frente, começou a berrar:

— Para! Vá embora. De novo, não!!!

— O que está acontecendo, Bruno? — perguntou Sara, assustada.

— Vocês não estão vendo? Está acontecendo de novo! — exclamou o rapaz, desesperado, olhando para o espelho.

Via algo assustador. Confuso, não conseguia descrever exatamente o que ou quem estava vendo.

De repente, ouviram-se barulhos na cozinha e Sara foi correndo ver o que acontecia. As portas do armário estavam abertas e quase toda louça, quebrada no chão. Ela voltou correndo para a sala, colocou a mão direita sobre a testa de Bruno, que ainda gritava, forçando-o a se sentar no sofá, e ordenou:

— Vou contar de cinco até um e, ao som do estalar dos meus dedos, você dormirá tranquilamente, sem dor, sem pesadelos e sem medos. Cinco, seus olhos estão ficando pesados. Quatro, as imagens estão desaparecendo. Três, pense em coisas boas.

Sua voz estava calma, mas firme.

— Dois, você está calmo e tranquilo. Um, durma, durma, durma tranquilamente. Você está se sentindo muito bem. Cada vez melhor, melhor e melhor.

Sara estalou os dedos e tirou as mãos da testa de Bruno, que já estava totalmente largado sobre o sofá, em sono profundo.

A sala ficou silenciosa. Todos estavam espantados com o poder de Sara, que na verdade usara uma técnica. Ela pediu que fossem até a varanda, onde a empregada lhes serviria café. Enquanto isso, levaria Júlio até o laboratório para induzi-lo a uma hipnose. Queria mais detalhes sobre os sonhos e confirmar se ele estava realmente prevendo os crimes. Se isso fosse comprovado, poderiam, quem sabe, evitar a quarta chacina. Sem perceber, já estava envolvida na busca da solução dos crimes.

Sara acomodou Júlio numa maca, vestiu um avental e uma máscara, e se aproximou do rapaz. Júlio tinha reconhecido imediatamente o lugar e percebido que Sara Salim era a mulher que segurava sua mão na visão que tivera na fazenda, antes de viajar para São Paulo.

Confuso, comentou com Sara a "coincidência", mas ela lhe explicou que coincidências não existiam e que, depois da hipnose, contaria o que estava realmente acontecendo com ele.

Usando um pêndulo e o foco de luz intermitente e ofuscante de uma minilanterna, para provocar um transe hipnótico, Sara deu início ao procedimento. O quarto estava iluminado apenas por uma luz azul. A iluminação exterior era parcialmente reduzida pela cortina de linho branco. A cortina era grossa o suficiente para atenuar a luz forte do sol que incidia no cômodo, mas leve o suficiente para permitir que a brisa perfumada entrasse no aposento. Júlio sentia-se calmo. Fechou os olhos e permitiu que a voz de Sara embalasse seu sono induzido.

— Respire profundamente. Respire, respire, respire...

Ele sentia um cheiro muito bom vindo do jardim. Eram as roseiras que Sara havia plantado no canteiro lateral do laboratório. A voz dela continuava embalando-o. Seu estado era quase letárgico. Estava entrando em alfa.

— Relaxe... relaxe...

Todo o ambiente exalava muita paz. Em transe profundo, Júlio começou a relatar os detalhes do sonho. Sara logo confirmou o que pressentira. Ele estava realmente prevendo os crimes do *serial killer*. Depois de aproximadamente quinze minutos, Sara contou de um a cinco e acordou-o. O rapaz sentia dores de cabeça e ainda estava sonolento. Ela lhe deu um analgésico, segurou sua mão e disse as mesmas palavras do sonho de Júlio na fazenda:

— Fique calmo, Júlio. Você não terá mais essas dores de cabeça. Vamos encontrá-lo e tudo isso vai acabar.

Em seguida, Sara afastou a cortina de linho branco. A brisa e o perfume das rosas invadiram o ambiente. Pela janela, Júlio avistou um lindo gramado, com muitas flores e árvores; ao som dos pássaros, adormeceu tranquilamente.

Sara voltou à varanda e juntou-se novamente ao grupo. Bruno havia acordado e estava ansioso para saber o que se passara com ele. Sara explicou que ele era um *telecinético* — a pessoa que possui a habilidade da telecinesia ou psicocinese, isto é, a habilidade de "mover à distância". Ela esclareceu que se tratava da capacidade de mover fisicamente um objeto ou praticamente qualquer coisa com a força da mente, fazendo-o levitar, deslocar-se ou se agitar apenas com a energia psíquica.

Bruno não entendeu muito bem, mas ficou aliviado ao saber que não estava sendo assombrado ou possuído. Sara explicou que, de alguma maneira, todos eles estavam envolvidos no caso do *serial killer*, pois Júlio realmente estava prevendo os assassinatos e descrevera um homem com capa preta na cena do crime. Ela convidou o grupo para ir até o laboratório, pois queria imprimir alguns artigos sobre habilidades paranormais.

Na sala de relaxamento do laboratório, Júlio acordou assustado. Queria saber qual era o seu "problema". Sara explicou que ele era um *precog* — a pessoa que tem a faculdade da pré-cognição ou premonição, ou seja, uma percepção extrassensorial com a qual ela capta, através de sonhos ou visões, uma informação sobre o futuro. A habilidade de Júlio auxiliaria muito no caso.

Sara abriu o laptop para imprimir os artigos que ajudariam o grupo a compreender melhor qual fenômeno se manifestava em cada um. Porém, enquanto imprimia, um alarme soou no laptop, alertando sobre a invasão de um vírus. Marina pediu licença a Sara para resolver o problema:

— É um cavalo de troia. Esse é um dos piores vírus virtuais...

— Meu Deus! Aí estão todas as minhas anotações e não costumo fazer backup. Isso não pode acontecer! — exclamou Sara muito nervosa.

Marina digitou rapidamente alguns comandos, abriu algumas telas e disse:

— Pronto! Terminei.

— Terminou o quê, Marina? — perguntou Sara.

— Já acabei com a ameaça do vírus e aproveitei para baixar uns programinhas que vão ser muito úteis para rastrear esse *serial*. Vejam! Aqui temos acesso a todas as câmeras das ruas de São Paulo e também podemos monitorar celulares, via satélite. Enfim, um programinha usado pelos federais.

— Marina, qual o seu QI? — perguntou Sara.

— Cento e sessenta... Nasci assim! — respondeu ela, com um sorriso maroto.

— Pois é, para mim, quem tem um QI acima da média é paranormal, sabia, Marina? — explicou Sara.

— Nossa! — exclamou Bruno, que não desviara os olhos da tela do laptop. — Com esse programa podemos ver tudo o que acontece em Sampa! Isso vai ser muito útil para nós, e poderemos...

— Esperem um pouco! Nós, não! — avisou Sara. — Eu não vou me envolver com esses crimes. Acabei de me curar de um câncer causado pelo stress e não vou cair nessa de novo. Mas vocês podem ir em frente. Arranjem um espaço para se encontrar e juntos, com certeza, poderão rastrear esse psicopata. O que posso fazer é orientá-los por e-mail em relação às suas habilidades. Mas não vou me envolver na captura desse *serial killer*.

A declaração de Sara esfriou um pouco o ânimo do grupo. Afinal, eles só tinham se conhecido e descoberto seus poderes por causa dela. Contavam com a sua participação e liderança. Insistiram, mas Sara estava irredutível. Desanimado com a decisão dela, o grupo combinou de se encontrar e determinar a função de cada membro para que pudesse dar andamento ao caso.

Sara os acompanhou até o portão da chácara. Pedro comentou que estava intrigado por Vitor não ter vindo ao encontro, mas Sara não estranhou, pois Vitor sempre tivera esse perfil enigmático. Ela sabia que de uma hora para outra ele apareceria.

Despediram-se com apelos insistentes para que Sara pensasse melhor e se unisse a eles. Ela respondeu que para tudo existia a hora certa e aquele ainda não era o seu momento de participar do grupo.

Depois das despedidas, ela continuou parada ao lado do portão da chácara, observando os carros se afastarem. De repente, um homem, usando um chapéu que lhe encobria o rosto, aproximou-se.

— Boa tarde, dona. A senhora pode me ajudar?

— O que o senhor deseja? — perguntou Sara, um pouco assustada, pois não era comum alguém aparecer ali sem avisar. A estrada principal ficava a uns quinhentos metros do portão, aonde se chegava percorrendo uma alameda de ciprestes.

O estranho tirou o chapéu, sorrindo por ter enganado Sara. O bom humor era típico dele.

— Pelo visto cheguei atrasado. Era o pessoal indo embora?

Sara logo reconheceu Vitor. Pessoalmente, era mais bonito do que na foto postada no blog.

— Desculpe o atraso, Sara. Tive motivos fortes para não chegar no horário marcado.

— Tudo bem, meu querido, o que importa é que você está aqui agora.

Emocionada, Sara ficou em dúvida se abraçava Vitor ou não. Vontade não faltava. Mas essa história de amigo virtual era estranha. A relação flui tão bem pela internet, porém, quando se torna real, física, carnal, parece que perde um pouco do encanto. Olhar o outro no olho é complicado e difícil. Ele deixa de ser um espelho para se transformar realmente no "outro"; paradoxalmente, o "próximo" torna-se distante.

Sara olhou para Vitor, querendo saber se no olhar dele havia aceitação. Como Vitor sorria para ela, o constrangimento se desfez e deram finalmente um forte abraço. Ele exalava um perfume silvestre muito bom, que combinava com o cenário da natureza generosa que os rodeava.

Vitor afastou um galho grande de uma acácia atingida por um raio, que estava caído próximo ao portão, e revelou uma placa escondida.

— Você escolheu um lindo nome para a sua chácara, Sara!

— Recanto dos Pássaros?! — exclamou ela, espantada ao ver o nome gravado na placa. Como nunca tinha reparado nessa placa?

Sara parou um instante, olhando o arvoredo e a enorme quantidade de pássaros que o sobrevoavam, e reconheceu a sabedoria de Vitor.

— É, Sara, eles são os verdadeiros proprietários deste lugar! Você é apenas uma hóspede — afirmou Vitor, com suas frases filosóficas e enigmáticas.

Sara convidou Vitor para conhecer seu laboratório e saber como fora a reunião.

— Não posso, Sara, só vim para lhe dizer pessoalmente uma coisa que sinto que você precisa saber neste momento.

— Você está me deixando curiosa, Vitor. O que preciso saber?

Como só naquele momento lhe ocorreu que ele surgira do nada, ela emendou, olhando para a alameda de ciprestes onde não havia nenhum automóvel estacionado.

— Como você veio?! Onde está o seu carro?

— Sara, este não é um momento de perguntas, e sim de respostas. Você conseguiu a graça da cura e o universo está conspirando para que você retribua essa graça, ajudando os outros. Você precisa entender o que Deus espera de você neste momento.

Um forte vento começou a soprar. Os cabelos de Sara esvoaçaram, folhas de árvores voaram ao sabor do vento e ela começou a ouvir a voz de Vitor ecoada, dizendo:

— Para iniciar uma jornada de cem quilômetros é necessário dar o primeiro passo e quem não muda de direção termina exatamente no lugar de onde partiu, entendeu? "Dar o Primeiro Passo".

Sara sentiu algo estranho. Olhou para o céu, buscando nuvens que justificassem o vento forte; depois olhou para os pássaros, que voavam agitados, buscando abrigo nos galhos da frondosa Sabedoria, a árvore guardiã. O tempo parecia avançar em câmera lenta e a imagem de Vitor começou a ficar embaçada aos olhos de Sara. Uma sensação de vertigem a envolve. O mundo parece fora de foco.

★ ★ ★

A mente de Sara retorna ao estúdio, atraída pela voz de Flávio Soares. Ela ainda está sentindo vertigem devido à lembrança da sensação de desmaio. Com a memória ativada pela entrevista, ela revive tudo o que sentiu naquele dia, no portão do "Recanto dos Pássaros", quando vira Vitor Gomes pela primeira vez.

FLÁVIO: E o que Vitor fazia, enquanto você contemplava aquele momento?

SARA: Tudo o que aconteceu naquele dia foi muito mágico! Não sei dizer se foram cinco segundos ou cinco minutos, o que sei é que o vento começou a soprar mais forte e as nuvens foram tomando conta do céu, tirando minha concentração. Foi quando olhei para Vitor, e ele havia desaparecido. Lógico que achei estranho, mas Vitor sempre foi estranho e ele havia me dito que precisava ir embora. Tive a impressão de que "me perdi no tempo"... Aquele vento, o céu escuro... logo percebi. Senti que algo errado estava para acontecer.

★ ★ ★

Menezes voltava de São Paulo com as crianças quando avistou um automóvel parado no acostamento da estrada. Ao seu lado, um casal acenava pedindo ajuda. Prestativo, o advogado encostou o carro a fim de prestar socorro.

— O que aconteceu? Acabou a gasolina? — perguntou Menezes.

— Nosso carro quebrou. Chamamos o guincho, mas deve demorar mais de uma hora pra chegar — respondeu o homem bem vestido, aparentando cerca de 50 anos.

— Nossa filha está num hospital em Sorocaba — falou a senhora que o acompanhava. — Está para dar à luz o nosso primeiro neto e não sabemos o que fazer para chegar a tempo.

Menezes, tocado pelo desespero do casal, ofereceu uma carona. Passaria por Sorocaba e poderia deixá-los no hospital. O casal agradeceu muito. Trancaram o carro e embarcaram no de Menezes. O homem sentou-se no banco do carona e a mulher ajeitou-se no banco de trás, junto com as três crianças, que a olhavam curiosas.

— Só não reparem na bagunça das crianças — disse Menezes, enquanto retomava o caminho. — Vocês tiveram sorte de estarmos passando por aqui. Nesta hora não há muito movimento nesta estrada.

— Realmente — concordou o homem, agora num tom de voz ameaçador. — Sorte a nossa, um babaca como você dar carona a esta hora pra dois desconhecidos. Toca pra casa, otário! — ordenou o assaltante.

Num movimento rápido, o homem sacou o revólver e apontou-o diretamente para a cabeça do Menezes.

— Por favor, levem o que quiserem. Olha! Eu tenho dinheiro, podem levar, mas não façam nada com as crianças — suplicou Menezes, entregando a carteira.

— Ótimo, bonitão! — disse a mulher ao pegar a carteira. — De onde veio esta grana deve ter muito mais. Se você continuar colaborando, nada vai acontecer com estes anjinhos aqui — disse ela, passando o braço pelo pescoço de Dudu.

Nessa hora, o celular de Menezes tocou; era Sara querendo falar com ele. Ele estendeu o braço em direção ao aparelho, que estava no console, mas, antes que atendesse, o assaltante, irritado, tirou o aparelho das mãos do Menezes e jogou-o pela janela. Quando percebeu que não estava mais sob a mira do revólver, Menezes fez um movimento rápido na tentativa de imobilizar o ladrão. Na confusão, acabou perdendo o controle do carro, que começou a andar em ziguezague pela estrada, quase batendo num carro que vinha na direção contrária. Eram Rosana e Pedro, que voltavam do encontro com Sara.

— Cuidado, Pedro, olha aquele louco! — gritou Rosana, ao ver o carro desgovernado que se aproximava.

Com a briga e os movimentos sinuosos do carro, uma foto da família que estava no console do carro de Menezes saiu voando pela janela. Quando os carros quase colidiam, Pedro jogou o seu para o acostamento e, como num passe de mágica, a foto que saíra voando do carro de Menezes grudou no para-brisa do seu carro.

— O que é isto? — quis saber Rosana, ainda assustada.

Pedro parou o carro, desceu e pegou a foto. Foi quando teve uma visão. Segundos depois, afirmou:

— Temos que voltar! A família de Sara corre perigo!

Pedro fez o retorno, enquanto Rosana pedia reforços pelo rádio. Bruno e os outros Sensitivos, que vinham em outro carro, um pouco atrás, viram a manobra de Pedro e, preocupados, resolveram segui-lo.

— Esta foi a primeira e última, galã! — bradou o assaltante, que tinha conseguido conter Menezes e voltava a lhe apontar a arma.

— Da próxima vez, quem vai sofrer as consequências são os anjinhos aqui — completou a mulher, olhando para as crianças, que continham o choro, assustadas, depois de perceber que os caronas eram ladrões.

O automóvel de Menezes embicou na alameda que levava à chácara, mas, alguns metros antes de chegar à entrada, Pedro acelerou e conseguiu ultrapassar o carro de Menezes. Numa manobra ousada, bloqueou a sua passagem.

Pedro e Rosana saltaram ao mesmo tempo do carro com a Beretta em punho e usando as portas como proteção.

— É a polícia! Saiam com as mãos onde eu possa ver! — ordenou Pedro, mirando a arma no assaltante.

O homem desceu apontando a arma para Menezes, enquanto a mulher empurrava as crianças para fora do carro, fazendo-as de escudo contra os policiais.

Nesse momento, os outros Sensitivos, no outro carro, chegaram ao local.

— Fica todo mundo calmo aí! — gritou o ladrão, encostando o cabo da arma na cabeça de Beto. — Vamos entrar na chácara com o pessoal aqui e tudo vai acabar bem. Deixa a gente em paz, senão todo mundo morre! — continuou ele aos gritos, abraçado à criança, enquanto os policiais baixavam as armas.

Depois que o assaltante obrigou a família a atravessar o portão da chácara e seguir na direção da casa, a mulher trancou o portão com o cadeado, deixando Pedro e os demais do lado de fora.

Lisa comunicou-se telepaticamente com Sara, que, horrorizada, via a cena pela janela da sala. Lisa pedia que Sara mantivesse a calma e não saísse da casa.

— Caramba! E agora, o que vamos fazer? — exclamou Bruno, visivelmente nervoso.

— Vou pedir reforços! — gritou Rosana, pegando o celular.

Marina desceu do carro de Bruno e tentou abrir o cadeado com um clipe. Enquanto isso, os ladrões obrigavam Sara a abrir a porta. Trancaram a família num dos banheiros e, apressados, começaram a vasculhar os armários e revirar as gavetas. Procuravam coisas de valor; dinheiro, principalmente.

Foi quando, de repente, objetos começaram a flutuar. Os talheres batiam nas panelas, fazendo um barulho ensurdecedor. Era Bruno que, nervoso, causava o fenômeno de modo inconsciente. Subitamente, o vidro de uma das janelas explodiu, assustando os ladrões.

— Que porra é essa?! — gritou o homem, apavorado.

— Essa casa é assombrada, vamos dar o fora daqui! — completou a mulher, enquanto corriam para a porta da frente.

Nesse momento, Marina conseguiu abrir o cadeado e Pedro correu chácara adentro, seguido por Rosana. Ao chegarem à varanda da casa, deram de cara com os assaltantes fugindo.

— Parados aí! —gritou Pedro, apontando a arma.

O casal, surpreso, estancou. Sem oferecer mais resistência, os ladrões obedeceram à ordem de Pedro e o homem jogou a arma no chão. Pedro o algemou, enquanto Rosana se incumbia da mulher, que começava a chorar. Depois de algemados, levaram-nos até uma viatura que acabara de chegar, atendendo ao pedido de Rosana.

Dentro da casa, Marina e Bruno destrancaram o banheiro onde a família estava presa. Bruno pediu desculpas a Sara pelo estrago que fizera na casa, mas ela agradeceu, dizendo que algumas porcelanas nada significavam diante de cinco vidas salvas. Então Júlio parou por alguns instantes, olhou para todos e, pensativo, comentou com Sara:

— De algum jeito a gente está unido... Como os grãos de uma espiga de milho.

— Você tem razão, Júlio. Estamos todos conectados. Não sei como agradecer a vocês — falou Sara.

— Na verdade, há um jeito... e você sabe qual é! — disparou Bruno.

— Bruno! Pare de insistir — pediu Lisa, dando uma cotovelada no rapaz.

Após a indireta de Bruno, Sara desviou o olhar para Menezes e depois para as crianças. Menezes fez um sinal positivo com a cabeça e Sara sorriu. Depois que os ladrões foram levados pela polícia e os Sensitivos retornaram a São Paulo, Sara esperou até que as crianças fossem para a cama e foi para o seu escritório. Sabia que tinha uma decisão a tomar. Abriu o laptop e escreveu:

Meus queridos, voltarei para o meu apartamento em Moema. Assim ficarei mais próxima de vocês. Estou dando o primeiro passo da nossa jornada. Caminharemos juntos daqui em diante!

Beijos, Sara.

O IPESPA

Sem esforços, aquilo que é procurado lhe será dado.
Tudo o que almejar com o mais profundo dos sentimentos,
chegará até você no lugar certo e na hora certa, com facilidade.

Bruno e Júlio procuravam um imóvel para alugar. Depois de se reunir algumas vezes, o grupo teve a ideia de fundar um instituto para o estudo dos fenômenos paranormais e precisavam de uma sede.

Quando passavam de carro por uma rua arborizada, em frente a uma praça, avistaram uma casa antiga que lhes chamou a atenção. Júlio pediu que Bruno parasse o carro. Antes mesmo de Júlio dizer algo, Bruno mostrou-lhe o braço todo arrepiado; os dois tiveram certeza de que aquela casa era o local onde funcionaria o instituto.

Todas as janelas da casa estavam fechadas e, na porta, havia uma placa: "Clínica de Repouso dr. Smith Sunders. Mudamos para a rua Acaginá, 234". Bruno desceu do carro, tocou a campainha e, depois de se certificar de que não havia mesmo ninguém, pensou em tocar a campainha das casas vizinhas. Nesse momento, viu uma senhora, com um carrinho de feira, abrindo o portão da casa ao lado. Perguntou, então, se ela sabia quem era o dono da casa vazia, pois queria alugá-la.

A mulher respondeu que o imóvel pertencia à sua família, mas que não estava disponível para locação, pois os herdeiros queriam vendê-lo. Mesmo assim, Bruno pediu para visitar a casa.

Por fora, parecia abandonada, mas, quando entraram, Bruno e Júlio se surpreenderam ao ver o bom estado de conservação. A pintura nova dava ao ambiente uma atmosfera leve e arejada. Todas as salas dispunham de caixas de som e de cabos para acesso à internet e ao PABX. Algumas salas tinham portas de vidro temperado, com vista para um bonito jardim, que rodeava toda a casa. Nele, havia bancos posicionados estrategicamente, diante de belos cenários: uma fonte, um gazebo e um pequeno lago artificial; provavelmente, um local de relaxamento para os idosos da antiga casa de repouso.

Bruno já conseguia até visualizar o instituto funcionando na casa, e deduziu que o local agradaria a Sara, pois, apesar de próximo ao centro de São Paulo, a paisagem lembrava a chácara. Bruno perguntou à vizinha o preço que os herdeiros pediam pelo imóvel, uma vez que não pensavam em alugar. Ela respondeu que esse era o grande problema. Apesar de a casa estar avaliada em R$ 600.000,00, dois dos herdeiros, antes de se mudarem para o exterior, tinham deixado uma procuração para o filho dela, o advogado da família, só autorizando a venda pelo valor de R$ 1.000.000,00. Vários interessados já tinham tentado negociar, mas os herdeiros não aceitavam outras propostas.

Bruno pediu que a senhora chamasse o filho para conversarem. Ela pediu que esperassem um instante e entrou na casa ao lado. Em pouco tempo, voltou com o rapaz, que tinha acabado de sair do banho e estava de saída para trabalho.

Bruno quis saber sobre a documentação e o advogado respondeu que tudo estava em ordem. Ele tinha em mãos todas as certidões do imóvel e dos herdeiros, devidamente atualizadas. Bruno sondou o advogado, perguntando-lhe se, porventura, alguém aceitasse pagar o valor pedido, quem seria o responsável por assinar a escritura. O advogado respondeu que, pelo valor pedido, ele mesmo poderia assinar por todos, pois tinha uma procuração específica para isso. Nesse momento,

Bruno sacou o celular do bolso, ligou para o seu banco e pediu para falar com o gerente.

Enquanto esperava, Bruno perguntou ao advogado onde ele tinha conta; por "coincidência", eram correntistas do mesmo banco.

— Oi, Miguel. É o Bruno Pontalti — anunciou quando o gerente atendeu. — Por favor, faça uma transferência no valor de R$ 1.000.000,00 para a conta...só um minutinho...

Bruno parou um instante, perguntou o número da conta e o nome completo do advogado e transmitiu-os ao gerente.

Ao desligar o celular, Bruno convidou o advogado a acompanhá-lo até o cartório para regularizarem a posse do imóvel.

Enquanto o advogado, surpreendido pela rapidez do negócio, juntava os documentos necessários para a transferência do imóvel e confirmava a transferência do dinheiro para a sua conta, Bruno telefonava para um amigo, dono de uma construtora em São Paulo. Pediu-lhe que disponibilizasse uma equipe para reformar a fachada de uma casa antiga e que, para isso, só teriam dois dias.

Na chácara, enquanto providenciava a sua mudança para São Paulo, Sara recebeu o telefonema de Bruno.

— Sara! Sara! Escute só, encontrei o imóvel perfeito para a nossa sede e em dois dias já poderemos ocupá-lo. Anote aí o endereço.

Bruno passou o endereço e continuou:

— Pense num nome para que eu possa providenciar a placa do lugar.

Sara já tinha o nome em mente e respondeu de imediato:

— IPESPA, Instituto de Pesquisas Parapsicológicas.

— Maravilha! — exclamou Bruno. — Deixa comigo que eu cuido de tudo.

* * *

Dois dias se passaram e Sara estava de viagem para a capital, acompanhando o caminhão da transportadora. Feliz, enviou uma mensagem aos Sensitivos, dizendo que por volta das 20 horas estaria no local da futura sede do instituto. Em seguida ligou para Menezes e pediu que ele levasse as crianças para dormirem com os avós, pois ela queria matar a saudade. Por conta da mudança, não se viam há dois dias.

À noite, o carro de Sara seguia lentamente pela rua. Ela olhava as casas, procurando o número que Bruno lhe dera. Enquanto isso, com todas as luzes da casa apagadas, os Sensitivos esperavam, ansiosos, a chegada dela. Pela janela, avistaram o carro estacionando.

— É ela! Agora, Júlio, acenda o luminoso! — pediu Bruno, eufórico.

Sara saía do carro quando, de repente, a placa do IPESPA ficou toda iluminada.

— Meu Deus, isso é maravilhoso! Tudo está tão lindo! — disse emocionada, abraçando Bruno com força.

— Que bom que você gostou, Sara. Uma modesta contribuição do grupo. Eu comprei a casa.

— E nós, que somos mais pobres, contribuímos com o resto — disse Lisa.

— Mas você ainda não viu nada! — disse Bruno, puxando Sara pelo braço. — Venha, vamos lhe mostrar tudo.

Foram então, de cômodo em cômodo, mostrando a nova sede à sua diretora. As camas e macas estavam nas salas que seriam usadas para relaxamento. Numa sala maior, eles tinham disposto mesas e cadeiras e, diante delas, uma lousa grande e um telão de *home theater*, com projetor. A sala particular de Sara fora decorada com mesinhas, flores e incensos; e, numa das paredes, um grande quadro magnético para afixar recados.

— Parabéns! Vocês formam uma bela equipe!

— Formamos, sim, Sara! Todos nós! — acrescentou Marina. — Mas agora vamos ao que interessa. Por onde vamos começar amanhã?

Sara ligou o laptop sobre a sua nova mesa de trabalho e acessou as fotos dos três assassinatos cometidos pelo *serial killer*.

— Olhem só! Realmente, é impossível que uma pessoa comum consiga mutilar duas outras ao mesmo tempo, sem que nenhuma delas reaja.

— Claro, foi exatamente o que eu pensei — concordou Lisa. — Mas ele pode estar matando um de cada vez e depois colocando os corpos nessa posição, como se estivessem jantando juntos.

— Como se ele montasse a cena depois de matar as pessoas? — perguntou Bruno.

— Não, não — discordou Marina. — Se isso tivesse acontecido, a perícia já teria descoberto. É impossível fazer isso sem deixar vestígios de sangue na hora de arrastar os corpos.

— O que eu não entendo é por que o assassino só mata os adultos e as crianças, não. Como uma pessoa pode ser boa com criança e, mesmo assim, matar os pais na frente dela? — questionou Júlio.

— Outra coisa... por que ele mata sempre na hora do jantar? Não poderia ser na hora do almoço ou do café da manhã? — acrescentou Pedro.

— Porque é um *serial killer*, gente! — explicou Marina. — Ele tem manias, faz tudo sempre igual por algum motivo que só ele conhece. Por isso é difícil descobri-lo. As marcas nas costas das vítimas querem dizer algo que ainda ninguém percebeu. É provável que ele esteja deixando pistas para ser encontrado.

— É, mas esse não é um *serial killer* "normal" — disse Sara, causando um riso geral — Não riam, não! O que eu quero dizer é que ele é um paranormal que está usando suas habilidades para matar.

— Isso deve ser algum ritual de magia negra. Alguém possuído por espíritos do mal — afirmou Pedro, convicto.

— Não concordo, Pedro. Para mim isso é paranormalidade — disse Sara, dirigindo-se, então, a todo o grupo. — Bem, pessoal, temos muito trabalho pela frente. Vamos recolher pistas, investigar e estudar os fatos para pegarmos esse assassino. Marina, desconfio que você possa estar com a razão. Pesquise os símbolos e desenhos marcados nas vítimas.

— Puxa! Estou atrasado! — exclamou Bruno. — Combinei de sair com uma amiga. Vamos, Júlio, deixo você no apartamento.

— Ainda vou fazer algumas coisas por aqui — disse Marina. — Podem deixar que eu fecho tudo. Se você quiser, Júlio, posso te dar uma carona depois.

— Tudo bem, Marina, assim não atraso o Bruno — respondeu Júlio, que, a cada minuto que passava, sentia-se mais apaixonado pela sua pequena deusa oriental.

Júlio e Marina ligaram a tevê e sintonizaram o noticiário, que naquele momento transmitia uma matéria sobre os assassinatos. Enquanto Marina fazia anotações em sua caderneta, Júlio começou a escrever uma carta para a mãe. De quando em quando, os dois se entreolhavam com um ar de paquera, mas Marina, apesar da atração que sentia por Júlio, preocupava-se com as diferenças que havia entre eles. Diferenças culturais, sociais, étnicas. Será que Júlio estava mesmo a fim dela? Bom, uns beijos não fariam mal a ninguém, nem significavam casamento, até porque seu velho pai oriental jamais aceitaria Júlio como genro.

Para, Marina! Você mal conhece o rapaz!, criticou-se em pensamento, antes de se dirigir a ele.

— Júlio, por que você fica me olhando desse jeito?

— Porque você... é uma belezura! — respondeu ele, olhando com desejo para o corpo da moça.

— Uau! Atiradinho, hein? Tem certeza de que você é da roça mesmo?

Júlio deu um sorriso maroto, abaixou a cabeça e continuou escrevendo para a mãe.

★ ★ ★

Lisa tinha acabado de chegar ao hospital para mais um plantão noturno quando um carro de resgate subiu a rampa de acesso com a sirene ligada. Trazia uma criança febril, de apenas 5 anos, tendo um ataque. A menina foi levada às pressas para a sala de emergência. O dr. Verman lhe aplicou seis miligramas de Clonazepam e novalgina; em seguida, pediu uma ressonância magnética, exames de sangue e de urina e o hemograma completo.

Avistando Lisa no corredor, o médico chamou-a:

— Vamos, Lisa, o caso é grave. O que está fazendo aí, parada? Me acompanhe — o médico e Lisa foram ao encontro dos pais da menina.

— Há algum histórico de epilepsia ou de insuficiência cardíaca na família? — perguntou o dr. Verman.

— Não, doutor — respondeu a mãe, ainda chorando muito.

— Aconteceu alguma coisa que justifique esse ataque? Ela foi agredida? Caiu e bateu a cabeça? Por favor, respondam. Preciso saber a verdade! O que aconteceu com ela?

— Nada, doutor. Não aconteceu nada! — respondeu o pai. — A gente ia jantar. Minha mulher chamou a Maíra, mas ela não saiu do quarto nem respondeu. Então subi as escadas e, quando abri a porta, ela estava deitada na cama, tendo esse ataque.

Uma médica da equipe do dr. Verman entrou na sala e informou que a ressonância não acusara nenhuma anormalidade. O dr. Verman pediu então a Lisa que submetesse a pequena paciente a uma punção lombar para analisarem o líquido espinhal.

Com a menina no quarto, já sedada, Lisa preparava o material para fazer a punção quando notou que o estômago da criança estava contraído, com as costelas salientes, como se ela estivesse há dias sem comer. Lisa foi correndo chamar o dr. Verman. Intrigado, o médico pediu novos exames. Queria conversar novamente com os pais, mas eles não estavam por perto. Pediu que alguém procurasse por eles em todo o hospital. Finalmente, foram encontrados na capela, rezando. De volta ao quarto da filha, o médico lhes perguntou sobre a alimentação da menina e quando ela comera pela última vez. Os pais informaram que ela se alimentava muito bem; que tinha almoçado e lanchado normalmente naquele dia. Depois o dr. Verman pediu-lhes que aguardassem na sala de espera pelo resultado dos outros exames.

A menina dormia, mas Lisa conseguiu ouvi-la em pensamento:

— *Estou com fome... Aqui é muito sujo, me salve!* — gritava.

Mentalmente, Lisa tentou acalmá-la, dizendo-lhe que aquelas gotinhas pingando eram soro e serviam como alimento, mas a menina parecia não escutar e continuava gritando:

— *Estou com muita fome, vou morrer de fome!*

Lisa percebeu que ela estava presa numa espécie de sonho, pois o que dizia não fazia sentido. Achou melhor ligar para Sara.

Chegando ao seu apartamento, que estava todo bagunçado, com caixas da mudança espalhadas por todos os lados, Sara dirigiu-se ao quarto, onde Menezes a esperava.

— Amor, tudo ficou lindo no IPESPA! O instituto é maravilhoso e não vejo a hora de começar minhas pesquisas. Foi um chamado, amor, eu senti. Vitor me ajudou muito a enxergar isso. Vou auxiliar as pessoas, usando a parapsicologia.

— Acho muito bonita a sua postura — disse Menezes. — Desde que você continue sendo a mãe e a esposa que sempre foi.

— Claro, amor — respondeu sensualmente Sara, sussurrando no ouvido do marido. — Só vou trabalhar quando você estiver na empresa e as crianças, no colégio — e os dois se beijaram, como se aquele fosse o primeiro beijo, até serem interrompidos pelo toque do celular de Sara.

— Oi, Lisa, aconteceu alguma coisa? Pesadelos? Qual a idade dela? Sei... hã... — enquanto conversava ao celular, Sara olhava para Menezes e via que ele já estava contrariado.

— Vamos fazer o seguinte, Lisa. Leve amanhã cedo o prontuário da menina e conversaremos no IPESPA.

Quando ela desligou, Menezes, irritado, porém curioso, perguntou:

— Algum problema?

Sensualmente, Sara olhou para ele e disse:

— Sim, muita saudade de você! — e os dois voltaram a se beijar apaixonadamente.

Às 4 da manhã tocou o alarme do celular de Sara. Ela se levantou vagarosamente para não acordar o marido e começou a colocar a mudança em ordem. Havia marcado com Lisa logo cedo, no instituto, portanto teria poucas horas para pôr tudo no lugar a fim de receber os filhos à noite. Queria, o mais rápido possível, um apartamento limpo e em ordem.

O alarme do celular de Menezes tocou às 7 horas. Ele se levantou e notou que o quarto já estava todo arrumado. Circulou pelo apartamento, procurando Sara. Entrou no banheiro e encontrou um recado escrito, com batom, no espelho: "Estarei em casa antes de vocês chegarem. Amo vocês!"

★ ★ ★

FLÁVIO: É verdade que você e Menezes chegaram a se separar por causa do IPESPA?

SARA: Na verdade, não. Nunca chegamos a esse ponto. Discutimos, é claro, mas isso é comum entre casais. Menezes chegou a ficar enciumado quando estávamos perto de capturar o *serial killer*. Eu tinha vários casos para resolver, precisei viajar e ele não concordou. Enfim, brigamos, mas durou pouco e logo fizemos as pazes. Amo muito a minha família, mas eu tinha que evitar aqueles crimes. Era a minha missão.

FLÁVIO: Bom, antes de falar do *serial killer* e dos crimes, vou chamar nossos comerciais. Voltamos em dois minutos.

★ ★ ★

Casos e Acasos

Nada é por acaso. Deus não joga dados com o mundo.
Deus é sutil, não é maldoso.

ALBERT EINSTEIN

Aquilo a que chamamos acaso não é, não pode ser, senão a causa ignorada de um efeito conhecido.

VOLTAIRE

Segunda Parte

A boneca de Maíra

Até que ponto a sensibilidade e a pureza de uma criança são capazes de captar estímulos não específicos que possam interferir em sua saúde física?

FLÁVIO: Voltamos a falar com Sara Salim, nossa convidada de hoje, que está nos contando como ela e os sensitivos do IPESPA capturaram o *serial killer* que aterrorizou todo o Brasil.

Voltando-se para a entrevistada, Flávio muda de assunto, guardando para o último bloco a revelação do *serial killer*.

FLÁVIO: Sara, antes de falarmos do *serial killer*, gostaria de perguntar sobre a coincidência de, logo no primeiro dia de trabalho no instituto, vocês já terem um caso para resolver. O que você pode nos dizer sobre isso?

SARA: Coincidências não existem, Flávio! Existe a sincronicidade com o universo. E este, com certeza, conspirava a nosso favor. Eu estava muito ansiosa; realmente não esperava que no primeiro dia do IPESPA tivéssemos um caso de doença psicossomática para resolver. Ainda mais com uma criança. Eu não suporto ver crianças doentes ou morrendo por causas inexplicáveis, pois para tudo há uma explicação.

★ ★ ★

Ao chegar ao IPESPA, Lisa relatou para Sara o caso de Maíra. Pediu-lhe orientação sobre o que fazer para ajudar a menina. Sara analisou a cópia do prontuário e afirmou que o problema era de ordem emocional.

— Gostaria de falar pessoalmente com os pais de Maíra — disse Sara.

Lisa prontificou-se então a voltar ao hospital, acompanhando Sara. Ao saírem, encontraram Bruno e Júlio, que chegavam ao IPESPA.

— Olá, rapazes.

— Oi, Sara. Oi, Lisa.

— Bruno — disse Sara, — vamos precisar de alguém para trabalhar aqui no IPESPA. Uma secretária que atenda na recepção e receba as ligações. Você, que conhece tanta gente, bem que podia cuidar disso, não?

— Falou com a pessoa certa, minha querida — disse Bruno, tirando do bolso uma agenda. — Telefone de garotas é o que não falta aqui.

— Mas veja lá, hein, que tipo de garota você vai contratar.

— Sara, vamos? — chamou Lisa, ansiosa para que Sara visse Maíra no hospital.

— Aonde vocês vão, posso saber?

— Bruno, estamos indo para o hospital onde Lisa trabalha. Surgiu um caso estranho lá, uma criança... Na volta a gente conta como foi.

— Querem que eu vá junto? Eu posso ajudar? — perguntou Júlio.

— Obrigada, Júlio, mas é melhor você ficar aí com o Bruno para ver quem ele vai nos arrumar como secretária. Vejam lá, rapazes, o que vocês vão aprontar! — e, com um tchauzinho, as duas foram para o carro.

Júlio, vendo a empolgação do amigo que ligava para as moças, perguntou:

— Bruno, você não pensa em casamento? Namorar uma boa moça? Formar uma família?

— Como você está por fora! Prefiro pegar todas. Nada a ver casar e ser um hipócrita infiel. Não é a minha praia, mesmo!

— Ah, eu quero casar e ter muitos filhos... — suspirou Júlio, imaginado várias criancinhas de olhos puxados correndo pela casa.

★ ★ ★

No hospital, Lisa apresentou Sara aos pais de Maíra, dizendo-lhes que talvez ela pudesse ajudar. Sara explicou que, possivelmente, a doença de Maíra era de natureza emocional, portanto não seria detectada nos exames laboratoriais.

— A senhora está achando então que a minha filha é louca? — perguntou o pai da menina, em tom alterado.

— Não, senhor. Problemas emocionais não significam loucura. Ela pode ter sofrido algum trauma. Existem casos de pessoas que chegam a óbito por problemas psíquicos.

— Agora a senhora confirmou! Está dizendo que a minha filha precisa de tratamento psiquiátrico.

— Calma! Ela só está querendo ajudar — interveio a mãe.

— Pai, mãe, as crianças são muito sensíveis — disse Sara calmamente. — Elas vivem praticamente o tempo todo em estado mental alfa e, por isso, são capazes de captar coisas à distância. Se vocês tiveram alguma discussão, por exemplo, mesmo que longe dela, ela pode ter captado e fantasiado que ela era o motivo de tal discussão, entendem? Por isso a importância de me contarem tudo. Por favor, tentem se lembrar de algum fato que possa ter acontecido na casa nos últimos dias; alguma coisa diferente do cotidiano.

— Que eu saiba, não aconteceu nada de diferente. Não que eu me lembre — respondeu a mãe. — Apesar de que esta semana estou trabalhando dobrado e nem tenho ficado com ela. Na terça-feira, ela pediu que eu a ajudasse numa campanha da escola, mas eu estava muito ocupada e passei a tarefa pra empregada.

— Campanha de quê? — perguntou Sara.

— Para dizer a verdade, nem sei. Essas coisas que inventam sempre na escola. Ontem ela voltou feliz pra casa, dizendo que colaborou bastante na campanha. Estava aparentemente bem.

Sara explicou aos pais que eles poderiam ajudar a filha naquele momento, dizendo-lhe coisas positivas, pois tudo o que falassem ela captaria, mesmo estando inconsciente. Orientou-os para que conversassem com a filha, dizendo que estavam ao seu lado o tempo todo e que ela não tinha nada a temer.

Depois desse diálogo com os pais de Maíra, Sara retornou ao IPESPA, onde encontrou Bruno pendurado ao telefone.

— Então, Bruno, já encontrou a nossa secretária?

— Estou marcando as entrevistas para amanhã.

— Que eficiência! — elogiou Sara. — Onde estão Júlio e Marina?

— No quintal...

— Senti certa malícia no seu modo de falar ou foi só impressão minha?

Bruno respondeu com uma sonora gargalhada.

Sara chamou Marina e Júlio e pediu que eles fossem até a casa de Maíra investigar o que havia desencadeado o colapso nervoso da menina.

Lá chegando, Marina e Júlio tocaram a campainha, mas ninguém atendeu. Voltar sem as informações era complicado. O estado de saúde da menina parecia grave; tinham sentido essa urgência no tom de voz de Sara. Resolveram tentar chamar alguém nos fundos da casa. Bateram na porta de trás. Nada! Marina percebeu então uma fresta na janela da cozinha. Os dois jovens se olharam, cúmplices. Iam entrar sorrateiramente na casa.

— Isso é invasão de domicílio! — disse Marina, apoiando um pé nas mãos de Júlio a fim de tomar o impulso necessário para alcançar a janela.

— Domi... o quê? — perguntou Júlio, que desconhecia a palavra.

— Domicílio, casa, residência. É tudo a mesma coisa — respondeu Marina, preocupando-se mais uma vez com o abismo cultural que havia entre eles.

Júlio subiu até o quarto de Maíra, enquanto Marina procurava pistas na parte térrea da casa. Ela recolheu amostras de alimentos e alguns objetos que estavam sobre a mesa da cozinha. Na sala, viu alguns brinquedos no chão, ao lado de diversas almofadas, o que indicava que Maíra costumava assistir tevê recostada naquele cantinho. Vários DVDs estavam espalhados ao lado da tevê. Marina os recolheu para análise. No andar de cima, Júlio procurava pistas no quarto da menina. Subitamente, foi acometido por uma terrível dor de cabeça. Apoiou-se na cabeceira da cama, coberta por uma colcha rosa, e teve uma visão:

Maíra, feliz em seu quarto, brincando de casinha e dando comidinha para uma das suas bonecas, com quem conversava bastante.

Júlio desceu as escadas e contou o que vira para Marina.

— Talvez a sua visão signifique que ela ficará boa — disse a jovem nissei. — Mas o que você encontrou lá em cima que possa servir como pista?

— Encontrar, não encontrei nada, mas tem uma banheirona no outro quarto. Só de olhar, me deu um calor...

Júlio segurou a mão de Marina e a puxou para si, envolvendo a cintura dela com seu braço musculoso. O rapaz estava com os hormônios em ebulição e, como a linguagem do corpo não precisa de nenhuma escola, sua pouca instrução não fazia diferença. Só que, como na linguagem falada, às vezes a pessoa comete um engano. Parece que foi o que aconteceu. Marina não entendeu a mensagem do rapaz. Quer dizer, entender, é claro que entendeu, só que achou inoportunos a hora e o local. Além disso, ainda estava irritada com a ignorância dele, que não sabia o significado da palavra "domicílio".

— Chega, Júlio! — interrompeu. — Isso é hora de pensar em sexo? Vamos embora. Não encontramos muita coisa pra elucidar o caso.

Júlio ficou desconcertado com a bronca de Marina.

Antes de saírem, Marina percebeu uma anotação presa na geladeira: "Separá as coisa pra campanha doação iscola." Aparentemente, era um bilhete escrito por uma empregada pouco letrada.

Nesse instante, o celular de Marina tocou. Era Sara querendo saber como andava a investigação. Depois de se inteirar dos fatos, disse:

— Marina, pressinto que foi alguma coisa na escola que originou tudo isso.

— Acabei de ler um bilhete — disse Marina. — Acho que foi a empregada que escreveu. É sobre uma campanha solidária, promovida pela escola.

— Não disse? Eu senti que o problema estava ligado com a escola. Vão logo até lá, por favor!

— Fique tranquila, Sara, estamos indo falar com a professora — disse Marina, desligando o celular.

— Mas onde ela estuda? — perguntou Júlio.

— Vamos para o carro. Isso não é problema.

Já no veículo, Marina abriu o laptop e entrou no sistema da Secretaria de Ensino. Pelo endereço residencial, descobriu que a menina estava matriculada numa escola do mesmo bairro. Pediu que Júlio anotasse o endereço e saíram. Ao chegarem perto do local, Marina diminuiu a velocidade e começou a procurar.

Ela usava uma minissaia provocante e Júlio não conseguia tirar os olhos de suas pernas. Até que, não aguentando mais, deu um apertão na coxa dela. Marina freou o carro bruscamente.

— Para, Júlio! Estou dirigindo! Você está ficando louco, é?

— Acho que sim, louco por você! — respondeu ele, inclinando-se sobre ela, cheio de desejo.

— Qual é, Júlio? Cadê aquela timidez toda? Primeiro quer me levar pra banheira. Agora, passa a mão na minha perna! Quase bati o carro! Para, tá?! Também não sou de ferro...

Júlio continuou com a mão na coxa de Marina, subindo cada vez mais aqueles dedos ousados. Ela começou a amaciar o tom de voz quando Júlio passou a dar beijinhos em sua nuca e orelha.

— Nossa, você está... exalando testosterona! — murmurou ela, entregando-se às carícias do rapaz.

— Na verdade, eu quero... eu quero muito... — Júlio falava sussurrando no ouvido de Marina, que, cheia de desejo, se agarrava aos braços fortes dele, incentivando-o.

— Quer o quê, Júlio? Fala... diga o que você quer... — gemeu Marina, totalmente entregue.

— Quero me casar com você, Marina.

Ela desmoronou. Ajeitou-se e ligou o carro, dizendo:

— Caraca! Agora broxei...

— Não entendi. Que eu fiz de errado? — perguntou ele, todo romântico.

— Ah, esquece, Júlio, você nunca vai entender as nossas diferenças... Chegamos! É aqui a escola.

Ao conversarem com a professora, perguntaram-lhe sobre o comportamento da menina no dia anterior. O que havia comido, que atividades fizera. Pediram também para ver seu material escolar. A professora disse que a menina tinha se comportado normalmente e sido uma das alunas mais empenhadas na campanha que a escola vinha fazendo com as crianças. Enquanto Marina folheava o material escolar de Maíra, Júlio perguntou em qual campanha estavam trabalhando. A professora esclareceu que era "contra a fome". Mostrou os cartazes que as crianças tinham feito e lhes apresentou o vídeo que havia passado para os alunos no dia anterior. O vídeo continha cenas fortes de crianças comendo lixo, rastejando atrás de fezes de vaca para se alimentar e muitas crianças mortas sendo devoradas por abutres. Júlio ficou chocado, pois, mesmo ele, que havia nascido numa região cercada por pobreza, nunca tinha presenciado tanta miséria. Marina também ficou sensibilizada com as cenas fortes. Fortes demais para serem mostradas a crianças tão pequenas. É, essa nova pedagogia precisava ser repensada! Os professores não têm noção do que um simples trabalho escolar pode causar a uma criança.

Marina e Júlio deduziram que o trauma devia ter sido desencadeado ali. Nas paredes da sala de aula havia vários cartazes feitos pelas crianças e, na lousa, estavam mensagens escritas pela professora: "Eles estão à nossa volta!", "A fome mata milhões de crianças todos os dias!", "Crianças de rua disputam boneca encontrada no lixo!" e "Doe aos necessitados!".

Marina e Júlio trocaram um olhar de entendimento, despediram-se da professora e retornaram ao IPESPA.

Pedro passou no instituto para conversar com Sara. Desabafava com a parapsicóloga sobre seu relacionamento com a esposa, Bel (relacionamento que estava abalado por conta do seu trabalho), quando a conversa foi interrompida pela chegada de Marina e Júlio.

— Sara, trouxemos algumas coisas aqui, venha ver! — exclamou Marina, dirigindo-se ao *home theater* e colocando um dos DVDs que havia pego na casa da menina.

Eram filmagens do nascimento e de todos os aniversários de Maíra. Vendo as imagens, Sara observou que, o tempo todo, a menina carregava a mesma boneca no colo. Congelando a imagem, Marina despejou sobre uma mesa todo o material que recolheram na casa.

Júlio, olhando para o telão, afirmou:

— Foi essa boneca! Tenho certeza de que foi! — disse, ansioso. — Sara, eu tive uma visão no quarto da menina e era com essa bonequinha que ela estava brincando.

Pedro viu sobre a mesa um sapatinho de boneca no meio das várias coisas que Marina trouxera da casa, pegou-o, concentrou-se e disse:

Há uma boneca no colo de uma menina maltrapilha, suja e descalça. A menina está deitada em cima de sacos de lixos, brincando com a bonequinha.

Depois abriu os olhos, olhou para o telão e também reconheceu a boneca.

— É ela — disse Pedro. — A menina está com a mesma boneca que aparece nos vídeos. Elas estão numa favela perto daqui.

— Pois vocês acabam de salvar a vida de Maíra — disse Sara, orgulhosa da sua equipe, — mas temos de agir rapidamente.

Sara pediu que Marina e Júlio fossem até o hospital e contassem a Lisa qual era problema de Maíra. Em seguida deu dinheiro a Pedro para que ele comprasse outra boneca e, quando achasse a menina no lixão, fizesse a troca das bonecas. Sara tinha alguns assuntos para resolver, mas em pouco tempo os encontraria no Hospital San Marco.

Assim que ficou sozinha, sentou-se diante do laptop. Conectou-se à internet e entrou no perfil de Vitor Gomes, deixando a seguinte mensagem:

Querido Vitor, você está fazendo muita falta no grupo. Estamos resolvendo um caso grave. Use sua energia mental e foque-a para que tudo dê certo.

Beijos, Sara.

Depois de enviar a mensagem, ela pegou a bolsa e saiu, sem avisar aonde iria.

★ ★ ★

Chegando ao hospital, Júlio e Marina procuraram Lisa. Quando a encontraram, ela, antes mesmo que eles lhe contassem o que tinha acontecido, começou ansiosamente a falar do que ouvira da empregada de Maíra. A moça tinha ficado um tempo no hospital, como acompanhante da menina, substituindo os pais quando estes saíram para almoçar.

— Gente! Acho que descobri o motivo de a Maíra estar assim — exclamou Lisa, ansiosa. — Conversei com a empregada e descobri que ela...

— ... doou a boneca preferida da menina para a campanha da escola — interrompeu Marina.

— Como vocês sabem disso?! — perguntou Lisa.

— Porque descobrimos que a falta da boneca foi o que a deixou doente — explicou Marina.

— Pedro já foi procurar a boneca — disse Júlio, — e, se Deus quiser, logo ela estará aqui.

★ ★ ★

Pedro chegou à favela carregando um embrulho. Era a boneca nova que havia comprado. Andou com cuidado para não sujar os sapatos na água suja que escorria pelas vielas. Foi quando um tiroteio começou. Policiais armados entravam na favela e os traficantes locais começaram a atirar. Pedro se escondeu, temendo ser reconhecido por um dos colegas, ou pior, descoberto por algum traficante. Aí o plano iria por água abaixo.

Ele correu e se agachou atrás de uma caixa d'água, instalada no chão. A caixa servia apenas como reservatório, pois não havia encanamento em nenhum barraco daquela ruela. O tiroteio durou menos de cinco minutos. O morro ficou novamente silencioso, embalado apenas pelo murmurinho peculiar da comunidade. Pedro ouviu uma conversa:

— É ruim, hein?! Quem será que tava naquele carro? — perguntou uma das moradoras.

— Deve ser político ou traficante dos grandes. Você viu? O figura chamou o chefão da polícia no carro, deu um plá com os *homi* e os *sujeira* caíram fora! — concluiu a outra moradora.

Pedro também ficou intrigado com o fato, mas, como policial, sabia que uma simples palavra de algum "poderoso" fazia a polícia abaixar a cabeça. Afinal, seus colegas só cumpriam ordens e nunca ficavam sabendo por que tinham de invadir um lugar ou abandonar uma missão.

Ele saiu do esconderijo e perguntou às moradoras onde as crianças da favela costumavam brincar, mas uma delas respondeu que só Deus sabia onde é que se enfiavam durante os tiroteios. Nesse instante, dois rojões estouraram na favela. Esse era o sinal que os moradores usavam para se comunicar entre si. Dois rojões significavam que a favela estava segura, sem policiais e sem tiroteios. Pedro ainda estava ao lado das mulheres quando uma delas apontou:

— Que parada mais sinistra! Olha lá... foi daquele carro que veio os *rojão*... é a mesma pessoa que conversou com os tiras.

Pedro olhou rapidamente, curioso para ver se o carro era de um político, de um chefe do tráfico, mas o veículo já havia desaparecido, a toda velocidade, e ele não conseguira identificar nem o carro, nem seu ocupante.

Os rojões sinalizadores fizeram com que as crianças aparecessem. Pedro as viu saindo de todos os lados. *Coitadas das crianças! Tinham que conviver com aquele submundo!,* pensou ele. Resolveu segui-las. Os pequenos favelados se reuniam perto do lixão, no lugar onde Pedro visualizara a menina com a boneca, e logo confirmou: lá estava ela, segurando a boneca de Maíra.

Pedro tirou do bolso uma nota de R$ 50,00; o troco da compra da boneca. Deu o dinheiro para a menina, perguntando se ela gostaria de trocar aquela bonequinha velha que tinha no colo pela boneca nova, que Papai Noel mandara para ela. Os olhos da menina brilharam de felicidade ao ver o pacote nas mãos de Pedro. Rapidamente, ela colocou a nota de R$ 50,00 no bolso, sem dar muita importância, pois naquele momento o que mais lhe chamava a atenção era o embrulho. Afobada, rasgou o papel de presente e se encantou com a linda boneca! Sem vacilar, fez a troca com Pedro, devolvendo a bonequinha de Maíra. A menina desnutrida era tímida e não disse uma só palavra a Pedro, que acariciou sua cabeça. Ele estava indo embora com a boneca velha nas mãos quando escutou:

— Moço, moço... — a menina gritou. — Papai Noel só existe pra criança rica, mas valeu o presente!

Pedro sorriu e saiu da favela.

★ ★ ★

A tensão no hospital aumentava a cada minuto. Maíra já estava definhando e sua respiração falhava. Os aparelhos começaram a emitir um sinal sonoro de alerta. Lisa retirou do quarto os pais da criança. O dr. Verman e sua equipe aplicaram os procedimentos de emergência, necessários para reanimar a menina.

— Não está respirando! Vamos entubá-la — disse o médico para a equipe.

— Os sinais vitais estão diminuindo, doutor.

— O coração está falhando. Tragam o desfibrilador!

Lisa ouvia os pensamentos de Maíra: *Estou com fome, não aguento mais...* — e respondia mentalmente: *Só mais um pouco, querida, sua bonequinha já está chegando.*

— Parada cardíaca! Desfibrilador! Desfibrilador! — gritava o dr. Verman, ansioso por causa da urgência da situação. Os médicos da equipe prepararam o aparelho.

Sara finalmente chegou ao hospital e juntou-se aos pais de Maíra, que, de mãos dadas, assistiam a tudo pelo vidro da porta.

— 1, 2, 3, choque!

O corpo de Maíra estremeceu na maca, mas o coração não voltou a bater.

— Aumenta, aumenta! De novo... vamos! 1, 2, 3, choque!

Desesperado, o médico começou a fazer manualmente uma massagem cardíaca na menina. Sara abraçou a mãe desolada, que clamava em lágrimas:

— Deus! Salve a minha filha!

Maíra não reagia. Enquanto consolava a mãe, Sara avistou Pedro, que chegava com a boneca na mão. Mentalmente, ela avisou Lisa: *Precisamos entrar!*

Lisa virou-se para a abertura envidraçada e viu Pedro com a boneca.

— Dr. Verman, não posso explicar agora, mas precisamos deixá-los entrar — disse Lisa, apontando para a porta.

— Não, Lisa! Estamos perdendo a menina! – disse o médico.

Lisa, num ato de desespero e desobedecendo ao médico, abriu a porta, pegou a boneca e correu até Maíra. Sara e os pais aproveitaram para entrar no quarto.

— Diga a ela... diga, Lisa — sussurrou Sara.

— Desculpe, doutor — disse Lisa, empurrando o médico.

— Você está louca?! — exclamou o dr. Verman, indignado com a atitude da enfermeira.

— Maíra, sua boneca está aqui, querida. Olha só! Ela está aqui... ao seu lado.

Enquanto falava, a enfermeira colocou a boneca sobre o peito de Maíra. Pegou a mãozinha da menina e colocou-a sobre a cabeça da boneca, para que Maíra pudesse identificá-la.

Alguns segundos se passaram. Todas as pessoas presentes no quarto assistiam a essa cena, ansiosas e muito emocionadas, mas a menina não reagia. O dr. Verman auscultou o pequeno coração e levantou as pálpebras da criança; depois, balançando a cabeça decepcionado, concluiu seu diagnóstico com uma pergunta:

— Hora do óbito, enfermeira?

— Não, doutor! Pelo amor de Deus, não! — gritou a mãe.

— Calma, Luzia! Seja forte! — implorou o pai.

— Tenham fé! Ela vai conseguir — pediu Lisa aos pais da criança e, voltando-se para a menina, ordenou com voz forte e esperançosa: — Volte, Maíra! Volte!

O momento era de muita tensão e o dr. Verman, já irritado, perguntou novamente:

— Hora do óbito, enfermeira? Não vê que perdemos a criança?

Em meio à confusão, ouviu-se um bipe. Pasmados, todos pararam de discutir e voltaram a atenção para o monitor que mapeava os batimentos cardíacos de Maíra. Aos poucos, o aparelho passou a mostrar, sonora e visualmente, que as batidas cardíacas estavam se normalizando.

— Não acredito! — exclamou perplexo o médico.

Maíra abriu vagarosamente os olhinhos e deu um leve sorriso.

Mais tarde, na lanchonete do hospital, onde os Sensitivos e a equipe médica tomavam café para recobrar o ânimo, Sara explicava ao grupo:

— A escola fez uma campanha contra a fome, mas a professora usou métodos traumáticos para explicar a realidade do mundo. Não atentou para o fato de que os alunos tinham apenas 5 anos. Maíra separou diversos brinquedos para doar às crianças carentes, dentre eles uma boneca nova que ganhara da sua madrinha uns dias antes. A empregada, com a intenção de ajudar, convenceu Maíra a doar a boneca velha e ficar com a nova, alegando que a mãe dela ficaria brava se ela desse a boneca que tinha acabado de ganhar. Maíra aceitou então doar sua boneca favorita, porém, à noite, ao sentir o cheiro do jantar que a mãe preparava, veio em sua cabecinha as imagens das fortes cenas de miséria e fome a que tinha assistido nos vídeos exibidos na escola. Imaginou sua boneca querida passando fome e sendo disputada pelas crianças carentes. Esse trauma causou o ataque e ela entrou em coma. Durante o estado de inconsciência, teve pesadelos em que ela era a própria boneca, sentindo frio e fome. Como, para a mente, não existe diferença entre imaginação e realidade, seu corpo reagiu como se ela estivesse realmente passando fome. Sua mente inconsciente enviou essa mensagem ao resto do corpo e por isso ela começou a definhar. Era fome mesmo!

O dr. Verman, que tomava café perto do grupo, ouvia perplexo as explicações de Sara. Nunca vira nada parecido, além de estar surpreso ao encontrar Sara novamente.

— Dona Sara, me perdoe, mas o que a senhora está fazendo aqui no hospital a esta hora? — perguntou o médico.

Sara ficou sem jeito diante dele, seu médico particular, e foi Lisa quem acabou respondendo:

— Essa é uma longa história, dr. Verman. Na verdade, Sara voltou para São Paulo, reuniu um grupo, fundou o IPESPA e...

— Mas o que vem a ser IPESPA? — interrompeu o médico.

— Instituto de Pesquisas Parapsicológicas — esclareceu Sara, toda orgulhosa. — Depois da minha cura decidi ajudar outras pessoas com doenças psicossomáticas. Conheci Lisa aqui no hospital e ela faz parte do IPESPA também.

O bip do médico tocou informando mais uma emergência.

— Olha, não é o momento agora — cortou o médico. — E na verdade, tudo isso é muito confuso, mas depois quero conversar com a senhora em particular, dona Sara. E com a senhorita também, dona Lisa Gouveia. Espero que o dr. Flávio Mendonça não fique sabendo do ocorrido, certo, dona Lisa?

— Pois não, dr. Verman. Fique tranquilo — respondeu Lisa, nervosa.

— Quem é esse dr. Flávio Mendonça? — perguntou Sara.

— É o médico mais chato do mundo — respondeu Lisa. — Ele é membro do Conselho do Hospital, além de ser reconhecido internacionalmente.

— Mas por que o dr. Verman não quer que ele saiba de nada?

— Porque ele é cético, Sara. Totalmente cético. Aliás, pra dizer a verdade, acho que nem coração ele tem. Mas tem um nome de peso, e isso conta muito aqui no hospital.

— Todos têm coração, Lisa. Só que cada um tem seu "tempo", e talvez o dele ainda não tenha chegado.

★ ★ ★

O grupo voltou ao quarto. Uma enfermeira acabava de trocar os lençóis e dar a Maíra os remédios prescritos pelo médico. Sara aproveitou para explicar tudo aos pais da menina, que ficaram assustados com o que ouviram.

Luzia abraçou com força a filha e pediu-lhe desculpas pelos dias de ausência. Prometeu-lhe que, juntas, comprariam roupas novas para a boneca que ela amava. Maíra abriu um sorriso encantador e, agradecendo, encostou a boneca no rosto da mãe, como se estivesse dando um beijinho.

Pedro, apoiado na parede, procurava manter a pose de policial durão. Mas, quando Sara se aproximou, percebeu que ele tentava disfarçar as lágrimas que escorriam pelo rosto másculo.

— Não precisa esconder as lágrimas, Pedro — disse Sara, abraçando-o. — Você fez um ótimo trabalho e todos nós estamos comovidos.

— Eu queria contar pra você uma coisa curiosa que aconteceu na favela, enquanto eu estava lá — Pedro então falou do ocupante do carro misterioso que, aparentemente, o ajudara a cumprir sua missão. — Posso estar enganado, mas pressenti que aquele carro parou ali só pra que o motorista pudesse me ajudar, entende?

Ela ficou pensativa e depois admitiu que ele devia ter razão, pois, pelo que havia acontecido, ela também sentia que o Universo, mais uma vez, conspirava a favor deles.

No caminho de casa, Pedro deparou-se com viaturas com as sirenes ligadas e em alta velocidade, perseguindo um carro roubado. Não se conteve. Falou pelo rádio com os colegas e se ofereceu para ajudá-los.

Sentados nos bancos da frente do carro dos fugitivos estavam dois homens negros e, no banco de trás, dois rapazes brancos e mais jovens. Pedro ia logo atrás do veículo, seguido de mais dois carros de polícia, quando um dos rapazes brancos abriu o vidro e colocou uma "12" para fora da janela. Apontou a arma na direção de Pedro e começou a atirar. Com uma manobra rápida, Pedro desviou-se, ultrapassou o carro dos ladrões e cortou-lhe a frente. Enquanto isso, as outras viaturas bloquearam a passagem.

— Estão cercados! Saiam com as mãos pra cima! — gritaram os policiais.

O rapaz que havia atirado saiu do veículo, apontando a arma para Pedro.

— Sai fora, gambé! Eu vou atirar! Eu vou atirar! — ameaçou o rapaz, desesperado.

Pedro alertou para ele não fazer aquilo, pois estavam cercados e não conseguiriam fugir, mas o rapaz engatilhou a arma, mirou em Pedro e... o estouro de um tiro ecoou pela rua.

— Nããããão! Por que você fez isso? — gritou Pedro para o colega que tinha atirado no rapaz pelas costas. — Ele é só um garoto!

— Que mané garoto, Pedro, acorda! — disse o policial que acabara de puxar o gatilho. — Esses caras acabaram de atirar na dona desse carro. Estão com crack na cabeça!

Os outros assaltantes desceram imediatamente do carro, com as mãos para cima. Foram algemados pelos demais policiais que participavam da operação. Enquanto isso, Pedro examinava o rapaz baleado, mas ele já estava morto. Exausto e triste, Pedro foi embora.

Ao embicar o carro na garagem de casa, avistou na calçada um vizinho, o pastor Roberto. Ao contrário de Pedro, que lidava com bandidos, Roberto era pastor da igreja IMUTED, Igreja Mundial Temente a Deus, e parecia levar uma vida bastante calma.

— Nossa, Roberto, estou triste pacas! — disse Pedro ao pastor. — Não gosto quando as perseguições acabam em morte.

— Irmão — consolou o pastor, tocando o ombro de Pedro, — isso faz parte da sua profissão e, a não ser que deixe de ser policial, você vai ter que conviver com esse tipo de situação. Ore e peça a Jesus que o ilumine, e Ele vai amenizar a sua dor.

Os vizinhos se despediram e Pedro entrou em casa. Bel não estava. Ele ligou o som e colocou um dos CDs que Sara lhe dera. A música suave, com sons da natureza ao fundo, tomou conta da casa. Pedro aumentou o volume e entrou num relaxante banho quente.

Ao sair, enrolou uma toalha na cintura, abriu o armário para pegar uma roupa, mas parou diante do espelho. Olhou-se atentamente, como se quisesse reconhecer em si próprio um ser humano. Nesse momento relembrava a cena do rapaz levando o tiro pelas costas.

A música parou de repente. Era Bel, que havia chegado e desligado o aparelho. Ela entrou no quarto segurando um envelope na mão. Sentou-se na cama e pediu que Pedro se acomodasse ao seu lado. Ele se sentou, perguntando o que havia no envelope. Bel o abriu, tirou um papel e entregou a Pedro. Era um exame de gravidez, com o resultado "positivo". Eles se abraçaram.

— Olha só, Bel! — disse o policial, fragilizado e com lágrimas nos olhos. — Eu prometo pra você que, depois do nascimento do bebê, vou ficar mais presente na vida da nossa família.

Aos beijos, o casal se deitou. Viveram uma linda noite de amor, o que há muito não acontecia.

No IPESPA, Sara recebeu a resposta de Vitor e teve certeza de que, de algum modo, tinha sido ele quem ajudara Pedro na favela.

Querida Sara, vou mentalizar o sucesso do grupo e posso lhe garantir que tudo dará certo. Estou participando à distância. Conte comigo para o que precisar.

Beijos, Vitor.

FLÁVIO: Sara, como você teve certeza de que foi Vitor que ajudou na favela? Você está dizendo que Vitor sabia onde Pedro estava ou que ele simplesmente mentalizou e o universo enviou aquela pessoa no carro?

SARA: Na verdade, quando Pedro me contou o que havia acontecido na favela, veio na minha mente a imagem de Vitor. Na hora me lembrei da mensagem que eu tinha enviado para ele, pedindo que nos ajudasse de alguma maneira. Não sei dizer se ele esteve lá de corpo presente, se era ele naquele carro, ou se foi simplesmente sua energia que levou uma terceira pessoa a ajudar. Só sei que ele participou. Apesar de estar ausente, ele nunca me deixou na mão.

O crime

O criminoso, no momento em que pratica o
crime, é sempre um doente.
FIODOR DOSTOIEVSKI

Numa casa na zona central de São Paulo, o silêncio é quebrado pelo choro contínuo de um bebê que está no chiqueirinho, perto da sala de jantar. O jantar está posto e o casal, sentado diante de seus pratos, morto, assassinado de forma brutal. O único sobrevivente é o bebê, que continua chorando enquanto o sangue forma uma poça no chão. O relógio do DVD mostra o dia e a hora exatos do crime. Um homem, vestindo uma capa preta, com um capuz que encobre seu rosto, acaricia a cabeça do bebê e sai.

— Nããããooooooo! — gritou Júlio, despertando suado depois de mais um pesadelo.

No outro quarto, Bruno acordou com o grito e, assustado, foi ver o amigo.

— O que houve, cara?

— O mesmo sonho, foi horrível! — respondeu ele, chorando e com muita dor de cabeça.

— Outro assassinato?

— É, eu vi! — afirmou, desesperado. — Vi de novo! A mulher estava morta. O homem também. Os dois mortos, como porcos, como gado! O crime vai ser hoje, tenho certeza! Eu vi!

— É melhor contar pra Sara! — disse Bruno.

★ ★ ★

No IPESPA, Sara recebia outro e-mail enigmático. Já era o terceiro naquela semana. Ela havia tentado respondê-los várias vezes, mas sempre recebia uma resposta automática. Desta vez o e-mail continha mais letras e era um pouco mais enigmático e, no entanto, ao mesmo tempo, mais esclarecedor.

Eis a lista:

J.S.R. e M.F.R.
A.L.M. e A.B.M.
R.S.S. e K.M.S.

A.A.C. e D.C.
F.G. e L.G.
A.C.R.
C.A.F.S.
D.J.S. e P.S.

Encontre-me se puder!!!

Sara deduziu que as mensagens tinham sido enviadas pelo *serial killer*, e, se estivesse certa, provavelmente ele enviava os e-mails por meio de contas criadas para esse fim, desativando-as em seguida para tornar o jogo de gato e rato mais emocionante. Além disso, Marina já tentara rastrear os e-mails, mas o *serial killer* parecia ter *softs* tão poderosos quanto os de Marina, o que impedia que ela o encontrasse.

★ ★ ★

Bruno e Júlio chegaram ao IPESPA. Na varanda, moças provocantes e com pouca roupa aguardavam a hora de ser entrevistadas.

— Oi, meninas! — disse Bruno. — Venha cá, Júlio, deixe eu te apresentar umas amigas.

— Oi, Júlio! — cumprimentaram todas ao mesmo tempo.

Júlio deu um "oi" geral, sem prestar muita atenção nelas, e entrou correndo para contar a Sara que o crime ocorreria naquela noite. Enquanto isso, Bruno começava a entrevistar as moças. Claro, de uma maneira informal, com todas sentadas ao redor e no colo dele.

— E aí, Fran, você entende de internet?

— Claro, Bruninho. Sei ligar o computador e sou muito boa no MSN.

— Perfeito! E você, Vivi? O que sabe fazer?

— Você sabe, né? Muitas coisas! E faço hora extra também...

Todos riram e, prazerosamente, Bruno continuou a entrevistá-las.

★ ★ ★

Ao narrar seu sonho para Sara, Júlio comentou que, da casa onde haviam cometido o crime, dava para ver a escultura de uma mão sangrando. Sara logo identificou o local: a "mão sangrando" do Memorial da América Latina. Tentou ligar para Pedro, mas o celular dele só caía na caixa postal. Telefonou então para Rosana e lhe contou sobre a visão de Júlio. Rosana, que estava perto do IPESPA, disse que podia pegar Júlio para fazerem uma ronda nas redondezas do Memorial, na tentativa de identificar a casa das supostas próximas vítimas. Enquanto aguardava a chegada de Rosana, Sara continuou tentando falar com Pedro pelo celular, mas, como ele nunca atendia e o assunto era urgente, acabou ligando para a residência.

Bel atendeu, disse que Pedro estava de folga e que não queria ser incomodado. Sara, muito educada, pediu que Bel ao menos transmitisse a ele um recado: que o pessoal do IPESPA estava à procura dele. Bel tratou Sara com grosseria e logo desligou o telefone.

★ ★ ★

Durante a ronda nas proximidades do Memorial, Júlio não demorou a identificar a casa:

— É aqui, Rosana, tenho certeza!

Foi nesse momento que um carro se aproximou da casa, fez a manobra e entrou na garagem. Na espreita, do outro lado da rua, Júlio e Rosana viram uma mulher descer do carro, carregando um bebê no colo.

— Meu Santo Agostinho! — exclamou Júlio, assustado. — É essa a família! Eu vi essa mulher morta e o bebê chorando!

— Calma, Júlio, nós vamos impedir esse crime — disse Rosana, já ligando o carro para voltarem ao instituto.

★ ★ ★

Pedro acordou todo carinhoso, encheu a esposa de beijos e lembrou que há muito tempo não tinham uma noite como aquela. Bel retribuiu os carinhos, mas omitiu a ligação de Sara.

— Alguém me ligou? — perguntou ele.

— Não, ninguém — mentiu Bel, mas Pedro pegou o celular no criado-mudo e viu que estava desligado, olhou para a esposa com ar de interrogação.

— Ah, amor — disse ela, — você nunca fica em casa. Achei justo desligar o seu celular pra gente ficar junto na sua folga.

Ao ligar o aparelho, Pedro viu que havia seis chamadas do IPESPA. Apertou Bel, perguntando novamente:

— Tem certeza, ninguém me ligou?

— Olha, ligou uma mulher — confessou ela, — mas eu disse que você estava dormindo e...

— Pô, Bel! Por que não me chamou? Você não tem o direito de fazer isso.

— Mas ontem você prometeu que ia ficar mais tempo em casa — disse, chorosa.

— O que eu falei foi que, quando o bebê nascer, vou ficar mais em casa. Tchau, tenho que ir — e saiu nervoso, enquanto Bel resmungava sozinha.

— Ele só pensa nessa porcaria de trabalho! Só vai ficar em casa depois que o bebê nascer. E eu, não valho nada? Não mereço companhia e atenção? Deixa estar!

No instituto, Bruno apresentou Vivi a Sara.

— Sara, esta é a Vivi, a nova secretária do instituto. Está pronta pra começar.

— Muito prazer, Vivi, seja bem-vinda à nossa equipe. Você é muito bonita, simpática e acredito que nos daremos bem.

Vivi sentiu-se lisonjeada com as palavras de Sara. Ela, uma garota de programa, sendo admitida no emprego por uma mulher tão distinta quanto Sara, era quase inacreditável! Será que finalmente mudaria de vida? No entanto, cumprimentou Sara, sem jeito. Sentia-se mal por estar com tão pouca roupa e tentou disfarçar com seus longos cabelos o enorme decote do *top* que usava. Percebendo o constrangimento da garota, Sara continuou:

— Querida, não fique sem graça. Você não sabia que ia começar a trabalhar hoje, não é? Tenho certeza que, a partir de amanhã, você vai vir trabalhar com roupas mais discretas. Mesmo porque a sua beleza chama mais a atenção do que estas roupas que você está vestindo.

— Dona Sara, não sei se caio morta de vergonha ou se agradeço o elogio... — disse a moça, com o rosto vermelho.

— Nem uma coisa nem outra, Vivi. Você é bonita mesmo e não tenho dúvida de que será uma ótima secretária. Agora vamos ao trabalho!

Comece organizando esta pilha de correspondência que já está se acumulando. As revistas, você coloca na estante. A correspondência para a antiga clínica que existia aqui, você separa para entregarmos. O mais importante são os boletos e as contas de água, luz e telefone. Separe essas contas e deixe-as na minha sala, ok?

— Pois não, dona Sara. Vou organizar tudo por aqui. Obrigada pela confiança.

★ ★ ★

Pedro chegou ao instituto e pediu desculpas a Sara pela atitude da esposa. Ela lhe disse para não esquentar a cabeça com aquilo e começou a relatar tudo o que tinha acontecido na ausência dele. Algum tempo depois, Júlio e Rosana retornaram da ronda e invadiram a sala, ansiosos.

— Encontramos a casa! Já sabemos onde o assassino vai atacar — disse Rosana.

— Bom, estou pensando numa coisa aqui — disse Pedro. — A única maneira de impedir o assassinato é tirar a família do local e, para isso, eu tenho um plano: como o assassinato acontecerá na hora do jantar, eu e a Rosana podemos simular que há um vazamento no sistema do gás encanado na rua da casa das vítimas. Diremos para eles e para os vizinhos que todos terão que evacuar o local.

— Perfeito, Pedro! Mas mobilizar todas essas pessoas não vai chamar muito a atenção? — perguntou Sara.

— Não se preocupe, Sara. O plano vai dar certo! Tenho um amigo bombeiro que trabalhou muitos anos numa empresa de gás e além disso me deve um favorzinho — respondeu Pedro.

Os policiais bolaram um plano de ação — começariam às 17 horas, de modo que desse tempo para as pessoas se prepararem para sair de suas casas e arrumarem um local onde ficar. Sara explicou que não poderia estar presente, pois prometera ao marido que estaria em casa para receber a família. Os policiais disseram para Sara ficar tranquila, que tudo daria certo e que eles a informariam assim que tudo estivesse resolvido.

★ ★ ★

Na recepção, Bruno conversava com Vivi.

— Sabe, Bruno — disse Vivi, — a dona Sara me pediu pra usar roupas mais discretas. Na verdade, eu já tinha pensado nisso também. Esse meu tipo de vida não dá futuro, e pensei que... agora que a gente está trabalhando junto, a gente podia pensar numa relação mais séria. O que você acha?

— Cai fora, Vivi! — respondeu Bruno agressivamente — Se você começar com esse papo-furado, eu troco de secretária amanhã mesmo! Você sabe que não quero saber de compromisso.

Vivi abaixou a cabeça, decepcionada. Não era nada fácil sair da "vida fácil", como os outros julgavam ser a vida das garotas de programa.

No horário combinado, Rosana ligou para os bombeiros dizendo ser uma moradora e informou que, próximo à sua casa, havia um vazamento de gás.

Pedro ligou para seu amigo, Juca Bombeiro. Disse que havia chegado a hora de ele retribuir o favor que um dia lhe fizera e contou-lhe qual era o plano.

Às 17 horas daquela tarde, chegaram dois carros do Corpo de Bombeiros. Os moradores já saíam na rua para saber o que havia de errado. Foi então que Pedro e Rosana começaram a agir. Bateram de porta em porta, alertando sobre um perigo eminente de explosão, pedindo que todos saíssem de suas casas e dormissem fora aquela noite. Rosana anotava o telefone celular de cada um dos moradores e lhes dizia que avisaria assim que o vazamento fosse consertado e não houvesse mais riscos de explosão. Sem hesitar, todos os moradores começaram a arrumar suas coisas e foram deixando o local, inclusive a família das supostas vítimas do assassino.

Por volta das 18h30, todos já haviam deixado suas casas, enquanto o bombeiro, amigo de Pedro, com a ajuda de seus antigos colegas de trabalho da empresa de gás, fingia consertar o vazamento. Depois de algum tempo, Juca e seus colegas foram embora. Rosana e Pedro faziam campana em frente à casa que seria invadida, na esperança de flagrarem o *serial killer*.

★ ★ ★

Júlio arrumou-se todo para o seu primeiro dia de aula. Bruno havia matriculado o amigo num curso supletivo, que ficava próximo ao prédio onde moravam. Júlio despediu-se de Bruno e foi para a escola, que havia visitado naquela tarde.

Sozinho no apartamento, Bruno ligou a tevê e se acomodou para ver o jornal da noite. A reportagem que estava passando era sobre uma criança que fora encontrada morta, com marcas de espancamento e de abuso sexual. Ao ver as imagens, Bruno começou a se sentir mal. A tevê desligou sozinha e os objetos começaram a se mover pelo apartamento. Bruno tentou se concentrar nas técnicas que Sara lhe ensinara, mas não obteve sucesso. Apesar de saber que era ele mesmo quem provocava os fenômenos, começou a entrar em desespero por não conseguir controlá-los. Correu para o quarto, trancou-se e ficou falando sozinho:

— Eu sei que sou eu que causo isso. Calma, Bruno, não tem nenhum demônio aqui.

Pensou em ligar para Sara, pedindo ajuda para poder conter tudo aquilo. Foi até a sala, mas não encontrou o telefone sem fio. Ouviu então barulhos na cozinha, foi até lá e viu as gavetas do armário se abrindo e os talheres voando e caindo no chão.

Atormentado, pegou o carro e foi até um bar que ficava ali perto, onde pediu um uísque duplo. Virou a bebida num único gole, pedindo ao barman que lhe desse logo a garrafa. Pagou a conta e, com o litro de uísque ao lado, saiu dirigindo loucamente seu porsche vermelho.

★ ★ ★

De campana perto da casa das supostas vítimas, Pedro e Rosana avistaram um vulto se aproximando. Aparentemente, era um homem. Vestia uma capa com capuz, como se quisesse esconder o rosto.

— É ele! Está de capa e capuz, como Júlio previu — comentou Pedro.

— Tenha paciência, temos que ter certeza. Pode ser apenas uma pessoa passando por aqui — disse Rosana.

Mas, como se quisesse contradizê-la, o homem se aproximou da casa e os policiais, mesmo com a escuridão, notaram que a porta se abriu para ele de um modo sobrenatural. Armados, desceram do carro e se posicionaram para prendê-lo. Pedro invadiu a casa depois de dar um pontapé na porta.

— Mãos pra cima! Desista, a casa está cercada! — gritou.

Rosana também entrou, mas caminhou em sentido oposto ao de Pedro. Quando ouviram um barulho no andar de cima, os dois subiram rapidamente as escadas. Na porta de um dos quartos, surpreenderam o homem de capa preta já fugindo pela janela. Rosana desceu as escadas correndo, enquanto Pedro saía pela mesma janela na tentativa de capturar o invasor, que ainda estava no telhado.

Nesse instante, um gato pulou em cima do suposto *serial killer* e arranhou seu braço, fazendo com que ele caísse no gramado no andar de baixo. E, assim, Pedro o perdeu de vista.

Rosana já estava com o carro ligado, aguardando Pedro. O policial entrou na viatura e imediatamente falou com a Central, pedindo reforços para capturar o suspeito.

★ ★ ★

Bruno voltou para o apartamento acompanhado de uma garota de programa. Ela, demonstrando conhecer o lugar, foi até a suíte e trocou as roupas que usava por uma fantasia erótica. Enquanto isso, Bruno, totalmente embriagado e drogado, permanecia estático diante do espelho da sala de jantar. Em sua alucinação, viu o reflexo de uma menina pálida que carregava uma boneca no colo. A mesa de centro da sala estava se transformando numa fogueira, com crianças de mãos dadas rodeando-a e cantando um mantra assustador. A menina que carregava a boneca olhou para Bruno e começou a expelir uma fumaça esbranquiçada pela boca. Ele esfregou os olhos, tentando expulsar as cenas da mente, mas não adiantou; percebeu então que estava numa "viagem" causada pelas drogas.

A garota de programa entrou na sala à procura de Bruno. Insinuante, começou a esfregar o corpo no dele, para provocá-lo.

— Tem uma bebidinha aí pra gente relaxar, gato? Me serve um uísque e depois vamos fazer um amorzinho bem gostoso!

Ainda imóvel, Bruno só olhou para ela, que, a essa altura, já estava totalmente nua, fantasiada de menininha, com maria-chiquinha nos cabelos e uma chupeta na boca. Sentindo seu estado piorar, Bruno apontou a geladeira para a garota, que insistia em beber, enquanto ele tentava se controlar para não causar fenômenos na frente da moça. Pelo reflexo do espelho, viu a garota abrir a geladeira e, ao lado dela, um homem de capa preta observando-a.

Não sabia se o que via era real ou uma alucinação provocada pelas drogas. Nessa confusão mental, correu até o quarto para pegar a arma que escondia no armário. Revirou desesperadamente as gavetas; tinha dificuldade para encontrar a arma, pois sua visão estava embaralhada. Abria caixas e as jogava pelo chão; numa delas só havia heroína e outras drogas, numa outra encontrou a arma. Pegou-a e, quando ameaçava sair do quarto, ouviu o barulho de um golpe vindo da cozinha.

★ ★ ★

Às 23h30, Júlio chegou ao apartamento, que estava todo revirado, com almofadas e talheres espalhados pelo chão. Percebeu que alguma coisa errada tinha acontecido e começou a chamar por Bruno, mas ele não respondeu. Assustado, Júlio correu para o quarto do amigo e, ao abrir a porta, encontrou-o deitado de bruços. Metade do corpo de Bruno estava caída para fora da cama e, numa das mãos, ele ainda segurava uma arma. Sobre ela, pingava o sangue que lhe escorria do rosto.

Júlio correu para a sala a fim de ligar pedindo socorro, mas o telefone não estava no lugar. Entrou na cozinha e se deparou com uma cena chocante. A porta aberta da geladeira escondia parte do cadáver de uma moça. O sangue, ainda fresco, escorria pelo chão e se misturava com o vinho de uma garrafa quebrada. Do telefone da cozinha, Júlio ligou para Pedro, que ainda procurava o *serial killer* pelas ruas de São Paulo.

— Pedro, aconteceu uma coisa terrível! — disse ele, e pediu que o policial corresse até o apartamento de Bruno porque o assassino descobrira tudo sobre os Sensitivos.

Pedro garantiu que Júlio estava enganado, afinal tinham conseguido evitar o crime e estavam atrás do psicopata, que fugira. Júlio afirmou que o assassino estivera no apartamento e matara Bruno e uma garota, cujo corpo estava sem cabeça na sua frente. Em vista disso, Pedro e Rosana se apressaram e, em pouco tempo, chegaram ao apartamento.

Júlio esperava na porta da frente, ainda em estado de choque. Os policiais se espantaram com a morte brutal da garota. Ela estava nua, decapitada e coberta de sangue. Enquanto Rosana procurava impressões digitais no local, Pedro foi até o quarto de Bruno e, examinando-o, verificou que ele ainda tinha batimentos cardíacos. Quando virou o corpo, percebeu que o sangue que pingava sobre a arma saía das narinas de Bruno. Efeito da overdose de cocaína.

Pedro avisou a Central sobre o homicídio e pediu que mandassem uma ambulância, porque havia um ferido. Júlio sentiu-se aliviado ao ver que Bruno ainda estava vivo, mas não disfarçava a decepção por causa do vício do amigo.

Pedro também falou com Sara e informou que estavam levando Bruno para o Hospital San Marco, pois ele fora vítima de uma overdose. Sara falava baixinho para não acordar Menezes. Silenciosamente, trocou de roupa, pegou a bolsa e saiu.

Enquanto aguardava a perícia e a ambulância, Pedro foi até a cozinha, tocou no corpo da vítima e viu o que tinha acontecido:

A mulher, andando nua pelo apartamento, vai até a cozinha, abre a geladeira, pega uma garrafa de vinho, mas é subitamente decapitada. A garrafa se espatifa no chão, ao lado do corpo. Um homem de capa preta sai pela varanda.

— Júlio tinha razão, o *serial* esteve mesmo aqui! — disse.

O resgate chegou, os paramédicos socorreram Bruno e o levaram para o Hospital San Marco. Júlio e Rosana foram junto na ambulância.

Pedro também saiu e, quando abria o carro, viu um envelope colocado no para-brisa. Dentro, um bilhete composto por letras recortadas de revistas:

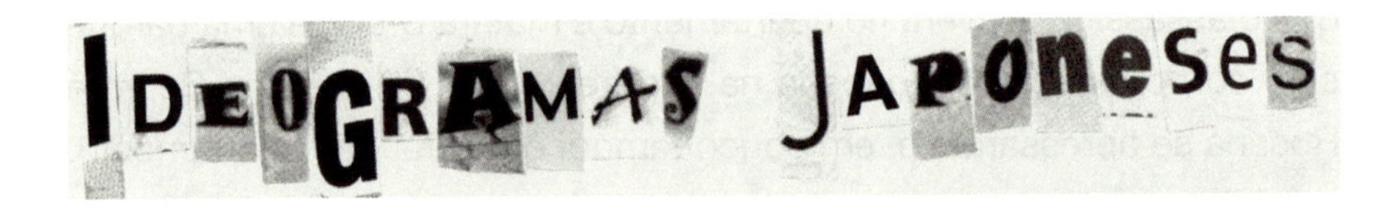

Pedro enfiou o bilhete no bolso e deixou para pensar sobre ele mais tarde. Pelo rádio, ouviu um chamado de reforço para um assalto que estava acontecendo numa boate famosa, naquele mesmo bairro. Antes de atender ao chamado, ligou para Lisa e contou sobre a overdose de Bruno, informando que ele estava sendo levado para o Hospital San Marco e que Rosana e Júlio o acompanhavam. Disse que passaria por lá mais tarde.

Em frente à boate, um rapaz negro, vestido de maneira simples e aparentando uns 18 anos, segurava uma arma calibre 38 numa das mãos quando foi flagrado por Pedro e pelos policiais das outras viaturas que chegavam ao local. Vendo-se cercado, o rapaz saiu correndo, apavorado.

— Corram, não deixem o galã escapar! — gritou Pedro.

— Vou atrás, pra pegar esse nego... — respondeu Rubão.

Durante a perseguição, o suspeito deixou cair a arma. Pedro fez sinal para que os outros policiais continuassem, enquanto ele parava e pegava o revólver. Ao tocá-lo, teve uma visão.

Um homem branco, bem mais velho que o suspeito, entra armado na boate. A moça do caixa aperta um botão que dispara o alarme na Central. O assaltante então atira na moça, pega todo o dinheiro do caixa, sai correndo e deixa cair a arma em frente à boate. Um rapaz (o que eles estavam perseguindo) está passando a pé na frente da boate. Ao ver a arma, abaixa-se e a pega, mas, nesse momento, é surpreendido pelos policiais. Amedrontado, começa a correr.

Pedro esfregou os olhos, com o coração acelerado. — *Deus! Não foi esse rapaz!* — disse para si mesmo.

Pouco depois chegou nervoso ao 15º DP. Passou por bêbados, prostitutas e bandidos algemados, e dirigiu-se diretamente ao grupo de policiais que tinha perseguido o rapaz.

— Cadê o Rubão? — perguntou, agitado.

— Está interrogando o carinha lá dentro — respondeu um dos colegas.

Pedro saiu correndo e invadiu a sala de interrogatórios, gritando:

— Rubão, pare!

— Que foi, Pedro? Já faz mais de meia hora que estou interrogando esse cara e até agora nada.

— Não foi ele, Rubão, tenho certeza — afirmou Pedro.

— Claro que foi. Quer ver?

Agressivamente, Rubão deu um forte tapa no rosto do rapaz e gritou:

— Confessa, vagabundo! Confessa!

Pensando numa maneira de explicar que o rapaz não era culpado, mas sem expor o seu "dom", Pedro arriscou:

— Eu... entrei na boate e... a moça do caixa estava sendo socorrida, mas conseguiu me dizer que o ladrão foi um homem branco, aparentando uns 50 anos e estava sozinho. Não foi este rapaz!

— Então o que este vagabundo estava fazendo com a arma na mão? — quis saber Rubão.

— Dá licença, moço? — amedrontado, o rapaz tentava se manifestar.

— Vê se cala essa boca, que ninguém te perguntou nada! — interrompeu Rubão.

— Deixa ele falar, cara. Escuta, pelo menos — suplicou Pedro.

— Você tem dois minutos pra me convencer a não te botar em cana — concedeu Rubão, sem qualquer interesse em entender o que tinha acontecido.

— Eu sou pobre, mas não sou marginal, não. Sou entregador de pizzas e, quando acabou o meu turno, guardei a moto e estava indo pra casa. Quando vi a arma jogada no chão, eu catei sem pensar. Pobre é azarado! Na mesma hora, vocês pararam na minha frente, apontando as armas pra mim. O que eu ia fazer? Saí correndo, claro. Pobre, preto e ainda armado?!

— Ele está dizendo a verdade, Rubão — afirmou Pedro. — Tenho certeza.

Percebendo o engano, Rubão tirou as algemas do rapaz, colocou no bolso dele uma nota de dez e disse:

— Esquece aí, então, cara. Faz de conta que nada aconteceu, valeu?

O rapaz, ainda temeroso, sem saber se aceitava ou não o dinheiro colocado em seu bolso, olhou para Pedro, que assentiu com a cabeça. Rubão abriu a porta e o rapaz saiu, envergonhado.

— Fica frio, Pedro! Com a grana que dei, ele não vai abrir o bico.

— Eu preferia não ter visto isso, cara — argumentou Pedro. — E pensar que o meu filho acha que todos os policiais são honestos, como os do seriado que ele assiste. Coitado!

— Você está me chamando de desonesto? — Rubão tentou intimidar. — A gente está no Brasil, meu irmão. Acorda!

— Ficava mais bonito você pedir perdão pro carinha e levar ele pra casa — respondeu Pedro, deixando transparecer o quanto estava decepcionado.

Ao sair da sala, Pedro passou pela mesa de Rosana:

— Já está de volta?! Como vai o Bruno?

— Ele foi atendido e está em observação. Júlio ficou lá, aguardando a Sara, que já estava a caminho.

— Eu fui atender um chamado, mas vou pro hospital agora. Até mais! — disse Pedro, caminhando em direção à saída.

No entanto, ao ver Rubão conversando animadamente com uma mulher muito bonita e bem vestida que estava na fila para ser atendida, hesitou um instante e recuou uns passos, como se fosse dizer mais alguma coisa para Rosana, porém desistiu. Rosana, percebendo a indecisão dele, quis saber:

— Que é que há, Pedro? Aconteceu algo que eu não estou sabendo?

— Nada, não. É que não aguento falta de caráter. Pergunta pro Rubão o que aconteceu...

Pedro tentou sair novamente. Mas, ao passar pela mulher que lançava charme para cima do Rubão, encarou-a e notou que a beleza dela era artificial e as roupas, exageradas. Desconfiado, voltou até a mesa de Rosana e perguntou:

— Quem é aquela mulher ali com o Rubão?

— Aqui está a ficha. Se quiser me ajudar, aceito, ainda estou com oito pessoas pra atender. Mas pelo visto o Rubão já está resolvendo o caso da boneca ali — disse Rosana, entregando a ficha da mulher a Pedro.

Pedro leu o nome na ficha e sorriu. Claro! Bem que desconfiara que havia algo estranho naquela mulher... Então, posicionando-se de propósito no meio dos colegas que estavam no saguão do DP, disse em voz alta, para que todos pudessem ouvir:

— Rubão, pode me ajudar aqui?

Rubão, mais interessado na linda mulher do que em qualquer outra coisa, respondeu:

— Pede pra outro, meu chapa! Não vê que estou ajudando a senhorita aqui? — e voltou-se de novo para ela.

Então Pedro, chamando a atenção de todos os colegas, pôs a ficha diante dos olhos e fez questão de chamar bem alto:

— Senhor José Augusto Antunes.

A mulher parou de conversar com Rubão, pediu um minuto e respondeu:

— Sou eu, senhor. Mas o policial aqui, que por sinal é um amor, já está resolvendo o caso pra mim.

Todos caíram na gargalhada, enquanto Rubão saía de fininho e Pedro sorria, sentindo que o pobre entregador de pizzas estava vingado.

Tainá

Faça tudo o que puder e o que não conseguir entregue nas mãos de Deus. A aceitação é tão importante quanto a fé.

O dr. Verman deixou Bruno sob a responsabilidade de Lisa, enquanto ele estivesse desacordado, e foi atender às pressas outra paciente: uma mulher vítima de uma parada cardíaca.

A vida num hospital segue num ritmo mais acelerado. Mal o médico restabeleceu os batimentos cardíacos da paciente, já percebeu novamente a urgência da sua presença — o barulho de rodas circulando rapidamente pelo corredor. As enfermeiras empurravam às pressas a maca de Tainá. O dr. Verman pediu que a levassem imediatamente para a sala de cirurgia. Seria a quarta operação da menina. Nice, a mãe dela, acompanhava a correria, segurando a mão da filha, em coma havia trinta dias. O semblante de Nice refletia desespero; porém, no âmago do seu ser, ainda brilhava uma pequena chama de esperança.

Lisa observava Bruno e, ao mesmo tempo, enviava pensamentos positivos para a menina Tainá.

★ ★ ★

A história de Tainá era revoltante. A garota e sua mãe tinham sentido na pele o estado precário da saúde pública na cidade de São Paulo. Tudo tinha começado havia 44 dias, quando a menina sentira um mal-estar e a mãe a levara ao pronto-socorro de um hospital do bairro onde moravam.

Os médicos examinaram Tainá e pediram uma radiografia do abdômen. Constataram que as fezes estavam cristalizadas e encaminharam-na para uma lavagem intestinal. Mãe e filha tinham chegado cedo ao hospital, mas só às 14 horas fizeram a lavagem. Depois a criança tinha ficado numa sala de observação, aguardando um exame de ultrassom, que, inexplicavelmente, foi marcado só para as 19 horas.

Apesar da demora no atendimento, o organismo de Tainá reagia positivamente e ela estava bem melhor, até sentia fome; mas já estava cansada de tanto ficar no hospital. Nice andava inutilmente pelos corredores à procura de um médico que lhe explicasse o que estava realmente acontecendo com a filha, mas ninguém lhe dava atenção.

Nice tinha poucos recursos financeiros, mas mesmo assim se oferecera para pagar o ultrassom a fim de agilizar o atendimento. Enquanto isso, Tainá, já cansada, implorava à mãe que fossem logo para casa. Mesmo se propondo a pagar, as enfermeiras informaram Nice que o exame só seria feito às 19 horas.

Sem aguentar mais ver a filha se queixar de fome e sem encontrar um médico que esclarecesse o que estava acontecendo, Nice responsabilizou-se pela retirada da filha do hospital e disse que retornaria no dia seguinte para fazer o exame. O hospital liberou a menina, mas Nice teve de assinar alguns papéis. Nem leu, só assinou. Naquele momento, não queria nem saber do que se tratavam. Só queria tirar a filha daquele lugar.

Ao chegar em casa, ela correu para atender à campainha insistente do telefone. Era do Conselho Tutelar. O conselheiro lhe disse que o hospital havia comunicado a retirada da menina e que, a partir de então, ela seria a responsável pela saúde da filha. Mesmo assim, deveriam retornar ao hospital no dia seguinte, sem falta.

De manhã, Nice levou Tainá novamente ao pronto-socorro. O exame acusou uma apendicite supurada. Imediatamente os médicos fizeram a transferência da menina para o Hospital San Marco, onde seria operada em caráter de urgência.

O dr. Verman e sua equipe ficaram revoltados ao ver a gravidade do estado de Tainá, provocada por negligência. Claro que iriam culpar a mãe por ter retirado a menina do hospital. Mas, ora, até um estudante do primeiro ano de medicina saberia identificar uma apendicite e resolver a situação!

O dr. Verman operou Tainá, mas ela continuava com febre e sentindo dores. Estava há dias no hospital. Não seria liberada enquanto sentisse aquela dor aguda, proveniente da infecção que os médicos não conseguiam controlar. No décimo quarto dia, o estado da menina se complicou. Uma das alças intestinais se rompeu.

Agora, depois de trinta dias em coma, lá estava ela sendo operada de novo; pela quarta vez em poucos dias. O coração da garota chegou a parar de bater durante a cirurgia. O dr. Verman e sua equipe conseguiram restabelecer os batimentos, mas Tainá continuou em coma.

A caminho do hospital, Sara ligou para Marina pedindo que ela rastreasse o sistema de segurança do prédio de Bruno para ver se encontrava alguma imagem do assassino. Marina, que já estava dormindo, levantou-se e, ainda sonolenta, tomou um banho para despertar. Ferveu a água para o café, ligou o computador, entrou no sistema de segurança do prédio de Bruno e viu as imagens. Primeiro, Júlio saindo para a escola; pouco tempo depois, era Bruno que saía, parecendo transtornado; passado mais um tempo, Bruno retornando com uma garota no carro; e, por volta das 23h30, Júlio chegando da escola. O assassino não aparecia nas câmeras de monitoramento do prédio, mas era evidente que o sistema tinha falhas. As câmeras, mal posicionadas, permitiam que um "profissional" entrasse sem ser filmado.

★ ★ ★

Bruno acordou bem e foi transferido para o quarto. Liberada do seu posto, Lisa pediu que avisassem Júlio, que agora podia ficar com o amigo.

O dr. Verman solicitou a ajuda de Lisa para acalmar a mãe de Tainá. Nice já estava há 44 dias no hospital e, nesse período, raras vezes tinha ido para casa. O caso de Tainá tinha sensibilizado toda a equipe médica, e os funcionários, solícitos, acabaram abrindo exceções para Nice durante a estada de Tainá no hospital.

Aflita, mas sempre com muita fé, todo dia Nice recebia uma visita diferente, levada por suas amigas. Num dia era um padre; no outro, um pastor evangélico... um médium... um curandeiro... O dr. Verman vinha percebendo que Nice estava a cada dia mais desequilibrada emocionalmente, em busca de um milagre, viesse de onde viesse! Ela estava apostando todas as suas fichas na salvação da filha.

Depois da cirurgia, Lisa foi conversar com Nice, pois o caso de Tainá havia se agravado. Mas a mãe, meio alucinada, abraçava o dr. Verman e agradecia a ele e a Lisa por sua filha ter saído viva de mais uma cirurgia.

Na verdade, o dr. Verman queria que a mãe estivesse preparada, pois a menina não tinha mais chances de sobreviver. Nice, porém, ignorava ou fingia não ouvir as informações médicas. Permanecia em estado de desequilíbrio, sempre agradecendo por mais uma batalha vencida e ignorando que estava prestes a perder a guerra.

Lisa colocou-se ao lado de Tainá e iniciou uma conversa telepática com ela.

— *Tainá, você está bem, querida?*

A menina respondeu que sim, que não sentia mais dores, mas estava triste pela mãe. Lisa perguntou se ela queria voltar para casa.

— *Já estou em casa* — respondeu mentalmente a menina em coma. — *Aqui é lindo! O jardim é maravilhoso e estou cercada de anjos. Eles disseram que logo vou receber as minhas asas.*

— *Querida, alguém fez algum mal a você? Você não quer voltar por medo de alguma coisa?*

— *De jeito nenhum, amo muito a mamãe* — transmitiu Tainá, certa do que estava falando. — *Sei que já fiz o que tinha que fazer no mundo. Agora, aqui é o meu lugar.*

Tainá estava convicta do que queria. Não temia a morte e aparentava estar realmente feliz. Lisa despediu-se e foi procurar Sara, que já devia ter chegado para visitar Bruno.

Os Sensitivos estavam reunidos no saguão, aguardando a liberação para visitar Bruno. Sara contava sobre os e-mails que recebera: uma lista de iniciais indecifráveis, enviada provavelmente pelo *serial killer*, quando Lisa chegou e interrompeu a conversa, pedindo que Sara a ajudasse no caso de Tainá.

A enfermeira perguntou se era possível uma criança de 7 anos, e em coma há um mês, não querer voltar à vida, optando simplesmente por morrer. Sara respondeu que era possível, sim. E completou, dizendo que a vontade que a pessoa tem de viver ou de rever seus familiares é o ponto mais forte para a sua recuperação. A vontade e o desejo ajudam a fortalecer o sistema imunológico, que assim pode combater as infecções no organismo.

Sara pediu para ver Tainá na UTI, mas ao chegar lá, não se deparou com uma cena agradável; a menina estava entubada. No abdômen, diversos curativos e um saquinho, com quase todo o intestino para fora do corpo. Sara pensou nos próprios filhos e, na mesma hora, agradeceu por eles estarem bem e saudáveis. Pediu à Força Maior que eles conservassem a saúde e tivessem uma vida feliz. Pediu também que lhe fosse dada sabedoria suficiente para ajudar Tainá, pois, apesar do estado em que se encontrava, era uma linda menina.

Como sempre, Nice estava ao lado da filha e, apesar de parecer muito cansada, tinha o semblante feliz. Cumprimentou Sara, abraçando-a.

— Nice, esta é Sara — apresentou Lisa, — uma grande amiga do IPESPA. Ela está aqui para energizar a Tainá.

Nice nem sabia o que era energizar, mas, sendo para melhorar a saúde da filha, aceitava qualquer coisa. Escutou com muita atenção as palavras de Sara:

— O nosso organismo reconhece um determinado agente infeccioso e reage produzindo anticorpos. O sistema imunológico é capaz de reconhecer milhares de micro-organismos e reagir contra cada um deles. Depois que o sistema imunológico entra em contato com um agente infeccioso, pode desenvolver células capazes de reconhecer esse agente. A resposta imune é um dos mais importantes mecanismos do corpo.

— Me desculpe, dona Sara — interrompeu Nice. — Não estou entendendo nada do que a senhora está dizendo, mas, se for pro bem da minha filha, pode continuar.

O dr. Verman, que medicava outro paciente no leito ao lado, escutava perplexo as explicações de Sara. Como ela podia saber todas aquelas coisas? E se o dr. Flávio aparecesse? Bom, ele já tinha visto até macumbeiro naquele quarto, não devia se incomodar com a presença de Sara.

Sara pediu que Lisa e Nice esfregassem as mãos, como ela própria estava fazendo, e deu início à energização:

— Imaginem toda a energia do corpo de vocês concentrando-se nas palmas de suas mãos. Coloquem as mãos sobre o abdômen de Tainá e mentalizem que toda esta energia está sendo transmitida para a menina, fortalecendo e revigorando todas as suas células. Que o seu sistema imunológico está destruindo as infecções.

Nice e a enfermeira fizeram o movimento segundo as instruções de Sara, que continuou:

— Imaginem e visualizem as células boas se alimentando desta energia positiva e curadora que estamos transmitindo. Agora imaginem que as células boas são um exército e estão destruindo toda a infecção de Tainá.

Nesse momento, Lisa começou a tossir sem parar. Sara interrompeu a energização, perguntando se ela estava se sentindo bem. Lisa, cambaleando, contornou a cama de Tainá e, ao alcançar a pia no outro lado, vomitou um líquido marrom e fétido.

O dr. Verman pediu que a levassem para a emergência a fim de ser atendida. Em instantes, uma enfermeira colocou Lisa numa cadeira de rodas e a levou. O médico que a examinou constatou que sua pressão estava muito baixa, por isso ela se sentira mal. Por precaução, pediu exames de sangue e deixou-a num quarto, em observação.

— O que aconteceu, Lisa? — perguntou Sara, que a acompanhara.

— Eu me concentrei demais durante a energização. Visualizei os intestinos da Tainá e tentei visualizar a cura, mas só consegui enxergar as células malignas se multiplicando cada vez mais. De repente, ouvi Tainá me dizendo mentalmente que aquilo era inútil porque ela ia morrer nas próximas horas. Disse que eu devia me preocupar com a mãe dela e prepará-la para a sua partida. Em seguida, senti o enjoo e vomitei.

Sara concordou que o caso de Tainá era grave, mas não se conformava por não ter conseguido energizá-la. Explicou a Lisa que sua conexão com Tainá tinha sido tão forte, que ela expelira o mesmo líquido podre e fétido que estava dentro do abdômen da menina. Depois pediu que uma enfermeira permanecesse com Lisa. Ela queria ficar sozinha por um tempo para se concentrar e energizar Tainá à distância.

Sara andou pelos jardins do hospital e depois se sentou num banco de onde era possível admirar a natureza ao seu redor e o horizonte ao longe. Estava inconformada. Apesar de Lisa afirmar que a menina queria partir, não admitia esse fato; ainda mais por ser uma criança que ainda tinha tanto para viver.

Enquanto pensava, notou um homem se aproximando. Logo o reconheceu.

— Vitor! Que bom! Como estou precisando de você!

— Eu sei, Sara. Eu senti, por isso estou aqui.

— A menina Tainá, Vitor. É um caso delicado e eu preciso que me ajude a salvá-la.

— A fé que a mãe da menina possui e a sua fé, Sara, são tão importantes quanto a aceitação do inevitável. Tainá está pronta para partir. Você precisa entender isso e ajudar a mãe dela neste momento.

— Eu quero ajudar, sim, mas não fazendo a mãe de Tainá aceitar a morte da filha. Não, isso, não! Você quer que eu pare de concentrar toda a minha energia para ajudar a salvá-la? Você quer que eu desista da menina?

— Você não estará desistindo, Sara, mas sim aceitando a vontade da alma de Tainá de se unir à Grande Alma.

— Você quer dizer que essa é a vontade de Deus?

Vitor assentiu com a cabeça.

— Como Deus pode querer a morte de uma menininha? Ela só tem 7 anos, Vitor!

— Minha cara, o corpo físico dela tem só 7 anos. Mas será que nós somos apenas o nosso corpo físico, hein?

Vitor afagou os cabelos desalinhados de Sara, como um pai consolando a filha pequena; ela estava realmente se sentindo infantil e impotente. Vitor envolveu-a com um abraço, trazendo-a ao encontro do seu peito. Ficaram assim por um longo tempo. Aos poucos, aquele conforto silencioso foi trazendo paz ao coração de Sara e razão à sua mente, sempre tão lúcida, acalmando-a.

— Vitor, meu querido, muito obrigada por me transmitir tanta força. Eu estava mesmo precisando de alguém que me fizesse refletir melhor sobre os desígnios de Deus. Existem horas que, por mais forte que a gente seja, desaba diante do peso da dor. Você me fez compreender melhor as coisas. Junte-se a nós, Vitor! Muitas outras pessoas, além de mim, precisam de um alento para continuar a ter fé.

— Tenho muitas coisas a fazer — respondeu ele, — mas, quando precisar, você sabe onde me encontrar.

— É, acho que estou pronta! Vou conversar com a mãe da Tainá e transmitir a ela um pouco dessa energia que você me passou. Você vem comigo?

— Não posso, Sara. Você terá que fazer isso sozinha.

Ela suspirou, resignada. Não era ainda o momento de insistir com Vitor. Despediu-se do amigo e voltou para o hospital. Encontrou Nice ao lado da porta do saguão, conversando ao celular com uma amiga sobre o que tinha acontecido:

— Uma mística veio aqui e toda a infecção da Tainá saiu pela boca de uma enfermeira. Agora tenho certeza que a minha filha vai ficar boa e...

Sara escutou a conversa até o fim, depois pediu que Nice a acompanhasse até um lugar mais calmo para conversarem.

— Nice, temos missões a cumprir nesta vida. Alguns levam anos para aprender o que precisam aprender, ou ainda para ensinar alguém a ser uma pessoa melhor. Outros acabam morrendo jovens, pois já cumpriram o que vieram fazer aqui — explicava Sara, até ser interrompida pela euforia de Nice.

— Tainá agora vai sarar! Aquela enfermeira, a Lisa, tirou tudo que tinha de ruim dentro dela. Com certeza foi macumba que fizeram pra Tainá! Por causa da energização que a senhora fez, ela tá curada — delirava Nice.

Sara, no entanto, cortou a euforia de Nice, dizendo num tom severo:

— Pare, Nice, e me ouça! As coisas não são bem assim. Pelo seu bem e o de sua filha, me escute!

Nice obedeceu, parando de falar, e olhou para Sara, entre assustada e esperançosa.

— Nice, o que sua filha tem não é macumba. Sua filha é um anjinho que desceu na Terra para tornar realidade o seu sonho de ser mãe. Mas agora ela precisa se unir a Deus e você vai prosseguir a sua vida sem ela.

— Mas a menina é forte. Se não fosse, já tinha morrido. Ela tá lutando contra a doença! — contestou Nice, agora um pouco decepcionada, mas voltando à realidade.

— Na verdade, a Tainá só não partiu por pena de você — explicou Sara.

Já que tinha sido rotulada como "mística", aproveitou a deixa e passou a usar uma linguagem mais popular, que talvez Nice compreendesse melhor.

— Nice, a menina está sofrendo porque está vendo você sofrer. Eu vi, com os olhos da mente, a sua filha num lindo jardim e cercada por anjos. Ela estava muito feliz, mas não conseguia fechar a porta que a liga a este mundo porque está com pena de você. É você, Nice, quem está segurando Tainá aqui, mas o corpo físico dela não está aguentando mais.

Então Nice caiu em si. Parecia que Sara conseguira fazer com que ela enxergasse a realidade. Deu um forte abraço em Sara e disse, chorando muito:

— Foi culpa minha. Naquele dia, eu tirei a Tainá do hospital... matei a minha filha...

Pedindo que Nice se acalmasse, Sara lhe disse que a hora de Tainá havia chegado. Explicou que a menina podia ter partido de outra maneira, num acidente, por exemplo, mas que escolhera a doença para a mãe ter tempo de aceitar a sua morte.

Enfim mais calma, Nice agradeceu a Sara. Reclamou depois que os médicos eram insensíveis, só falavam em morte; por isso, não queria ouvi-los, mas agora estava mais aliviada por saber que a filha estava bem. Em seu coração, sentia que Tainá realmente era um anjo e precisava partir. Sara, ao ver Nice mais equilibrada, resolveu aplicar nela a "Técnica do Desprendimento".

FLÁVIO: Sara, essas técnicas que você cita no seu livro, elas surtem efeito mesmo?

SARA: Claro que sim! Por isso fiz questão de ensiná-las. Veja, não é simplesmente ler e achar que já está curado. A pessoa tem de acreditar e treinar o relaxamento, a visualização e a representação. Quanto mais treino, melhores serão os resultados. Eu sou a prova viva de que essas técnicas surtem efeito. Curei-me de um câncer colocando em prática tudo isso.

★ ★ ★

TÉCNICA DO DESPRENDIMENTO

Respire profundamente e relaxe. Limpe sua mente de todos os pensamentos e das vozes internas. Sinta-se livre e relaxado, durante 3 a 5 minutos.

Coloque as duas mãos sobre o umbigo. Visualize o cordão umbilical energético levemente azulado que vincula você ao seu filho (ou sua filha). Lembre-se dos momentos bons que vocês passaram juntos, durante 3 a 5 minutos. Agora o liberte. Repita mentalmente estas palavras: "Foi pelo umbigo que você recebeu parte de mim. Quando nasceu, os médicos cortaram esse cordão que nos ligava, mas nosso vínculo continuou através de um cordão energético. Eu o amo muito, mas, neste momento, eu o liberto para que você siga seu destino. Por amor, libero sua alma para que você encontre a paz e seja feliz. Por amor, peço a Deus que me liberte desse vínculo para que eu também prossiga minha vida." Visualize e sinta o cordão energético se rompendo e agradeça a Deus pela graça alcançada.

Esta técnica deve ser usada para o desprendimento entre pais e filhos, para que cada um se liberte e siga seu caminho, quer as partes estejam vivas, ou uma delas, já falecida.

★ ★ ★

Uma enfermeira passou pelo corredor do hospital aos gritos:

— Dr. Verman, Lisa, corram!

Nice sentiu o que tinha acontecido e entrou correndo na UTI para ver a filha, que estava tendo mais uma parada cardíaca. O dr. Verman entrou, pegou o desfibrilador e colocou-o sobre o peito de Tainá; deu o choque e o coração voltou a bater.

Nice, em prantos, segurava a mão da filha.

— Filhinha, perdoe a mamãe. Desculpe por eu obrigar você a ir pra escola. Meu anjinho! Era por isso que você não queria estudar, né? Estava doentinha. Agora a mamãe entende... você sabia que logo ia embora deste mundo!

Nice despedia-se da filha aos prantos. Queria dizer tudo o que não dissera antes, mas a menina teve outra parada cardíaca.

Passamos a vida discutindo, brigando e somente em horas como essas é que percebemos quantas coisas gostaríamos de ter dito ao outro e não dissemos.

— Por favor, doutor, ainda não, ela não pode partir agora. Filha! Volte, meu anjinho. Por favor, quero dar um beijo em você!

O dr. Verman, envolvido emocionalmente com o caso, colocou novamente o desfibrilador sobre o peito de Tainá, repetindo o choque, mas ela não respondeu. Depois de vários choques cardíacos, o médico conseguiu reanimá-la, mas, olhando para Nice, pensava que dessa vez não teria sobrado mais nada no cérebro da pobrezinha. Seu corpo jamais aguentaria aquela quantidade de choques. Mesmo que, se por um milagre, ela sobrevivesse, vegetaria para o resto da vida.

Há momentos muito duros na vida de um médico, quando, por exemplo, ele sabe que o melhor para o paciente é morrer; no entanto, o dever do médico é lutar pela vida, sempre.

— Nice, chegou a hora — disse Sara. — O cordão já se rompeu.

Chorando, a mãe aproximou-se do rostinho lindo de Tainá e disse em seu ouvido:

— Filha, escuta a mamãe. Eu sei que você pode me ouvir, meu anjo. A mamãe vai te dar um último beijo e quer que você descanse em paz...

Nice beijou carinhosamente o rosto da filha, e, surpreendentemente, depois de trinta dias em coma profundo, Tainá abriu os olhos, esboçando uma expressão de ternura e paz para a mãe. Fechou novamente os olhos e partiu, com um sorriso nos lábios. Houve um breve silêncio na sala. Então o médico começou a preencher os ofícios de praxe, enquanto os enfermeiros retiravam a aparelhagem da menina. Com carinho, Sara afastou Nice do corpo da filha.

— Você fez a coisa certa — disse Sara, abraçando e consolando a mulher; mãe, assim como ela própria.

Duas amigas de Nice aguardavam na sala de espera; Sara levou-a até elas e pediu que a acompanhassem até em casa, a fim de se preparar para o velório da filha.

Sara sentiu uma força atraí-la novamente para a UTI. Ao olhar para Tainá, viu uma forte luz desprender-se do corpinho da menina e flutuar lentamente em direção a um canto do quarto onde, naquele momento, um portal iluminado se abriu. Foi uma cena linda. Sara enfim sentiu-se bem, aliviada. Mas não deixou de pensar se tinha sido sua mente que imaginara aquilo, a fim de confortar seu coração, ou se realmente tivera o privilégio de assistir a Tainá fazendo a passagem.

Emocionada, agradeceu:

— Obrigada, Senhor!

★ ★ ★

O dia já estava amanhecendo. Sara, preocupada, lembrou-se de que Menezes podia acordar e não a encontrar em casa. Pegou o celular e ligou para o marido.

— Alô — atendeu Menezes, ainda sonolento.

— Amor, sou eu. Estou ligando para...

— Sara? Onde você está? Que horas são? — levantou-se, assustado.

— É cedo ainda, querido. Aconteceram muitas coisas durante a madrugada e tive de vir aqui para o hospital.

— Hospital? Você está bem, Sara? — perguntou ele, ainda sem entender.

— Estou sim, amor. Bruno é que foi internado e eu acabei passando a madrugada aqui com o resto do pessoal.

— Tudo bem, Sara. Pra variar, mais uma emergência. Todo dia acontece uma coisa "urgente". Pode deixar, eu cuido das crianças... como sempre, aliás. Hoje à noite a gente vai conversar sobre isso — e desligou o telefone sem se despedir.

Sara ficou pensativa. Eram engraçados os homens, um ou dois dias em que substituem a mulher já é o suficiente para reclamarem.

Lisa chegou ao saguão e avisou ao grupo que Bruno tinha acordado, mas ainda estava muito perturbado e sem entender o que fazia ali. Sara foi vê-lo e acabou contando sobre o assassinato que tinha acontecido no apartamento dele. Explicou que Pedro e Rosana haviam conseguido evitar o assassinato que Júlio previra, mas, não se sabia como, o assassino estivera no apartamento de Bruno minutos depois e matara sua "namorada". Sara pediu que Bruno tentasse se lembrar de tudo o que tinha acontecido na noite anterior.

Bruno se lembrava de que alguns objetos tinham começado a voar pelo apartamento e que, apesar de tentar se concentrar nas técnicas de controle que aprendera, não obtivera sucesso. Quanto mais se concentrava, mais os objetos se moviam. Lembrou-se de ter entrado no quarto e depois... acordar naquele quarto do hospital.

Sara explicou que não tinha acontecido só isso: ele fora visto deixando o apartamento logo depois de Júlio sair para a escola e, mais tarde, retornando com uma mulher. Quando Júlio voltara, havia encontrado o apartamento todo bagunçado e Bruno caído na cama, drogado e desmaiado, segurando um revólver na mão. Depois Júlio tinha ido até a cozinha e encontrado a mulher morta. Ligara então para Pedro, que o socorrera.

Bruno não acreditou que tudo aquilo tivesse acontecido. Sequer se lembrava de que saíra do apartamento, e muito menos de que havia bebido ou consumido drogas. Mas Sara lhe disse que, agora, o mais importante era ele tomar consciência, admitindo a sua dependência química e se internando numa clínica de reabilitação. Tinha condições financeiras para pagar uma excelente clínica e só depois da sua recuperação total é que estaria apto para controlar seus poderes e se unir ao grupo. Bruno compreendeu e aceitou que o melhor era mesmo se tratar. Sara pediu que Lisa cuidasse da transferência dele para uma boa clínica.

Bruno tinha receio de deixar Júlio sozinho no apartamento, pois o amigo não sabia lidar com dinheiro, pagar contas, fazer compras, etc., e, muito menos, andar pelas ruas de São Paulo. Por isso pediu que Sara fosse a "tutora" de Júlio, enquanto estivesse internado. Sara aceitou, sem hesitar.

Depois pediu emprestado o celular de Sara e ligou para o seu advogado. Queria que ele providenciasse uma procuração dando plenos poderes a Sara e livre acesso ao seu apartamento. Em seguida, Bruno pegou sua carteira na gaveta da mesa de cabeceira, tirou o talão de cheques, preencheu dois cheques e, entregando-os na mão de Sara, disse:

— Este é para que nada falte ao Júlio — e passou-lhe um cheque de R$ 100.000,00. — Este outro é uma doação para o IPESPA. É como posso ajudar no momento — disse, entregando a Sara um cheque de R$ 1.000.000,00.

— Mas, Bruno... é muito dinheiro! — disse ela, espantada com os valores.

— Fique tranquila, Sara, não vai fazer falta pra mim. Já é hora de eu gastar um pouco dessa grana em benefício de quem precisa. Até agora só torrei a herança que a minha família deixou. Com certeza, você vai fazer melhor uso do que eu.

Sara agradeceu, desejando a Bruno sucesso no tratamento.

★ ★ ★

Pedro chegou ao instituto. Era muito cedo e a secretária ainda não estava lá. Em cima do balcão da recepção havia várias correspondências. Vendo que seu nome estava num dos envelopes, ele o abriu. Eram os resultados do *checkup* que fizera, assim como todos os outros Sensitivos. Pedro folheou os papéis, vendo que pouco entendia daquilo tudo, mas, na última página, leu algo que compreendeu: ele era estéril. Num primeiro momento, sentiu-se confuso, triste, desconsolado. Mas, quando percebeu todas as implicações, pegou a viatura e saiu, enlouquecido.

Bel e Zico assistiam à tevê quando Pedro entrou bruscamente. Antes de falar com a mulher, teve o cuidado de levar o filho tetraplégico para o quarto e fechar a porta e, ao voltar, disse, indignado:

— Há quanto tempo você me trai?

— Ih! Pedro, acho que você está trabalhando demais...

— Bel, acabo de descobrir que sou estéril. Como você explica esta gravidez? — perguntou, nervoso.

Desconcertada e ainda tentando disfarçar, Bel mentiu.

— Pare com isso, Pedro, eu nunca te traí! Acho que estão botando coisa na tua cabeça.

— Sua cínica! A única pessoa que está botando coisa na minha cabeça é você. Um belo chifre!

— Pedro, eu não admito que fale assim comigo! Você está me ofendendo! — ela continuou a negar.

Com muita raiva, Pedro segurou Bel pelo braço, colocou a mão sobre sua barriga e "viu", em sua própria cama, uma cena de amor entre ela e o pastor Roberto, seu vizinho.

— Sua vagabunda! Hipócrita! — e deu um murro na mesa.

— Vai me agredir? — ela perguntou ironicamente. — Lembre que estou grávida!

Nervoso e atordoado, Pedro saiu de casa.

Uma garoa começava a cair. Pedro ligou os limpadores e percebeu que havia um envelope preso num deles. Era outro bilhete, do mesmo padrão daquele que havia encontrado antes:

Pedro percebeu que devia se tratar de outra pista. Nesse instante, seu celular tocou.

— Pedro, preciso de você — era Sara, com a voz trêmula.

— O que houve? Onde você está?

— Estou no IPESPA. Quando cheguei aqui, percebi que alguém me observava do outro lado da rua. Você pode vir dar uma olhada?

— Você está sozinha? — perguntou o policial.

— Não, a Marina e a Vivi já chegaram, mas sinto que estou sendo vigiada.

— Claro, estou a caminho — disse ele para acalmá-la.

Pedro ligou a sirene da viatura e seguiu para o IPESPA.

Enquanto isso, no instituto, Marina tentava desvendar o significado das marcas deixadas nas vítimas do assassino. Por serem cortes na carne das costas das vítimas, as marcas eram difíceis de decifrar. Na garota encontrada no apartamento de Bruno o desenho estava mais nítido, parecendo um tipo de símbolo.

Logo ao chegar ao IPESPA, Pedro foi acalmando Sara: tinha percorrido todas as ruas das redondezas e não havia encontrado ninguém que parecesse suspeito. Sara ficou mais calma, mas garantiu a Pedro que estava sendo vigiada. Disse que sentia a presença de alguém por perto, observando-a.

Pedro tirou do bolso o bilhete que havia encontrado na viatura e mostrou-o a Sara.

— "São ideogramas. Avise Marina." Deve ser uma dica que o *serial killer* está nos dando. Só pode ser isso... — disse ela, saindo para entregar o bilhete a Marina.

— Caraca! — exclamou Marina. — Como não percebi isso antes? São ideogramas japoneses!

Rapidamente, Marina começou a juntar os ideogramas, posicionando-os e tentando traduzi-los.

床 8 部 屋

"Assoalho oito quarto"

— O que significam? — perguntou Sara.

— Ainda não dá pra saber — respondeu Marina. — Parecem palavras soltas. Talvez o *serial* esteja formando alguma frase, mas com certeza, ainda não está completa. Vou continuar pesquisando.

Deixando Marina às voltas com suas pesquisas, Sara e Pedro foram conversando até a porta da frente, pois ele estava de saída.

Ela contou-lhe que continuava se comunicando com Vitor por e-mail e que ele estivera no hospital, onde a ajudara a compreender o caso de uma paciente. Pedro confessou que achava Vitor um cara esquisito e que ela devia tomar mais cuidado com ele. Ele nunca tinha se apresentado oficialmente ao grupo e, assim como aparecia inesperadamente, também desaparecia. Pedro achava que ele podia estar fugindo de algo.

Sara percebeu que Pedro estava nervoso e foi logo mudando de assunto. Afinal, não queria que falasse mal daquele em quem ela tanto confiava.

— O que houve, Pedro? Por que está nervoso assim?

— Ah, Sara... Hoje, antes de vocês chegarem do hospital, eu vim para cá e abri um envelope em meu nome que estava em cima do balcão. Eram os resultados dos exames que fizemos. Eu sou estéril, Sara.

Pedro acabou desabafando com ela. Contou que, além de Zico, a esposa tinha acabado de dar a notícia de que estava grávida. Apesar de estarem discutindo muito, com a notícia da gravidez, eles fizeram as pazes na noite anterior. Mas a felicidade tinha durado pouco. Estava desesperado não só pela traição, mas em pensar como Zico reagiria quando soubesse que ele não era seu pai biológico.

Sara tentou acalmá-lo, explicando que não havia necessidade de contar já ao menino. Pediu que ele tivesse paciência e desse tempo ao tempo. Mas Pedro estava revoltado e garantiu que não voltaria mais para casa, por isso precisava achar um lugar onde ficar. Sara teve uma ideia:

— Pedro, por que você não fica com o Júlio. Bruno estava muito preocupado em deixá-lo sozinho no apartamento durante a internação.

— Se o Júlio não se importar, eu aceito, sim. No momento, não tenho condições de pagar um hotel ou outro aluguel.

Muito triste, Pedro ligou para Rosana e pediu que ela avisasse no DP que ele estava doente e não ia trabalhar naquele dia.

Fenômenos

Muitas vezes somos traídos pelos sentidos do corpo físico; por isso, nem tudo o que vemos é o que realmente está acontecendo.

No final da tarde, Sara recebeu outro e-mail com a mesma lista de iniciais, porém, desta vez, algumas letras estavam riscadas e ao lado delas havia outras, em destaque.

A secretária Vivi avisou Sara de que eram 18 horas, portanto o IPESPA já estava fechado. Sara liberou-a, dizendo que ficaria um pouco mais. Tentava entender a nova lista e por que algumas letras estavam riscadas. Depois de um tempo, um barulho na varanda chamou sua atenção. Assustada, foi verificar se a porta estava trancada, mas, ao tocar na maçaneta, sentiu um impulso e abriu rapidamente a porta. Vitor Gomes estava ali, diante dela.

— Vitor, eu estava pensando em você! Acredita?

— Claro que sim, Sara.

— Eu estava imaginando que a sua inteligência e intuição iam me ajudar a decifrar uma lista que não consigo entender. Vamos, entre — convidou ela.

Vitor olhou para os lados, viu que a rua estava vazia e entrou no IPESPA.

Logo ela lhe mostrou o e-mail com a nova lista:

Lista atualizada:

J.S.R. e M.F.R.
A.L.M. e A.B.M.
R.S.S. e K.M.S.
~~A.A.C. e D.C.~~ → A.B.P.

F.G. e L.G.
A.C.R.
C.A.F.S.
D.J.S. e P.S.

Agora ficou mais fácil?

Vitor observou atentamente a lista e pediu a Sara a relação com os nomes dos casais assassinados. Comparando os nomes com as iniciais do e-mail, percebeu que eles coincidiam nos três primeiros casos, que estavam em destaque, e explicou:

— Veja, Sara, estas são as iniciais dos nomes dos casais que foram assassinados:

J.S.R. e M.F.R. correspondem a João Silveira Rodrigues e Maria Fernanda Rodrigues; A.L.M. e A.B.M. correspondem a Almir Leite Mendonça e Adelaide Botelho Mendonça; e R.S.S. e K.M.S. correspondem a Roberto Silva Soares e Karina Maria Soares.

Encantada com a inteligência de Vitor, Sara perguntou:

— Mas por que as letras da quarta linha estão riscadas e foram substituídas?

— Qual o nome do casal que Pedro e Rosana conseguiram impedir que fosse assassinado? — perguntou Vitor — A quarta linha deve se referir às iniciais deles, por isso estão riscadas. Mas essa seta ao lado aponta para outras iniciais, está vendo?... Como se chamava a garota assassinada no apartamento de Bruno?

Sara abriu o arquivo e informou:

— Ana Beatriz Pontes.

— Foi isso o que aconteceu, Sara. Ele riscou as iniciais A.A.C. e D.C., que eram das vítimas que não conseguiu matar, e substituiu pelas iniciais da garota do Bruno, A.B.P.; percebe?

— Sim, você está absolutamente certo, Vitor. Não me conformo de você não vir trabalhar conosco. Com sua sabedoria, os resultados sairiam muito mais rápido.

— Você é a sábia aqui, só precisa enxergar melhor as coisas. Agora tenho de ir. Já fiz o que tinha de fazer.

— Vitor, espere! — pediu ela, enquanto ele se dirigia rapidamente para a saída. — Me diga, você está com algum problema? Por que vai embora sempre dessa maneira?

— Sara, você precisa entender: a realidade não é aquela que vemos com os olhos — disse Vitor, saindo do IPESPA.

Ela ficou parada na porta, vendo-o ir embora, até ele desaparecer no final da rua, e imaginando o que ele queria dizer com "a realidade não é aquela que vemos com os olhos". Será que tudo estava muito claro, mas só ela não conseguia "ver"? Por que Vitor sempre falava daquela maneira? Será que não podia ser mais direto?

Então entrou e enviou um e-mail para todo o grupo, contando que Vitor estivera no instituto e a ajudara a decifrar a lista.

Depois que Pedro se mudou para o apartamento de Bruno, ele e Júlio se tornaram grandes amigos. Certa noite, enquanto tomavam um lanche à noite e conversavam sobre Bruno, o celular de Pedro tocou. Era Rosana informando sobre um novo homicídio e pedindo que ele fosse imediatamente até o local do crime a fim de visualizar o que acontecera. Tinham ateado fogo numa pessoa dentro da sua própria casa.

Pedro imediatamente atendeu ao pedido de Rosana. Despediu-se de Júlio e seguiu para o local do homicídio.

Nas proximidades da cena do crime, o tumulto formado por curiosos, policiais e bombeiros dificultava a passagem da viatura. Enfim, conseguiu entrar na casa. O mais estranho era que nada havia sido queimado a não ser o corpo da vítima. Na verdade, parte do corpo e a cabeça estavam carbonizadas, porém as mãos e os pés conservaram-se intactos, assim como partes da roupa, os chinelos e a casa, que exalava um aroma adocicado, nada condizente com o crime que acabara de acontecer. Pedro aproximou-se do corpo da vítima e, ao tocar seu chinelo, vislumbrou a cena:

Uma senhora obesa, de uns 70 anos, termina de jantar e anda em direção ao sofá da sala da sua casa. De repente, seu corpo arde em chamas, ela se agita e tenta soltar o início de um grito, mas, instantaneamente, sua boca vira cinzas. Parte do seu corpo está em combustão e ela cai. Pedro olha em torno, mas não vê ninguém. Parece que alguém ateou fogo na mulher e fugiu rapidamente.

Pedro relatou a Rosana que, apesar de "ver" a mulher em chamas, não conseguira ver o assassino. Precisava conversar com Sara, pois o fato era muito estranho. Os policiais procuraram vestígios pela casa, mas, aparentemente, nada mais tinha pegado fogo. Somente no lugar onde o corpo caíra havia um pequeno sinal no carpete, mas quando o cadáver foi levado para a autópsia, os bombeiros notaram que era apenas uma mancha provocada pelas cinzas. Pedro ligou para Sara.

— Desculpe ligar a esta hora, mas aconteceu um homicídio e precisava falar com você.

— Tudo bem, Pedro — disse Sara. — Menezes saiu com os meninos e estou sozinha, pode falar.

— Toquei no corpo da vítima, mas achei muito estranho o que vi. Era uma senhora de uns 70 anos que pegou fogo de repente, enquanto andava pela sala da casa dela. Não vi nenhum assaltante, nenhum vândalo, nada! O corpo virou cinzas, mas, por incrível que pareça, os pés e as mãos ficaram intactos.

— Pedro, não perca tempo. Não vai encontrar o assassino! — disse Sara. — Pelas características da mulher e pelo que você me falou, já sei o que aconteceu. Podemos falar sobre isso amanhã?

— Claro, Sara, vou tentar conter minha ansiedade – brincou Pedro.

★ ★ ★

Como Menezes e os filhos tinham ido visitar os avós, Sara aceitou o convite de Marina e Lisa e foi jantar com elas. No restaurante, comentavam sobre quantas pessoas tinham ajudado nos últimos tempos.

Sara comentou sobre o telefonema de Pedro, mas disse que aquele caso ela explicaria a todos pessoalmente, por isso pediu que elas fossem ao instituto logo pela manhã.

Entre outros assuntos, Lisa lamentava a ausência de Bruno, mas disse que estava acompanhando o estado dele por meio de uma amiga que trabalhava na clínica de reabilitação. Segundo a amiga, Bruno estava sofrendo muito com a falta das drogas e tinha crises nervosas e alucinações constantes.

Durante a conversa, Sara notou que alguém as observava através da janela do restaurante. Ao mesmo tempo, Lisa ouviu mentalmente uma voz que lhe era familiar:

— *Sara! Preciso da sua ajuda! Algo ruim está para acontecer!* — Lisa procurava identificar aquela voz, que logo se misturou com a voz de Sara, respondendo mentalmente:

— *Vitor, é você? Onde você está?*

— *Estou pressentindo algo ruim e não sei o que fazer* — transmitiu ele.

Interrompendo a conversa mental dos dois, Lisa contou a Sara que conseguia escutar a comunicação entre eles. O som chegava até ela como se viesse de longe, numa mistura de vozes, mas conseguia compreender tudo. Sara então apontou para a janela do restaurante e disse, com urgência na voz:

— Vejam! É Vitor, ele está bem ali — Marina e Lisa se voltaram para a direção apontada por Sara, mas Vitor desaparecera. Sara levantou-se e saiu correndo do restaurante à procura dele e o viu entrar num beco escuro. Ela podia sentir a aflição de Vitor. Seguindo os sons dos gemidos dele, aproximou-se lentamente da entrada do beco. No fundo, avistou uma luz branca esfumaçada, saindo de trás de algumas latas de lixo.

— Vitor... Vitor, é você? — sussurrava Sara, enquanto penetrava no beco, mas Vitor não respondia; ela ouvia apenas sua respiração ofegante.

— Vitor, que fumaça é essa? Você está me assustando — disse Sara, já próxima das latas de lixo de onde saía a fumaça.

Sara tomou fôlego, chegou até as latas e viu Vitor, caído no chão, quase sem fôlego, expelindo pela boca a luz esfumaçada que vagarosamente tomava a forma de um bebê.

Chocada por presenciar pela primeira vez uma materialização, assustou-se ainda mais ao ouvir o toque de seu celular.

— Sara, estamos te procurando, onde você está?

Ainda trêmula, Sara respondeu:

— Estou num beco no final da rua do restaurante, à esquerda.

— Aconteceu alguma coisa? – perguntou Lisa.

— Sim. Vitor está diante de mim, caído no chão, expelindo ectoplasma, que tomou... a... forma... de... um... bebê... — Sara começou a falar mole e Lisa percebeu que ela estava passando mal.

— É aqui, Marina, este beco à esquerda, vamos!

No beco, encontram Sara desmaiada ao lado de latões de lixo. Vitor não estava mais lá. Ao lado de Sara, outro bilhete, que Lisa guardou. Juntas, as moças carregaram Sara até o carro e levaram-na para o Hospital San Marco. No caminho, Marina ligou para Pedro e Menezes contando o ocorrido.

O dr. Verman examinou Sara e constatou que a pressão baixa a fizera desmaiar. Ela já estava acordada quando Menezes chegou e começou o interrogatório:

— O que você estava fazendo sozinha num beco escuro, Sara?

— Eu segui Vitor. Ele foi me procurar no restaurante, não é, Lisa?

— Bom, eu não cheguei a vê-lo, mas ouvi sua voz — explicou Lisa, tirando o bilhete do bolso. — Veja, Pedro, o que Vitor deixou ao lado de Sara.

Era um bilhete no mesmo padrão dos anteriores. Desta vez estava escrito:

VIADUTO DO CHÁ. ÀS 15H.

— Desgraçado! — disse Pedro. — Não falei, Sara, que esse cara era estranho? *Ele* é o *serial killer*.

— Não, Pedro — ela discordou. — Vitor é meu amigo.

— Amigo, uma ova! — disse Menezes, nervoso. — Esse cara está hipnotizando você, Sara. Você não percebe que só fala nele?

— Menezes tem razão, Sara — concordou Pedro. — Não conhecemos Vitor direito e nem sabemos se ele tem ou não habilidades. Ele pode ser o paranormal que está matando os casais e ainda usando você para nos confundir. Por que ele nunca aparece quando estamos juntos? Está com medo de ser reconhecido, Sara. Acorda!!!

— Não é possível — disse ela. — Vitor é do bem, ele só está querendo nos ajudar, não percebem?

— Sara, o Vitor escreve livros infanto-juvenis, o que mostra sua afinidade com as crianças — insistiu Pedro. — Agora você assistiu ele materializando um bebê! Você está cega? Ele é o nosso homem! Gosta de crianças e o *serial killer* também. Ele manda bilhetes, como todo *serial killer* faz. Fornece dicas pra ser pego. É um psicopata!

— Não sei — respondeu Sara, em dúvida. — Por que ele mandaria as dicas em dois padrões diferentes: as cartas, com recortes de revistas, e os e-mails?

— Porque ele tem prazer em ver a gente quebrando a cabeça — concluiu Pedro. — Ele quer nos confundir, ou melhor, quer confundir você, Sara! Enxergue os fatos!

Sara estava decepcionada. Não queria acreditar no que ouvia, mas as evidências apontavam realmente para Vitor.

— Olha, pessoal — disse Marina, — os e-mails eu não consegui rastrear, mas acho que posso encontrá-lo através do blog da Sara!

— Mas... mas... pelo meu blog? Como? — perguntou Sara, nervosa.

— Ah, essa é a parte mais fácil. É só me passar a senha do administrador do blog, no caso a sua. Seu blog é igual ao meu. Os IPs dos participantes ficam salvos no arquivo do administrador do blog. Com o IP, vamos pegá-lo usando alguns *softwares* dos Federais. Essa parte é mais complicada, mas eu dou um jeito!

— Marina, quero estar bem longe quando te pegarem com esses *sofitiuari* aí — disse Pedro. — Mas, parabéns! Você tem razão, esses programas vão nos levar até esse safado!

— O resto deixem comigo. Vou colocar esse cara para o resto da vida na cadeia — disse Menezes furioso, enquanto Sara ouvia tudo, sem ter mais argumentos para defender Vitor.

No dia seguinte, na redação do jornal, enquanto baixava outro programa em seu laptop para rastrear Vitor, Marina observava o "santinho" da morte de Tainá em cima da mesa. Não se conformava com a partida da menina e, ao mesmo tempo, lembrava da morte de sua mãe. Como ela, tão inteligente, não conseguia fazer nada que ajudasse a resolver a precariedade da saúde pública?

— Acorda, Marina! — disse Joana. — Não vai ficar agora sem trabalhar por causa de uma coisa que acontece todos os dias, né?

— Pois é, Joana, você disse exatamente o que eu precisava ouvir: "por causa de uma coisa que acontece todos os dias". Isso é um absurdo — disse ela, revoltada. — Vou escrever uma matéria falando da precariedade da saúde pública na cidade de São Paulo. E olha que o pior atendimento nem é em São Paulo. A saúde pública está falida em todo o Brasil. Vou a fundo nisso. A Tainá morreu por falta de médicos pra fazer um simples ultrassom. Já a coitada da minha mãe, nem conseguiu ser atendida.

Joana percebeu nas palavras de Marina a tristeza de uma pessoa frustrada, que não poderia ter feito nada pela mãe naquele momento difícil, por mais competente que fosse. Joana parou por um instante e olhou para Marina, dizendo:

— É o seguinte, japa. Já que vamos fazer uma coisa pra "abalar o Pacaembu", vamos fazer da maneira certa! Vá até os postos de saúde e fotografe as pessoas, colha depoimentos de funcionários, médicos, farmacêuticos e pacientes. Investigue e traga todo o material necessário, que daí sentamos juntas e preparamos uma matéria que faça as pessoas se conscientizarem de que precisam cobrar melhorias no sistema de saúde e parar de acreditar em tudo o que os governantes dizem — disse Joana e, pegando embalo, continuou: — Agora invoquei! Vamos nessa! Porque estou me sentindo de novo como aquela repórter novata e enxerida que trabalhava nas ruas!

Marina abriu um sorriso e encheu Joana de beijos e abraços. Pegou sua bolsa e foi para o IPESPA.

★ ★ ★

No IPESPA, Júlio cuidava do jardim quando Sara e Marina chegaram.

— Júlio — chamou Sara. — Gostaria de ser nosso jardineiro oficial?

— Oi, gente! Nossa, Sara... Eu ficaria muito feliz, cuidar das plantas me faz lembrar um pouco de casa, eu gosto muito de lidar com a terra.

— Eu percebi — disse Sara, sorrindo. — Eu também gosto muito de plantas. Lá na chácara costumava ter um cantinho onde eu colocava em prática minhas técnicas de fitoterapia.

— "Fito... o quê"?! — perguntou o jovem assustado.

— Fitoterapia! — corrigiu Marina, irritada. — Ai, Júlio! Quando eu penso que você está melhorando um pouquinho já vem com outra!

— Calma, gente — pediu Sara. — Fitoterapia é o estudo das plantas medicinais e suas aplicações na cura das doenças. Eu sempre gostei de coisas naturais e por isso fiz um curso para aprender sobre isso.

Sem pestanejar, Júlio aceitou o convite, comentando que já estava entediado de ficar no apartamento.

Enquanto os outros não chegavam, Sara entrou em sua sala e começou a pesquisar sobre o caso da mulher carbonizada, que já estava sendo divulgado por toda a mídia e vinha causando medo e terror nas pessoas.

O marido da mulher assassinada dera uma entrevista, dizendo que, na opinião dele, se tratava de um castigo divino. Contou que ele e a mulher tinham sido viciados em jogo e bebida por muitos anos e que ele se voltara para os bons costumes, adotando um modo de vida regrado e saudável, mas a mulher tinha continuado a receber as amigas todas as noites para os seus joguinhos de bingo. Além disso, ela sempre tinha um litro de conhaque escondido no meio dos mantimentos para dar uns goles quando desse vontade, o que acontecia toda hora.

O homem parecia ter certeza do que dizia: "Não adianta procurar o assassino! Foi obra de Deus. Todos estão condenados! O final dos tempos está chegando!"

Imagine um senhor de quase 80 anos, dizendo aquelas coisas para todo o Brasil! As palavras dele começaram a gerar manifestos. Algumas pessoas o chamavam de louco, outras o apoiavam, e havia aquelas que achavam que ele mesmo ateara fogo à mulher. Assim, o assunto se transformou em polêmica nacional. Sara lia as reportagens e pensava como as pessoas podiam ser tão ignorantes. Tomar partido sem conhecer os fatos? Elas não tinham a menor ideia do que realmente havia acontecido com aquela senhora.

Quando todos chegaram, reuniram-se na sala de vídeo, onde Sara lhes explicaria sobre o suposto homicídio da mulher carbonizada. Enquanto Rosana espalhava sobre a mesa as fotos do cadáver, Pedro descrevia o que vira ao tocar o chinelo da vítima. Falou das chamas azuis, do cheiro adocicado que impregnava a casa e o fato de as extremidades do corpo estarem intactas. O que Pedro não tinha entendido era por que não conseguira visualizar a origem do fogo, mas então Sara começou as explicações:

— O que temos aqui é um caso de "combustão humana espontânea", também conhecida como CHE. Trata-se de um fenômeno no qual o corpo de uma pessoa entra em combustão, sem que seja provocada por alguma fonte externa de ignição, ou seja, sem faíscas ou uso de qualquer material explosivo. Os casos de CHE têm algumas características em comum: primeira, as vítimas são praticamente consumidas pelas chamas, normalmente em casa; segunda, quem encontra os corpos diz ter sentido um cheiro adocicado nos cômodos; e, terceira, os corpos carbonizados apresentam intactas as mãos, os pés e, às vezes, partes das pernas, enquanto o resto do corpo fica irreconhecível. A ciência tradicional não explica as razões da CHE, por isso é considerada um fenômeno paranormal.

Para exemplificar melhor, Sara projetou no telão imagens de alguns casos semelhantes:

— O primeiro caso conhecido de combustão humana espontânea foi divulgado pelo anatomista dinamarquês Thomas Bartholin, em 1663. Ele descreveu como uma mulher, em Paris, foi reduzida a cinzas e fumaça, enquanto dormia. Em dezembro de 1966, na Pensilvânia, o corpo do dr. J. Irving Bentley, de 92 anos, foi encontrado ao lado do medidor de consumo de eletricidade da sua casa. Na realidade, "corpo" é maneira de dizer. Foram encontrados apenas parte da perna e um dos pés, ainda calçado com o chinelo. O restante do dr. Bentley havia virado cinzas! A única evidência do fogo que causara sua morte era um buraco no piso do banheiro. Os demais cômodos da casa estavam intactos. O caso do dr. Bentley e centenas de outros casos semelhantes ficaram conhecidos então como eventos de "combustão humana espontânea". Embora ele e outras vítimas do fenômeno tenham sofrido combustão quase total, o lugar onde se encontravam e as próprias roupas, muitas vezes, não sofriam dano algum.

Sara foi passando mais imagens.

— Na França, treze incêndios de causas desconhecidas atraíram a atenção dos cientistas e foram atribuídos à influência de fiações elétricas subterrâneas. No Chile, em novembro de 2007, incêndios inexplicáveis atingiram as localidades de Cumpeo, La Chispa e Temuco. Até o momento não se chegou a nenhuma conclusão.

O caso da senhora, investigado por Pedro e Rosana, era mais uma ocorrência de combustão espontânea, mas essa hipótese não podia ser levantada novamente, pois só serviria para gerar mais e mais polêmicas, como vinha ocorrendo há milhares de anos. Para não assustar a população, a polícia sempre acabava encontrando uma boa desculpa, de acordo com o caso.

— Mas, Sara, qual a sua opinião sobre esse fenômeno? — perguntou Rosana. — Você sempre tem uma resposta, não é?

— Olha, Rosana, a explicação mais plausível que encontrei para isso é baseada em pesquisas de alguns cientistas independentes que não compactuam com as explicações da ortodoxia científica vigente. Por meio da física, entre outras disciplinas, eles explicam que a CHE é uma espécie de fissão nuclear que pode ocorrer em momentos de stress ou doença de uma pessoa. É rara, mas pode acontecer. O potássio existente nas nossas células emite mais de 41 milhões de raios gama por dia. Normalmente, eles se mantêm num equilíbrio muito delicado, que pode se romper. Se apenas dois raios gama escaparem do interior das nossas células, de maneira desequilibrada, e colidirem com um único átomo de deutério, que é um isótopo do hidrogênio, o resultado seria o mesmo tipo de reação em cadeia que ocorre nas explosões nucleares.

A maior parte do deutério está nos depósitos de gordura, e a combustibilidade da gordura se dá devido ao alto teor de hidrogênio que está presente nela. A gordura humana, na maioria dos casos, é o agente, sim, mas não como foi explicado anteriormente: aquele efeito pavio, sabe? Isso significa que os gordinhos devem ficar alarmados com mais um perigo? Não, realmente, não é bem assim. Esse fenômeno é raro e ainda precisa ser muito estudado. Entenderam?

— Bom, na verdade, não entendi, não — disse Rosana. — Mas, de qualquer forma, valeu a explicação.

Sara aproveitou a reunião para explicar o que tinha acontecido com Vitor na noite anterior. O que ele havia expelido pela boca era algo conhecido como "ectoplasma". É uma substância amorfa, vaporosa, com tendência à solidificação, que assume uma forma por influência de um campo organizador específico.

— Esse fenômeno pode ser facilmente fotografado pela máquina kirlian — disse Sara, ao mesmo tempo que projetava no telão algumas fotos de materializações. — A cor do ectoplasma é branco acinzentado e sua consistência vai desde a névoa transparente até a forma tangível. Ele é desprendido pelo corpo de um sensitivo em transe profundo ou em estado de perturbação psíquica. Teoricamente, o ectoplasma seria uma energia materializada. A própria telergia, tornada visível.

Na opinião de Sara, o fato de Vitor ter materializado um bebê devia estar ligado ao próximo crime; por isso, precisavam estar atentos. Em especial, Júlio, que era quem previa os assassinatos.

Os Sensitivos despediram-se de Sara e voltaram todos para a sua rotina de trabalho.

Júlio cuidava do jardim, quando foi acometido por uma súbita dor de cabeça que o levou a ter uma visão:

Sara chamando o grupo para prender Vitor. Pedro lutando com o serial e Marina caída no chão.

Enquanto isso, Marina pediu a Sara a senha do seu blog, para que pudesse encontrar o IP de Vitor. Sara tinha o dever de ajudar, afinal ela liderava o grupo, mas em seu coração, tinha dúvidas de que Vitor realmente fosse o *serial*.

— Claro, Marina, venha até a minha sala — disse Sara.

Marina, já sentada em frente ao computador, pediu:

— Pode dizer, Sara...

Sara mostrou-se receosa e Marina percebeu.

— Prefere digitar você, Sara?

— Não, Marina, não é isso, confio em você. Pode digitar 783...

— MA-RI-NA!!! — um grito vindo do quintal interrompeu o ditado. Era Júlio, ainda confuso com a visão que tivera. Sara e Marina correram para acudi-lo.

— O que aconteceu, Júlio? — perguntou Sara.

— É... Foi Marina... Quer dizer, digo, Vitor é... acho que viajei com tudo isso que está acontecendo.

— Ai, Júlio. Me poupe, vai! Estava no meio de uma coisa importante e você vem com suas viajadas...

— Meu Deus! — exclamou Sara, ao consultar o relógio. — Esqueci da reunião na escola das crianças. Tenho que ir.

— Mas, Sara, deixe a senha do blog anotada... — pediu Marina, enquanto Sara saía apressada, sem dar ouvidos. — Como será que a Sara consegue cuidar de tanta coisa ao mesmo tempo e ainda ser mãe?

— Por falar em ser mãe, Marina. Você prenha deve ficar linda — disse Júlio, com um sorriso apaixonado.

— Arg!!! Cala boca, seu caipira! Não sou égua! — disse Marina saindo irritada.

— Mas, mas... eu só fiz um elogio! — disse Júlio, inconformado.

★ ★ ★

No vestiário do 15º DP, Pedro vestia o uniforme, para iniciar sua ronda, quando ouviu comentários maldosos sobre a sua separação.

Muito nervoso, pegou um dos colegas pelo colarinho e prensou-o contra a parede.

— Repita o que disse — ordenou Pedro. — Repita se for homem!

— Calma, Pedro. É que agora a Bel e o Zico andam pra cima e pra baixo com o pastor. Você sabe como é, né? O pessoal anda comentando — justificou o colega. Furioso, Pedro saiu do vestiário e atravessou o departamento, bufando, parecendo que ia fuzilar alguém.

Pouco tempo depois, Pedro chegou à sua antiga casa, mas não encontrou ninguém lá. Foi até a casa do vizinho, mas o carro do "traíra" não estava na garagem. Disposto a tudo, resolveu ir até a igreja do pastor para confirmar se os boatos eram verdadeiros e ver aonde Bel estava levando Zico. Apesar de desconfiar que o menino não era seu filho biológico, amava-o como se fosse.

Embora houvesse muitos carros estacionados em volta da igreja, inclusive o do pastor Roberto, as portas estavam fechadas. Desconfiado ao ver uma igreja tão grande como aquela fechada, Pedro ficou na espreita, até que viu um carro estacionando ao lado do seu. Um casal bem vestido desceu do carro e entrou por um portãozinho lateral da igreja, que estava aberto. Pedro os seguiu. Atrás da igreja, uma pequena escada dava acesso a um enorme templo escondido no porão, onde o Pastor Roberto estava pregando. Bel e Zico estavam sentados na primeira fila, ouvindo as palavras do pastor. Isso deixou Pedro ainda mais indignado, pois Bel nunca se interessara por religião. Quando viu Bel de mãos erguidas, gritando o nome de Jesus e louvando-o alucinadamente, ficou perplexo. Preferiu, contudo, se sentar no último banco, escondido atrás de algumas pessoas. Sua intenção era, antes, analisar o comportamento de Bel e ver como aquilo tudo estava afetando Zico.

Pedro já tinha assistido pela televisão a alguns cultos daquela igreja. Eles incluíam testemunhos de pessoas que tinham abandonado as drogas ou enriquecido e outras que tinham se curado de doenças, mas nada parecido com aquele culto ou as palavras que o Pastor Roberto estava usando, mas continuou a escutar o sermão, mesmo não gostando do que estava ouvindo.

A cura pela fé

Não existem obstáculos para aqueles que acreditam.
A fé move montanhas.

FLÁVIO: Sara, você fala bastante sobre "não julgar" e sobre a importância de respeitarmos todas as crenças e religiões. Você concorda com os "julgamentos" de Pedro sobre esse culto? Ou essa é só a opinião dele?

SARA: Este é um ponto importante, Flávio. Posso responder por mim, não por ele. Sempre expus a minha opinião em relação à religiosidade. Devemos, sim, respeitar todas as crenças. Aliás, o ser humano precisa crer em algo, seja no que for, para se apoiar espiritualmente. Nunca tive a intenção de convencer as pessoas a mudar as suas crenças, mesmo porque a parapsicologia é uma ciência e não se baseia em nenhuma religião. Por isso, sempre digo que estou dando uma explicação científica dos casos. Infelizmente, algumas religiões ou até mesmo os pastores e padres usam, em benefício próprio, técnicas para confundir e até "cegar" os fiéis. Mesmo assim não interfiro. Se algumas pessoas acreditam que, se colaborarem financeiramente com uma igreja ou seita, estarão livres dos "demônios"; ou se acreditam que, quanto mais "colaborarem", mais bem-sucedidas serão..., não vejo problema, desde que elas estejam se sentindo bem e que os resultados almejados estejam se concretizando.

FLÁVIO: E no caso de pessoas que realmente ficam possuídas? E aquelas fanáticas em suas crenças, que acabam caindo em armadilhas e perdendo tudo o que têm?

SARA: Bom, esses casos são diferentes. Se a religião ou seita não estiver satisfazendo à pessoa, ou se estiver surtindo um efeito contrário ao desejado, aí, com certeza, a pessoa envolvida precisará de ajuda externa, pelo menos até que encontre outra "sustentação" espiritual que preencha a sua alma. Quando sou procurada nesses casos, realmente desmistifico tudo o que foi dito à pessoa e que a deixou naquele estado. Durante o tratamento, reforço os próprios alicerces dela, aumentando a sua autoestima, e aconselho-a a buscar outro apoio espiritual, outro lugar ou religião que a preencha. Não dou nenhuma indicação a respeito, só ensino as técnicas para que ela mesma descubra o seu caminho através da "voz interior", da "Grande Alma".

★ ★ ★

Enquanto assistia ao culto religioso, que mais parecia um grande espetáculo, Pedro tentava manter a mente limpa, sem julgar o que presenciava, lembrando sempre das palavras de Sara sobre o "não julgamento" e o respeito que devemos ter por todas as crenças.

Mas a igreja estava lotada de fiéis alucinados. Alguns, com os braços erguidos, gritavam palavras de louvor; outros, ajoelhados ou prostrados no chão, debatiam-se, como que possuídos. Mulheres, segurando nas mãos peças de roupa, chaves e fotos, estavam aos prantos. O pastor gritava no microfone e os fiéis repetiam não só o que ele dizia, mas também pediam outras coisas, todos berrando ao mesmo tempo. Apesar de se sentir constrangido por estar ali, Pedro se mantinha firme no seu propósito de não julgar.

Na segunda parte do culto, o pastor Roberto fez com que todos os fiéis corressem ao redor dos bancos da igreja, com os braços erguidos, cantando e gritando:

— Saia, Satanás! Saia da minha vida! Saia, encosto maldito!

Se alguém abaixasse os braços, os outros pastores, que corriam junto com os fiéis, incentivavam, gritando:

— Mais alto! Levantem os braços.

Com os braços erguidos, doendo tanto que chegaram a ficar dormentes, Pedro participou da via-sacra. Ela lhe parecia mais uma técnica para induzir as pessoas a entrar num estado de transe do que um culto religioso.

Quando as coisas se acalmaram, Pedro pensou que o pastor falaria, então, um pouco da "palavra de Deus"... mas, logo depois, tudo piorou. Mantendo os fiéis numa espécie de transe, o pastor Roberto mandou-os gritar para que o demônio saísse e se manifestasse. Tudo para o bem dos próprios fiéis. Depois, com dez pastores posicionados nos corredores da igreja, o pastor Roberto, do púlpito, disse que todos aqueles que pagavam o dízimo em dia podiam se sentar. Já aqueles que vinham pela primeira vez e os que não pagavam regularmente o dízimo deviam continuar em pé, com os braços levantados, enquanto os demais oravam por eles. Nessa hora, os bons dizimistas começaram a rezar, cada um com as suas próprias palavras, mas todos gritando e implorando que o demônio saísse da vida dos recém-chegados e dos maus pagadores, que ainda não tinham encontrado o Senhor.

Pedro estava se sentindo muito mal. Pensou em sair sorrateiramente, mas resistiu ao impulso, pois queria observar Bel, que estava irreconhecível ali na frente. O pastor Roberto insistia para que os demônios se manifestassem, enquanto os pastores que estavam nos corredores colocavam a mão sobre algumas pessoas e, balançando a cabeça delas, gritavam-lhes no ouvido:

— Saia, demônio! E deixe que esta pessoa tenha sucesso, tenha dinheiro, tenha saúde.

A gritaria estava no auge. Os fiéis, totalmente alucinados: alguns se jogando no chão e outros chorando desesperadamente. Confuso, Pedro observava tudo aquilo. De repente, ouviu ao seu lado um som que lhe causou arrepios dos pés à cabeça. Parecia uma cena de *O Exorcista* ou *A Morte do Demônio.* E era o próprio! Alguém ao seu lado fungava, gritava com uma voz assustadora, usando um linguajar chulo. O pastor Roberto enviou os outros pastores para o corredor onde estava a pessoa possuída, gritando:

— Amarrem este demônio e tragam-no aqui na frente...

Pedro mal se mexia. No entanto, quando a pessoa começou a ser arrastada, ele não resistiu e olhou. Era uma moça bonita e bem vestida, mas, naquele momento, babava como a menina de *O Exorcista*.

Levaram a moça e deixaram-na amarrada ao lado do pastor Roberto, que começou então a explicar sobre o dízimo. *Algo totalmente inadequado naquele momento*, pensou Pedro. O pastor disse que o dízimo não nos pertencia, era uma quantia que tínhamos obrigação de devolver a Deus. Aqueles que tinham ganho R$ 2.000,00 naquele mês teriam a obrigação de doar os 10% que pertenciam a Deus, ou seja, R$ 200,00. Então, dirigindo-se aos desesperados e desempregados (pelo menos cem pessoas levantaram a mão), ele fez um pacto com esses fiéis que estavam sem ganhar nada: deviam se comprometer a "arrumar" no mínimo R$ 50,00 — nada menos que isso, frisou o pastor — para doar ao Senhor, mostrando assim sua gratidão por estarem vivos e saudáveis. Aqueles que não "dessem um jeito" de arrumar esse valor para o próximo culto... Nessa hora, o pastor aproximou o microfone da boca da moça amarrada, que ele segurava pelos cabelos, e ela disse com voz demoníaca:

— Vocês não vão entregar nada!!!

— Por que, Satanás, eles não podem entregar esse valor a Deus? — indagou o pastor.

— Se eles entregarem, eu terei que sair da vida deles... — disse o demônio. — Não entreguem o dinheiro, não entreguem o dinheiro...

O pastor pediu então aos fiéis que estendessem as mãos na direção do demônio e o "queimassem", para que ele sentisse muita dor. E a moça gritava como se estivesse realmente sendo queimada.

Depois das explicações sobre o pagamento obrigatório do dízimo, veio a pior parte. O pastor apontou para a "Fogueira dos Necessitados" — uma pira no meio do altar da igreja, com uma caixa ao lado. Pediu que, em fila, todos subissem ao altar e depositassem num envelope o seu pedido e em outro o seu "sacrifício". No começo, Pedro não entendeu muito bem o que era para fazer. Mas isso não foi problema, pois o pastor fez questão de explicar diversas vezes, deixando bem claro, até não restar a menor sombra de dúvida, o que as pessoas deviam fazer. O dízimo era uma obrigação, a devolução de um dinheiro que não era dos fiéis, mas de Deus. Aqueles que quisessem recuperar o emprego, a saúde e os negócios deviam, naquele momento, depositar o seu "sacrifício" na caixa ao lado da Fogueira.

— De quanto dinheiro vocês precisam? — perguntava o pastor. — Mil? Dez mil? Cem mil? Um milhão? Querem realmente recuperar a saúde? Quanto vale a felicidade para vocês? Deus quer ver agora a sua fé. Depositem o seu "sacrifício" na Fogueira, ou seja, coloquem num envelope aquilo que vocês NÃO têm. Isto é "sacrifício": ofertar a Deus aquilo que não temos, baseados na fé.

Disse também que os empresários que precisassem de muito dinheiro para se restabelecer, os cegos que desejassem enxergar e os doentes terminais que quisessem ser curados deviam provar a sua fé naquele momento. Assim Deus os abençoaria, dando-lhes aquilo de que necessitassem. Continuou:

— Vamos! Quem não tiver dinheiro pode assinar um cheque... Deus quer que vocês provem a sua fé agora — nesse instante, ele pôs novamente o microfone perto da boca da moça possuída e perguntou:

— Quem é você, demônio maldito?

— Sou a Pombagira! — respondeu o demônio, com todo orgulho.

— O que você quer que estes fiéis façam hoje, aqui? Quanto você quer que eles ofereçam em sacrifício a Deus? — perguntou o pastor.

— Nada!!! Eles não podem depositar nada porque, se depositarem o que o pastor pede, Deus entrará na vida deles e eu voltarei pro inferno... — o demônio respondeu aos berros e se jogou no chão.

— E se, hoje, alguém não subir na Fogueira dos Necessitados? — perguntou o pastor.

— Eu vou embora com ele e vou destruir sua vida, sua saúde e seus negócios... — respondeu o demônio, com muito prazer.

— E aqueles que subirem e depositarem o envelope vazio? — perguntou o pastor.

— Eu vou destruir a vida de vocês!!...— gritou o demônio.

Depois de cercar os fiéis de inúmeras maneiras, o pastor pediu que todos levantassem as mãos e fizessem o juramento a Deus de que cumpririam fielmente o que lhes fora proposto. Sem entender direito, Pedro levantou as mãos para que ninguém suspeitasse dele e fingiu repetir as palavras do juramento:

— Senhor, estamos aqui jurando por nossas vidas, por nossos filhos, por nossos negócios e por nossa saúde que, além do dízimo, colocaremos na Fogueira o nosso sacrifício, ou seja, aquilo que não temos. Se tivermos somente o dinheiro para pagar as contas, será esse o nosso sacrifício. Se tivermos somente cheque, será esse o nosso sacrifício. Senhor, sabemos que, se não subirmos na Fogueira dos Necessitados ou se não colocarmos fielmente as quantias propostas, o demônio entrará nas nossas vidas e nossos negócios, e nos destruirá...

Pedro estava indignado, mas o povo começou a fazer uma enorme fila para depositar na Fogueira os valores do sacrifício. O policial entrou no final da fila, mas não tinha intenção de subir ao altar, só queria observar o que Bel faria. Indignado, via pessoas colocando dinheiro, cheques e até chaves e documento de carro na tal caixa ao lado da Fogueira dos Necessitados. Olhava atentamente para ver quanto Bel colocaria, uma vez que eles estavam passando por dificuldades financeiras. Bel pegou um dos envelopes e começou a tirar lentamente algo que estava no seu dedo anular esquerdo — era a aliança de casamento. Pedro tinha levado dois anos para pagá-la! Bel tirou a aliança, colocou-a dentro do envelope e jogou-o na caixa.

Decepcionado, Pedro disfarçou, pegou a fila ao lado, dos que já estavam voltando da Fogueira, e sentou-se no seu lugar.

Depois que os fiéis colocaram seus sacrifícios na Fogueira, fez-se, pela primeira vez na igreja, um minuto de silêncio. Pedro logo imaginou que era para os pastores contarem quanto tinham arrecadado dos "trouxas"... Mas, não, o silêncio foi logo interrompido pelos gritos de uma mulher:

— Obrigada, Senhor! Milagre! Obrigada!

Pedro se levantou para ver o que estava acontecendo ali na frente. Com certo esforço, viu que era Bel quem gritava freneticamente, olhando para Zico. Desistindo de se esconder, Pedro saiu correndo pelo corredor e, ao chegar perto do altar, olhou para Zico com uma expressão de surpresa e felicidade:

— Zico?! — chamou ele, com os olhos cheios de lágrimas.

O menino começava a movimentar as pernas, ainda com certa dificuldade, mas tentando se levantar da cadeira de rodas. Bel se surpreendeu ao ver Pedro na igreja, mas, naquele momento, estava muito emocionada para questionar alguma coisa.

O pastor Roberto desceu do altar. Não podia perder a oportunidade, e não perdeu. Ficou de frente para o menino e interrompeu aquele momento "mágico":

— Levante-se, em nome do Senhor! Saia deste corpo, encosto maldito! Eu ordeno que deixe este menino para que ele fique em pé, agora!

Zico continuava se esforçando e estava quase saindo da cadeira quando o pastor Roberto lhe estendeu a mão e gritou:

— Em nome do Senhor, eu determino que você levante agora!!!

Naquele momento, Zico ficou em pé e toda a igreja aplaudiu. Pedro se ajoelhou, colocando-se na altura do filho, e abraçou-o, chorando. De repente, sentiu que uma mão tocava a sua cabeça, pressionando-a fortemente para baixo. Era o pastor, que começou a gritar alucinadamente:

— O encosto saiu do menino, mas se manifestou neste homem — disse, referindo-se a Pedro. — Saia, encosto maldito, deixe esta família.

O pastor movimentava a cabeça de Pedro, ainda ajoelhado e abraçado ao filho, para dar a impressão de que Pedro realmente estava possuído. Os fiéis levantaram as mãos na direção dele e começaram a gritar loucamente:

— Queima, queima, queima!!!

As primeiras fileiras da igreja eram reservadas às crianças. Pedro ficou chocado ao ver dezenas delas com as mãos estendidas para ele e pedindo que fosse queimado. Que absurdo, aquelas crianças inocentes sendo influenciadas daquela maneira pelo pastor! Revoltado, levantou-se do chão, virou-se para o pastor, olhou em seus olhos e xingou-o. Mas o coro das crianças e adultos abafava a sua voz:

— Queima! Queima! Queima!

O pastor aproveitou-se da situação e gritou:

— É agora! O demônio vai se manifestar...

Pedro posicionou o braço, fechou o punho direito e, com toda a força, deu um soco na cara do pastor, derrubando-o no chão.

Os fiéis se calaram imediatamente. Bel correu para o pastor Roberto, preocupada que ele estivesse machucado. Enquanto isso, Pedro tomou Zico no colo, foi andando lentamente pelo corredor, diante da perplexidade dos fiéis, e saiu da igreja, que durante esse tempo todo ficara silenciosa.

Os acontecimentos deixaram Zico confuso. Ele tentou falar com o pai, mas este, ainda perturbado, manteve-se calado até chegarem ao apartamento de Bruno. Logo ao entrar, Pedro acomodou Zico no sofá da sala e disse ao filho que precisavam conversar. Colocou uma cadeira na frente do menino, sentou-se e perguntou o que Bel lhe dissera sobre a separação.

— A mamãe me contou tudo, pai, toda a verdade.

— Tudo bem, filho, mas o papai quer que você diga qual é a "verdade" que a mamãe contou.

— Mamãe contou que você arrumou outra namorada e foi morar com ela. Ela é rica, né, pai? É aqui que vocês moram? — perguntou o menino, que nunca tinha estado num apartamento tão luxuoso.

— Mentirosa! Cachorra! Sem-vergonha! — Pedro gritou, perdendo totalmente o controle.

Zico se assustou com a reação do pai, mas Pedro pediu desculpas e disse que ia se controlar. Confessou a Zico que tinha um segredo, mas que ninguém podia saber. Pediu sigilo ao filho. Ansioso, o menino prometeu que não contaria a ninguém. Pedro falou então da sua habilidade e que tinha um trabalho paralelo ao de policial, no IPESPA. Contou que, graças ao filho, ele conhecera Lisa, a enfermeira, e que ela também trabalhava no instituto. Falou dos outros Sensitivos e, atenuando bastante, narrou os casos em que eles tinham trabalhado. Assim, os dois passaram um bom tempo conversando. Encantado com as histórias do pai, Zico se esqueceu rapidamente dos momentos traumáticos na igreja.

Quando voltaram à realidade e Zico perguntou se o pai estava morando naquele apartamento com a nova mulher, o clima de cumplicidade entre eles se desfez. Pedro explicou que nunca tivera outra mulher e que o apartamento era de Bruno, um dos Sensitivos do IPESPA, que estava internado numa clínica. Agora só ele e Júlio, outro Sensitivo, estavam morando lá.

Decidido a deixar a situação mais clara com o filho, Pedro contou ter descoberto que o bebê que Bel estava esperando era filho do pastor Roberto e, por isso, ele tinha saído de casa. Espantado, Zico perguntou como ele sabia disso. Pedro não quis dizer ao menino que era estéril, pois queria poupá-lo da dor muito grande que certamente sentiria ao saber que eles não eram pai e filho. Naquele momento contou somente que tinha tocado na barriga de Bel e que, com sua habilidade, percebera que o bebê era filho do pastor. De modo sensato e pensando no bem-estar de Zico, Pedro pediu que o menino não sentisse raiva da mãe porque, se ela havia inventado uma história diferente, tinha sido para não magoar o filho. Zico disse acreditar no que o pai lhe contara, porque, desde que ele tinha ido embora, o pastor não saía mais do lado de Bel.

Então o menino quis saber o que tinha acontecido na igreja. Pedro explicou que não fora exatamente um "milagre" e, sim, uma sugestão imposta pelo pastor. E ele, Zico, por ser muito sensível, aceitara a sugestão como verdade.

Zico começou a fazer um monte de perguntas, mas Pedro disse que Sara, a diretora do IPESPA, era a pessoa mais indicada para explicar tudo e, no dia seguinte, levaria Zico até ela.

Pedro estava na cozinha preparando um lanche para eles, quando Júlio chegou. A afinidade entre Júlio e Zico se estabeleceu instantaneamente e, logo depois do lanche, já estavam jogando videogame. Pedro aproveitou para ligar para Bel, avisando que Zico ficaria com ele durante algum tempo, mas ela podia ficar tranquila, pois o menino estava bem. Bel ficou apreensiva por Zico estar sem a cadeira de rodas, mas Pedro disse que ele não precisaria mais dela.

No dia seguinte, no instituto, enquanto regava o jardim, Júlio teve outra visão:

Marina aproxima-se dele. Ele está com as mãos para trás, escondendo algo dela. Marina para na sua frente e ele lhe entrega um lindo buquê de rosas vermelhas. Em retribuição, Marina lhe dá um demorado beijo na boca. Ao abrir os olhos, Júlio vê o corpo de Marina caído a seus pés, em meio a uma poça de sangue.

Apavorado, soltou um grito:

— Marinaaaaa!

Quando ela colocou a cabeça pela janela de uma das salas e acenou para ele, em resposta ao seu chamado, Júlio ficou aliviado ao constatar que não eram reais as imagens que acabara de ver. Sorriu então para ela e murmurou baixinho:

— Que alívio ver esse corpinho bem vivo!

Depois, tirou os sapatos sujos de terra, entrou no instituto e ligou a tevê. O noticiário trazia o caso da mulher carbonizada. Júlio chamou Marina para assistirem juntos.

O repórter informava que a conclusão da polícia era a de que a morte fora acidental, portanto o delegado arquivaria o caso. Em seguida viram uma entrevista com o dr. Walter Oltado, médico especialista em queimaduras e professor da faculdade de medicina onde Clara, amiga de Lisa, cursava o último ano:

— "O que ocorreu foi o que chamamos de 'efeito pavio'. Comparemos o corpo carbonizado com uma vela, que é composta por um pavio e por uma cera de ácidos inflamáveis. A cera acende a vela e conserva a sua chama. No corpo humano, a gordura atua como substância inflamável e as roupas da vítima ou seus cabelos, como pavio. A gordura, derretida pelo calor, ensopa as roupas e atua como cera, mantendo a queima lenta do pavio. Os cientistas dizem que, por causa disso, o corpo da vítima é destruído sem que a chama se espalhe para os objetos ao redor."

Depois o repórter anunciou a explicação de um cientista, o dr. Chavier Ferrane:

— "Muitas das chamadas vítimas da combustão espontânea eram fumantes e morreram, como se descobriu posteriormente, por terem dormido com o cigarro, charuto ou cachimbo acesos. Acredita-se que muitos vitimados estavam sob influência do álcool ou sofriam de enfermidade restritiva de movimentos, que os impediu de fugir rapidamente do fogo. Outra possibilidade é a de que, em alguns casos, os corpos queimados, o estranho estado das vítimas e a falta de vestígios de fogo no ambiente se expliquem como resultantes de atos criminosos e posteriores tentativas de se apagar os rastros do crime."

O repórter comentou que, apesar de os peritos tentarem explicar o caso, parecia que, cada vez mais, eles não tinham certeza do que acontecera àquela mulher. Por isso, o delegado não aceitara nenhum dos argumentos como prova.

Outro repórter entrevistava um grupo de estudantes (dentre eles Clara), alunos do dr. Walter Oltado, que tinham assistido à autópsia feita pelo professor:

— "Se apenas um cigarro fosse capaz de transformar um corpo em cinzas, seria mais barato cremar as pessoas apenas colocando um cigarro sobre o corpo delas em vez de deixá-lo queimando por 12 horas numa fornalha com temperatura acima de 1500°. Isso é ridículo!" — comentou um estudante, revoltado com as explicações.

Clara já sabia que se tratava de um caso de CHE, pois Lisa havia lhe contado. Durante a entrevista, Clara pulou na frente das câmeras e disse:

— "Se a combustão humana espontânea não aconteceu e não se pôde encontrar nenhuma fonte de combustão, é estranho o fato de não terem interrogado os suspeitos mais a fundo. Parece ser uma maneira muito simples de cometer um assassinato: queimar uma pessoa até a morte e depois jurar que ela ardeu espontaneamente, por acidente... A teoria do 'efeito pavio' é pior ainda, pois a vítima queimou instantaneamente. Eles subestimam a nossa inteligência."

Marina comentou com Júlio que, mais uma vez, Sara tinha razão. A polícia e a ciência tentam explicar, mas encerram o caso dizendo que é morte acidental. E Júlio afirmou que Clara tinha sido muito corajosa em suas declarações e que elas causariam repercussão.

— "Declarações"? "Repercussão"! Está falando difícil, hein, Júlio? Daqui a pouco vou ter que te chamar de "doutor" Júlio Garcia — admirou-se Marina, vendo que o rapaz do campo estava ampliando o seu vocabulário.

Júlio olhou para Marina, desconcertado com o elogio. Ela retribuiu com um olhar sensual. Estavam quase se beijando quando foram surpreendidos por Sara, que entrava na sala.

—... Atrapalho alguma coisa? — perguntou ela. Os dois responderam "não" ao mesmo tempo e se dispersaram pelo instituto.

Logo em seguida, Pedro e Zico chegaram. O policial já havia telefonado para Sara contando tudo o que acontecera com o filho. Sara convidou-os para conversarem na sua sala.

Sara quis saber como o menino se sentia em relação ao que acontecera na igreja. Zico achava que tinha sido um "milagre", mas o pai não concordava.

Com muito tato, a pesquisadora explicou então ao menino que existem várias religiões, crenças e seitas, e que nenhuma delas está "certa" ou "errada". O que importa, na verdade, é que as pessoas creiam na existência de Deus e reservem um momento do dia para orar, refletir e agradecer. Mas acontece que alguns espertinhos se aproveitam do desespero das pessoas e acabam tirando delas um dinheiro que, muitas vezes, elas não têm. Esses inescrupulosos afirmam que isso trará a essas pessoas felicidade, saúde e riqueza.

Zico perguntou se Sara estava se referindo ao que o pastor Roberto fazia na igreja dele. Sara disse que nem ela nem ninguém tinha o direito de julgar o pastor e a sua igreja, mas Zico não devia acreditar em tudo o que lhe diziam, pois, para cada acontecimento, existem várias interpretações. Sara queria ajudar Zico a andar novamente, mas para isso ele precisava entender que era capaz de voltar a andar sem a ajuda do pastor, somente com a força de sua própria fé: *fé em si mesmo*!

— Como você imagina Deus? — perguntou Sara. — Você acha que ele está sentado num trono, de óculos, contando o dinheiro que lhe dão e anotando num caderninho quem merece ou não a sua ajuda?

— Não! — Zico respondeu, rindo. — Eu acho que Deus não precisa do dinheiro. Ele nem come! Os pastores pedem dinheiro pra ajudar as pessoas pobres, depois eles contam pra Deus quem deu e quem não deu.

— Zico, Deus não precisa que lhe contem nada. Ele é energia, é a Fonte, é o Todo-Poderoso, que tudo vê e tudo sabe. Ele quer a nossa felicidade — explicou Sara. — Diz para mim, Zico! O que exatamente você estava pensando antes de se levantar da cadeira de rodas, lá na igreja?

— Bom, eu vi a mamãe doando pra Deus a aliança que ela ganhou do papai. Ele sempre disse que a aliança foi muito cara. Pensei em Deus naquela hora e falei pra ele: "Senhor, minha mãe está sacrificando uma coisa muito valiosa. O pastor Roberto falou que tinha que provar a fé pra conseguir um milagre. Esse anel, Deus, é mágico e agora você está com ele. Faz uma mágica pra eu andar agora e fazer valer a doação da mamãe".

— Daí, eu tentei levantar, mas não consegui — continuou Zico. — Pensei no Johnny, o policial do futuro. Ele é o meu herói, sabe? O meu sonho é jogar futebol, mas não posso. Como o Johnny consegue tudo o que quer, eu pensei nele. Fechei os olhos e imaginei que eu estava num estádio de futebol, de frente para o gol. A bola estava no meu pé e a torcida se levantava. Vi em câmera lenta os jogadores do outro time correndo na minha direção. Mas eu não podia fazer nada, afinal, eu estava preso na cadeira de rodas. Foi quando o Johnny apareceu. Ele soltou os seus raios poderosos sobre as minhas pernas. Senti o meu corpo esquentar e, quando vi, estava em pé. Olhei pra bola e gooolll... Eu fiz um gol!... Então o tempo voltou ao normal e o silêncio foi quebrado pelos gritos da torcida. Eles gritavam: Zico... Zico... Eu estava tão feliz naquela hora que não queria que acabasse nunca. Mas abri os olhos e estava na igreja, só que em pé. Foi assim.

— Zico, o que fez você mexer as pernas foi a sua própria fé — explicou Sara. — Não adianta ter fé em Deus se a gente não acredita na gente mesmo. Você só conseguiu se levantar quando pensou naquilo que mais desejava: jogar futebol. Mesmo assim, por falta de confiança em você mesmo, a sua mente trouxe o seu herói para ajudá-lo. Aquele em quem você realmente acredita. As coisas só acontecem aqui fora se, antes, acontecerem dentro de nós, ou seja, no nosso coração, na nossa mente. Entende? — Zico fez que sim com a cabeça. — Sem perceber você usou algumas leis básicas do universo. É com essas leis que eu vou trabalhar com você nos próximos dias. Veja este quadro:

"O desejo ardente, a crença e a expectativa do sucesso caracterizam a LEI DA FÉ."

"O seu corpo reage de acordo com a sua mente."

"Pensamentos materializam coisas."

"A sua mente não distingue fantasias de realidades. Para ela, tudo é realidade."

"Seus pensamentos, suas ideias e suas imagens mentais serão realidades físicas amanhã."

Sara percebeu que eram muitas informações de uma única vez para um menino daquela idade. Terminou dizendo que era importante ele continuar com a fisioterapia, pois seus membros estavam há muitos anos sem movimento. Mas agora, trabalhando a mente e o corpo, ele voltaria a ter uma vida normal. Pediu que o menino participasse três vezes por semana do programa que ela desenvolveria para ajudá-lo. Zico, muito feliz, perguntou ao pai se ele poderia trazê-lo ao IPESPA nesses dias e Pedro respondeu que daria um jeito. Depois de Sara agendar vários horários para Zico, pai e filho saíram do instituto, cheios de esperança.

No carro, Pedro quis saber se Zico gostaria de morar com ele durante o tratamento. Como Zico concordou, foram até a casa de Bel para conversarem. O pai pediu que Zico esperasse no carro, entrou na casa e explicou a Bel que o menino ia morar com ele por algum tempo. Bel não aceitou a ideia, queria que o filho continuasse morando com ela. Nervoso, Pedro reagiu dizendo que levaria Zico de qualquer maneira. Foi até o quarto do menino e começou a fazer as malas. Bel ameaçou denunciá-lo ao Conselho Tutelar e disse que aquilo não ficaria assim.

Do carro, Zico ouviu a discussão dos pais e gritou para a mãe sair para falar com ele. Quando Bel foi até o carro, o filho pediu que ela o deixasse ir, pois era o que ele queria. Poderiam ficar juntos nos finais de semana. Desesperada, Bel foi até a casa do seu vizinho e amante, o pastor Roberto, para pedir ajuda. Enquanto isso, Pedro colocou rapidamente as malas e o material escolar de Zico no carro e saiu cantando os pneus. No caminho ligou para um amigo que era advogado, pedindo que cuidasse da separação do casal e providenciasse o pedido da guarda de Zico.

Poltergeist

Os fantasmas perigosos são aqueles que guardamos em nossa mente:
os demônios internos, que alimentamos com o ódio, a raiva e a mágoa.

Clara havia passado a tarde no salão de beleza, junto com algumas colegas de faculdade, enfeitando-se para o baile de formatura naquela noite. Depois foram todas para o apartamento de Clara e Lisa, onde se vestiram e finalmente saíram para a festa.

Ao sair do hospital, Lisa também passara no salão de beleza. Já em casa, com as unhas pintadas de rosa claro, ela tomou muito cuidado para não estragar o trabalho caprichado da manicure ao atender o celular de Clara, que tocava insistentemente. Era a mãe da amiga, dona Rute. Lisa informou-a que Clara já saíra para o baile, mas esquecera o celular em casa. Dona Rute estava com a voz trêmula e parecia muito assustada. Disse que havia acontecido um imprevisto e que eles não podiam ir ao baile da filha. Lisa percebeu que dona Rute não estava bem. Quis saber se tinha acontecido algo de errado, mas a mãe de Clara deixou o telefone cair e Lisa só ouviu um grito:

— Nããoooooo...

Muito preocupada com a família da amiga, Lisa ligou para Pedro:

— Pedro, estou de saída para o baile de formatura da Clara, mas a mãe dela acabou de me ligar dizendo que não podia ir ao baile por causa de um imprevisto. De repente, largou o telefone e começou a gritar. Acho que eles estão sendo assaltados.

— Nossa, Lisa! Me passe o endereço que vou até lá imediatamente.

— Por favor, Pedro, corra. Acho que é grave! Agora nem sei o que faço... se vou até a festa e conto pra Clara... se vou com você até a casa da família dela... O que devo fazer, Pedro?

— Vá ao baile, mas não diga nada pra ela, ainda. Pode ser que não seja o que você está pensando. Talvez seja uma briga de marido e mulher, vai saber! Vá tranquila, se for grave eu ligo pro seu celular e daí você conta pra ela, ok?

— Tudo bem, você tem razão, mas me ligue assim que souber de alguma coisa. Se você não ligar não vou ficar tranquila. Anote aí o endereço.

Lisa ditou o endereço para o policial e foi para o baile.

Apesar de ter tomado o cuidado de tranquilizar Lisa, Pedro sabia que podia muito bem ser um assalto. Portanto pediu reforços.

Ao chegar em frente à casa, a primeira coisa que Pedro viu foram luzes piscando num dos quartos, de onde vinham os gritos e o choro de uma criança. Depois percebeu movimentos e gritos em outros cômodos da casa.

Ele tocou a campainha, mas ninguém atendeu. Teve então de arrombar a porta da frente para entrar. E entrou, dando ordem de prisão:

— Parados. A casa está cercada!

Não havia ninguém na sala, mas um ruído vindo de cima chamou sua atenção. Ao levantar a cabeça, deparou-se com um homem com as costas grudadas ao teto.

— Quem é você? O que é que está fazendo aí? — perguntou o policial, espantado.

— Eu moro aqui. Mas antes, por favor, ajude as minhas filhas e a minha mulher — suplicou o homem.

Pedro ouviu de novo o grito de criança vindo do andar de cima e subiu correndo as escadas. Entrou na suíte do casal e não encontrou ninguém, mas o banheiro estava trancado. Com um chute, arrombou a porta. Era dona Rute, encolhida no chão do box, com o celular na mão.

— Graças a Deus, vocês chegaram — disse ela, chorando, — por favor, salve as minhas filhas...

Nessa hora, Pedro ouviu a sirene de outra viatura que chegava. Ajudou dona Rute a se levantar e descer as escadas.

— Meu Deus! O que é isto? — perguntou ela, espantada e amedrontada ao ver o marido grudado no teto.

— Rute, saia já daqui. A casa está mal-assombrada! — ordenou o marido.

Pedro rapidamente tirou a mulher da casa, colocou-a na viatura do colega que acabara de chegar e pediu que ele a levasse ao hospital, pois estava tudo sob controle.

— Foi só uma discussão familiar — mentiu Pedro. — Depois eu faço o relatório completo.

Ele então ligou para Sara e contou o que estava acontecendo. Passou-lhe o endereço e ela confirmou que estaria lá em poucos minutos.

Menezes, ao ver a esposa se preparando para atender a mais uma emergência, ficou aborrecido. Mas antes que ele começasse a questioná-la, Sara pegou a bolsa e saiu. Do elevador, ligou para Marina, pois ia precisar da ajuda dela. Pediu que a moça levasse a câmera fotográfica e estivesse pronta em poucos minutos, porque iria pegá-la.

Pedro entrou novamente. O dono da casa continuava grudado ao teto, mas agora fazia movimentos bruscos, como se um ímã gigante no andar de cima o arrastasse de um lado para o outro. Desesperado, o homem pediu que Pedro socorresse logo as filhas.

Mais uma vez, Pedro subiu as escadas. Ao entrar num dos quartos, deparou-se com uma menina loira, de uns 8 anos, flutuando no centro do cômodo. Ela estava envolta em luzes azuis que pareciam sair do seu corpo e ocupar todo o espaço.

— Meu Deus, o que é isto?

A voz e a presença de Pedro fizeram com que as luzes se desligassem do corpo da menina, que caiu desmaiada no chão. Então as luzes começaram a se unir, assumindo a aparência de um rosto enorme e deformado, que, olhando para o policial, disse com uma voz grossa e aterrorizante:

— *VÁ EMBORA DESTA CASA. ELA É MINHA AGORA...*

Realmente assustado, Pedro chegou a pensar que o próprio demônio estivesse ali na sua frente. Nunca tinha visto algo parecido em toda a sua vida.

— *SE VOCÊ ENTRAR, ELA MORRERÁ* — disse o fantasma, enfrentando o policial.

Coragem, Pedro, coragem!, pensava Pedro, enquanto buscava uma maneira de salvar a criança.

Mas sem tempo para achar uma saída melhor, ele apenas se concentrou, tomou fôlego, fechou os olhos e entrou no quarto, atravessando aquele rosto aterrorizante. Naquele momento, a aparição se desfez e desapareceu. Pedro tomou a menina nos braços e desceu as escadas. Sara e Marina acabavam de chegar.

Sara imediatamente examinou a criança e, vendo que ela estava bem, tomou as rédeas da situação.

— Pedro, deixe-a por enquanto no sofá. Marina, depois que você fotografar tudo, por favor, leve a menina até o carro e espere lá com ela — comandou Sara. E voltando-se para o homem no teto:

— O senhor está bem?

— Se é que se pode chamar isso de “bem”, eu estou. Mas não se preocupem comigo, tirem a minha outra filha daqui — ele rogou.

— Pedro, procure uma vassoura, um rodo, alguma coisa que alcance o teto e ajude-o a se soltar — pediu Sara.

— Pode deixar — respondeu Pedro, saindo imediatamente em busca de algum objeto que ajudasse.

Enquanto Marina fotografava o homem no teto e os diversos objetos (vasos, enfeites, tapetes, etc.) que flutuavam pela casa, Sara subiu as escadas. Tudo parecia calmo ali em cima, mas tamanho silêncio fez com que ela desconfiasse. Quando entrou num dos quartos, a porta se fechou com um estrondo, prendendo-a do lado de dentro. Apesar disso, ela se manteve calma e tentou abrir a porta, mas a cama se moveu bruscamente, bloqueando a passagem. As folhas da janela começaram a bater, abrindo e fechando sozinhas. E, no espelho sobre a penteadeira, começaram a aparecer letras, como se alguém estivesse escrevendo com o dedo. Sara parou e ficou olhando atentamente, esperando que a frase se completasse:

"PRECISO DE AJUDA"

Nesse instante, a janela parou de bater e o quarto ficou silencioso. Sara tentava arrastar a cama para poder sair quando, de repente, os vidros da janela explodiram. Ela soltou um grito.

Pedro ouviu, mas ao tentar socorrer Sara, ouviu um barulho forte vindo de fora. Era como se uma chuva de pedras grandes estivesse caindo sobre a casa. Ele foi até a porta da frente e viu que não chovia; olhou então para o telhado, mas também não viu nada.

Acenou para Marina, que já estava no carro com a garota, perguntando se estava tudo bem e ela sinalizou que sim. Quando Pedro entrou novamente na casa, as persianas da sala começaram a subir e descer sozinhas, fazendo um barulho infernal que se misturava com vozes ecoadas. Ouviu outro grito, dessa vez vindo do exterior. Era Marina. Não conseguia controlar o carro, que, sozinho, tinha dado a partida e começado a andar. Pedro correu atrás, mas o carro acabou colidindo com uma árvore na calçada e Marina bateu a cabeça no vidro. Pedro ligou para a Central, pedindo reforços e uma ambulância.

Enquanto isso, no andar superior, Sara apelou para a sua experiência e se lembrou de alguns casos que acompanhara, relacionados com o fenômeno *poltergeist*. Em sua maioria, os causadores desses fenômenos eram crianças ou adolescentes que passavam por uma crise de identidade nessas fases de crescimento. Como uma das irmãs de Clara já tinha sido retirada da casa, Sara deduziu que devia ser a outra irmã quem estava causando o fenômeno. Concentrou-se e começou a enviar mensagens mentais positivas a fim de acalmá-la:

— *Querida, seu medo está causando tudo isto. Estou aqui para ajudá-la. Relaxe... Pense em coisas felizes... em coisas bonitas... Estou indo socorrê-la. Não vou deixar ninguém fazer mal a você.*

Esses pensamentos fizeram a porta do quarto se abrir. Então Sara caminhou em direção ao último quarto do corredor.

— Você está aí, querida?

— Estou aqui, embaixo da cama — respondeu a irmã do meio, Geane.

Sara ajudou Geane a sair de baixo da cama. A menina estava pálida; contou ter ouvido barulhos e, assustada, se escondera. Ao descerem as escadas, depararam-se com o pai de Geane caído no chão e as luzes todas acesas. Quanto à casa, impecável; tudo no seu devido lugar, como se nada tivesse acontecido.

O tumulto tinha chamado a atenção da vizinhança; portanto, junto com a ambulância e a polícia, chegaram também os repórteres e os curiosos. A ambulância levou Geane, Maria, o pai das garotas e Marina para o Hospital San Marco. Os repórteres até que tentaram entrevistar Sara, mas ela pediu que Pedro a tirasse logo dali. Alguns policiais se incumbiram de trancar a casa e outros permaneceram do lado de fora para evitar que curiosos tentassem invadir.

Sara estava se sentindo fraca e muito cansada. Pediu que Pedro a levasse para casa e depois cuidasse do seu carro, que estava diante da casa atacada.

— Claro, Sara, vamos embora. Depois eu volto para pegar o seu carro, mas... o que aconteceu na casa? Sei que você não acredita, mas eu vi um fantasma com os meus próprios olhos e até conversei com ele...

— Não é nada disso, Pedro. Amanhã eu explico, agora estou exausta! Para conseguir controlar o que estava acontecendo, tive de me conectar com a menina Geane... e... isso... me... deixou... — Sara começou a falar lentamente e acabou adormecendo, enquanto Pedro a levava para casa, muito curioso a respeito de tudo o que acontecera.

FLÁVIO: Você chegou a perder os sentidos mesmo ou estava fugindo das perguntas de Pedro?

SARA: Não cheguei a perder os sentidos, simplesmente adormeci. O fenômeno *poltergeist* é bastante comum, mas precisei usar muita energia para poder me comunicar com Geane e acalmá-la. Fiquei realmente exausta! E havia outra coisa; naquele momento seria difícil convencer Pedro de que não tinha sido um fantasma, ainda mais ele, tão apegado às suas crenças! Ele me levou para casa e, quando me senti melhor, optei por enviar um e-mail para ele e para os outros do grupo, com diversos casos e fotos do fenômeno *poltergeist.* Assim, eles assimilariam o assunto aos poucos, antes de conversarmos. Foi o que fiz, e deu certo! Fantasmas de verdade são aqueles que alimentamos com sentimentos maus. Desses, ninguém tem medo, mas são os únicos que podem nos prejudicar.

O baile de formatura acontecia num dos mais famosos salões de eventos de São Paulo. A decoração estava muito bonita. A banda tocava músicas dos "anos dourados". Nem os longos e pomposos vestidos nem os saltos altíssimos impediam que as maravilhosas formandas e suas amigas dançassem loucamente na pista.

Lisa estava linda! Trajava um vestido longo, preto, com detalhes dourados que combinavam com a ponteira do salto e com a cor dos seus cabelos. Ela decidira não contar para Clara o telefonema de dona Rute, enquanto Pedro não desse notícias. Mas Pedro já tentara falar com ela várias vezes! No entanto, sem conseguir — o som alto da banda e as diversas taças de vinho que Lisa já bebera não deixaram que ela ouvisse o toque do celular.

Lisa dançava com Clara e Portuga, que também era formando, quando Clara comentou que ainda não tinha visto seus pais. A amiga, já meio "alta", respondeu que eles deviam estar por lá, curtindo a festa, e que ainda não tinham se encontrado porque havia muita gente.

Portuga não parava de olhar para Lisa. Pudera! A enfermeira, apesar do seu jeito de menina, era uma mulher muito bonita, provocante e, com toda aquela produção, estava estonteante. Ao perceber o interesse do seu amigo por Lisa, Clara sentiu um pouco de ciúme. Bissexual assumida, nunca escondera a sua atração por Lisa, que respeitava a opção sexual de Clara, apesar de nunca ter correspondido. E Portuga não era um homem de se jogar fora. No traje *black tie*, ele estava, sem dúvida, muito bonito e charmoso.

Quem sabe um ménage à trois?, pensou Clara, também alterada com os vários copos que virara. *Pare, Clara, não vale a pena arriscar*, concluía ela, um pouco mais serena, quando sentiu um beliscão na nádega e se assustou. Era Priscila, uma caloura da faculdade que fora convidada para a festa. Há algum tempo as duas vinham trocando alguns olhares.

— Cuide bem da minha amiga... — sussurrou Clara no ouvido do Portuga, enquanto ia ao encontro de Priscila.

Depois de muita paquera, Portuga chamou um táxi e levou Lisa ao seu apartamento. Foram direto para o quarto e começaram a se beijar. Lisa ligou o som e, muito dengosa, foi tirando a roupa de Portuga com a boca. Empurrou-o sobre a cama. Ele, animado com a possibilidade de um sexo selvagem, ficou ainda mais excitado. Puxou a garota para si e começou a beijá-la com volúpia. Lisa esgueirou-se, saiu de baixo do rapaz e foi ao banheiro. Portuga aproveitou para trocar o CD por outro, com músicas mais "quentes".

Quando Lisa voltou, parou na porta do quarto e começou a esfregar o corpo sensualmente contra o batente, ao ritmo da música. Sem piscar, ele observou a moça, extasiado. Isso a animou a dar início a um sensual *striptease.* A cena acabou na cama, com os dois fazendo amor.

Passados vinte minutos, Portuga, já sóbrio, fez um elogio a Lisa, dizendo que aquela tinha sido a sua melhor noite em muitos anos. Ela, ainda sonolenta e alterada, comentou que esperava ter se saído melhor que Ana. Portuga levou um susto: Ana era uma ex-namorada, do interior do estado, e eles realmente haviam passado uma noite juntos no mês anterior, mas ninguém da capital a conhecia nem sabia que haviam estado juntos.

— Quem é Ana? — disfarçou o rapaz.

— Ana é a moça em quem você estava pensando, enquanto transava comigo — respondeu Lisa, ainda mole.

Portuga ficou chateado, achando que talvez tivesse trocado os nomes durante a transa. Tentou conversar com Lisa, mas ela se virou para o outro lado e dormiu. Ele foi dormir na sala.

No dia seguinte, Lisa acordou Portuga com beijos por todo o seu corpo nu. Ele perguntou-lhe novamente como ela sabia de Ana. Lisa disse que não se lembrava de muita coisa da noite anterior, pois estava realmente alterada. Percebendo que devia ter dado alguma "bola fora", tentou disfarçar.

— Eu estava bêbada, Portuga. Nem me lembro do que falei. Por quê? — fez-se de boba.

— Nada, Lisa. Esqueça e venha cá! — pediu ele, puxando a garota pela cintura e beijando seu pescoço.

Os dois voltaram para o quarto.

★ ★ ★

Já havia amanhecido quando Pedro chegou ao apartamento. Júlio e Zico estavam tomando café. O policial viu uma correspondência em cima da mesa e a abriu. Era a notificação judicial com a data da audiência que ia decidir quem ficaria com a guarda de Zico, se Pedro ou Bel.

— O que é isso, pai?

— É a data da audiência, Zico. Vai ser amanhã — respondeu Pedro, com um olhar triste.

— Pai, se eu puder escolher, prefiro morar aqui com você — disse o menino, sorrindo.

Pedro abraçou o filho com força e pediu que Júlio o levasse para a sessão de terapia com Sara, pois ele estava exausto e precisava dormir um pouco.

★ ★ ★

Bruno passeava por outras alas da clínica e conheceu Roger, um paciente da ala de psiquiatria, mantida por um convênio com o estado. Roger tinha sido julgado e condenado a trinta anos de prisão. Depois de cumprir oito anos, tinha sido encaminhado à clínica para fazer tratamento psiquiátrico por causa de várias tentativas de suicídio. Os laudos psiquiátricos apontavam que ele era mais um perigo para si mesmo do que para a sociedade.

Roger acabou contando sua história a Bruno. Quando fora flagrado, estava drogado e com uma arma na mão — a arma com que havia assassinado os pais e o irmão de apenas 11 anos. No entanto, Roger não conseguiu relatar como tudo havia acontecido, pois não se lembrava de nada. Era fácil notar a confusão emocional do jovem ao narrar sua história. Os olhos perdidos, procurando algo que não conseguiam achar; as mãos suadas, esfregadas uma na outra a todo momento; os dedos que se encolhiam e esticavam o tempo inteiro.

A conversa foi interrompida por uma enfermeira que trazia uma carta para Bruno. Era de Sara, dando os parabéns pelo progresso e dizendo que em breve todos o visitariam. Bruno ficou muito feliz com a notícia. Não via a hora de ter alta e voltar a trabalhar com seus amigos no IPESPA.

Roger deu um sorriso triste. Não tinha mais amigos. A família? Todos mortos. Ele? Cumprindo pena, internado numa clínica para recuperação mental. Entretanto, Bruno nem percebeu o desânimo do novo amigo. Estava feliz com a carta de Sara!

★ ★ ★

A mídia explorou, sob todos os aspectos, o caso *poltergeist* e, em todos os noticiários da tevê, esse era o assunto mais comentado.

"O mistério da casa mal-assombrada ainda não foi solucionado", dizia o âncora de um noticiário. "A casa continua lacrada e vigiada por policiais 24 horas por dia. A seguir, assistam ao depoimento dos vizinhos sobre o caso":

'Eu ouvi gritos por todo lado e, de repente, vi o policial saindo com a menina no colo.' (Joana Machado, moradora da casa em frente.)

'A casa fazia barulhos estranhos. Então fui espiar pela janela e me assustei quando vi o Glauber colado no teto. Foi impressionante aquilo! Acho que ele estava possuído pelo demônio.' (José Gonçalves, morador da casa à direita.)

'Escutei um grito e olhei. O carro parecia ter vida própria. A moça no banco do passageiro gritava. Ninguém dirigia o carro, mas mesmo assim ele andou e bateu forte contra uma árvore.' (Mercedes Gonçalves, esposa de José Gonçalves.)

'Nós não tivemos coragem de sair de casa, pois víamos todas as luzes piscando, janelas batendo, muitos gritos e uma luz azulada vinda do quarto da menina. As coisas só pararam quando aquela médica chegou.' (Lúcio e Regina, moradores da casa à esquerda.)

Voltando ao âncora: "Parece que a única pessoa capaz de esclarecer o ocorrido é a dra. Sara Salim. Ela é a responsável pelo IPESPA, o Instituto de Pesquisas Parapsicológicas. Não sabemos se ela é espírita ou médica, mas fontes seguras nos informaram que tem ajudado em dezenas de casos que vão parar no Hospital San Marco. Por favor, dra. Sara, apareça e esclareça o que está acontecendo: corpos queimando, epidemias, fantasmas, será que estamos no fim dos tempos?", brincou ironicamente e encerrou a reportagem.

No hospital, os repórteres estavam tão alvoroçados que nem os seguranças foram capazes de impedir a entrada deles. O dr. Verman, cercado de fotógrafos e jornalistas, tentou se esquivar:

— Por enquanto, nada tenho a declarar — disse e, com certa dificuldade, conseguiu passagem.

No corredor, encontrou o dr. Flávio Mendonça.

— Todo esse alvoroço é por causa da família que chegou ontem? — perguntou o dr. Flávio, interessado.

— É o caso que eles chamam de *poltergeist*, não viu os noticiários?

— Vi, sim. Aliás, vou até eles para dar uma explicação médica sobre o ocorrido. Quem sabe assim eles param de dar crédito para aquela tal de ...

— Sara Salim, Flávio — respondeu Verman.

O dr. Flávio aproveitou a oportunidade para esbanjar arrogância, enquanto andava em direção aos repórteres.

— Doutor... o que o senhor pode nos dizer sobre este caso? — perguntou um dos repórteres.

— Como membro do Conselho deste hospital — começou ele, com ar de superioridade, — posso lhes assegurar que...

— Vejam! É ela! — interrompeu uma repórter, gritando e apontando para a entrada do hospital.

Todos se voltaram para Sara Salim. E o dr. Flávio, ignorado pela mídia, afastou-se furioso.

Os jornalistas pegaram Sara de surpresa e, como estavam bastante curiosos, começaram um verdadeiro interrogatório.

— Dra. Sara, é verdade que a senhora é médica exorcista?

— Doutora, o que aconteceu naquela casa? A senhora exorcizou o homem ou a menina?

— Senhores, não posso dizer nada antes de conversar com a família — respondeu Sara, já caminhando pelos corredores para ir ver Marina e a família de Clara.

Marina estava bem, sofrera só um ferimento leve no supercílio direito. A pequena Maria, filha caçula da família atacada pelo *poltergeist*, ainda estava em estado de choque. Os demais membros da família não tinham sofrido ferimentos e estavam todos no quarto da menina quando Sara entrou e pediu para conversar em particular com o pai, Glauber.

Sara queria saber quando tinham começado os acontecimentos estranhos. Glauber informou que, quatro dias antes, eles tinham começado a ouvir ruídos pela casa, depois viram a tevê ligando sozinha; num outro dia, todos os eletrodomésticos da casa tinham começado a funcionar ao mesmo tempo, sem que ninguém tivesse mexido neles; até que, na noite anterior, a própria Sara presenciara o que estava ocorrendo.

— Por favor, seu Glauber, conte como tudo aconteceu ontem à noite.

— Veja só, doutora, eu estava assistindo ao noticiário quando a Geane pediu pra sair com o namorado. Mas a gente já havia combinado que ela ficaria tomando conta da Maria para irmos ao baile de formatura da Clara. Então ela subiu chorando e gritando que "não tinha vida própria... sempre tinha que ficar cuidando da irmã...", coisas desse tipo!

Vocês, mulheres, são muito complicadas e a adolescência é uma fase muito chata!

— Seu Glauber, tenha paciência com os hormônios femininos... Mas, e depois, o que aconteceu? — insistiu Sara, para que não perdessem o fio da meada.

— Logo depois da Geane quase "moer" a porta do quarto, Rute gritou lá de cima que já estávamos atrasados para o baile de Clara. Quando me levantei do sofá para ir me aprontar, senti uma força estranha me sugando pra cima e, quando percebi, estava colado no teto, só ouvindo gritos e vendo coisas voarem pela casa. Imagine a minha situação, doutora. Não podia fazer nada!

— Tudo bem, seu Glauber. Por favor, chame sua esposa. Eu gostaria de conversar com ela agora — pediu Sara.

Rute sentou-se ao lado de Sara, na sala de espera do hospital, e começou a crivá-la de perguntas. Ela queria saber se tinha sido o marido ou a filha que fora possuído; se tinha sido o demônio ou se poderia ter sido o espírito do seu pai, que nunca gostara do Glauber. Queria saber onde estava Clara, sua filha mais velha, e se estava tudo bem com ela.

— Por favor, dona Rute — interrompeu Sara, — acalme-se para podermos conversar. Clara já foi informada e deve estar chegando... Mas fique calma, nada aconteceu com ela. O que eu gostaria de saber agora é quem cuida da Maria enquanto vocês estão trabalhando.

— De manhã, eu levo as duas meninas para o colégio e, na hora do almoço, vou buscá-las. Mas quem olha a Maria à tarde é a Geane. Aliás, não aguento mais essa situação. A Geane é muito egoísta, só pensa nela e maltrata a irmãzinha. Pobre Maria, todo dia reclama de alguma maldade da Geane e...

— Dona Rute, há quanto tempo a Geane está namorando? — Sara interrompeu-a novamente.

— Namorando? Essa garotada fica mais é surfando na internet do que namorando de verdade! Faz pouco mais de um mês que ela está de gracinha com o filho da Joana, nossa vizinha. Por quê? A senhora acha que eles fizeram macumba lá em casa?! Ah... eu bem que desconfiava que Joana fosse macumbeira e...

— Não foi nem macumba nem espírito, dona Rute. Vamos, venha comigo até o quarto de Maria e lá converso com o seu Glauber também — Sara interrompeu-a pela terceira vez.

No quarto, Sara explicou que o fenômeno ocorrido chamava-se *poltergeist:*

— *Poltergeist* significa "espírito brincalhão"; é uma palavra de origem alemã que Martinho Lutero utilizou para se referir à ação desse tipo de espírito. A primeira parte da palavra, *polter*, significa "barulhento", "brincalhão"; e a segunda parte, *geist*, quer dizer "espírito". Porém, *geist* também pode significar "mente de alguém vivo", mas isso geralmente é ignorado. Com o tempo, a palavra se popularizou. Em parapsicologia usamos o termo "psicocinesia recorrente espontânea".

— Esse fenômeno — continuou Sara, depois de responder a algumas perguntas, — envolve ocorrências físicas, como objetos que se movem, se quebram, aparecem e desaparecem; chuva de pedras; sons e luzes. Tudo isso sem nenhuma explicação "normal". Como regra geral, os *poltergeister* estão associados principalmente à presença de um adolescente com problemas afetivos reprimidos, normalmente ligados à sexualidade. Essa pessoa é chamada de "epicentro" ou, simplesmente, "agente psi".

Sara então completou que, por causa disso, Geane precisaria começar de imediato uma terapia. Na verdade, todos precisariam se submeter a uma terapia familiar.

Sobre a saúde de Maria, Sara disse, respondendo às dúvidas do pai, que a menina estava bem, mas ainda em estado de choque. Provavelmente, em um ou dois dias teria alta e poderia voltar para casa. Sara concluiu pedindo que a família passasse assim que pudesse no IPESPA para ela indicar um terapeuta para Geane, assim como um programa de terapia familiar para os demais.

Dona Rute continuou fazendo perguntas, mas sempre procurando culpar Geane, que estava num canto do quarto, cabisbaixa e chorando.

Sara foi até a garota e lhe deu um abraço confortador porque entendia como a adolescente estava se sentindo. Ela mesma já passara por aquela fase; lembrava-se de todas as vezes em que fora contrariada e dos sentimentos de frustração que isso lhe provocara. Bom, conversaria melhor com ela no IPESPA, longe dos pais.

Como dona Rute não se cansava de falar, Sara pediu licença e retirou-se do quarto. Na saída do hospital, foi novamente abordada pelos repórteres e câmeras que a aguardavam ansiosos. Foram muitas as perguntas e todas ao mesmo tempo, o que a deixou atordoada. Ela não gostava de especulações da mídia e já havia pedido para não divulgarem os casos dos quais participava, mas era impossível se desvencilhar sem dar alguma declaração.

— Calma, pessoal! — pediu Sara. — Em primeiro lugar, peço que parem de me chamar de doutora, pois sou apenas uma pesquisadora de assuntos paranormais. Segundo, não foram espíritos que invadiram a casa. Esse foi só mais um caso de fenômeno *poltergeist*.

— Doutora, então a casa foi realmente assombrada pelos famosos "fantasmas brincalhões? — quis saber um dos repórteres.

— Nada disso! *Poltergeist* é uma palavra de origem alemã que foi utilizada por Martinho Lutero para... — e Sara repetiu a explicação que acabara de dar à família de Geane. —... essa pessoa é chamada de "epicentro"...

— E nessa família, doutora, quem foi o epicentro? — perguntou um repórter.

Não querendo expor Geane, Sara explicou que nem sempre havia um epicentro e que esse caso ainda precisava ser estudado.

Pedindo licença aos repórteres, pois precisava retornar ao instituto, ela deu alguns passos em direção ao seu carro e declarou num tom de voz severo:

— E eu não sou médica! Parem de me chamar de doutora!

O dr. Flávio, que assistia tudo enquanto fingia mexer em papéis na recepção, dirigiu-se rapidamente até a sala de Verman.

— Verman! - falou bravo ao invadir a sala do amigo. — O que essa louca está fazendo aqui no hospital?

— Na verdade, Flávio, Sara foi minha paciente e agora fundou o IPESPA... — tentava explicar Verman, quando foi interrompido pelo amigo, furioso.

— Não me interessa quem ela é ou o que ela fundou, Verman. Não quero mais essa mulher aqui no hospital. Aqui não é salão de beleza pra ela vir bater papo e dar entrevistas. Vou levar o caso à diretoria.

— Faça como quiser, Flávio. Não posso impedir ninguém de entrar num hospital.

Assim que Flávio saiu da sala, o dr. Verman digitou o nome de Sara Salim no sistema de busca da internet e chegou ao blog dela. Interessado, leu todas as páginas, mas ficou a maior parte do tempo observando a galeria de fotos. O médico estava admirando cada vez mais o trabalho do IPESPA, sobretudo o de Sara.

Clara e Lisa chegaram ao hospital. Pedro avisara Lisa sobre o que havia acontecido com a família de Clara. O dr. Verman estava tão entretido na frente do computador que não percebeu quando Lisa e Clara bateram em sua porta. Elas entraram e o surpreenderam:

— Dá licença, doutor. Que legal, está vendo o blog de Sara! — exclamou a enfermeira.

— Não, é que... — tentava disfarçar o médico. — O que vocês querem?

— Vim saber da minha família, doutor — disse Clara.

O dr. Verman, que já havia fechado rapidamente a página da net, transmitiu a elas tudo o que Sara havia explicado sobre os acontecimentos. Também disse a Clara que, como já estava formada, podia assumir o lugar dele e dar alta à irmã assim que achasse conveniente. Clara foi então ao quarto e abraçou toda a família. Pediu desculpas pela sua ausência naquele momento tão difícil e esclareceu que só soubera do ocorrido poucos minutos antes. Dali em diante acompanharia o caso ao lado deles.

O pai comentou que Sara pedira que eles fossem ao IPESPA logo que possível. Clara concordou, dizendo que conhecia bem o trabalho de Sara e a sua competência. Geane, ainda cabisbaixa, aproximou-se da irmã mais velha e se queixou que estava preocupada por acharem que ela tinha causado tudo aquilo. Clara abraçou Geane e disse que a culpa não era dela.

★ ★ ★

Quando chegou ao instituto, Sara surpreendeu-se com a quantidade de gente parada ali em frente. Com dificuldade conseguiu entrar, tendo o cuidado de manter uma postura simpática, mas firme, com os jornalistas de plantão.

Júlio pediu-lhe um minuto antes que ela iniciasse a sessão com Zico, e lhe contou o sonho que tivera naquela noite:

Um viaduto interditado, com policiais e viaturas dos dois lados. No centro do viaduto, Sara está ajoelhada, chorando. Os policiais estão prendendo uma mulher que jogou um bebê lá de cima. Muitos curiosos estão no local e todos apontam para o chão, embaixo do viaduto. Quando Júlio olha, vê o bebê esfacelado lá embaixo.

Júlio não tinha conseguido ver o dia e a hora em que aconteceria a queda proposital do bebê. Sara ficou aflita, afinal um bebê seria jogado de um viaduto em algum lugar da cidade. No entanto, essas informações eram insuficientes para evitar o crime. Propôs a Júlio que, depois da sessão com Zico, ela o hipnotizasse para tentar extrair mais detalhes, como o nome do viaduto, o dia e a hora do ocorrido, etc. Com essas informações, talvez conseguissem salvar o bebê.

— E que Deus nos ajude! — disseram ao mesmo tempo.

Casos de família

Assim como herdamos de nossos ancestrais a cor dos olhos e do cabelo, herdamos também os sentimentos e emoções. Apesar de cada pessoa construir a sua história, nenhum ser sofre individualmente, pois fazemos parte de um TODO.

O dr. Verman indicou seus melhores alunos, Clara e Portuga, para fazerem parte da sua equipe. Indagou se todos estavam acompanhando os noticiários sobre Sara Salim e o IPESPA. Sim, todos os colegas sabiam que os jornais e revistas não paravam de especular e comentar sobre o caso e como Sara Salim estava ajudando a desmistificar os fatos estranhos ocorridos ultimamente.

O dr. Flávio Mendonça aproveitou a oportunidade e disse aos colegas que Sara era uma mística e não podia ficar entrando e saindo do hospital. Queria que proibissem a entrada dela.

O dr. Verman informou que, só no Hospital San Marco, no último mês, Sara contribuíra, com suas preciosas informações, para a solução de diversos casos. Acrescentou que essa seria uma boa hora de firmarem uma parceria com o instituto dirigido por ela. Garantiu que a parceria traria benefícios tanto para os pacientes como para o hospital, pois, como o IPESPA estava se tornando bastante conhecido, a associação do nome do instituto com o do Hospital San Marco podia lhes render novos convênios e doações.

Todos aprovaram a ideia, com exceção do dr. Flávio que, além de cético, estava enciumado por causa do trabalho e da fama de Sara — fama que aumentava a cada dia. No final, a diretoria decidiu que a parceria seria decidida por votação. O dr. Flávio não gostou da decisão, pois, afinal, ele era o único que não apoiava a ideia.

★ ★ ★

Sara havia agendado uma conversa com a família de Clara, que já aguardava no instituto, por isso adiou a hipnose de Júlio para o final da tarde. Somente Maria não participou da reunião no IPESPA porque ainda estava em observação no hospital. Sara completou a explicação que já dera à família sobre o fenômeno *poltergeist*. Reafirmou que esse tipo de manifestação não tinha nenhuma relação com espíritos; ao contrário, era um fenômeno causado espontaneamente pela perturbação de alguém da própria casa. Esse causador involuntário era quem a parapsicologia chamava de "epicentro" do fenômeno.

Dona Rute quis saber se Geane tinha sido o epicentro. Sara, querendo novamente poupar a adolescente, respondeu que ainda não tinha certeza de quem fora o epicentro nesse caso. Mas, quem quer que fosse, essa pessoa não tinha culpa do que acontecera. Sara concluiu a conversa, informando à família como era importante que Geane fosse submetida a um tratamento psicológico — não só por causa do ocorrido, mas por ela ser a "filha do meio". Certamente, precisava ser atendida com alguma urgência para que a energia positiva da casa fosse restaurada.

— Qual a relação entre ser a "filha do meio" e o que aconteceu? — perguntou Clara.

Sara então explicou a "síndrome do filho do meio":

— Esse membro da família se torna o "filho-sanduíche"; tem sempre de lutar para obter um pouco da atenção dos pais. Ele tem uma posição intermediária entre o filho mais velho, o "desbravador", e o mais novo, o "queridinho". É costume dizer que o primeiro filho é o "rascunho", por causa da inexperiência dos pais; os pais fazem desse filho um laboratório, onde aprendem com os próprios erros. Em geral, o caçula recebe o apoio dos pais e o mais velho, o respeito. Quem acaba sobrando nessa situação é sempre o filho do meio.

Nesse instante, Clara interrompeu, pois se lembrava de ter estudado alguma coisa sobre isso nas aulas de psiquiatria. Então confortou a irmã:

— Olhe, Geane, na opinião da Sara, todos nós temos que passar por uma terapia, só que você precisa de alguns cuidados especiais. Só isso!

Geane pareceu um pouco mais conformada. Sara aproveitou para lhe indicar um bom terapeuta e sugeriu que a família fizesse uma "Constelação Familiar", pois essa psicoterapia costumava trazer resultados rápidos. Clara pediu que Sara marcasse a Constelação o mais rápido possível e despediu-se, satisfeita com o trabalho da pesquisadora.

Meio encolhida na cadeira, Geane perguntou se poderia conversar em particular com a parapsicóloga. Sara então pediu licença aos pais e sugeriu que pegassem com Vivi o endereço do psicoterapeuta e depois, se quisessem, podiam visitar os belos recantos do jardim do instituto e aguardar num dos seus bancos.

Na conversa com Sara, Geane disse que continuava se sentindo culpada e revelou que, enquanto estava embaixo da cama aquele dia, ficou escrevendo no chão com o dedo. Escreveu "socorro", "preciso de ajuda"... e agora, que tudo apontava para ela como a causadora do fenômeno, queria saber a verdade. Sara contou então que, quando Geane escrevera "preciso de ajuda" no chão, a frase tinha aparecido sozinha no espelho do outro quarto.

— Mas como eu consegui fazer isso?

— Você não teve culpa, querida, mas, realmente, foi você o epicentro. Não foi uma coisa consciente. Foram as suas emoções, aflições e angústias que causaram o fenômeno.

— Mas por que a Maria ficou naquele estado? O que aconteceu com ela?

— A Maria, assim como o seu pai, foram vítimas do fenômeno. Quando o seu pai proibiu-a de sair de casa, você subiu as escadas, provavelmente pensando que ele não sabia como era se sentir preso dentro de casa quando todos os seus amigos estão saindo para se divertir e namorar. Provavelmente, você deve ter sentido raiva por pensar que a Maria era o motivo de você não poder sair com o seu namorado naquela noite. A sua perturbação, associada a outros fatores, como a fase da adolescência e a sexualidade reprimida, causaram o fenômeno espontaneamente. O seu pai ficou "preso" ao teto, simbolizando o que é "sentir-se preso", e a sua irmã foi "cuidada" por outra pessoa que não você. Como você sentia raiva, a energia estava negativa e, por isso, se materializou na forma do monstro imaginário que Maria mais temia. O medo que ela sentiu naquele momento desencadeou a crise, que resultou no trauma.

— Nossa! Mas não era essa a minha intenção...

— Eu sei, querida, é por isso que eu peço que você não comente com os outros. Ninguém precisa saber que você foi o epicentro, mesmo porque, agora que você já sabe, basta equilibrar as suas emoções. No devido tempo, os seus pais serão informados sobre isso. Primeiro, eles precisam participar da terapia familiar e aprender a lidar com a situação. Só assim vão poder ajudá-la de fato, Geane.

Depois de atender à família de Clara, mas antes de dar início à hipnose de Júlio (que era imprescindível para que eles conseguissem maiores detalhes sobre o crime que aconteceria no viaduto), Sara sentou-se na frente do computador para responder a alguns e-mails. Sem perceber, entrou no perfil de Vitor e ficou olhando a foto dele por alguns instantes. Estava com saudades, pois há muito tempo não se comunicavam. Também, pudera! Depois de tudo que os outros Sensitivos estavam falando dele! Como ela poderia ainda confiar num psicopata? Mas a saudade aumentava a cada dia e ela não conseguia deixar de pensar nele. Ora bolas, falassem o que falassem, ele era amigo dela! Seria possível uma pessoa tão má fazê-la se sentir tão bem? Diante do computador, novamente Sara recebeu, como que por mágica, um e-mail de Vitor:

"Vai ser hoje, Sara. Olhe a hora."

Como Sara sempre teve uma comunicação extrassensorial com Vitor, ao receber o e-mail, olhou para o relógio, que marcava 14 horas. Nesse momento, teve um *insight*.

— Meu Deus, é isso! O bilhete que Vitor deixou ao meu lado, no beco, quando materializou o bebê: "Viaduto do Chá, às 15h". Viaduto... bebê. É a mesma visão que Júlio teve!

Pegou a bolsa e saiu em disparada. Do carro, ligou para Pedro, mas a ligação só caía na caixa postal. Ligou então para Rosana, que a lembrou de que Pedro estava na audiência naquela tarde. Sara falou do bilhete de Vitor e contou que Júlio também tinha previsto a queda de um bebê do viaduto.

— Calma! — pediu a detetive. — Estou a caminho e levando reforços. A gente se encontra lá.

Em pouco tempo, o Viaduto do Chá estava cercado por policiais. Sara chegou e procurou Rosana, que já havia prendido uma mulher suspeita, com um bebê no colo. Mas a mulher afirmava que devia haver um engano, pois estava apenas levando seu bebê ao pediatra. Nessa hora, o céu escureceu e um vento forte soprou no alto do viaduto. Os motoristas começaram a buzinar. Sara pressentiu algo errado. Ela e os policiais viram então a verdadeira infanticida. Outra mulher, enlouquecida, segurava pelo bracinho um bebê, já pendurado para fora da grade do viaduto. Os policiais começaram a evacuar o local, enquanto Sara e Rosana corriam em direção à mulher.

O trânsito no viaduto ficou totalmente congestionado e a multidão começou a se juntar na Praça do Anhangabaú, logo abaixo do viaduto. Em pouco tempo os repórteres chegaram com microfones e câmeras.

"Credo!", comentavam as pessoas, "parecem um bando de urubus pressentido o cheiro da morte!" A equipe de TV se posicionou imediatamente e começou a transmitir ao vivo. A mulher gritava para que ninguém se aproximasse, ameaçando jogar o bebê do viaduto.

Nesse momento, o pastor Roberto estava a caminho da audiência de Bel e Pedro quando ouviu pelo rádio do carro o que acontecia no viaduto. Quando o locutor descreveu a mulher e o bebê, o pastor, nervoso, olhou para o relógio, deu meia-volta e saiu em disparada.

Com um megafone, Rosana tentava negociar com a mulher, mas nada conseguia. Já dava para ouvir, próxima dali, a sirene dos carros de bombeiros, mas, com o trânsito engarrafado, certamente não chegariam a tempo de impedir aquele crime. Desesperada, Sara começou a cantar uma canção, que fez com que a mulher parasse por alguns instantes e olhasse para ela. Aparentemente hipnotizada por Sara, a mulher, ainda segurando o bebê do lado de fora do viaduto, permitiu que a parapsicóloga se aproximasse sem reagir.

Sara, sempre cantando a mesma música, que acalmou todos os presentes, caminhou pelo meio da pista em direção à mulher, mas uma buzina muito forte dispersou sua atenção e a mulher voltou a gritar loucamente.

— Por favor, me deixe ir até aí, vou ajudá-la! — gritou Sara, angustiada.

De repente, do meio da multidão, surgiu o pastor Roberto, que parou atrás de Sara. A mulher desviou o olhar para ele, apontou o dedo e gritou:

— Você vai me ajudar igual ele fez? — e soltou o bebê.

Sara fechou os olhos e, desesperada, caiu de joelhos.

Os curiosos debruçaram-se na grade, todos apontando para baixo, exatamente como Júlio havia previsto. Indignada, Sara baixou a cabeça e se perguntou como aquelas pessoas podiam olhar voluntariamente para uma cena tão trágica — um bebê esfacelado no chão da Praça do Anhangabaú. Ao levantar a cabeça, viu a mulher sendo algemada e levada pelos policiais. Por um instante, as duas se encararam, olhos nos olhos. Sara então sentiu que aquela mulher perdera todo o contato com a "grande alma", que estava decepcionada com a própria vida e realmente acreditava estar fazendo a coisa certa.

Rosana fez sinal para Sara também olhar para baixo. Ainda ajoelhada e entregue, Sara acabou por se levantar lentamente e caminhar até a grade. Lá embaixo, viu o bebê a salvo, deitado em uma caminhonete carregada de feno e cuja passagem tinha sido bloqueada pela multidão em plena praça. Sara abriu um sorriso e agradeceu a Deus por aquele milagre.

Os bombeiros logo chegaram à praça e resgataram o bebê. Juca, o bombeiro amigo de Pedro, foi ao encontro de Rosana e de Sara. Desculpou-se com Sara por não terem chegado a tempo e disse que se não fosse a "coincidência" de aquela caminhonete ter sido bloqueada pela multidão bem embaixo do viaduto, o bebê estaria morto.

— Espere um pouco! Primeiro, "coincidências" não existem. Segundo, por que você está me pedindo desculpas? — perguntou Sara.

— Porque foi a senhora que ligou para o Corpo de Bombeiros, não foi? — perguntou Juca.

Sara ficou pensativa. Ela não tinha ligado pedindo a ajuda dos bombeiros! Quem tinha sido, então? Começou a sentir o corpo arrepiar e, meio tonta, olhou para a multidão lá embaixo, procurando alguém ou uma resposta. De repente, viu seu mundo em preto e branco, somente "ele" se destacava no meio da multidão, olhando para ela com um largo sorriso de missão cumprida. Rosana cutucou Sara, que estava com o olhar e a mente voltados para baixo. Sara, muito pálida, ameaçou desmaiar, mas Rosana a socorreu. Com dificuldade, Sara apontou para a praça e disse:

— Foi Vitor. Foi ele quem ligou para os bombeiros e salvou o bebê.

Quando Rosana e Juca olharam para baixo, a multidão já estava se dispersando e a caminhonete tinha ido embora. O pastor Roberto, pivô do ato insano da mulher, também havia partido, sorrateiramente.

Os repórteres reconheceram Sara e a cercaram:

— Doutora! Por favor, doutora, nos dê um minutinho da sua atenção. Como vocês souberam que a mulher ia jogar o bebê?

— Nós? Não sabíamos de nada, não. Eu estava passando por aqui e vi o tumulto. Foi só uma coincidência — desconversou Sara.

— Dra. Sara, a senhora acha justo que as melhores matérias só saiam no jornal em que trabalha a jornalista Marina, que faz parte do seu grupo? — perguntou outro repórter, com ironia.

— Primeiro, peço que parem de me chamar de "doutora", pois não sou médica! Segundo, Marina colabora com o nosso trabalho, por isso acompanha os casos mais de perto. Mas, mesmo estando sempre conosco, ela nunca pediu uma entrevista. Tem agido mais discretamente que vocês.

— Há comentários de que a senhora estaria forjando situações só para divulgar seu instituto — acusou um repórter inconveniente, sem ligar para a observação de Sara.

Por um momento ela pensou em responder à altura, mas não queria expor o grupo dos Sensitivos e respondeu ironicamente:

— Olha, pessoal, nem tudo que não tem explicação é inexplicável!

— O que a senhora quis dizer com isso? — perguntou outro repórter.

— A senhora tem um site ou já escreveu algum livro para que a população entenda melhor o seu trabalho?

— Não, ainda não... — respondeu, entrando no carro.

— Acabamos de entrevistar a dra. Sara Salim, a parapsicóloga que esclareceu o caso do *poltergeist* — terminou o repórter que transmitia ao vivo, no plantão da TV.

Sara e o IPESPA começavam realmente a ficar famosos e a marcar presença nos noticiários do país.

★ ★ ★

FLÁVIO: E como você lidou com a fama, Sara, uma vez que não queria se expor?

SARA: Foi difícil aceitar isso. Mas aconteceu, foi inevitável. Além das notícias se espalharem, a mídia... Desculpe-me, Flávio, mas preciso dizer isto... a mídia costuma exagerar os fatos e, por isso, comecei a pensar em escrever um livro. Eu não gostava de ficar dando entrevistas, não me achava nenhuma celebridade. O livro poderia esclarecer as pessoas que estivessem interessadas no nosso trabalho.

O julgamento

Mais vale absolver cem culpados do que condenar um inocente.

Na audiência, Pedro estava nervoso, sentado ao lado do seu advogado. Olhava para cima e para baixo, esfregava as mãos e balançava as pernas, demonstrando ansiedade. O advogado, dr. Paulo, percebendo a agitação e o desconforto de seu cliente, tranquilizou-o.

— Calma, Pedro. Tudo vai acabar bem.

— Tomara, dr. Paulo, tomara! Espero que...

A escrevente, afastando a mecha rebelde de cabelo que teimava em lhe cair na testa, interrompeu o diálogo dos dois.

— Senhor Pedro Silva e senhora Isabel Silva.

O dr. Paulo, seguido por Pedro, pediu licença e entrou na sala de audiências. Com a permissão do juiz, sentaram-se nos lugares indicados, diante de Bel e seu advogado. O juiz deu início à audiência, com as perguntas e formalidades de praxe. Depois os advogados das partes expuseram os anseios e pretensões de seus clientes.

— Existe alguma possibilidade de acordo? — quis saber o juiz.

Num ato impensado, Pedro não se conteve e falou diretamente com Bel.

— Bel, pense bem em tudo o que você fez. Deixe Zico comigo que eu libero as visitas quando você quiser...

— O que eu fiz?! Você nunca aparecia em casa, estava se lixando para mim e o seu filho! O que você está querendo com isso? Se livrar da pensão?

E a discussão prosseguiu na sala, enquanto os advogados tentavam conter os clientes e o juiz assistia a tudo com um sorriso irônico e pensando: *Vai ser mais uma daquelas...*

Quando a discussão já durava alguns minutos, o juiz interveio num tom ríspido e pediu que eles mantivessem a calma. A sala foi tomada pelo silêncio, com Bel e Pedro se olhando fixamente até o juiz retomar.

— Tendo em vista que não será possível um acordo entre as partes, não me resta alternativa senão dar início aos trabalhos. Começaremos então ouvindo a autora, senhora Isabel Silva, a quem peço que se sente na cadeira em frente à escrivã.

Bel se acomodou na cadeira e o juiz continuou:

— Dona Isabel, consta nos autos a informação de que a senhora foi casada com o senhor Pedro Silva por aproximadamente dez anos, que desta relação os senhores tiveram um filho, que hoje está com 9 anos de idade, e que, por se tornar insuportável a convivência do casal sob o mesmo teto, não restou alternativa senão a separação. O que a senhora tem a acrescentar?

Bel, com ar de vítima, quase chorando, colocou as mãos entre as pernas e balançando para a frente e para trás, lamentosa, dirigiu-se ao juiz.

— Senhor Juiz, sempre fui uma dona de casa dedicada e uma mãe amorosa, nunca deixei faltar nada para meu filho e para meu marido. Acontece que o Pedro nunca foi presente, tanto comigo quanto com Zico, sempre deu mais importância ao trabalho do que à família. Agora eu estou grávida, ele nem me dá atenção e eu nem devia estar passando por uma situação destas. O Pedro nunca fez uma lição de casa com o filho e ultimamente não vinha cumprindo suas obrigações de marido comigo.

Ao ouvir aquela fala ensaiada, Pedro se descontrolou, deu um murro na mesa, interrompendo Bel, e gritou:

— Como você pode falar isso? Eu sempre amei você! Está dizendo que eu sou um frouxo e, por isso, procurou outro homem? Este filho que você está esperando não é meu!

Pedro estava quase subindo na mesa. O dr. Paulo tentou acalmá-lo, apelando para o seu bom-senso.

— Calma, Pedro, você não pode agir desse jeito. Vai perder a razão!

Mais uma vez, o juiz se viu obrigado a tomar uma atitude firme.

— Senhor Pedro Silva! Sente-se em seu lugar, por favor!

Pedro, ao ver que tinha tomado uma atitude impensada, reprimiu a raiva e se sentou. O juiz repreendeu-o novamente.

— Sr. Pedro, é a última vez que vou tolerar esse tipo de atitude nesta sala. Havendo uma próxima vez, serei obrigado a pedir que o algemem e o retirem desta sala. E considerarei sua atitude como desacato! — e dirigindo-se ao advogado: — Dr. Paulo, por favor, controle seu cliente e advirta-o das consequências!

O dr. Paulo, já desconcertado, murmurou que Pedro precisava se acalmar, enquanto Bel e seu advogado se olhavam com um sorriso de satisfação. O juiz retomou os trabalhos, perguntando se o advogado de Pedro tinha alguma pergunta a fazer para a autora. O dr. Paulo, agora num tom mais profissional, começou:

— Excelência, a autora cometeu adultério durante todo o casamento. Peço a Vossa Excelência que examine os autos, página 87, documento 3, a prova de que Pedro é estéril. Por isso, Zico e o bebê que a autora está esperando não podem ser filhos dele. Embora isso seja irrelevante para que Pedro tenha a guarda de Zico.

O dr. Nunes, advogado de Bel, então se pronunciou.

— Excelência, mesmo que minha cliente tivesse cometido adultério, não significaria que ela era uma mãe sem capacidade de ter a guarda do filho. Ademais, a ausência de Pedro para com minha cliente, sem cumprir seus deveres maritais, fez com que minha cliente fosse procurar carinho e compreensão nos braços de outro homem.

O juiz, sentindo-se repreendido, advertiu o advogado de Bel.

— Dr. Nunes, quem decide se a pergunta deve ser feita ou não, sou eu. No entanto, o senhor tem razão e vou pedir que a autora não responda à pergunta. Algo mais, dr. Paulo?

— Sem mais perguntas — disse o advogado, revoltado.

Preocupado, Pedro olhou para ele, enquanto o juiz perguntava se o advogado de Bel queria fazer alguma pergunta à sua cliente, mas ele respondeu que não.

O juiz solicitou que Bel retornasse ao seu lugar e pediu à escrivã para chamar a primeira testemunha.

— Sr. Júlio Garcia! — anunciou a escrevente.

Júlio entrou na sala e sentou-se na frente da escrivã.

— Sr. Júlio, como é o relacionamento de Zico e Pedro quando estão juntos? — perguntou o juiz.

— Ah, eles brincam. Pedro dá comida e banho nele. O menino gosta muito do pai.

O juiz então passou a palavra para o advogado de Pedro.

— O que Pedro disse a Zico sobre Bel?

— Pedro falou que Bel estava grávida de outro homem, porque eles não se gostavam mais, mas que os dois amavam muito ele e que sempre seriam seus pais — respondeu Júlio.

O dr. Paulo disse que não tinha mais perguntas. E o juiz imediatamente passou a palavra ao advogado de Bel.

— Excelência, peça à testemunha que responda há quanto tempo conhece o sr. Pedro e seu filho.

O juiz acenou com a cabeça para que Júlio respondesse.

— Acho que uns seis meses — exagerou ele.

— Sr. Júlio, além das rondas noturnas do sr. Pedro, os senhores trabalham no IPESPA durante o dia. Com quem o menino fica, enquanto estão fora? — perguntou o dr. Nunes.

— Zico não fica sozinho, não. Quando o menino não está na escola, Pedro está em casa. Vê o caderno da escola e vai dormir. Zico faz lição e vê televisão. Eu também olho ele pro Pedro.

O advogado de Bel, num tom prepotente, pediu que o juiz olhasse a página 37 dos autos.

— Excelência, esses documentos provam que Pedro está no IPESPA ou resolvendo algum caso do instituto no período em que o menino não está na escola. Pergunte à testemunha com quem o menino fica nessas ocasiões — quis saber o dr. Nunes.

O juiz mais uma vez acenou com a cabeça para que Júlio respondesse.

— Ah, o Pedro ajuda no instituto quando Zico está na fisioterapia.

Como o advogado de Bel não tinha mais perguntas, o juiz dispensou a testemunha e pediu que a escrivã chamasse a próxima.

— Sr. Roberto França!

Bel estava nervosa porque o pastor estava atrasado. A escrevente chamou novamente.

— Sr. Roberto França!

O pastor Roberto entrou na sala e desculpou-se com o juiz pelo atraso, alegando que estivera atendendo algumas crianças carentes na igreja. O juiz abriu uma exceção, tendo em vista que o atraso se dera por uma boa causa. Pedro se descontrolou com a hipocrisia do pastor e começou a gritar:

— Seu traidor! Você é um hipócrita, sem vergonha. Fingia ser meu amigo, enquanto comia a minha mulher, na minha própria cama!

Diante daquela situação o juiz ordenou:

— Guardas! Guardas! Algemem este homem e mantenham-no fora da sala de audiências. O sr. Pedro será processado por desacato à autoridade.

O guarda atendeu ao pedido do juiz e, quando Pedro estava sendo retirado da sala, o pastor olhou-o com um sorriso sarcástico. Pedro implorou ao juiz:

— Sr. juiz, por favor, não me tire daqui! O senhor está cometendo uma injustiça comigo! — e saiu desesperado da sala de audiência.

Com Pedro ausente, o advogado de Bel começou perguntando ao pastor como era o relacionamento do casal. Roberto, com um discurso meio verdadeiro, meio falso, respondeu que morava há anos numa casa vizinha à do casal; que Bel ficava o dia todo sozinha, cuidando dos afazeres da casa e levando e buscando Zico na escola e na fisioterapia; e que Pedro raras vezes ficava em casa. O advogado perguntou qual era a relação do pastor com a família e ele respondeu que conhecia o casal e conversava às vezes com Pedro, mas, com Bel, praticamente nunca falava. Disse que depois da separação passara a dar apoio à mulher, que, para a glória do Senhor, havia se convertido.

Apesar de estar do lado de fora da sala, Pedro mantinha o ouvido colado na porta e atento a tudo o que diziam. Não aguentando a demagogia do pastor, gritou:

— Safado! Sem vergonha! Mentiroso e ladrão! Você engravidou Bel...

O juiz gritou ao guarda para que contivesse Pedro, enquanto em tom melancólico e de súplica o pastor continuava:

— Blasfêmia! Eu sou um viúvo desimpedido, mas jamais tocaria numa mulher casada.

Quando os ânimos se acalmaram, o advogado de Bel perguntou ao pastor se ela era uma boa mãe para Zico e ele respondeu que, depois da conversão, ele passara a acompanhar um pouco a rotina da casa e ela se mostrara uma excelente mãe. Zico a acompanhava nos cultos e sempre estava muito feliz.

O juiz passou a palavra ao advogado de Pedro, que, inicialmente num tom amigável, dirigiu-se ao pastor, asseverando que ele devia ser um homem muito ligado à religião, aos princípios morais e aos bons costumes. O pastor Roberto, satisfeito com o que ouvira, balançou a cabeça afirmativamente. Então o dr. Paulo perguntou se ele tinha entrado na casa do casal antes de eles se separarem. O pastor respondeu que "não" e aí o advogado perguntou por que, logo depois da separação, o pastor já se tornara tão íntimo de Bel e Zico, frequentando a casa praticamente todos os dias.

— Doutor — respondeu o pastor, em tom irônico, — a "graça do Senhor Jesus é misteriosa". Não tenho respostas para tudo nesta vida, mas, se o doutor quiser, pode perguntar a Deus quais são os planos Dele para essa família.

O dr. Nunes interrompeu, dizendo que essas perguntas não eram relevantes e que o outro advogado devia questionar apenas sobre o menino. O juiz lhe deu razão e pediu que o dr. Paulo não fugisse do assunto em questão. Apesar de inconformado com essa decisão, o advogado de Pedro pediu ao juiz que o perdoasse, pois só queria que a verdade pairasse sobre o litígio. Advertiu o pastor de que ele estava sob juramento e pediu para o juiz perguntar novamente a ele se nunca se envolvera com Bel, enquanto Pedro morava lá.

Novamente o advogado de Bel disse que era irrelevante. Mas, dessa vez, o juiz solicitou que a testemunha respondesse. O pastor afirmou novamente que nunca havia entrado antes naquela casa, e completou:

— Em nome do Senhor Jesus, eu juro! E não tenho mais nada a dizer sobre o relacionamento desse casal antes da separação. Eu não convivia com a família.

Como o advogado de Pedro não tinha mais perguntas, o juiz disse que, por conta dos testemunhos controvertidos e não podendo chamar Deus como testemunha, não lhe restava outra alternativa senão ouvir Zico, tendo em vista o seu bem-estar. Pediu, então, que a escrevente chamasse o menino.

Naquele momento, o dr. Paulo dirigiu-se ao juiz para informá-lo que o menino não sabia que Pedro não era seu pai biológico, e pediu que isso não fosse falado durante a audiência. O juiz, atento ao advogado e preocupado com o bem-estar de Zico, advertiu a todos:

— As informações sobre a esterilidade de Pedro, que provam que Zico não é seu filho, e sobre a infidelidade de Isabel já constam nos autos, portanto apenas eu e, tão somente eu, farei perguntas ao menor, sob pena de quem assim me desrespeitar ser retirado deste recinto.

Zico entrou na sala, cumprimentou a mãe e com uma carinha triste sentou-se diante da escrevente. O juiz então, num tom mais suave, perguntou a Zico:

— Zico, você sabe por que está aqui?

— Para decidir se vou ficar com o papai ou com a mamãe.

— Você sabe dizer como é o relacionamento do seu pai e da sua mãe?

— A mamãe e o papai sempre foram legais comigo. Só brigavam quando o papai ficava na polícia e chegava muito tarde em casa.

O juiz perguntou se Zico sentia falta do pai quando ele não estava em casa.

— Lógico! Mas na tevê tem um herói igual ao meu pai. O Johnny, conhece? É o policial do futuro.

Pedro, que continuava a escutar tudo pelo lado de fora da sala, percebeu as lágrimas escorrerem pelo seu rosto. Sentia-se culpado por não ter passado mais tempo com o filho. Enquanto isso, Bel ajeitava-se na cadeira, satisfeita.

O juiz perguntou a Zico se a mãe o deixava sozinho ou recebia estranhos em casa quando Pedro estava trabalhando.

— A mamãe sempre cuidou de mim. Nunca fiquei sozinho e ela não deixava estranho entrar em casa. Papai acha que só agora a mamãe se converteu a Jesus, mas ela sempre rezou todos os dias para Deus. Tem bastante tempo que ela se fecha no quarto dela com o pastor Roberto para ler a palavra de Jesus.

O advogado de Bel, desesperado com a declaração do menino, tentou se manifestar, mas o juiz pediu que ele se sentasse. Então perguntou ao menino:

— O que você fazia enquanto o pastor e a mamãe rezavam no quarto?

— A mamãe me deixava assistindo à série de tevê que eu gosto e o pastor levava sempre um monte de doces pra eu ficar comendo. Depois das orações, o pastor me ajudava com o banho e trocava a minha roupa. Ele tirava a roupa dele pra não molhar e ficava só com a toalha.

Pedro, que continuava ouvindo a conversa, gritou novamente:

— Bel, sua vagabunda! Você está deixando esse pervertido dar banho no meu filho?

O juiz pediu que o guarda acalmasse Pedro e perguntou a Zico com quem ele gostaria de morar. Zico, já com lágrimas nos olhos, olhou para a mãe durante alguns segundos, depois olhou para a cadeira vazia do pai. Tomou fôlego, suspirou, e voltou-se para o juiz:

— Amo muito a minha mãe, mas, agora que ela se separou do papai, prefiro morar com ele, porque ele não tem uma namorada, como a mamãe mentiu pra mim.

— E o que mais a mamãe mentiu para você? — perguntou o juiz.

— A mamãe me disse que o papai tinha saído de casa porque ele tinha outra mulher.

O juiz quis saber o que Pedro lhe dissera sobre isso. O menino respondeu que o pai tinha desmentido essa história; que, na verdade, a mãe inventara isso porque estava com vergonha de dizer a verdade. O pai também lhe contara que eles não se amavam mais, que a mãe tinha um namorado e o bebê era filho desse namorado. Mas o pai tinha explicado que tanto a mãe como ele o amavam muito, apesar de terem se separado. O juiz dispensou Zico e se pronunciou:

— Diante dos documentos apresentados, das provas testemunhais e da manifestação do menor Zico Silva passo a sentenciar. Guarda, traga o sr. Pedro Silva para a sala de audiências e acompanhe Zico até lá fora.

O guarda fez o que o juiz mandara e Pedro, algemado, entrou com um olhar triste. O juiz então passou a sentenciar:

— Ficou comprovado que o sr. Pedro Silva sempre foi um pai ausente e que a sra. Isabel tinha todos os motivos para cobrar isso dele. É visível que o menino sempre sofreu com a ausência do pai e que isso deu asas à sua imaginação, tornando-o viciado numa série de tevê, para se sentir mais próximo do pai. Isso foi prejudicial ao menino e o fato de a sra. Isabel ter cometido um deslize, enquanto casada, não significa que ela tenha sido uma má mãe para Zico. Isso não a impede de ter a guarda do filho.

Essas palavras deixaram Pedro visivelmente arrasado, enquanto Bel abria um sorriso e olhava para ele com um ar de prepotência e maldade. Mas o juiz prosseguiu:

— O exame que comprova que o sr. Pedro é estéril só mostra que ele não é o pai biológico de Zico. Porém, isso não quer dizer que ele não seja pai, de fato, do menino. No registro de nascimento de Zico, o sr. Pedro consta como pai, tendo sobre ele todas as responsabilidades, deveres e direitos que um pai tem. A sra. Isabel foi desonesta com o filho, Zico, mentindo e tentando denegrir a imagem do pai. Deve se retratar, contando toda a verdade na presença de um conselheiro do Conselho Tutelar, que será determinado nos autos. O sr. Pedro, apesar de atualmente estar se mostrando um pai presente e esforçado, cumprindo rigorosamente os horários do filho, e apesar de o menino dizer claramente que prefere ser criado por ele, não demonstra, inicialmente, ter condições de conseguir conciliar a paternidade e a atividade policial por muito tempo. A sra. Isabel pode ter sido uma ótima mãe, mas o fato de receber o amante na presença do filho, conforme o próprio menino confirmou, torna-a uma mãe irresponsável, que coloca em primeiro lugar seu próprio prazer, sem pensar nas consequências que isso possa trazer ao filho.

Nesse momento, o juiz fez uma pausa, mas logo continuou.

— Dessa forma, o que é mais importante? Uma mãe presente, que busca seu filho no horário, lhe dá atenção e lava suas roupas, mas, ao mesmo tempo, mente em relação ao pai e exercita sua libido com outro homem, enquanto o filho, inocentemente, assiste tevê e come guloseimas; ou um pai que, apesar de ter sido ausente, tem se esforçado para dar o máximo de carinho para seu filho, tentando recuperar o tempo perdido, e lhe proporcionar um ambiente saudável?

O juiz fez mais uma pausa, com todos, ansiosos, olhando fixamente para ele.

— Guarda, tire as algemas deste homem!

Enquanto o guarda cumpria a sua determinação, o juiz terminou a sentença:

— Ficaram explicadas e justificadas as atitudes grosseiras do sr. Pedro Silva perante este juízo; este homem se viu injustiçado por mentiras e injustiças, motivo pelo qual determino que não seja mais processado por desacato. Da mesma forma, determino que a guarda do menor Zico Silva seja exercida pelo pai, sr. Pedro Silva, por tempo indeterminado, recebendo visitas da Assistência Social a cada três meses, e que, enquanto o menino estiver feliz ao lado do pai, fique com ele. A mãe poderá ficar com o filho nos finais de semana em que estiver disposta a dar atenção apenas ao menino. Caso se descubra que ela mente sobre o pai ao menino ou coloca sua libido acima de seus deveres como mãe, as visitas passarão a ser monitoradas. Por fim, determino que os autos sejam encaminhados ao Ministério Público para que o pastor Roberto França seja denunciado pelo crime de falso testemunho e julgado pelo juízo competente.

Pedro cumprimentou o advogado num estado de indescritível felicidade e Bel saiu desconsolada, dizendo que ia recorrer ao Superior Tribunal de Justiça.

Ao sair da sala, Pedro encontrou Zico, esperando do lado de fora, e lhe deu um abraço apertado. Informou que eles continuariam morando juntos. Zico se emocionou e comemorou a vitória do pai, mas, ao ver a mãe desconsolada, ele a abraçou e disse:

— Mamãe, eu amo você. Eu vou te visitar!

Bel, ainda inconformada e num tom ríspido, respondeu:

— Isso não vai ficar assim! — e sem dar muita atenção ao filho, foi ao encontro do pastor Roberto e abraçou o amante.

Ao sair da audiência, Pedro deixou Zico na fisioterapia e foi até o IPESPA. Os repórteres estavam de plantão na porta do instituto.

— Olha lá o policial do caso do *poltergeist* — apontou um dos repórteres.

Todos correram na direção de Pedro e o crivaram de perguntas.

— Oficial, oficial, por favor nos dê uma entrevista!

— Oficial, é verdade que o senhor trabalha no IPESPA? A polícia sabe disso?

Pedro, com seu comportamento sério e sua voz grossa, disse-lhes que não tinha nada a declarar e entrou rapidamente no IPESPA.

Sara então lhe contou sobre a mulher que queria jogar o bebê do viaduto e sobre o misterioso telefonema que o bombeiro Juca dissera ter recebido antes de atender à ocorrência. Ela afirmou que devia ter sido Vitor que ligara para os bombeiros e que salvara o bebê.

— Sara, esse cara está te enganando!

— Veja, Pedro, ele pode não ser o *serial*. Pode estar nos ajudando — disse ela, ainda inconformada.

— Que ajudando, Sara! A gente tem que prender esse sujeito. Você tem alguma foto dele?

— Não tenho, só a que ele colocou no perfil do blog.

— Como assim, no perfil do blog? Ele nunca teve foto no blog, Sara.

Ela ficou confusa com o que Pedro tinha acabado de dizer, afinal sempre admirava a foto de Vitor no blog. Imaginou então que ele devia ter tirado a foto do ar... mas será que Pedro nunca a tinha visto antes? Tudo bem, isso era irrelevante no momento, e era até bom, uma vez que no seu íntimo ela não queria que Vitor fosse o *serial killer.* Sem a foto, seria mais difícil o pegarem e ela teria mais tempo para provar sua inocência.

— Você tem razão, Pedro, devo ter me confundido — desconversou.

Sara pediu a Pedro que interrogasse a mulher do viaduto para descobrir o que a levara a jogar o bebê. Contou-lhe também sobre a sensação que tivera ao olhar nos olhos da mulher, por isso queria descobrir, por todos os meios, por que ela tinha feito aquilo.

Assim que Pedro saiu do instituto, Sara procurou Marina e pediu que ela criasse um site para o IPESPA.

— Site? — perguntou Marina, espantada.

— Não entendi o espanto, Marina. Já estamos na tevê mesmo! Não há motivos para nos escondermos mais. E tem mais: vou escrever um livro também.

— Nossa! Para quem sempre foi tão discreta...

— As pessoas mudam, Marina... Todos mudam — disse Sara, já pegando a bolsa para ir embora.

— Espere, Sara, deixa anotado a senha do blog. Vou ficar até mais tarde hoje pra baixar outro programa de rastreamento. Os que eu tenho estão ultrapassados e esse psicopata sabe se esconder na net.

— Tá bom, tá bom — disse Sara, que não tinha mais como se esquivar. — Vou deixar anotado aqui no balcão — respondeu Sara, da recepção.

Enquanto baixava o programa, Marina foi até o balcão pegar a senha que Sara havia deixado, mas o balcão estava vazio, nem um único papelzinho.

— JÚLIOOOOOO! — gritou para o rapaz, que estava cuidando do jardim.

Júlio entrou correndo para atender ao chamado de sua amada, mas para variar, levou outra bronca ao contar que acabara de jogar os papeizinhos que estavam sobre o balcão, conforme Vivi havia lhe pedido, antes de ir embora. Marina não se conformava.

— Não é possível. Toda vez que peço essa senha acontece alguma coisa.

— Mas não é você a *áquer* aqui? Descobre a senha e entra, pombas. Sara tinha dado a senha mesmo!

— Primeiro que não se fala *áquer*, é *hacker*, seu burro. O "h" também tem som de "r" em inglês, sabia? E tem outra, pra mim é fácil descobrir senhas, mas sou jornalista e não *hacker.* Não costumo bisbilhotar a vida de amigos... mas, neste caso você até que tem razão. Sara já tinha deixado escrito, vou descobrir eu mesma e ela nem precisa ficar sabendo.

★ ★ ★

No apartamento, Menezes dava banho nos três filhos, enquanto conversavam sobre o trabalho de Sara. Ed contou ao pai que no colégio todos estavam comentando e fazendo perguntas que ele não sabia responder. Beto disse que havia pessoas em cima do muro e nas grades do colégio, com câmeras e microfones. Elas gritavam perguntando se ele era o filho da mulher que fazia milagres. O menino reclamou que "tinha pagado o maior mico" na frente dos colegas, mas a professora os levara para o pátio interno do colégio, logo em seguida. Menezes explicou aos filhos que, com tantas matérias e reportagens na televisão, Sara estava tão famosa quanto uma atriz de novela; por isso, as pessoas faziam tantas perguntas. Os meninos teriam de se acostumar com essa situação, pois a mãe deles estava fazendo um trabalho muito importante e ajudando várias pessoas. Qualquer coisa que dissessem diferente disso era mentira.

Sara chegou ao apartamento já procurando por Menezes e os meninos. Ao encontrá-los no banheiro, ficou emocionada ao ver o marido dando banho nas crianças. Agradeceu com um beijo e abaixou-se para beijar os filhos, mas as crianças puxaram a mãe, com roupa e tudo, para dentro da banheira. Sara quase ficou brava, mas acabou aceitando a brincadeira e puxou Menezes para dentro da água também. Todos se divertiram como há muito não faziam.

Nesse momento o celular de Sara tocou. Ela se enrolou numa toalha e foi atender, deixando pegadas molhadas pelo caminho. Era Pedro, ligando do Departamento e dizendo que havia interrogado a mulher. Ele não acreditara na história dela, mas, ao tocar em seu ombro, tinha visto que era verdadeiro o depoimento da desequilibrada.

A tal mulher costumava frequentar a igreja do pastor Roberto e, naquela tarde, desesperada, tinha procurado o pastor para pedir ajuda. Ele a atendera, mas tinha pedido que ela fosse rápida, pois ele ia testemunhar numa audiência. Agoniada, ela contara que era portadora do vírus HIV e havia contaminado o bebê durante a gestação. Sua vida era difícil desde a infância. Quando estava com 9 anos, tinha visto a mãe se suicidar e, logo depois, o pai a abandonara. Nessa época tinha entrado para o mundo das drogas e do sexo para poder sobreviver. Aos 25 anos, havia se convertido e passado a frequentar a igreja. Vinha agindo conforme o pastor pregava no culto, ou seja, doando, em "sacrifício", quase tudo o que ganhava nas faxinas. Agora essa notícia! Há poucos dias ela descobriu que era portadora do HIV. O bebê estava espirrando e, com medo de que fosse algo mais grave, ela o levou num Posto de Saúde e constatou que ele também tinha a doença. Ficou em dúvida: o pastor Roberto não clamava para Deus dar saúde, prosperidade e felicidade aos fiéis? Cadê a parte dela? Quem a estava enganando, o pastor Roberto ou Deus? Talvez Deus não estivesse ouvindo as suas preces.

O pastor tinha olhado para a pobre mulher e dito que Deus recebia milhões de pedidos todos os dias, portanto, se ela tivesse paciência, qualquer dia seu pedido seria atendido. A mulher solicitara então ao pastor que, ao menos, arranjasse uma vaga na creche para o bebê, pois estava perdendo faxinas por não ter com quem deixá-lo. Um bebê com AIDS? Quem queria olhar? Ela e a criança estavam sem comer há dois dias; o leite do seu peito estava secando e o bebê chorava de fome.

Enquanto falava, a mulher sentira-se mal e, ameaçando desmaiar, tentara passar o bebê para os braços do pastor. Mas ele havia recuado e a mulher caíra no chão, junto com o bebê. Nesse momento, ele confessou que também tinha medo de se contaminar, pedindo que ela se retirasse da sua sala. Desorientada, ela seguiu em direção ao viaduto, com a intenção de acabar logo com o sofrimento dela e da criança.

Sara ficou impressionada com a história e sentiu pena da pobre mulher. Garantiu a Pedro que pediria para um psiquiatra examiná-la na cadeia e, quem sabe, interná-la numa clínica adequada, onde receberia atenção. Pedro contou que o bebê tinha sido encaminhado para um orfanato, pois a mulher era mãe solteira e sem familiares dispostos a cuidar de um bebê doente. Sara lamentou o acontecido, despediu-se de Pedro e desligou o celular.

Após se trocar, Sara ligou a tevê no noticiário da noite e assistiu à reportagem sobre o caso do viaduto. Apareceram imagens da mulher acusando o pastor Roberto e depois dele, saindo discretamente do local. Foi a deixa para várias pessoas ligarem para o disque-denúncia, relatando casos que envolviam o pastor Roberto, inclusive denúncias de pais sobre abuso sexual em seus filhos. Um escândalo!

O pastor Roberto declarou que aquelas pessoas estavam possuídas. O demônio queria acabar com a igreja, esvaziando os cofres devido à evasão dos fiéis. Em rede nacional, disse que o IPESPA estava prejudicando a imagem da sua igreja, que a polícia devia investigar as pessoas do instituto, pois eram um bando de feiticeiros, e Sara Salim, uma charlatã. Mas de nada adiantaram as falsas acusações do pastor, que recorreu aos seus superiores, pedindo proteção e alegando que aquilo tudo era mentira.

Diante de tantas evidências e testemunhos de pessoas idôneas, os religiosos da alta cúpula fizeram uma investigação na filial administrada pelo pastor Roberto e descobriram que ele celebrava cultos clandestinos, tomando tudo o que podia dos fiéis e fugindo totalmente da proposta da igreja. Conversaram com seus advogados, que acharam por bem expulsar o pastor Roberto da IMUTED. Logo em seguida, foi decretada a prisão preventiva do pastor, mas ele já havia fugido.

★ ★ ★

Sara revisava seu livro, quando o celular tocou e uma voz misteriosa de homem disse:

— Deus pune severamente aqueles que não têm fé.

Amedrontada e, ao mesmo tempo, indignada, pensou: *Como alguém é capaz de prejudicar os outros, usando o nome de Deus?!* Ela desconfiava, na verdade, de que aquele telefonema só podia ter vindo da mente doentia do pastor Roberto, mas preferiu não julgá-lo; esse não era o seu papel. Logo em seguida o telefone tocou novamente e ela atendeu, achando que devia ser outra ameaça, mas era o professor William Xcaine, um de seus melhores professores de parapsicologia.

Xcaine congratulou a antiga aluna e disse que, com muito orgulho, estava acompanhando o trabalho dela pelo noticiário. Sara ficou feliz pelo fato de o antigo mestre reconhecer o seu talento. Retribuiu os elogios e, curiosa, quis saber a que devia a honra daquele telefonema.

— Estou com uma lista de psicólogos que frequentaram meus cursos — explicou o professor — e que gostariam muito de trabalhar dentro dessa mesma linha. Sara, você tem interesse em entrar em contato com eles para ministrar um curso ou, talvez, para trabalhar com eles de alguma maneira?

Sara agradeceu e informou que realmente estava à procura de profissionais como esses. Pediu então ao professor que enviasse por e-mail os nomes dos psicólogos para ela poder entrar em contato com eles imediatamente. Contou-lhe que estava cheia de projetos, mas sem tempo de levá-los adiante, e aproveitou a oportunidade para convidá-lo a trabalhar em parceria com o instituto, dando cursos e palestras para os profissionais de saúde.

O professor respondeu que, ultimamente, estava empenhado em escrever seus livros, mas teria o maior prazer em ministrar cursos para esses profissionais, pois os beneficiados seriam os pacientes. Pediu que Sara definisse exatamente o que queria e lhe mandasse por e-mail para ele preparar o programa. Sara agradeceu e brincou:

— Se coincidências existissem, esta seria uma enorme...

E ele respondeu o que sempre dizia em suas aulas:

— Não existem coincidências, mas sim "sincronicidade"...

No dia seguinte, Sara chegou logo cedo ao instituto, pois a Clínica de reabilitação informou que as visitas já estavam liberadas e eles iam visitar Bruno na clínica. O instituto estava todo aberto e o jardim, regado. Ela procurou Júlio, mas não o encontrou. Apreensiva, começou a chamar o rapaz:

— Júlio? É você que está aí? Júúúliooooo!...

Todo suado, Júlio entrou pela porta dos fundos, ajeitando a roupa e com uma expressão sem jeito. Sara estranhou e perguntou o que ele estava fazendo. Desconcertado, o rapaz tentou se explicar:

— Eu cheguei cedo, Sara, e... não tinha ninguém aqui... daí ... resolvi cuidar do jardim e... — tentou explicar, constrangido.

Sara logo percebeu o que tinha acontecido.

— Então, Júlio, por favor, vá até o jardim e veja se Marina também não se perdeu por lá... — disse, rindo da situação.

Nesse momento chegaram Lisa e Pedro. Lisa trouxe a notícia de que a parceria com o hospital fora aprovada e que agora era só preencher a papelada e oficializar tudo. A boa-nova deixou Sara radiante.

Então Marina entrou pela porta dos fundos, também desconcertada e tentando se explicar:

— Sabe, Sara, a verdade é que eu cheguei e... estava tudo aberto... fui procurar Júlio no jardim e...

Percebendo que os dois estavam vestidos com as mesmas roupas da noite anterior, Sara deu uma piscadela para Marina e disse que ela não precisava se explicar.

Depois, voltando-se para todos, pediu que os Sensitivos tapassem os olhos, pois queria fazer-lhes uma surpresa antes de seguirem para a clínica. Curiosos, todos taparam os olhos, enquanto Sara os conduzia até a garagem.

— Pronto! Aqui está!

Era um furgão todo equipado! Sistema de tevê digital, com acesso à internet, GPS, equipamento de primeiros socorros e outros apetrechos que transformaram o veículo numa base móvel do IPESPA. Sua cor era verde petróleo e, nas laterais, trazia o logotipo e o nome do IPESPA.

Sara, confiante no seu investimento, aproveitou que todos estavam boquiabertos com a surpresa para explicar que o instituto estava ficando famoso e todos teriam muito trabalho pela frente. Por isso comprara o furgão, usando o dinheiro doado por Bruno. Iam aproveitar a visita à clínica para testar o veículo. Bruno ficaria feliz por ver que o seu dinheiro estava sendo bem aplicado.

Pedro foi dirigindo. Ao seu lado, Júlio de copiloto; parecendo criança, ele ia mexendo em todos os botões que via pela frente. No banco de trás, Marina analisava a papelada que Lisa trouxera do hospital, quando observou que os documentos precisavam ser assinados por Sara e pelo médico responsável pelo IPESPA.

— Sara, mas não temos médico responsável pelo instituto. E agora? — perguntou Marina.

— Não se preocupe, Marina, o que tem de ser, será! Já tenho em mente uma pessoa que vamos convidar para se unir a nós. Se ela aceitar, esse problema está resolvido — disse Sara calmamente.

★ ★ ★

Na clínica, Bruno estava no jardim da frente, conversando com Roger, enquanto aguardava ansiosamente a chegada do grupo. Ao avistar o furgão com o nome IPESPA, começou a acenar para os amigos.

O encontro foi emocionante. Com lágrimas de alegria nos olhos, Bruno abraçou a todos e, apontando o furgão, congratulou Sara pelo bom uso que ela fizera da sua doação ao instituto. Depois apresentou Roger, que cumprimentou timidamente o pessoal e logo pediu licença, dizendo que eles deviam ter muitas coisas para conversar.

Passeando pelos jardins da clínica, Bruno contou aos amigos que estava se recuperando e, em breve, ia se unir a eles. Aproveitando um momento a sós com Sara, contou-lhe sobre o caso de Roger. Seu novo amigo era viciado em drogas e isso afetara seu estado psíquico, causando ataques e crises de pânico.

Contou que, certo dia, Roger chegara drogado em casa, totalmente alucinado. Tinha entrado em seu quarto, trancado a porta e ligado o som no volume máximo. Incomodado com o barulho, o pai batera insistentemente na porta, pedindo que ele a abrisse. Roger estava tão desvairado que não respondera. Mais tarde ouvira gritos do pai e da mãe ecoarem por toda a casa. Tinha saído do quarto e ficado parado, no alto da escada, ouvindo os pais discutirem na cozinha. Por fim Roger entendeu o que estava acontecendo: a mãe tinha pego o pai abusando do filho menor, um menino de apenas 11 anos. Naquele momento, Roger se lembrou da época em que era garoto e como seu pai abusava dele também, motivo que o levara a se drogar.

Apesar de ver tudo embaçado e não compreender direito o que diziam, por efeito das drogas, Roger desceu um lance da escada, de onde dava para ver parte da cozinha, debruçou-se no corrimão e ficou observando a briga. Tinha visto a mãe abrir uma gaveta do armário, pegar uma faca e ameaçar o pai. Em seguida, viu o pai pegar uma vassoura que estava encostada na pia e começar a espancar a mãe. Roger tentou reagir, mas se sentia paralisado. Então acabou caindo da escada e desmaiando. Quando acordou, já estava sendo algemado. No chão da sala, viu a família morta.

A justiça condenou-o pela morte da família. Depois de anos na cadeia, os laudos psiquiátricos comprovaram que ele precisava de tratamento por causa de várias tentativas de suicídio na cadeia. Bruno explicou a Sara que o amigo tinha pesadelos ao se lembrar da cena do crime, mas, quando acordava e se lembrava de que era ele o assassino, tentava se matar. Por isso fora transferido para a ala de psiquiatria da clínica, que mantinha um convênio com o estado.

Bruno disse que Roger parecia uma ótima pessoa e achava injusto ele não ter uma segunda chance na vida. Pediu que Sara ajudasse seu novo amigo, talvez com uma regressão que desvalorizasse a cena do crime para ele parar de tentar o suicídio. Sara ouviu atentamente a história e disse que existia uma maneira de ajudar o rapaz, mas precisaria antes conversar sobre o caso com o dr. Verman; só depois informaria a Roger sobre essa possibilidade.

O horário de visitas acabou e os Sensitivos despediram-se de Bruno, pedindo que ele se juntasse logo ao grupo. Emocionado, Bruno assegurou que, em breve, estaria com eles.

* * *

No outro dia, Sara chegou ao instituto bem cedo e pediu que Vivi chamasse Clara para uma reunião. A sala de espera estava cheia de profissionais e curiosos em busca de mais informações sobre os cursos que seriam ministrados no IPESPA. Sara passou quase toda a manhã entrevistando cada um dos interessados e lhes dando informações. Quando todos foram embora, Clara já aguardava para a reunião.

Sara foi direto ao assunto: disse que o IPESPA estava crescendo e ela sentia necessidade de ter um médico responsável pelo instituto. Gostaria que Clara ocupasse esse cargo. Quem sabe, agora, conseguiriam unir a parapsicologia e a medicina.

Clara, que tinha acompanhado os diversos casos por meio de Lisa, afirmou que o assunto a interessava e já tinha lido muito sobre ele. Queria se especializar em psiquiatria, pois era fascinada pela mente humana, com suas debilidades e capacidades. Afirmou também que teria o maior prazer em trabalhar no instituto, mas se sentia despreparada para o cargo.

Sara falou do seu professor e mentor, que era autor de vários livros sobre neurociência e um profundo conhecedor da paranormalidade. Ele ia ministrar cursos no IPESPA para profissionais da área médica; era uma ótima oportunidade para Clara se preparar para o futuro cargo. As duas saíram da sala e procuraram Vivi a fim de preparar os papéis que formalizariam Clara como médica responsável pelo instituto.

★ ★ ★

FLÁVIO: A ideia era tornar o IPESPA um centro de especialização para profissionais da área de parapsicologia?

SARA: Na verdade, nada foi planejado. As coisas foram acontecendo e, como não costumo "remar contra a maré", me adaptei a elas. Tanto o meu professor quanto eu ficamos empolgados com o fato de tantos profissionais da área de saúde estarem aplicando as técnicas de parapsicologia em seus pacientes. Já era tempo de unirmos a religião, a medicina e a parapsicologia! Então as coisas começaram a se encaixar. Nada devia ser motivo de brigas, disputas ou concorrência. Eram pessoas ajudando pessoas.

Todos unidos, cada um utilizando a sua especialidade, com um único objetivo: evoluir. Acredito que demos o primeiro passo em direção ao que Deus espera de nós.

FLÁVIO: Deus? E aqueles que não acreditam nele? Como ficam os céticos e os ateus?

SARA: Todos acreditam em Deus, meu caro Flávio. Só que não sabem disso. Note que os considerados ateus dizem: "Eu não acredito em Deus. Tudo começou com uma explosão, um acidente universal..." Veja que eles afirmam acreditar em "algo". Inconscientemente, sabem que nada começou sozinho. Se preferirem chamar Deus de "acidente universal" ou achar que alguém iniciou a tal "explosão", é uma questão pessoal deles. O que importa é que eles também sabem que existe algo maior... um propósito para tudo. E o nome que eu dou a esse "propósito" é Deus, Grande Pai, Grande Alma...

FLÁVIO: Você diz que todos precisam de um "suporte espiritual" e agora me diz que chama essa, digamos, "força maior" de Deus, Grande Pai e Grande Alma. Pergunto qual o seu suporte espiritual? Revele-nos qual é a sua verdadeira religião. O que você e sua família frequentam, onde oram...

SARA: Eu sabia que você ia tocar nesse assunto! Você acredita que até hoje algumas pessoas pensam que eu sou espírita? Bom, na verdade...

FLÁVIO: Por favor, Sara, não responda agora...

Com desenvoltura, o entrevistador interrompeu Sara e olhou para a câmera.

FLÁVIO: Não percam o próximo bloco, quando Sara Salim revelará, pela primeira vez, qual a sua verdadeira religião. Voltamos em dois minutos.

Terceira Parte

Destinos

Por mais que se possa prever o destino das pessoas, o futuro se modifica sempre que é observado, abrindo assim um mundo de possibilidades.

Nem tudo são rosas

Uma rosa vermelha pode ser de qualquer cor, menos vermelha.

FLÁVIO: Voltamos a falar com Sara Salim, nossa convidada de hoje, que está nos contando como ela e os sensitivos do IPESPA capturaram o *serial killer* que aterrorizou o Brasil. No bloco anterior, Sara ia nos revelar qual é sua verdadeira religião, seu "suporte espiritual".

SARA: (*num tom bem-humorado*): Ah... Flávio, é com esse tipo de suspense que você me prende na frente da tevê até às 2 da madrugada...

Sara e a plateia riem. E ela continua.

SARA: A minha religião não é nenhum segredo. Sou de família católica, fui batizada e crismada, mas alguns parentes tinham, digamos, um "pé" no espiritismo. Os meus filhos e o meu marido frequentam a missa todos os domingos. Eu não tenho pudor algum em dizer que não frequento. Não acredito mais em rituais... apesar de admirar aqueles que acreditam, que se sentem bem indo a cultos, sessões, missas, seja lá o que for. Esta vida passa muito rápido e cada um deve ouvir a voz do coração, seguir o que a sua alma deseja. Algumas pessoas dizem: "Sinto que, quando vou à missa e comungo, volto revigorado!"... Ótimo! Continue indo. Outras dizem: "Me sinto melhor depois de tomar um passe do pai de santo!"... Maravilha! Continue indo. Enfim, Flávio, depois de longos anos de estudo, posso dizer que conheço muitas crenças, rituais e religiões, e que respeito quem as frequenta. Mas, por causa de tudo que já li, aprendi e pesquisei, deixei de acreditar em "templos" feitos de tijolo e cimento. Hoje acredito que a alma de uma pessoa é o templo mais sagrado que existe, pois não foi construída pelos homens na Terra, e sim pela Grande Alma, por Deus. As palavras de Jesus que mais admiro são:

"Rache uma madeira e eu estarei lá. Levante uma pedra e me encontrará."

★ ★ ★

Aquele dia nasceu mais ensolarado. Os pássaros cantavam mais alto e as flores estavam mais lindas do que nunca. Pelo menos para Sara! Ela mal conseguia se concentrar, só pensava naquela noite. A noite de autógrafos do seu livro, que aconteceria numa grande livraria num shopping de São Paulo.

Ao chegar ao IPESPA, viu em sua mesa um enorme buquê de rosas vermelhas. Encantada, descobriu que fora enviado pelo professor William Xcaine. Eles vinham trocando e-mails e telefonemas a fim de elaborar os cursos que seriam ministrados aos profissionais da área de saúde.

O buquê fez Sara se lembrar de uma das palestras do professor sobre as cores e como as enxergamos. As rosas vermelhas, por exemplo, podiam ser de qualquer cor, menos vermelhas! É isso mesmo! A ciência médica tem mostrado que as diferentes cores têm diferentes efeitos sobre o nosso sistema nervoso e agem independentemente da nossa mente e dos nossos olhos. A rosa vermelha absorve todas as cores, exceto a vermelha; a flor reflete as ondas de luz e nós formamos a imagem: "a rosa é vermelha". Assim também acontece com a mistura perfeita das sete cores nos raios luminosos do Sol, que produz a luz branca. Se os raios passassem antes por um prisma de vidro, veríamos as sete cores separadas.

O alarme do laptop de Sara tocou, interrompendo suas lembranças. Sinalizava a chegada de um novo e-mail. Inacreditável a sincronicidade! Era o professor Xcaine com o calendário e o cronograma completo dos cursos que ministraria no IPESPA. Começariam no próximo mês.

Sara estava feliz quando Vivi entrou na sala, dizendo que a parceria entre o IPESPA e o Hospital San Marco já estava oficializada e ela podia contar com uma sala só sua no hospital. Ficou mais radiante ainda. Era o Universo, ela sabia... o Universo trazendo-lhe somente boas notícias e contribuindo para que sua felicidade se estendesse por todo o dia! Bom... pelo menos era essa a impressão dela naquele momento, mas sabia que nem tudo são flores... "nem tudo são rosas". Ah, mas aquela manhã estava mesmo especial!

★ ★ ★

Na clínica de reabilitação, Bruno não apareceu para a terapia de grupo daquela manhã. O terapeuta pediu que um dos enfermeiros fosse chamá-lo. Para infelicidade de Bruno, quem entrou em seu quarto foi o enfermeiro Tomé, que não aceitava qualquer tipo de agrado. Havia um boato de que, certa vez, um paciente tentara subornar o enfermeiro e ele comunicara o fato à diretoria.

Tomé flagrou Bruno teclando num laptop. Confiscou a máquina e garantiu que ia entregá-la à diretoria. Bruno tentou sensibilizá-lo, dizendo que aquela era a sua única distração, o seu único meio de falar com os amigos e matar as saudades. Mas Tomé não se abalou com a encenação. Bruno se lembrou de uma conversa que ouvira entre Tomé e outro enfermeiro. Falavam de *hobbies*, e o de Tomé era colecionar relógios.

O enfermeiro já estava saindo do quarto para denunciar Bruno, quando este o chamou:

— Antes de ir, dê só uma olhadinha nesta gracinha aqui — disse Bruno, estendendo o braço e mostrando o relógio de ouro que acabara de colocar no pulso.

— Nossa! Deve valer uma nota! Você não devia ficar desfilando com isso aqui na clínica — orientou o enfermeiro.

— Tem razão — disse Bruno, tirando o relógio do pulso. — Acho que ele fica melhor em você.

Tomé não resistiu. Pegou o relógio que Bruno lhe estendia e colocou-o no pulso.

— Ah, esquece também essa história de laptop, cara! — completou Bruno. — Leve este pra você e finja que não viu nada, ok?

Guardando o relógio no bolso, o enfermeiro saiu com ar de satisfação, mas antes sinalizou para Bruno que não ia denunciá-lo. Com um sorriso no rosto, Bruno ficou cantarolando pelo quarto, "água mole em pedra dura tanto bate até que fura". Todo mundo se vende, pensava ele, bastava oferecer a coisa certa! Se tinha conseguido subornar o Tomé, seria fácil conseguir outro laptop.

★ ★ ★

Empolgada, Sara ligou para o dr. Verman e pediu a opinião dele sobre o primeiro caso que resolveriam depois da oficialização da parceria. Contou-lhe a história de Roger, amigo de Bruno. Ela tinha conhecido Roger pessoalmente e ele lhe parecera uma pessoa equilibrada; no entanto, vinha sofrendo de pesadelos relacionados com a morte da família. Esses pesadelos fizeram com que ele tentasse várias vezes o suicídio, por isso tinha de ser vigiado o tempo todo.

O dr. Verman perguntou a Sara o que ela tinha em mente a respeito do caso. O argumento dela foi que todos mereciam uma segunda chance, portanto pensava num tratamento com choques elétricos no cérebro para apagar a memória do rapaz, a fim de que ele começasse uma nova vida sem lembranças traumáticas.

O médico contestou, dizendo que, além de aquele tratamento não ser aprovado no Brasil, sujeitar um paciente à perda de toda a sua história, apagando todas as suas lembranças boas para assim também esquecer que assassinara sua família, não era moralmente aceitável. Sara comentou então sobre uma droga chamada U0126, com a qual alguns cientistas tinham conseguido eliminar uma memória específica do cérebro, deixando todo o resto intacto. O dr. Verman foi novamente contra, uma vez que a medicação ainda estava sendo estudada e não era um procedimento seguro. Sara pediu que o médico reconsiderasse, pois afinal era um pedido de Bruno, e ela, de certo modo, sentia-se em dívida com o *playboy* por conta da generosa doação que ele fizera ao instituto. Mas o médico permaneceu inflexível.

Ela sugeriu então que fizessem com Roger uma psicoterapia que atuava em conjunto com a aplicação da droga Propanolol. Essa droga, que já estava sendo usada por psiquiatras nos Estados Unidos, amenizava a memória de pacientes com stress pós-traumático. A técnica permitia que os psiquiatras interrompessem o circuito bioquímico que recuperava a memória; desse modo, em vez do uso da psicoterapia convencional, com essa técnica Roger poderia ser levado a uma regressão de idade e então vivenciar novamente o dia do assassinato da família. Nesse momento, o médico lhe aplicaria uma alta dose da droga, que poderia apagar definitivamente a cena da memória ou, na pior das hipóteses, desvalorizar o acontecimento, de modo que não o prejudicasse mais.

A princípio, o dr. Verman discordou de Sara, pois acreditava que o procedimento seria moralmente errado: se o rapaz cometera a chacina, deveria pagar por isso. Sara decepcionou-se com a frieza do dr. Verman, mas insistiu, afirmando que todos têm direito a uma segunda chance. Ele prometeu que, por se tratar de um pedido dela, conversaria com a diretoria do hospital sobre o caso e depois lhe daria uma resposta. Sara despediu-se do médico, que confirmou sua presença na noite de autógrafos.

Ela desligou o telefone e voltou às suas pesquisas. Tinha se decepcionado um pouco com a reação do dr. Verman ao caso de Roger, mas, como "nem tudo são rosas", isso não foi motivo para estragar o seu dia. Sobretudo sua noite. Sua noite de autógrafos! Sabia que não era a sua essência que estava tão feliz, era o seu ego. Mas permitiu que, dessa vez, ele ficasse em evidência. Jogou a "culpa" nele. Afinal, nesse dia, ele merecia uma massagem.

★ ★ ★

Júlio tirava um cochilo no banco do jardim do IPESPA. O suor escorria por todo o seu corpo. Era visível que estava tendo outro pesadelo assustador.

Na sala de jantar estão o pai, a mãe e uma criança, sentados diante de seus pratos. Todos continuam com os talheres nas mãos, como se continuassem jantando, porém os corpos dos pais estão decapitados. A criança chora desesperadamente. Uma chuva forte cai, com muitos raios e trovões. Os policiais e uma ambulância estão do lado de fora da casa. Os Sensitivos chegam, mas já é tarde.

Júlio acordou ofegante. Não sabia se estava impressionado com os crimes já ocorridos, se tinha sido só um pesadelo ou se tivera a premonição de um próximo crime. Invadiu a sala de Sara e contou o que acabara de acontecer. No sonho todos os Sensitivos chegaram ao local, exceto Marina.

Preocupada, Sara sugeriu que fizessem uma regressão para descobrir mais detalhes sobre a cena do crime e assim identificar se ele tivera um sonho comum ou outra premonição.

Sara iniciou a regressão pedindo que Júlio se concentrasse no sonho. Já em transe, ele começou a relatar tudo, desde a hora que chegara ao IPESPA naquele dia. Contou que molhava o jardim quando Marina chegou, abraçando-o por trás e beijando seu pescoço... Enquanto descrevia a cena real, Júlio começou a ter uma ereção e, desconcertada, Sara pediu-lhe que descrevesse o que tinha acontecido depois que ele havia se deitado no banco e dormido. Enfim Júlio começou a falar do sonho e do crime, descrevendo primeiro a cena em que as vítimas estavam se preparando para jantar, depois a rua da casa sendo interditada e finalmente os corpos sendo retirados.

Sara pediu para ele descrever detalhadamente a sala, mas se concentrando em algum relógio ou calendário que identificasse a data e a hora do ocorrido. Em transe, Júlio visualizou toda a cena na casa da família morta.

— Na estante da casa não estou vendo nada com hora e dia... mas, espera, a tevê está ligada... o locutor está dizendo que, depois da novela, vai passar ao vivo o carnaval de São Paulo... Que estranho... agora não tem mais ninguém sentado em volta da mesa, mas estou ouvindo gritos no andar de cima.

— Suba as escadas, Júlio, e veja o que está acontecendo lá em cima — comandou Sara.

— Todos nós estamos num dos quartos, menos a Marina... Nossa, acho que a gente pegou ele! Pedro está segurando o assassino!

— Olhe para o rosto do *serial killer* e me diga quem é ele — implorou Sara.

— Está todo mundo gritando... "Meu Deus!" A Marina está sangrando, caída no chão! Acho que está morta... Não... não pode ser... — disse Júlio, desesperado ao prever a morte da namorada.

— Concentre-se, Júlio. Volte para um minuto antes e veja quem matou Marina.

— Foi ele... ele está de costas... mas está tudo muito confuso. Você está gritando: "É o Vitor, prendam ele..."

Sara tirou Júlio do transe. Inconformada pela possibilidade de Vitor ser o assassino, perguntou a Júlio se ele tinha certeza de que ela gritara para prenderem Vitor. Júlio afirmou que sim e contou que já tinha sonhado diversas vezes com os Sensitivos naquele quarto. Também diversas vezes com Marina morta.

— Mas por que você nunca me contou sobre isso, Júlio?

— Ai, Sara, eu achei tudo tão absurdo. Achei que só era pesadelo. Principalmente, porque eu via tudo muito embaçado e confuso.

— Não é pesadelo, não. Pelo que você descreveu, as coisas vão acontecer no carnaval. Falta apenas um mês.

— Mas é tudo muito confuso. Não consigo descrever o que estou vendo; as coisas tão muito embaralhadas — disse, nervoso. — Não consigo explicar nem quando estou em transe.

— Fique calmo, Júlio. Descanse. Agora preciso ir me arrumar para a noite de autógrafos. Mas, a partir de amanhã, vamos usar outras técnicas que ajudarão você a esclarecer toda essa confusão mental. O importante é descobrirmos tudo para evitar esse crime.

— Claro. Faço tudo que puder pra ajudar... Meu Deus! A Marina... no sonho, ela morre.

— Júlio, não comente com ninguém sobre a Marina nem sobre essa premonição. De algum jeito, nós vamos conseguir evitar isso.

Júlio retornou ao seu trabalho no jardim. Ao passar por Marina, lembrou-se dela estirada no chão e ensaguentada. Engoliu em seco e deu um sorriso amarelo para a sua amada.

— O que houve, Júlio? — perguntou ela.

— Nada não, Marina, só um pouco de dor de cabeça, mas vou cuidar do meu jardim que logo passa. — Saiu então de perto. Não podia contar nada e se ficasse ali, acabaria contando.

Marina tentava insistentemente encontrar o programa que queria, mas todos que baixara estavam ultrapassados e não serviam para rastrear o IP de Vitor.

Sara foi embora mais cedo, por conta da "grande noite". Perturbou-a o fato de saber que o *serial killer*, depois de uma trégua, voltaria a atacar, mas ela deixou o assunto para resolver no dia seguinte. Nesse momento, nem o *serial* seria capaz de acabar com a sua felicidade.

★ ★ ★

A sala de eventos da livraria estava toda florida. E a decoração sobre a mesa em que Sara Salim autografava seu livro, *Nem Tudo o que não é Explicado é Inexplicável*, era própria para a ocasião: sóbria e muito bonita, com flores exóticas e uma belíssima coleção de cristais.

Sara estava feliz com a festa de lançamento que o seu editor organizara. Ela gostava muito dele e era grata pelo apoio que dava à Nova Ciência. Seu livro não poderia ser publicado por outra editora, senão aquela! Ambos achavam que isso já havia sido determinado lá em cima... "na caixinha de Pandora".

Além de um público numeroso, que desfrutava do delicioso coquetel, o local estava repleto de repórteres de várias emissoras de rádio e TV, jornalistas de inúmeras revistas e jornais. Os representantes de toda a mídia estavam presentes não só pelo lançamento do livro, mas também pelos casos que Sara resolvera junto com os Sensitivos do IPESPA. Ela ganhava ares de celebridade.

A fila de autógrafos já estava no fim, quando Sara reconheceu a voz de um homem:

— Por favor, me conceda a honra de ter o seu autógrafo num dos melhores livros que já li em minha vida...

Sara levantou a cabeça e viu seu querido mestre e professor William Xcaine. Levantou-se para abraçá-lo. Atrás dele estavam outros professores de parapsicologia. Sara chamou Menezes para apresentá-los.

Não faltaram elogios para o trabalho de Sara. Ela tinha sido muito corajosa e audaciosa ao descrever alguns fatos que representavam uma crítica direta aos políticos e desmistificavam doutrinas religiosas.

O dr. Verman chamou Sara num canto e lhe disse o quanto ela estava elegante. Realmente Sara estava especialmente linda aquela noite, mas foram algumas taças de champanhe que encorajaram o médico a fazer tal elogio. Contou-lhe que, com muitos argumentos, tinha conseguido a aprovação para o caso de Roger, e que, no dia seguinte, ele seria transferido para o Hospital San Marco, para que o procedimento sugerido por Sara fosse realizado.

— Dr. Verman, não sabe o quanto eu estou feliz com essa notícia — disse Sara, eufórica.

O médico, hipnotizado com a voz sedutora de Sara, amoleceu.

— Ah, Sara. Me chame só de Verman, por favor. Somos amigos, não somos?

— Claro, Verman — disse Sara, que há tempos percebera que o médico estava começando a confundir as coisas.

Em dado momento, Sara começou a fazer uma breve exposição às pessoas presentes sobre o assunto central do livro, quando um dos repórteres interrompeu-a em tom sarcástico:

— Dra. Sara, estes cristais sobre a sua mesa... a senhora conversa com cristais? Por acaso, seriam eles "computadores quânticos da Atlântida" ou remanescentes do planeta Kripton?

— O local foi decorado pela editora. E *nem tudo o que não é explicado é inexplicável*... — respondeu ela, também em tom sarcástico, mas deixando um mistério no ar. Ela tivera medo da "grande noite", sobretudo dos repórteres, mas o seu editor contratara uma boa assessoria de imprensa, que a orientara a dizer somente o que sentisse vontade; e assim ela se sentia: à vontade.

O mesmo repórter perguntou:

— Dra. Sara, no seu livro, a senhora esclarece quem são os seus informantes? São espíritos, mestres ascensionados, extraterrestres? Ou a senhora é uma espécie de profetisa?

— Bom, querido, em primeiro lugar quero esclarecer, mais uma vez, que não sou médica nem fiz doutorado, por isso você pode me chamar de dona Sara, não de doutora Sara. Em segundo lugar, infelizmente, para conhecer o conteúdo do livro você terá de desembolsar R$ 39,90 — concluiu ironicamente.

Os convidados riram, deixando o repórter constrangido. Sara continuou com sua apresentação:

— Agradeço mais uma vez por estarem aqui. Quero dizer que o meu trabalho não seria possível sem a ajuda de todo o grupo do IPESPA. Por favor, uma salva de palmas para os meus amigos, ali no fundo.

Envergonhados e sem saber o que fazer, os Sensitivos se levantaram e receberam os aplausos.

— Quero agradecer também ao editor e toda a sua equipe. E não posso deixar de dizer que, se hoje estou aqui, autografando este livro, foi graças a Deus e aos meus tesouros: Ed, Beto e Dudu, que foram meus principais "motivos" para lutar contra a doença e conseguir a cura completa.

Outro jornalista perguntou:

— Mas que doença foi essa? Fale-nos um pouco sobre isso.

— Contei no meu livro tudo sobre a doença e como consegui a cura — Sara sorriu e apontou para o balcão onde os livros estavam à venda.

E, virando-se para todos, continuou:

— Infelizmente os meus tesouros não estão aqui hoje, mas quem me presenteou com eles está bem ali e faço questão de cumprimentá-lo pessoalmente.

Sara desceu do pequeno palco, pegou uma rosa vermelha que estava num vaso e dirigiu-se a Menezes. Depois de partir o caule da flor, colocou-a no bolso da camisa dele e lhe deu um romântico beijo. Todos aplaudiram.

Na clínica de reabilitação, Bruno enviava um e-mail do seu novo laptop. O primeiro tinha lhe custado mais barato. Quem trouxera fora um rapaz da recepção que vendia "importados" nas horas vagas e não resistira à oferta de Bruno. Depois que Tomé tinha levado a sua máquina, Bruno subornara outro enfermeiro que vivia reclamando do salário ganho na clínica. Tinha quatro filhos e, para pôr comida na mesa, precisava fazer hora extra. Bruno pedira-lhe para conseguir um novo laptop.

Numa clínica como aquela, tais coisas não deveriam acontecer, mas Bruno tinha oferecido ao enfermeiro um valor quatro vezes maior que o normal. Diante da crise financeira que atravessava, ele não resistira. Comprara o computador e levara-o escondido para Bruno, que imediatamente fizera uma transferência on line para a conta do enfermeiro.

Bruno já estava entediado com tudo aquilo: as regras e a falta de todas as diversões e regalias de que sempre desfrutara. Pensou que, depois de anos fazendo loucuras, quando finalmente tinha encontrado seu grupo e começaria a ajudar as pessoas, havia pisado na bola novamente. E agora, lá estava ele, preso naquela clínica, tendo como única distração o computador. Acompanhava pela internet as notícias e, em especial, o crescimento do IPESPA e cada caso que o grupo resolvia.

Navegando, entrou num site de relacionamentos e abriu um arquivo de fotos. Relembrou então fatos da sua vida, as coisas boas e ruins que fizera. Em alguns momentos teve vontade de rir; porém, na maioria deles, chorou. Era meio contraditório, um sujeito que tinha tudo na vida — dinheiro, bens, mulheres — levar uma vida tão infeliz. Atordoado, com esses pensamentos na cabeça, adormeceu.

Sonhou com a fazenda Pontalti. Mas, no sonho, a fazenda se transformou numa floresta escura e ali ele viu novamente as crianças em volta da fogueira. Dessa vez estavam ainda mais assustadoras. Suas roupas tinham manchas de sangue e todas olhavam para Bruno, com exceção de um menininho tímido, que não cantava o mantra aterrorizante. Bruno tomou fôlego, aproximou-se do menino e tocou seu ombro. Ao sentir o toque, o menino saiu em disparada. Bruno o seguiu, mas de repente a floresta transformou-se na lavoura da fazenda, onde Bruno ficou frente a frente com o menino, que estava chorando, só de cuecas. Bruno então soltou um forte grito e acabou acordando, perturbado por esse sonho estranho. Os objetos do quarto estavam voando e a cama levitando.

— O que está acontecendo? — perguntou o enfermeiro chamado por outro, que monitorava o corredor onde ficava o quarto de Bruno.

— É o Pontalti com uma das suas crises.

Quando entraram no quarto, os objetos e o móvel já estavam no chão. Bruno foi sedado. Na tela do laptop, os dizeres: "Mensagem enviada".

★ ★ ★

Na manhã seguinte, o dr. Flávio estava em sua sala, na ala de ortopedia do Hospital San Marco, preparando os seus relatórios. As últimas semanas tinham sido extremamente estressantes para ele. Toda aquela disputa com Sara Salim... será que era mesmo necessária? Começava a achar que estava dando mais importância ao seu ego do que aos pacientes do hospital. Quem sabe ele — um renomado médico, com tantos prêmios ganhos, inclusive no exterior — não deveria ouvir um pouco mais os outros? Quem sabe ainda dava tempo de aprender alguma coisa nova?

O médico resolveu fazer uma pausa em seus estudos e verificar os e-mails. Dentre os vários que acabava de receber, um lhe chamou particularmente a atenção.

Assunto:
"Falsos médicos, verdadeiros charlatões".

Era realmente muita coincidência receber aquele e-mail. Justamente, quando estava disposto a escutar os outros... Os outros, sim! Mas não Sara.

O e-mail falava basicamente de pessoas que se aproveitam de outras emocionalmente fragilizadas por uma doença e tiram proveito delas, tanto do ponto de vista financeiro como visando à própria promoção pessoal. Enquanto lia o e-mail, na cabeça do médico só vinha a imagem desagradável de Sara.

— Meu Deus, devo ter tido uma crise de imbecilidade. Acreditar nessa mulher? Onde já se viu! O Verman, ela pode ter levado no bico... mas eu, não!

Inconformado com a sua fraqueza emocional, o dr. Flávio resolveu dar uma volta pelo hospital para esfriar a cabeça. Ao sair de seu gabinete, encontrou justamente Sara aconselhando um dos pacientes.

— A senhora, por favor, retire-se da minha ala! — esbravejou ele.

— Em primeiro lugar, a ala não é sua. É uma ala do hospital! Em segundo lugar, estou oficialmente autorizada a visitar todos os pacientes de todas as alas deste hospital — retrucou Sara, com a autoridade que lhe era natural e, agora, de direito.

O médico então apelou para todos os argumentos possíveis contra Sara, parecendo estar totalmente descontrolado e demonstrando um ódio feroz contra a parapsicóloga. Ela, ao perceber o total descontrole dele, deixou-o falando sozinho, mas, ao sair, passou sua última mensagem, num tom de provocação:

— Uma vez um sábio filósofo disse: "Ignore o ignorante".

— Charlatã! É isso o que você é! Uma charlatã! — continuou gritando o médico.

Os pacientes da ala, com ar de reprovação, olharam pasmados para o renomado médico, que acabava de fazer um verdadeiro escândalo. Percebendo a situação, o dr. Flávio voltou furioso para sua sala, batendo a porta com força.

— Isso não vai ficar assim! — resmungava ele ao chamar a sua secretária. — Juliana, ligue para o meu advogado!

★ ★ ★

O dr. Verman e Sara se organizavam para o procedimento com Roger, que fora levado para o Hospital San Marco logo pela manhã. O médico preparou a dose de Propanolol, que seria aplicada no momento em que Sara chegasse ao ponto certo da regressão. O procedimento visava fazer com que o paciente "esquecesse" ou "desvalorizasse" a cena traumática que vivera, e assim parasse de tentar o suicídio.

Quando Sara entrou na sala de procedimentos, Roger já estava deitado na maca, com alguns eletrodos ligados à cabeça. O seu cérebro era monitorado. Diminuindo a luz do local, ela começou a falar com uma voz terna:

— Feche os olhos, Roger — e colocou a mão na testa do rapaz. — Quero que você relaxe agora. Você está calmo e tranquilo, só ouve a minha voz, mas ela não o incomoda. Respire profundamente e, quando expirar, solte o ar junto com todos os seus problemas.

Sara fez uma pausa, enquanto Roger continuava com o exercício respiratório. Depois continuou:

— Vou fazer uma contagem regressiva de 5 a 1. Quando terminar, você entrará num sono profundo e tranquilo. Cinco, você está cada vez mais relaxado... Quatro, imagine um lugar bem tranquilo... Três, relaxe, cada vez mais, relaxe... Dois, o seu corpo está entregue, abandonado... Um, ótimo! Você está totalmente relaxado... Pode me ouvir, Roger?

— Sim... — respondeu o rapaz, visivelmente em transe.

Sara deu início à regressão, perguntando onde Roger estava naquele momento; ele respondeu que estava no Hospital San Marco. A pergunta seguinte foi por que ele estava preso; ele respondeu que tinha sido condenado à prisão por matar sua família e, por causa de um forte sentimento de culpa, tentara diversas vezes se suicidar; por isso, tinha sido transferido para a clínica a fim de cumprir o resto da pena sob supervisão psiquiátrica.

— E você realmente matou seus pais, Roger?

— Acho que sim... — respondeu ele, mas sem confiar em suas palavras.

Enquanto Sara fazia a regressão em Roger, o dr. Verman, pasmo, assistia a tudo, monitorando as funções vitais do rapaz pelos aparelhos. Do mezanino, alguns médicos também observavam o procedimento. Nenhum deles ouvira falar da técnica que Sara estava utilizando e foi com esse argumento que o dr. Verman convenceu a diretoria do hospital, afirmando que seria um grande aprendizado para todos.

— Agora quero que você volte no tempo, Roger. Quero que volte exatamente ao dia em que seus pais foram assassinados e me conte o que está acontecendo — comandou Sara.

Roger começou a se mexer na maca; sua pulsação e batimentos cardíacos aumentaram um pouco enquanto ele relatava:

— Eu estou doidão... Acabei de chegar em casa, a balada foi forte... O chato do meu pai está batendo na porta, mas vou aumentar o som, não estou a fim de sermão... Nossa! Que larica que estou! Vou chamar o mano pra comer alguma coisa. Abri a porta do quarto dele, mas nosso pai está acariciando o coitado. Vai fazer com ele o mesmo que fazia comigo!... Não, por favor, não!

— Roger, vá exatamente ao momento do crime — comandou Sara. — Vamos! Veja como você os matou.

— Não, eu não matei eles... Estou ouvindo uma discussão... Estou muito doido, mas vou descer as escadas. Meus pais tão brigando e começam a se agredir. Minha mãe viu ele mexendo com meu irmão...

A pulsação e os batimentos cardíacos de Roger subiram repentinamente.

— Temos de parar o procedimento, Sara. Ele pode não aguentar! — avisou o dr. Verman.

— Calma, Verman, estamos quase lá! — pediu Sara.

E Roger continuou a descrever o ocorrido.

— Meu pai pegou alguma coisa e está batendo na minha mãe. Estou tentando descer pra ajudá-la, mas estou travado na escada. Minhas pernas estão moles. Espere, o Leandro vem vindo.

— Quem é Leandro? — quis saber Sara.

— É meu irmão de 11 anos, mas ele está com a arma do meu pai, acho que ele vai fazer besteira. Não... para, não faz isso... Ele atirou!! Não... não!!!! Acertou a mamãe. Meu pai está indo pra cima dele. Atirou no papai também. Agora está olhando pra mim. Consigo ver que a calça dele está manchada, acho que é sangue. Tento falar com ele, mas minha voz não sai. Ele está colocando a arma na boca, atirou... Socorro!! Ajudem!!

— E você? O que fez, Roger? — perguntou Sara.

— Tentei ajudá-lo, mas caí do degrau da escada sobre o corpo do meu irmão... só consegui tirar a arma da mão dele, e desmaiei... — respondeu Roger, num estado muito alterado.

— Sara, pelo amor de Deus! — implorou o dr. Verman, desesperado, ao ver que os batimentos cardíacos de Roger ultrapassavam 160 por minuto.

— Mais um pouco, Verman — pediu ela e prosseguiu com o rapaz. — Roger, você está desmaiado, mas pode ouvir tudo ao seu redor. Conte-me o que acontece enquanto você está desmaiado.

— A vizinha chega com a polícia e logo vai dizendo que estava na cara que eu ia acabar matando alguém... que eu sou um drogado imprestável e... — Roger começou a se desesperar e se debater na maca. — A arma está na minha mão, a polícia está me prendendo. Não fui eu! Não fui eu!

— Parada Cardíaca! Desfibrilador! Desfibrilador! — gritou o dr. Verman.

Enquanto os médicos da equipe preparavam o aparelho, o dr. Verman pegou o Propanolol, "o apagador de memórias", conforme tinham combinado, e pediu que Sara se afastasse. Ela estava visivelmente confusa. Olhou para o dr. Verman, mas quem viu foi Vitor, que lhe dizia: "Ele está dizendo a verdade, Sara. Foi o irmão que matou."

Sara empurrou o dr. Verman, que ia começar a aplicar a droga, e interrompeu o procedimento.

— O que houve, Sara?

— Não podemos fazer isso! Ele é inocente e precisa se lembrar de tudo para poder se defender.

— Estamos perdendo o paciente — disse o médico, já colocando o respirador em Roger e começando com os choques.

— 1, 2, 3, respire! — disse o dr. Verman, mandando que um dos médicos acionasse o desfibrilador. — Afaste-se!

O choque fez Roger dar um pulo na maca, mas o coração não voltou a bater. Desesperado, o dr. Verman começou a fazer uma massagem cardíaca manual e, quando estava para desistir, ouviu o bipe do monitor indicar que os batimentos cardíacos de Roger estavam voltando ao normal.

— Graças a Deus... — respirou aliviado o dr. Verman.

Aos poucos, Roger foi recobrando a consciência e ainda sonolento levou as mãos até o respirador para falar.

— Sara... Sou inocente... Tenho certeza e não tenho mais medo de nada.

— Descanse agora, Roger. Eu também tenho certeza da sua inocência! — disse ela, feliz.

Roger foi levado de volta para a clínica e Sara ligou para Menezes, relatando o caso e pedindo que ele tomasse providências em relação ao processo do rapaz.

Depois ela procurou Clara no hospital e contou-lhe sobre as alucinações que estava tendo. Disse que estava vendo Vitor em vários lugares, no rosto de outras pessoas e em sonhos, e isso a estava perturbando. Não sabia mais se o que via era real ou imaginário. Clara lhe receitou um remédio e explicou que tudo era fruto do stress e do fato de ela não aceitar que Vitor fosse o assassino; ela estava vivendo um conflito interior entre a razão e a emoção. Clara recomendou que ela ficasse em casa durante uns dois dias para descansar. O repouso e o remédio ajudariam.

Menezes e Sara tiraram dois dias de folga. Ela precisava descansar e, dessa vez, eram ordens médicas. Foi bom, pois o casal estava precisando de um tempo juntos.

Menezes assistia na tevê as eliminatórias de patinação artística no gelo da Olimpíada de Inverno. Chamou Sara, que estava na cozinha preparando o almoço, e mostrou-lhe na tela uma menina vinda da favela que estava na seletiva.

Naquele momento, Lidiane Maria da Cruz, de 16 anos, executava um programa de patinação artística em que daria um salto dificílimo, o *triple axel*, com três voltas e meia no ar. Durante a execução, o locutor informava que a menina tinha treinado exaustivamente aquele salto; apesar de ser muito difícil, Lidiane se considerava preparada.

Sara e Menezes olhavam encantados para a tevê, admirando os belos movimentos da patinadora. E a plateia aplaudia a apresentação, que, além de excepcional, era executada por uma jovem não só de origem humilde, mas também nascida num país sem nenhuma tradição em patinação no gelo. Infelizmente, quando tocou no chão depois do *triple axel,* Lidiane não conseguiu manter o equilíbrio e torceu o tornozelo. Ela foi socorrida imediatamente e saiu chorando, com fortes dores. O locutor lamentava, decepcionado, pois Lidiane era uma raridade: a primeira atleta brasileira que trazia esperanças de um ouro olímpico em patinação artística no gelo.

A plateia ficou não só profundamente preocupada, mas também decepcionada; e a técnica da atleta entrou em desespero. Pouco tempo depois, um dos repórteres que cobriam o evento chamou o locutor e avisou que, segundo os médicos do Comitê Olímpico Brasileiro, Lidiane sofrera uma grave lesão no tornozelo e provavelmente teria de passar por uma cirurgia. Avisou ainda que, sem dúvida, ela estaria fora dos Jogos Olímpicos de Inverno, que começariam em fevereiro, em Budapeste. Ao narrar os acontecimentos, o locutor lamentou-se de novo, dizendo que somente um milagre poderia ajudar Lidiane.

— Esperem! — disse o locutor. — Acabo de receber a informação de que Lidiane está sendo levada para o Hospital San Marco.

Menezes desligou a tevê, olhou para Sara e disse:

— Nossa folguinha acabou, amor, acho que estão precisando de você...

Sara pegou suas coisas e pediu a Menezes que tomasse conta das crianças, pois provavelmente ia voltar tarde.

* * *

No hospital, Lisa informou a Sara que Lidiane tinha acabado de entrar na sala de cirurgia. O dr. Verman explicou-lhe que a menina havia sofrido um desligamento num dos tendões; a cirurgia seria muito delicada e a recuperação, possivelmente demorada. Na opinião do médico, a patinadora não poderia competir na Olimpíada.

— E quem está operando a menina, Verman? — perguntou Sara, ansiosa para entrar na sala de cirurgia e ajudar.

— É o dr. Flávio, Sara — respondeu ele, chateado, pois Flávio aceitaria tudo, menos a ajuda de Sara.

Sara levou então a mão à testa e, aparentando tontura, disse ao médico, de olhos fechados:

— Verman, você sempre foi um grande amigo e um dos maiores defensores da nossa parceria. Vivenciamos coisas maravilhosas com o nosso trabalho. O que tiver de acontecer com essa menina depende do nosso esforço e da mudança de uma pessoa. Essa pessoa precisa entender que certas coisas estão acima de qualquer tipo de briga, orgulho ou poder — e então abriu os olhos.

O médico sentiu um arrepio percorrendo o seu corpo. Pediu licença, dirigiu-se ao centro cirúrgico e entrou na sala de cirurgia onde o dr. Flávio operava Lidiane. Perguntou ao colega como estava indo a cirurgia. Flávio informou que a menina havia sofrido uma grave lesão, e religar os tendões seria uma tarefa muito difícil. Ele tinha certeza de que a atleta nunca mais poderia competir. Lidiane, mesmo sedada, acordou e ouviu as palavras do médico.

— Doutor, por favor, eu não posso ficar sem competir. Esta é a chance da minha vida... — disse, ainda meio zonza em consequência dos sedativos. — Eu moro num barraco na favela, com a minha mãe. Meus dois irmãos estão presos porque se envolveram com o tráfico. Não conheci o meu pai, que abandonou a minha mãe quando ela ainda estava grávida de mim... Por favor, me ajudem, este é o meu sonho. Eu preciso dar um pouco de orgulho pra minha mãe.

O dr. Verman segurou a mão de Lidiane e pediu que ela ficasse calma, pois estava nas mãos de um dos melhores ortopedistas do país.

O dr. Flávio, depois de solicitar que o anestesista fizesse a paciente dormir novamente, e comovido com as palavras da menina, chamou o colega num canto e disse que daria o máximo de si, mas que as chances de sucesso eram mínimas.

— Flávio, Sara está aqui no hospital. Ela acompanhou o acidente pela tevê. Deixe que ela nos ajude. Sara é uma pessoa fantástica. Essa pode ser a única chance da menina — implorou Verman.

— Você sabe muito bem da importância deste caso! — disse Flávio em tom severo. — Sabe da minha responsabilidade e da quantidade de repórteres que está lá fora querendo saber o que vai acontecer com esta menina! Não posso simplesmente colocar o caso nas mãos de uma pessoa em quem não confio. Além disso, entrei com um processo contra Sara.

O dr. Verman aproximou-se mais do ortopedista, colocou as duas mãos sobre os ombros dele e suplicou:

— Por melhor que sejamos como profissionais, algumas vezes temos de ter fé e acreditar em Deus. Já tivemos muitas provas do bom trabalho do IPESPA e, se Sara puder ajudar a menina a ficar boa, você certamente ficará ainda mais conhecido. Pense nisso, Flávio. Vamos, coloque o orgulho de lado e faça uma trégua nessa disputa.

O dr. Flávio ouviu até o fim o colega, mas depois pediu para ele se retirar, pois tinha de continuar a cirurgia. Afastando-se, Verman ainda insistiu para que Flávio ao menos pensasse na ideia. Sem receber resposta, foi, cabisbaixo, ao encontro de Sara.

— Fiz o que pude! Conversei com ele na esperança de que enxergasse os benefícios que o IPESPA pode trazer para o hospital e para a menina, mas ele está irredutível. Sinto-me derrotado.

— Calma, Verman. Você fez o que estava ao seu alcance. Cabe a nós fazer a nossa parte e entregar a outra nas mãos de Deus — confortou-o Sara, ainda confiante.

★ ★ ★

FLÁVIO: Não é cômodo demais agir dessa maneira, Sara? Entregar nas mãos de Deus? E se as coisas não derem certo, Ele é o culpado?

SARA: Olha, Flávio, algumas coisas acontecem independentemente da nossa vontade. Acredito que, acima da nossa vontade, existe um plano, um "plano maior", uma "vontade cósmica". No entanto, não acredito que basta pedir a Deus e esperar sentado! Isso é comodismo. Mas, se a gente fizer tudo o que pode, devemos, sim, entregar o resto nas mãos de Deus para ele fazer a parte dele, que, muitas vezes, não é exatamente o que queremos, mas que sempre devemos aceitar. Às vezes, a gente esquece que o nosso tempo é diferente do tempo dele; então passamos por dificuldades e frustrações porque não conseguimos o que queríamos naquele momento, sem nos lembrar que, "em outros planos" ou "Universos", a relação tempo-espaço é muito diferente daquela que conhecemos. Um fato pode demorar um pouco mais para acontecer em prol de um benefício ainda maior, e muitas vezes, para várias pessoas.

FLÁVIO: Você falou em "outros planos", "outros Universos". Eles existem, Sara? Você acredita em outras dimensões?

SARA: Infelizmente, temos de deixar esse assunto para outra ocasião. Vou abordá-lo no meu próximo livro. Deixamos então para falar de "outras dimensões" e "realidades paralelas" na próxima vez em que eu vier?

Fé que vale ouro

O desejo ardente, a crença no método e a expectativa do sucesso caracterizam a lei da Fé.

Enquanto isso, na redação do jornal...

— Marina, você ficou sabendo do acidente da patinadora Lidiane? — perguntou Joana.

— Claro! A tevê só mostra isso.

— E o que você está fazendo aqui, japa? Vá para o hospital esperar os relatórios médicos.

— Calma, Joana, não tem por que correr. Finalmente estou conseguindo baixar um programa que há muito venho tentando. Estou quase no fim. E outra: a Lisa me contou que o cirurgião é o dr. Flávio, e daí, você já sabe...

Joana ficou decepcionada porque aquele ortopedista não era nada amigável. Aliás, no meio médico, era conhecido por sua imensa arrogância e pompa por ser um profissional bastante procurado por atletas e celebridades.

— 98%... 99%... Acabou! Graças a Deus!... — disse Marina.

— Isso deve ser muito importante mesmo, o que é? — perguntou Joana, curiosa.

— Tem a ver com o caso do *serial*, mas é cedo pra eu te falar alguma coisa... Quer saber?... Querendo ou não querendo, esse dr. Flávio vai ter que falar alguma coisa. Essa menina é a primeira esperança de medalha para o Brasil nos jogos de inverno e já deve ter uma porrada de repórteres lá, querendo informações. Ele não pode esconder as coisas por muito tempo, mesmo porque, se ela não puder mais competir, pode ser que queiram culpá-lo. Vou pra lá!

Já a caminho do hospital, Marina ligou para o IPESPA, querendo falar com Júlio, mas não conseguiu. Queria avisá-lo de que mais tarde passaria por lá. Agora que tinha conseguido baixar o programa correto, bastava entrar no blog de Sara e pegar o IP do Vitor. *Para, Marina, isso é trabalho, é melhor que Júlio não esteja por perto. Você precisa estar concentrada*, pensava ela. Mas era inevitável não pensar nele. Enquanto dirigia, lembrava-se dos momentos de intimidade que tivera com ele, deliciando-se com a aventura que mantinha com o ex-lavrador, que, aliás, estava cada vez menos caipira, embora conservasse sua beleza e simplicidade incomum.

— Ai, Júlio,... cadê você?.. — suspirou, com a ternura de uma mulher apaixonada, cheia de desejo e saudade.

A cirurgia de Lidiane tinha acabado. Ao sair do centro cirúrgico, o dr. Flávio deparou-se com muitos repórteres ansiosos por notícias, porém sua resposta foi sucinta:

— Entrevistas, somente na sala de imprensa daqui a trinta minutos — disse, arrogante.

Enquanto se trocavam, o dr. Verman tentou mais uma vez convencê-lo, mas o ortopedista, arrumando-se, parecia mais preocupado com a sua aparência diante das câmeras do que com aquilo que o colega lhe dizia.

Já em frente à sala de imprensa, o dr. Flávio ouviu aplausos vindos da sala de fisioterapia, ao lado. Eram os fisioterapeutas entusiasmados com Zico, que se apoiava somente numa muleta. Ao perceber que o dr. Flávio o observava, Zico soltou a muleta, cambaleou um pouco, mas conseguiu ficar em pé sozinho. Sorriu para o ortopedista e disse em voz alta:

— Isso é a fé que a tia Sara me ensinou a ter. Fé em mim mesmo!

O sorriso e as palavras de Zico conseguiram, enfim, quebrar o gelo do coração do dr. Flávio, que retribuiu o sorriso e se dirigiu para a sala de imprensa.

Os repórteres estavam espremidos na pequena sala, ansiosos por notícias sobre o estado de saúde da patinadora-revelação. Bastou o dr. Flávio se acomodar para que Marina e outros repórteres começassem a fuzilá-lo com perguntas. O médico pegou calmamente o microfone e explicou que a atleta havia sofrido um rompimento do tendão do tornozelo, uma lesão muito grave e de difícil recuperação; a equipe médica fizera todo o possível para que ela pudesse voltar a competir, no entanto, se isso acontecesse, seria a longo prazo.

Marina interrompeu e perguntou quais as chances de Lidiane participar da próxima Olimpíada de Inverno. O médico disse que não tinha condições de responder àquela pergunta.

— Tudo depende da recuperação física de Lidiane e de... e de... — ele abaixou o olhar antes de completar a frase — ... e de sua força de vontade.

Ao ouvirem essa resposta, Sara ficou arrepiada e o dr. Verman, pasmado. Pois, afinal, o ortopedista nunca fora muito de se importar com atributos tais como a força de vontade.

Marina quis então saber quais procedimentos seriam adotados a partir daquele momento e o dr. Flávio explicou que Lidiane seria submetida a uma série de sessões de fisioterapia, que ele mesmo se incumbiria de programar. E baixando os olhos novamente, fez uma pequena pausa antes de continuar; respirou fundo para recuperar a confiança, e declarou:

— No entanto, tomei uma decisão. Lidiane também receberá o atendimento especial do nosso parceiro, o IPESPA, sob a supervisão da parapsicóloga Sara Salim e do médico diretor do hospital, dr. Verman. Tudo agora vai depender do esforço da patinadora em suas sessões de fisioterapia e da sua vontade de competir.

— Mas, doutor, espere, por favor. Só mais algumas perguntas — pediram os repórteres, enquanto o dr. Flávio juntava seus papéis, demonstrando pressa para ir embora.

— Senhores, já disse o que tinha para dizer. Passo agora a palavra para a diretora do IPESPA, a sra. Sara Salim.

Lisa tentou se conter, mas acabou soltando um grito de alegria e abraçou Sara. O ortopedista, já saindo da sala de imprensa, voltou-se e deu um sorriso para o dr. Verman, numa clara demonstração de que algo tocara o seu coração. Sara tomou a palavra e falou aos repórteres dos métodos que usaria em Lidiane.

★ ★ ★

Pedro estava bem-humorado, de bem com a vida. Almoçar com a detetive Rosana e desabafar com ela fizera-lhe muito bem. Depois do almoço, deixou Zico no hospital, para a fisioterapia, e decidiu ter uma conversa amigável com Bel.

Ainda revoltada por perder a guarda de Zico, Bel tratou Pedro rispidamente. Deixou-o entrar, mas pediu que a visita fosse breve. Pedro começou de maneira amigável, assegurando que jamais iria denegrir a imagem dela para o filho e que, sempre que ela quisesse ver o menino ou levá-lo para passear, bastaria avisar que não haveria o menor problema.

Mas Bel estava arredia e disse que ia recorrer da sentença; as coisas não iam ficar daquele jeito! Pedro, calmo e paciente, garantiu que nada tinha a temer, pois estava fazendo tudo corretamente. O principal motivo da sua visita era dizer que a perdoava pelos anos em que ela o traíra. Ele queria paz; pensava, inclusive, no bem-estar da criança que Bel carregava no ventre e que não merecia sofrer com o stress de mais brigas judiciais.

Em dado momento, Bel chegou a se arrepender pelo que fizera. Abaixou a cabeça e confessou a Pedro que só o traíra porque ele não tinha tempo para ela, pois só pensava no trabalho. Ele pediu desculpas, mas desconversou, uma vez que, para ele, isso não justificava a traição. E continuou a conversa, dizendo que sempre iria respeitá-la por ter sido uma boa mãe para Zico, independentemente do que fazia com sua vida pessoal.

Aproveitou para alertá-la de que ela estava enfeitiçada pelo pastor Roberto, mas que um dia cairia em si e veria que ele não tinha boa índole. Nesse momento, Bel começou a chorar. Talvez Pedro tivesse razão, ela pensou, mas o pastor era o pai da criança que carregava e ainda havia esperanças de que ele aparecesse e assumisse o filho.

Pedro reconheceu que a vida é feita de escolhas e Bel era dona da própria vida, mas afirmou que um pastor que pregava a fidelidade entre marido e mulher, enquanto mantinha um caso com uma mulher casada, não era uma pessoa digna de confiança. Provavelmente, tinha também casos com mulheres viúvas e desesperadas que frequentavam a sua igreja. Bel respirou fundo, numa demonstração de que ia pensar no assunto.

Por fim, confessou que não entraria com recurso judicial contra Pedro; tinha sido só uma ameaça. E agradeceu por ele liberar Zico para mais visitas do que as que o juiz determinara.

— Bel, leia este livro quando puder — disse ele, entregando o livro de Sara, *Nem Tudo o que não é Explicado é Inexplicável*. — Acredito que vai ajudar você a abrir os olhos e ter uma vida melhor, uma vida de verdade.

— Obrigada — disse ela, pegando o livro. — Espero que um dia eu mereça o seu perdão.

— Você não deve se culpar por nada. As pessoas não devem julgar; nem as outras, nem a si mesmas.

Bel, agora amigável, ofereceu-lhe um café, mas o policial estava com pressa, pois precisava pegar Zico na fisioterapia. Despediu-se e foi embora.

* * *

Marina deixou para ir ao Instituto no final do dia. Afinal, sozinha, conseguiria se concentrar melhor. Com Júlio por perto, seria impossível resistir a ele. Ligou seu laptop ao lado do computador de Sara e, em menos de dez minutos, entrou no blog da amiga, como administradora.

"Ótimo! Vamos ver... Lisa, Bruno, Rosana... Achei! O IP de Vitor Gomes!", falou consigo mesma, orgulhosa.

Digitou o IP de Vitor no programa que baixara em seu laptop e começou a rastreá-lo, até que se deparou com algo inesperado:

"Não é possível!!", gritou inconformada. Repetiu o procedimento; afinal, não podia ser verdade. "Meu Deus do céu... mas Vitor... Não pode ser!!!"

Assustada diante da descoberta, sentiu medo de continuar sozinha no Instituto e resolveu ir embora e checar com mais cautela como aquilo poderia ser possível. Desligou rapidamente o computador e saiu apressada.

* * *

Lidiane se preparava para a sua primeira sessão de fisioterapia. O dr. Flávio já passara aos fisioterapeutas as instruções necessárias e a série de exercícios para a recuperação da atleta. Antes de começar a sua sessão, Sara perguntou a Lidiane o que ela mais desejava na vida. A garota respondeu que queria ser feliz e dar uma vida melhor à mãe, mas, para isso acontecer, precisaria voltar a competir e participar da Olimpíada.

— Agora, feche os olhos, Lidiane. Imagine que você consegue movimentar o pé normalmente... ele está perfeito... você não sente nenhuma dor... está cada vez melhor! Imagine que você está correndo... treinando duro para conseguir seu objetivo... seu corpo está perfeito... sua saúde está perfeita... você está cada vez melhor!

Depois de uma pausa, Sara continuou:

— Você é uma menina determinada... que consegue tudo o que quer... que chegou até onde chegou por mérito próprio! Portanto, não será uma pequena lesão que fará você desistir do seu sonho. Aliás, essa pequena lesão já está curada! Agora imagine a sua mãe torcendo por você, orgulhosa, vendo você ganhar a medalha de ouro...

Enquanto Sara falava, um grande sorriso se instalou no rosto de Lidiane, que às vezes era interrompido por uma pequena expressão de dor quando ela tentava mexer o pé. Mas, à medida que a sessão prosseguia, as palavras de Sara e as conquistas que Lidiane visualizava fizeram com que o sorriso prevalecesse em seu semblante. Ela não era uma atleta vencedora por acaso; tinha uma determinação e uma força de vontade imensuráveis.

E assim os dias foram passando: Sara conversava com Lidiane, que concentrava todas as suas forças nos exercícios aplicados pelos fisioterapeutas. Ao final de cada sessão, Sara fazia uma massagem relaxante, sempre transmitindo a Lidiane mensagens de cura, confiança e autoestima, além de uma energização muito especial.

Discretamente, o dr. Flávio passava todos os dias pelo centro de fisioterapia e não deixava de ficar surpreso com os comentários dos fisioterapeutas de que Lidiane, a cada dia, mostrava uma melhora extraordinária no seu quadro de saúde.

Durante a sua última sessão de fisioterapia, na véspera de Lidiane se apresentar à banca médica do Comitê Olímpico Brasileiro, Sara apresentou-lhe Zico, o filho de Pedro, que estava agora muito feliz, andando apenas com a ajuda de uma bengalinha.

— Eu não andava — contou Zico a Lidiane. — Eu usava uma cadeira de rodas e só mexia os dedos das mãos e a cabeça. Um dia, na igreja que a minha mãe ia, resolvi esquecer todos os meus problemas, esquecer que os meus pais estavam se separando e que eu estava preso naquela cadeira de rodas. Resolvi pensar que eu era feliz, que não tinha problemas e que tinha toda a vida pra viver. Pedi muito que Deus me ajudasse. Fechei os olhos e imaginei que estava conseguindo realizar o meu sonho. Me vi num estádio de futebol, daí me levantei da cadeira de rodas e fiz um gol. Quando eu abri os olhos, ainda estava na igreja... mas em pé! No começo achei que era um milagre, mas a tia Sara me explicou que eu me levantei porque acreditei que podia fazer isso. Continuo fazendo fisioterapia aqui no hospital, mas sei que um dia vou ficar mesmo na frente do gol e dar muito orgulho para os meus pais.

Lidiane olhava para Zico com uma expressão de ternura e esperança. Depois se virou para Sara e, com toda confiança, disse:

— Tenho certeza, amanhã vou voltar a fazer parte da equipe!

No dia seguinte, Lidiane, acompanhada da mãe, apresentou-se ao Comitê Olímpico Brasileiro. Sentada diante da banca examinadora, ela observava os membros do comitê, que examinavam diversos documentos e trocavam informações com o médico da seleção brasileira. Lidiane estava ansiosa e apreensiva. Depois de alguns minutos, o médico da seleção dirigiu-se a ela:

— Lidiane, você sofreu uma forte lesão no tornozelo, um desligamento de tendão. Todos sabemos que se trata de uma lesão grave e de difícil recuperação. Como médico oficial da equipe, eu não poderia liberar você para competir.

O médico fez então uma pausa em seu discurso e Lidiane deixou escorrer uma lágrima. O médico continuou:

— No entanto, recebi um parecer do dr. Flávio Mendonça, ortopedista reconhecido no Brasil e no exterior, dizendo que acompanhou o seu processo de recuperação e é favorável à sua reintegração à equipe... Como se sente, atleta?

Enxugando a lágrima, Lidiane levantou-se e respondeu:

— Me sinto pronta e tenho certeza que vou trazer uma medalha de ouro para o Brasil!

O médico parou por alguns instantes para, em voz baixa, trocar alguns comentários com os integrantes da banca. Depois se pronunciou:

— Lidiane Maria da Cruz, atleta feminina da seleção brasileira de patinação artística no gelo, não sei se estou fazendo a coisa certa, mas sua estrela brilha muito forte e sua recuperação foi um milagre, segundo diz o laudo médico elaborado por um excelente profissional. Tenho a honra de informar que você está reintegrada à equipe olímpica brasileira e embarcará para Budapeste ainda hoje. Meus parabéns!

O som dos aplausos vindos da banca examinadora e das pessoas ali presentes, misturado aos gritos de euforia, podia ser ouvido de longe. Os repórteres que estavam em silêncio do outro lado da porta, tentando ouvir, começaram a passar as informações ao vivo.

★ ★ ★

No IPESPA, Júlio acabava de receber uma carta da mãe, dona Idália. Ela dizia que estava sentindo muita falta do filho e que as coisas na fazenda não iam bem. Há dois meses os trabalhadores não recebiam seus salários e o administrador mal aparecia por lá. Pedia que Júlio voltasse, pois ela estava sem dinheiro e sem mantimentos. Há três dias que se alimentavam somente dos legumes e verduras da horta.

Chateado e sem saber o que fazer, Júlio comentou com Marina sobre a carta que recebera da mãe. Queria ir embora, ajudar a família, mas Marina discordou. Lembrou-o de que a fazenda era de Bruno, portanto deveria procurá-lo e contar o que estava acontecendo por lá. Júlio ficou indeciso, não queria se aproveitar da amizade de Bruno para beneficiar a mãe; afinal, na colônia todos eram amigos e, se a mãe estava passando necessidade, com certeza os outros também estariam. Marina insistiu, dizendo que não era uma questão de se aproveitar da amizade, mas até de alertar o amigo de que a fazenda estava abandonada e talvez ele estivesse sendo roubado pelo administrador. Júlio acabou concordando e Marina então ligou para a clínica de reabilitação, pedindo uma autorização especial para visitarem Bruno.

★ ★ ★

Menezes, que já havia pedido o desarquivamento do processo contra Roger, entrou com uma Revisão Criminal, solicitando a reconstituição da cena do assassinato da família do rapaz e um novo exame de balística, tendo em vista que Roger, já livre dos traumas e lúcido para dar sua versão, apontara como autor dos disparos o próprio irmão mais novo, que se matara. Ficaria provado que os tiros vieram da mão de uma criança com, no máximo, 1,50m de altura; e, pela posição da bala na cabeça, ela mesma teria se matado. Portanto, Roger tinha sido injustamente acusado e cumprira oito anos de sua pena por um crime que não cometera.

Sara fazia suas pesquisas no IPESPA quando recebeu um e-mail de Menezes:

Querida, o promotor manifestou-se na Revisão Criminal de Roger:

"M.M. Juiz: Por conta dos novos argumentos apresentados pelo dr. Alberto Menezes, embasados em pareceres médicos que acompanham sua inicial, pelo fato da possibilidade de equívoco na indicação da autoria de Roger Silveira no processo criminal que investigou o homicídio de sua família, REQUEIRO COM URGÊNCIA que seja feita nova RECONSTITUIÇÃO do crime, assim como a EXUMAÇÃO dos cadáveres de Leandro Silveira, Maria Augusta Silveira e João Bendito Silveira para nova perícia, no que concerne ao exame de balística. Após, requeiro retornem os autos para nova manifestação.

Daniel Pitalli, Promotor de Justiça."

Agora é só aguardar. Beijos, Menezes.

Lisa acabara seu plantão e estava de saída quando Marina a procurou.

— Aconteceu alguma coisa, Marina? — perguntou a enfermeira.

— Aconteceu sim, Lisa, estou há dias guardando um segredo e preciso dividir isso com alguém.

Lisa e Marina foram até uma cafeteria, ao lado do hospital.

— Conte, o que houve, Marina?

— Eu consegui rastrear o IP de Vitor.

— Meu Deus! — exclamou a enfermeira. — E por que está guardando isso em segredo? Vamos ligar pro Pedro, ele precisa saber disso.

— PARA, Lisa! Escuta o resto da história.

— Calma, Marina! Não precisa gritar comigo, pode falar.

Marina contou sobre o trabalho que teve para encontrar o programa certo e conseguir rastrear o IP de Vitor, que estava cadastrado no blog de Sara. No entanto, todas as vezes que pedia a senha do blog para Sara, algo inexplicável acontecia: alguém chamava, o papel com a senha sumia e assim por diante. Disse que não era hábito dela, mas como Sara já tinha permitido sua entrada no blog, ela mesma descobriu a senha e entrou. Como ela previa, todos os participantes do blog tinham seus IPs registrados. Procurou o de Vitor e em seguida começou a rastreá-lo.

— E você o encontrou? — perguntou a enfermeira, já roendo as unhas para saber o fim do tal mistério.

— Ele, eu não encontrei, mas... Lisa, por favor, você tem que jurar que vai me ajudar a entender isso sem contar a ninguém, por enquanto. Principalmente para Sara.

— Eu prometo, Marina, mas conta logo o que você descobriu.

— Acho que Vitor frequenta o IPESPA quando não estamos lá.

— Como assim? — perguntou a enfermeira.

— Lembra quando Sara nos contou que ele esteve no IPESPA e ajudou ela a decifrar a lista que o *serial* mandou?

— Sim, claro que lembro.

— Então, eu não sei se ele fez uma cópia das chaves do Instituto ou se foi a própria Sara quem deu pra ele. Como ela anda com aquele laptop pra cima e pra baixo, também pode ser de algum outro lugar e por isso não sei até que ponto ela está nos dizendo toda a verdade sobre Vitor.

— Nossa, Marina, você está me confundindo! Conta logo o que está acontecendo! — pediu a enfermeira.

— O IP do Vitor, Lisa, é o mesmo IP do laptop de Sara.

— Não entendo disso muito bem. Como assim, o mesmo?

— Ele usou o laptop de Sara para participar do blog.

— SENHOR!!! — exclamou a enfermeira. — E todos os e-mails com a lista das vítimas?

— Estes eu não consegui rastrear, por causa de um programa sofisticado que impede a identificação.

— E por que está mantendo isso em sigilo? Isso é muito sério... Espera! — pensava a enfermeira — Sara pode estar acobertando Vitor? Ela pode estar envolvida nisso?... Não pode ser, meu Deus!

— Por isso estou guardando esse segredo, Lisa. Para desvendar esse mistério, tenho que ter acesso ao laptop de Sara. Se nele tiver instalado esse programa antirrastreamento de e-mails, estará confirmado. Ela está envolvida ou sendo hipnotizada por Vitor. No entanto, ela não tem dado folga. Anda com aquele laptop pra cima e pra baixo.

— Calma, Marina, vou te ajudar e vamos descobrir isso. Depois contamos para o Pedro e pedimos a ajuda dele para falar com Sara.

Dias depois, vários canais mostravam a competição final de patinação artística na Olimpíada de Inverno de Budapeste. Na modalidade individual desse esporte, que era o caso de Lidiane, o atleta executa um programa curto e um programa longo, e, para cada programa, cada um dos nove juízes dá uma nota de 0.0 a 6.0, tanto para o mérito técnico como para a apresentação artística, descontando pontos no caso de elementos obrigatórios omitidos ou executados de maneira errada. O programa curto dura no máximo dois minutos e quarenta segundos, e o atleta precisa executar oito elementos, incluindo parafusos, saltos duplos e triplos, sequências de *footwork*, troca de pé etc. Já no programa longo (estilo-livre), o atleta escolhe a música e tem quatro minutos e meio (masculino) ou quatro minutos (feminino) para demonstrar sua habilidade, coreografia e estilo.

Sara tinha convidado os Sensitivos para assistirem à final em seu apartamento. Nervoso, todo o grupo estava diante da tevê: era a esperança de medalha de ouro para o Brasil, pois, nas notas da apresentação curta, Lidiane estava empatada com a patinadora norte-americana na disputa pelo ouro. Faltava agora a apresentação longa, que estava para começar.

— Cadê a Marina? — perguntou Sara ao sentir a falta dela.

— A Marina está... ela está no banheiro — respondeu Lisa.

— Vou chamar. Ela não pode perder isso! — disse Sara.

— Não, espere! — disse Lisa sussurrando para Sara. — Preciso fazer xixi, deixa que eu chamo — e saiu atrás de Marina.

Do lado de fora da porta do banheiro, Lisa falou em voz baixa:

— Anda, Marina! A Sara já perguntou de você, falei que você estava no banheiro, corre...

— Já estou acabando...

A patinadora norte-americana fez sua apresentação de modo brilhante; suas notas variaram entre 5.8 e 5.9 no mérito técnico, e entre 5.7 e 5.9 na apresentação artística. Notas altíssimas!

Então chegou a vez de Lidiane. Para vencer, ela precisava se superar, mais uma vez. Antes de iniciar, lembrou-se da voz de Sara: "Você está ótima, Lidiane, cada vez melhor...".

Sua apresentação estava belíssima, sendo executada com extrema leveza e precisão. Já fizera vários parafusos, saltos e sequências... Preparava-se agora para fazer o *triplo axel*, aquele que lhe causara a lesão. Deu o salto...

A história da lesão e da recuperação de Lidiane tinha corrido o mundo. Por isso, o público fez silêncio absoluto, esperando o momento do salto. Nem mesmo o locutor conseguia pronunciar uma palavra.

As três voltas e meia no ar e o pouso no solo foram perfeitos! E Lidiane manteve o excelente nível até o final da apresentação. Executou sete saltos triplos, inclusive uma combinação que nenhuma das rivais tinha tentado.

Nesse momento, o público foi ao delírio e o locutor contou mais uma vez a história da superação da patinadora brasileira.

Todos aguardavam sua nota. Ela tinha ido muito bem, mas seria possível superar as marcas da patinadora norte-americana? Em todo caso, qualquer que fosse a nota, Lidiane já era uma vencedora só por estar ali!

Enfim apareceram as notas no telão do ginásio: Lidiane recebeu um perfeito 6.0, raramente ganho por mérito técnico, e suas notas pela apresentação artística também foram altas, entre 5.8 e 5.9.

Medalha de Ouro!

Lidiane conseguiu! Conquistou sua tão desejada medalha!

"É ouro... ouro para o Brasil!!!", gritava o locutor, eufórico.

Os repórteres correram para entrevistar a patinadora brasileira, que declarou:

"Eu gostaria de oferecer esta conquista para todos os brasileiros. Em especial, para a minha mãe e para a equipe do Hospital San Marco, o dr. Verman e a minha amiga Sara Salim. Mas existe outra pessoa a quem eu gostaria muito de agradecer e oferecer este ouro olímpico."

Lidiane olhou para a câmera e, emocionada, continuou:

"Obrigada, dr. Flávio, sem a sua ajuda de ouro eu nunca teria conseguido!"

No apartamento de Sara, todos choravam e se abraçavam, emocionados com aquela vitória, que tinha sido alcançada com a ajuda deles. Ao abraçar Lisa, Marina sussurrou em seu ouvido que havia conseguido o que estava procurando no laptop de Sara e que depois elas conversariam a respeito.

Em casa, o dr. Flávio assistia a tudo. Enquanto Lidiane subia ao pódio e a medalha de ouro era colocada em seu pescoço, ele pegou o telefone e, ao som do hino brasileiro, falou com sua secretária particular:

"Juliana, por favor, entre em contato com o meu advogado e diga a ele para suspender o processo contra Sara Salim."

★ ★ ★

No programa de entrevistas...

SARA: Pois é justamente disso que eu estou falando, Flávio. Um fato pode demorar um pouco mais para acontecer em prol de um benefício "ainda maior". E, muitas vezes, para várias pessoas. Nesse caso, o benefício foi para muita gente. Quando o dr. Flávio não permitiu que eu ajudasse a Lidiane num determinado momento, isso deu tempo para que ele refletisse e enxergasse com seus próprios olhos os benefícios da parapsicologia na vida das pessoas. Daí o Universo usou Zico, que, com sua força de vontade, conseguiu amolecer o coração e a mente cética do dr. Flávio. E, no final, não foi só a Lidiane que se beneficiou. Foram também os terapeutas, o hospital, o nosso grupo e todo o Brasil, sem esquecer a pessoa mais importante, o dr. Flávio, que a partir daquele dia aprendeu a acreditar em outras possibilidades e, acima de tudo, tornou-se uma pessoa mais humilde e querida por todos.

A magia da floresta

Nem tudo o que não é explicado é inexplicável.

Em algum lugar de uma floresta assustadora, uma estranha história acontecia. Uma mulher muito suja e maltrapilha corria desesperadamente em meio às árvores. Era perseguida por um animal perigoso, que derrubava tudo por onde passava. O animal selvagem rosnava como um leão, mas parecia maior que um dinossauro.

Cansada e com a respiração ofegante, a mulher já estava quase ao alcance das garras do monstro quando avistou uma caverna e conseguiu entrar nela a tempo. O animal, de tão grande, não conseguiu passar pela entrada, apesar de tentar muitas vezes. Ali ficou a mulher, escondida por horas, até que ele foi embora.

— Bill, onde está você? Pelo amor de Deus, me ...contre! — implorava ela, aterrorizada. Mas não aguentou mais es...r e teve de sair em busca de alimento.

Chegando ao rio, improvisou uma rede ...rrando a blusa em dois pequenos galhos soltos, e pôs-se a pe...om algum esforço, fisgou um peixe. Sem recursos, apenas co...anivete enferrujado que carregava no bolso, limpou o peixe e ... cru quando começou a ouvir o choro contínuo de um bebê. Olhou para os lados, mas não viu nada além do rio e da selva. Achou que estava mais uma vez com alucinações, pela falta de alimentos, porém o choro do bebê continuava a chegar aos seus ouvidos.

— Estou enlouqueceeendooo!!! — gritou, enquanto procurava por entre as árvores à beira do rio, até que encontrou o bebê.

— Como você é lindo! Exatamente como imaginei.

Deitou-se abraçada ao bebê e, juntos, adormeceram no meio da mata. A noite chegou e, com ela, os sons da floresta. Quando a mulher abriu os olhos, já era noite e o bebê não estava mais lá. O vento soprava muito forte e ela tentava se proteger com as folhas caídas no chão. Então uma estranha música, com som de tambores, começou a tocar. Na esperança de ser encontrada, ela caminhou pela escuridão, seguindo os batuques. Nesse momento uma clareira se abriu e ela avistou ao longe uma fogueira rodeada por muitas pessoas. Seguiu rapidamente em busca de ajuda, mas, ao se aproximar, viu que eram homens assando o bebê na fogueira. Desesperada, tentou raciocinar:

— Meu Deus, estou alucinando! Isso não é possível. São canibais!

Percebendo a presença da mulher, os canibais foram se aproximando dela. Cercaram-na e, de mãos dadas, formaram um grande círculo ao seu redor. Começaram então a entoar repetidamente: "Salve o bebê! Salve o bebê!"

Ela tentou fazer alguma coisa, mas não tinha mais forças. Apenas olhava para a fogueira e para o bebê sendo assado vivo, ainda chorando.

— Calma, querido. Vou salvá-lo... — disse antes de desmaiar.

Após assistirem [illegible]loriosa vitória de Lidiane, Lisa voltou para o hospital, Pedro e Rosan[illegible] DP e Zico ficou com Menezes e os filhos de Sara no apartamento. [illegible], Sara e Júlio voltaram para o IPESPA. Sara queria fazer mais uma re[illegible]ão em Júlio e Marina escreveria de lá a matéria sobre a vitória de L[illegible]

Durante a regressão, Júlio teve uma leve crise convulsiva e Sara e Marina o levaram ao Hospital San Marco. Sentada no jardim do hospital, Sara aguardava enquanto Júlio era atendido por Clara. Ele já estava bem, mas com um pouco de dor de cabeça, devido ao esforço que fizera para tentar se lembrar de cada detalhe do sonho, de cada imagem do próximo crime que estava antevendo.

Sara sentia-se culpada por tudo aquilo, pois se lembrava dos inúmeros exercícios e técnicas que aplicara diariamente em Júlio para que ele se recordasse de tudo. Sentia também que fora exigente demais e egoísta, querendo apenas respostas, sem observar as limitações e o cansaço do rapaz.

Cabisbaixa, foi interrompida por um sujeito estranho e com um forte sotaque:

— A senho/a... t/iste... po/ quê?

Sara levantou os olhos e se deparou com um homem de origem oriental, vestido com uma túnica típica da sua terra. Sem saber bem por quê, sentiu que podia se abrir com ele.

— É um amigo... ele não está bem — disse ela, gesticulando, para que ele pudesse compreender melhor.

Tocando no próprio peito, ela continuou:

— Por minha culpa!

Inesperadamente, o homem deu uma risadinha. Sem entender, Sara perguntou:

— Por que o senhor está rindo?

— Ninguém tem culpa out/o ficar doente... Isso desculpa esfa/apada. A gente mesmo c/ia doenças — respondeu ele, bem-humorado, no seu português truncado.

— Não, eu exigi muito dele, fui egoísta, esqueci de perguntar se ele estava cansado ou se queria parar um pouco — tentou explicar Sara, gesticulando de novo.

— Ah! Senho/a... p/ofesso/a dele. Meu mest/e kung fu semp/e fala ninguém deve pe/guntá se pessoa p/ecisa... descanso. P/óp/ia pessoa... p/ecisa falar... saber limites e tomar decisão. Po/que pessoa dete/minada não se impo/ta cansaço... supe/a limites e se esfo/ça o máximo. Assim, a p/óp/ia pessoa escolhe do/ de cabeça... e eu ga/anto... ela... feliz com do/.

Sara parou então para pensar. Não é que as palavras daquele chinês tinham lógica?! Percebeu que havia esquecido que os nossos problemas são sempre criados por nós mesmos, e que culpar os outros era sempre mais fácil do que reavaliar as próprias atitudes e tentar corrigir os nossos erros. Então Sara voltou a sorrir. Na verdade, não sabia se ria por conta do alívio ou do sotaque, até charmoso, do homem.

— Prazer, sou Sara Salim.

— P/azer, Ling Lang.

— Ling Lang?! — sorriu Sara, ao cumprimentar aquele homem tão simples, mas tão sábio — E o que faz aqui no hospital, seu Lang?

— Eu... dono... ba/aca... pastel... ali — e apontou para uma barraquinha logo adiante. — A senho/a quer um?

— Quero sim, Lang! — animou-se Sara. — Quero três, um para mim e os outros para os meus amigos. Você é muito simpático. Obrigada, melhorou muito o meu dia!

— Ma/keting, dona, ma/keting. "Seja bom com os out/os mesmo que só po/ inte/esse" — citou o sábio chinês, com sua risadinha típica.

Sara não conteve uma gargalhada. Nesse instante Júlio saiu do hospital, acompanhado de Clara.

— Que gargalhada boa, gostei de ver! — comentou Clara, contagiada pela alegria de Sara.

— É que o meu novo amigo aqui é muito engraçado. Ah, um pastelzinho para você e outro para o Júlio.

— É... pelo jeito você já conheceu as técnicas de "ma/keting" do Lang! — riu Clara.

— "Ma/keting"?! O que é isso? — quis saber Júlio, ainda zonzo com a dor de cabeça.

Todos riram e Ling Lang se despediu. Como Júlio quis ficar um tempo no jardim, Clara aproveitou e pediu para Sara acompanhá-la até o consultório. A médica explicou que a convulsão de Júlio não tinha explicação, pois, segundo os exames, ele estava muito bem fisicamente e não tinha ficado nenhuma sequela. Sendo assim, Sara percebeu que poderia ser emocional; afinal, sempre que Júlio via Marina morrendo no sonho, ele tinha uma crise de enxaqueca.

— Os traumas, as decepções e a nossa vida corrida — explicou Sara — fazem com que a gente mesmo instale em nosso corpo todos os tipos de mal-estar e doença. Cabe a nós mesmos tirar esses males do nosso corpo, identificando o que os gerou, superando as nossas dificuldades, aceitando os nossos limites e dando mais valor a nós mesmos ao buscar mais qualidade de vida. Isso tudo aconteceu comigo e, se eu me curei... Provavelmente Júlio teve essa convulsão por não querer "ver" uma coisa que ele não quer que aconteça.

— Acho que é isso mesmo — concordou Clara, enquanto tirava da gaveta uma folha de papel. — Isso me intrigou. Durante o exame, Júlio teve uma crise de dor muito forte. Ficou pálido, as suas extremidades ficaram bastante frias e ele reclamou de estar sentindo muito frio, sem ter febre. Até aí, tudo bem, são sintomas típicos de uma crise de enxaqueca.

— Fala logo, Clara! — interrompeu Sara. — O que aconteceu?

— Calma, Sara. O que me intrigou foi isto aqui — e Clara mostrou o papel que havia tirado da gaveta. Era um desenho que Júlio fizera durante a crise. O desenho mostrava uma espada, que atravessava um coração, e era atingida por um raio. Clara contou que Júlio tinha chorado muito depois de fazer o desenho.

Sara pensou em perguntar ao rapaz o significado do desenho; talvez um exercício ou uma técnica pudesse ajudar... Mas, parou por um instante, respirou fundo e desistiu da pergunta. Foi então se encontrar com Júlio no jardim.

— Vamos, meu querido amigo, você precisa descansar um pouco, pensar mais em você e descobrir os seus limites.

— Mas, Sara, como posso pensar em mim se tenho sonhado aquelas coisas estranhas e com a Marina morta?

— Às vezes nós mesmos criamos problemas em nosso corpo para bloquear algo que não queremos aceitar.

— Mas... mas eu estou me esforçando, Sara! Você é testemunha de quanto estou tentando!

— Acalme-se, Júlio, tudo tem a sua hora — disse Sara, já mudando de assunto para distrair o rapaz. — Vamos achar Marina e ir embora. Quem sabe ela não faz uma massagem oriental, hein? — piscou Sara.

Júlio olhou para ela com ternura e deu um sorriso, aparentando estar melhor.

Marina conversava com Lisa na lanchonete do hospital.

— Isso é o mais estranho, Lisa. O laptop de Sara não tem programa antirrastreamento.

— E o que isso quer dizer, Marina?

— Quer dizer que os e-mails que Sara recebeu com as listas das vítimas não vieram do laptop dela. Somente a participação de Vitor no blog é que vem do laptop.

— Você tem certeza disso? — perguntou a enfermeira.

— Tenho.

— E o que fazemos agora? — perguntou a enfermeira.

— Olha, Lisa, não sabemos até onde Sara está acobertando Vitor ou está sendo usada por ele. Já faz tempo que Vitor não aparece e quem sabe Sara tenha "acordado" e cortado as relações com ele. Vamos observá-la e manter isso em segredo, o que você acha?

— Eu concordo — disse Lisa. — Disfarça que eles estão chegando.

Sara e Júlio chegaram à lanchonete. Sara contou que Júlio precisava descansar e sugeriu a massagem para Marina, que ficou envergonhada. Lisa avisou Sara que o dr. Verman queria falar com ela e Sara despediu-se do casal e foi falar com o médico.

★ ★ ★

Aproveitando a presença de Sara no hospital, o dr. Verman pediu que ela avaliasse o caso de uma paciente.

Jennifer tinha 26 anos e era norte-americana, mas havia passado a infância em Curitiba. Depois a família voltara para os Estados Unidos. Seis anos atrás ela viera fazer uma especialização no Brasil e tinha conhecido Gustavo. Os dois se casaram e moravam em São Paulo.

Há quinze dias, ela recebeu a notícia de que a irmã tinha morrido num acidente. Não aguentou o choque e teve um AVC. Desde então, vive em estado vegetativo numa cadeira de rodas e o único movimento que consegue fazer é piscar. O marido contratou duas enfermeiras, que se revezam para cuidar de Jennifer.

Na noite anterior, ela provavelmente havia tido um pesadelo. A enfermeira e o marido acordaram com seu grito. Jennifer estava na cama, toda suja, afogando-se no próprio vômito, e acabou sofrendo um infarto do miocárdio. O dr. Verman indicou vários exames de coração para verificar eventuais falhas cardíacas ou tumores que pudessem impedir a circulação e causar o infarto, mas os exames não acusaram nenhuma anomalia que o justificasse. Por isso, ele queria a opinião de Sara para constatar se o infarto podia ter acontecido por problemas de ordem emocional, o que ele não acreditava muito, uma vez que a moça encontrava-se em estado vegetativo.

Lisa conduziu Sara ao quarto do hospital onde Jennifer se recuperava do infarto.

— Lisa, por acaso você já conversou telepaticamente com Jennifer? — perguntou Sara.

— Na verdade, eu já tentei, mas ela parece não me escutar. É como se estivesse presa no seu próprio mundo, mas, sempre que eu me concentro muito, escuto ela gritar ou pedir socorro. Até parece que está vivendo um pesadelo, muito semelhante ao caso da menina Maíra e da boneca.

Sara ligou para Pedro e pediu que ele desse uma passada no hospital. Como ele estava ali por perto, disse que em pouco tempo estaria lá.

Ao chegar, Pedro tomou conhecimento do caso de Jennifer. Sara explicou que, apesar do derrame e da aparente desconexão com o mundo real, as pessoas vítimas de AVC ainda tinham pensamentos.

Estando ligadas neste mundo ou vivendo num mundo paralelo, elas sabiam o que estava acontecendo ao seu redor. De modo algum essas pessoas “vegetavam”, como achavam os médicos.

— Somos seres humanos e não vegetais — disse Sara. — Se Jennifer teve um infarto é porque não só estava pensando em alguma coisa como também sofrendo. Mas, por causa do AVC, não conseguiu se comunicar.

— E como eu posso ajudar? — quis saber Pedro.

— Quero que você toque em Jennifer e “veja” o que aconteceu ou está acontecendo com ela. Em alguma coisa ela está pensando. Peço que você identifique o que é; o que se passa no mundo interior dela.

Então Pedro tocou a moça e viu uma série de *flashes* assustadores.

Ela está perdida numa floresta, fugindo de animais, escondendo-se em grutas, cavernas e rios. Ela pesca e caça para sobreviver, vive sozinha. Espere! Há um bebê chorando… Acho que há um bebê com ela… Canibais... O bebê está morrendo… Uma fogueira... Onde está Bill? Onde está Bill?

Depois se afastou e confirmou que ela realmente estava vivendo um pesadelo aterrorizante, como se fosse personagem de um filme de terror.

Já estava escurecendo. Sara ligou para Marina e contou a história de Jennifer. Passou o endereço da casa dela e pediu que, no dia seguinte, ela fosse conversar com Gustavo Pinto, marido da moça. Queria que Marina descobrisse como e onde tinha morrido a irmã de Jennifer e como era a ligação entre elas.

Lisa se encontrou com Portuga no corredor do hospital e disse que estava feliz por ele estar trabalhando lá. Portuga aproveitou para insinuar que aquele era um bom motivo para repetirem “a dose mais vezes…”, e lançou sobre Lisa um olhar sensual.

— Quem sabe, quem sabe... — ela escapou, toda vermelha, e entrou na sala da amiga.

Clara andava estudando freneticamente todos os casos do hospital que pudessem ter alguma relação com os fenômenos paranormais. Lisa, que já tinha observado o comportamento em Clara, lembrou-a de que as doenças nem sempre têm uma origem emocional e, mesmo que tivessem, muitos pacientes precisam de tratamento alopático para se curar. Clara confessou que, depois do episódio do *poltergeist* com a sua família, tinha ficado viciada em parapsicologia, por isso vinha estudando intensamente o assunto. Lisa aconselhou que ela fosse com calma, pois o excesso de teorias podia levar a um desequilíbrio emocional e até à loucura... E brincou com a amiga, dizendo que a medicina e a parapsicologia são importantes, mas "há mais coisas entre o céu e a terra do que julga nossa vã filosofia".

Na clínica de reabilitação, Bruno participava de uma sessão de terapia de grupo. Cada participante devia contar a sua história ao grupo. Para Bruno, além de aquilo ser uma chatice, parecia-lhe inútil, pois jamais falaria da sua vida na frente de estranhos. Em todas as sessões anteriores, inventara uma dor, uma febre, enfim, uma desculpa qualquer para não participar; mas dessa vez não teve como escapar.

Ouvia os colegas até com certa paciência, coisa que não era o seu forte. As histórias eram as mais diversas. Drogados, transtorno disso, transtorno daquilo... Enquanto ouvia, Bruno pensava que, pelo menos ali, até que ele parecia normal!

A sessão já durava mais de uma hora quando Cláudia começou a falar. Ela também era dependente química, como Bruno. Cláudia acabou relatando praticamente a sua vida inteira. O assunto estava cansando o grupo quando, finalmente, ela falou dos motivos que a levaram às drogas. E foi nesse momento que Bruno começou a se agitar.

Aos 10 anos, Cláudia tinha sido estuprada pelo padrasto. Tentara conversar com a mãe, mas, nas palavras da moça, como falar de sexo com uma carola que não admitia "certos" assuntos? Sempre que tentava tocar no tema, dona Ana desconversava e dizia que contaria ao pastor que sua filha estava tendo pensamentos impuros. Dona Ana tinha sido mãe solteira, depois se casara e o marido então a convencera a se converter à igreja. Passaram-se três dolorosos anos para Cláudia. O padrasto não só abusava sexualmente dela como também tinha as mais absurdas fantasias, muitas vezes machucando-a.

Aos 14 anos, Cláudia foi apresentada àquela que seria sua grande amiga, a heroína. Todos os dias, no final da tarde, dizia para a mãe que ia estudar na casa de uma amiga; cada vez dava o nome de uma amiga diferente. A mãe não se importava, pois no bairro todos se conheciam e faziam parte da mesma igreja. Todos menos aqueles com quem Cláudia andava... um grupo de jovens traficantes. Como não tinha dinheiro para as drogas, ela pagava com o próprio corpo. Fazia sexo com todos. Para ela, não era difícil, pois sua "grande amiga" ajudava-a a não sentir as dores e as angústias. Ajudava-a também quando voltava para casa, pois sabia que o padrasto não a pouparia. E foi assim que Cláudia passou dez anos da sua vida. Prostituindo-se e se drogando para conseguir suportar os abusos do padrasto.

À medida que a agitação de Bruno aumentava, dois objetos que estavam na mesinha ao seu lado começaram a levitar lentamente e depois se chocaram contra a parede. O terapeuta acusou Bruno de tê-los jogado. Bruno tentou se defender, mas já estava entrando em crise. Médicos e enfermeiros invadiram a sala, colocando nele uma camisa de força e dando-lhe uma alta doze de Clonazepam. Em segundos, sob o efeito do remédio, ele começou a relaxar. Mas, em sua mente confusa, enxergava cenas de Cláudia sendo molestada, que se misturavam com as cenas de dois meninos sendo abusados sexualmente por um homem, no meio de uma plantação. O terapeuta aproveitou aquele momento em que Bruno, além de confuso, estava sedado para tentar descobrir qual era o grande trauma do rapaz, pois ele nunca revelava seus segredos. Bruno, porém, acabou adormecendo e foi levado para o quarto.

Em seu relatório, o terapeuta escreveu que Bruno sofria de algum transtorno que o impedia de se lembrar dos graves traumas que o perturbavam. Sugeriu ao corpo clínico que ele fosse submetido a uma terapia individual e sedado, quando necessário, para evitar novos ataques. Concluía dizendo que, se conseguisse se abrir ao menos uma vez, Bruno estaria "curado".

Marina dormiu aquela noite no apartamento de Júlio, após a longa massagem oriental que lhe fizera. No dia seguinte, foram juntos na casa de Gustavo, o marido de Jennifer. A empregada atendeu-os e disse que o patrão dera uma saidinha, mas logo chegaria. O casal preferiu esperar no carro. Ela colocou um CD e ele, inspirado pela música envolvente, arriscou:

— Marina, até quando a gente vai namorar escondido?

— Já conversamos sobre isso, Júlio. Sou mais velha que você e... — tentava arrumar mais uma desculpa quando ele a interrompeu.

— Você tem vergonha de mim, né?

— Pra dizer a verdade, tenho vergonha de mim mesma. Você era praticamente virgem e...

— Praticamente virgem! Cruzes, Marina! Eu não tinha muita experiência, só isso. E ninguém precisa ficar sabendo disso, tá?

Então continuou, agora com um ar ingênuo:

— Quanto tempo ainda a gente vai ter que esperar? E os nossos filhos? Quanto tempo vai demorar pra gente fazer um bebê?

Marina riu e respondeu que Júlio ainda tinha muito a aprender; para ela, ele era ainda um menino, porém um menino pelo qual se apaixonara. Disse que, com o passar dos anos, a diferença de idade entre eles deixaria de ser um problema.

Então, salva "pelo gongo", ou melhor, pelo carro de Gustavo, que estava entrando na garagem, Marina desceu rapidamente do seu carro. Júlio foi atrás.

Apresentaram-se como membros do IPESPA, o instituto coligado ao Hospital San Marco onde Jennifer estava internada. Gostariam de conversar alguns minutos com ele. Gustavo convidou-os para entrar e sentaram-se na sala. Marina disse que tinha algumas perguntas a fazer, referentes à morte da irmã de Jennifer.

Gustavo não entendeu qual a importância daquilo, depois de já terem se passado quinze dias do acidente. No momento, ele estava preocupado com o infarto de Jennifer, não com Kate, a irmã dela. Mas Marina insistiu para que ele respondesse às perguntas, pois Jennifer sofrera o AVC após a notícia da morte da irmã, e o infarto também poderia estar de algum modo relacionado a isso. Gustavo concordou e aceitou colaborar.

— Gostaria que você contasse como e onde a irmã de Jennifer morreu, e em que momento Jennifer sofreu o AVC — perguntou Marina, já abrindo seu caderninho de anotações.

— Bom, em primeiro lugar, devo dizer que as duas sempre foram muito ligadas e, mesmo a irmã morando em Nova Jersey, quando uma ficava doente, a outra também ficava. Quando uma estava triste, a outra sentia e telefonava. Nem a distância foi capaz de separar as duas — nesse instante, Gustavo se levantou e pegou uma foto que estava sobre o piano.

— Elas são iguais! — exclamou Júlio ao ver a foto das duas juntas.

— Deixa eu ver? — pediu Marina, tirando a foto das mãos de Júlio. — São gêmeas idênticas...

— São sim, desde que nasceram... — brincou Gustavo, tentando afastar um pouco a sua dor. — Um dia eu ouvi Jennifer falando com Kate ao telefone. Ela pedia que a irmã viesse com urgência visitá-la, pois queria fazer uma grande surpresa pra mim, mas só faria na presença de Kate. Eu logo imaginei que devia ser uma festa porque não faltava muito para o meu aniversário. Agora acho que nunca vou saber o que era realmente. Fazia tempo que a Kate não vinha para cá e seu namorado era louco para conhecer o tão falado Brasil. Eles achavam que estavam adiando demais a viagem. Então o convite de Jennifer chegou na hora. Jennifer ficou bastante feliz com a vinda da irmã, e já estava até ajeitando o quarto dos dois, mas infelizmente aconteceu o acidente. O avião caiu em plena floresta Amazônica.

— Nossa, eles estavam naquele avião? — perguntou Marina.

— Sim, infelizmente estavam. Muitos corpos foram encontrados junto aos destroços do avião, mas foi impossível identificar todos.

Marina perguntou se o AVC de Jennifer tinha acontecido no mesmo momento do acidente, mas Gustavo disse que dessa vez tinha sido diferente. Ela não soube logo do acidente, porque ele não atinava como lhe dar a notícia. E Jennifer continuou bem-disposta.

— Cheguei em casa para almoçar já sabendo do acidente. Afinal todos os canais de TV estavam mostrando as equipes de busca no local. Perguntei a Jennifer como ela tinha passado a manhã. Na verdade, eu esperava que ela tivesse sentido algo, como sempre acontecia entre as duas, ou então que tivesse visto na TV, mas Jennifer me disse que estava ótima, pois, Kate deveria chegar em poucas horas. Pensei muito, mas não havia nenhuma maneira fácil ou amena de dar a notícia, então me sentei ao lado dela, segurei sua mão e contei. Foi quando ela revirou os olhos, começou a ter convulsões e, depois, sofreu o AVC. No mesmo dia, perdi minha cunhada e a minha esposa — explicou Gustavo, chorando. — Desde aquele dia, Jennifer só consegue piscar. Os médicos afirmaram que ela vegetará o resto da vida.

Júlio quis saber se todos morreram; Gustavo disse que sim. Apesar da busca, nem a caixa preta fora encontrada. A procura pelos corpos durou uma semana, mas pouca coisa restara. Foram encontrados alguns corpos e fios de cabelo, um dedo com um anel, sapatos, coisas desse tipo. O resto dos corpos provavelmente se despedaçou com o impacto ou com a explosão que ocorreu em seguida, mas, se tivesse sobrado alguma coisa, os peixes teriam comido, pois a maioria dos destroços foi encontrada no fundo do rio. As famílias de Kate e do namorado fizeram um enterro simbólico em Nova Jersey. Mas, por causa do derrame, Jennifer e ele não foram.

Marina e Júlio agradeceram a Gustavo pelas informações e garantiram que o pessoal do IPESPA faria o possível para ajudar sua esposa. Voltaram ansiosos para o Instituto a fim de contar a Sara tudo o que haviam descoberto.

Com esses novos dados em mãos, Sara ligou para Pedro e pediu que ele a encontrasse novamente no Hospital San Marco para verem Jennifer. Pedro estava atarefado nesse dia; tinha compromissos com Zico e ainda precisava dormir para aguentar a ronda da noite. Por isso marcou com Sara para se encontrarem às 19 horas no hospital, antes de ele entrar no serviço.

Sara avisou Menezes que tinha ocorrido outro imprevisto e que ela chegaria mais tarde em casa. Ele não gostou; Sara não estava cumprindo o combinado. Lembrou-a de que ele e as crianças estavam sentindo a falta dela. Mas Sara explicou que se tratava de um caso grave e somente à noite Pedro podia se encontrar com ela no hospital. Isso deixou Menezes enciumado, pois, afinal, Sara estava passando mais tempo com Pedro do que com ele. Encerrou a conversa dizendo que, quando ela voltasse, eles iam ter uma conversa séria a esse respeito. Um pouco preocupada com mais uma das "conversas sérias" de Menezes, Sara agradeceu ao marido e prometeu chegar o mais cedo possível.

★ ★ ★

Sara passou o resto da tarde pesquisando sobre o acidente. Imprimiu mapas do local a fim de pedir a Pedro que investigasse a tragédia. A seguir, entrou no seu blog para atualizá-lo. Pensou, por alguns momentos, em acessar o perfil de Vitor. Seria ele capaz de cometer todas aquelas atrocidades? Por que só ela via a foto dele? Não aguentou mais e acessou o perfil de Vitor; viu novamente a foto, como sempre tinha visto. Só então percebeu que havia uma opção para o participante do blog escolher quem poderia ver a sua foto. Imaginou que, provavelmente, Vitor havia autorizado que apenas algumas pessoas visualizassem seu perfil completo. De certa maneira, ela ficou feliz com a descoberta, porque isso significava que o seu amigo não estava se escondendo, como afirmara Pedro. Ele simplesmente permitira que somente Sara visse o perfil completo.

Nesse instante, um sinal de alerta indicou a chegada de um novo e-mail. Mesmo sendo um e-mail com remetente desconhecido, ela logo imaginou que devia ser de Vitor, como sempre, comunicando-se telepaticamente com ela.

Pedofilia Virtual:

"Vários monstros estão à solta e a polícia não faz nada! Leia mais clicando aqui".

Sara acessou o *link* e leu a reportagem toda. Ficou horrorizada! Crianças sendo vendidas, espancadas e abusadas! O mundo estava perdido!

— Meu Deus!!! Marina, corra aqui — chamou Sara.

— Fala, Sara — aproximou-se Marina.

— Veja o e-mail que recebi. Remetente desconhecido..., pode rastreá-lo?

Marina sentou-se na frente do computador de Sara e tentou rastrear.

— É da mesma pessoa que mandava as listas, Sara. Assim como os outros, este também não dá pra rastrear.

— Por que o *serial killer* mandaria este e-mail... não consigo entender — comentou Sara, confusa.

— Sara, já sabemos que é Vitor o *serial killer*. Então vamos pensar por que Vitor mandaria este e-mail... — disse Marina, achando aquela uma boa oportunidade para conversar com Sara e descobrir toda a verdade. Mas Sara estava atrasada para se encontrar com Pedro, e ela usou o encontro como uma boa desculpa para não falarem de Vitor.

— Estou atrasada, Marina. Tenho que me encontrar com Pedro no hospital e depois continuamos esse assunto, ok? — e pegou a bolsa e o laptop e saiu às pressas.

A caminho do hospital, o celular de Sara tocou. Era mais um telefonema ameaçador, desta vez dizendo que ela fora longe demais nos relatos do livro e que era chegada a hora do Juízo Final. Mesmo amedrontada, continuou dirigindo; afinal, devia ser só mais uma ameaça do pastor, que ainda estava foragido. No caminho, porém, percebeu que estava sendo seguida por um furgão preto. Saiu então da avenida principal e se desviou para uma rua de pouco movimento; em seguida virou à esquerda, à direita e à esquerda novamente, mas o furgão continuava atrás. Começando a entrar em pânico, achou melhor ligar para o marido, que demorou a atender.

— Está ocupado, amor? — perguntou, tentando disfarçar a voz trêmula.

— Não, querida, estava tomando um banho de hidromassagem, enquanto a minha esposa prepara um delicioso jantar — respondeu Menezes, irônico.

— Desculpe, é que eu estou a caminho do hospital e... — falou ela, sem nem perceber a ironia do marido.

— Acorda, Sara! A janta está queimando no fogo, o Ed e o Beto estão se matando no quarto e Dudu está sozinho na banheira! — disse ele, agora em tom severo.

Ela enfim se deu conta da correria do marido e preferiu não contar que estava em apuros.

— Não é nada, amor, só queria saber se estava tudo bem.

— Sim, está tudo muito bem, dona Sara. Mas agora tenho que desligar.

A essa altura, Sara não sabia mais quem a perseguia: se era o pastor, o *serial killer* ou quem sabe até ele, Vitor Gomes. Acelerou o carro, já perto do hospital, mas o semáforo fechou e ela foi obrigada a parar. Viu pelo espelho lateral que o furgão acelerava, vindo parar ao seu lado. Mesmo com medo, arriscou um olhar para o furgão, pois afinal ela podia estar enganada. Mas o que viu não a acalmou: um vidro com insufilme se abrindo lentamente e revelando o rosto de um homem de óculos escuros, apesar de a noite já estar se aproximando. Sara acelerou o carro, avançou o sinal vermelho e entrou rapidamente no estacionamento do Hospital San Marco.

No saguão, encontrou-se com Pedro, que logo notou como ela estava pálida e ofegante. Antes de visitarem Jennifer, sentaram-se no saguão e Sara contou sobre os telefonemas ameaçadores e o furgão preto que a perseguira. Pedro viu então que era necessário grampear os telefones do IPESPA e o celular de Sara para encontrar o criminoso. O policial não tinha dúvida de que era Vitor, mas, como Sara parecia ainda enfeitiçada por ele, Pedro preferiu não comentar. Durante a conversa, ela ficou na dúvida se contava ou não a Pedro sobre o e-mail que recebera. Tentava raciocinar por que o *serial* mandaria um e-mail denunciando a pedofilia. Preferiu não comentar, pois o que dissesse poderia incriminar ainda mais Vitor. Para Sara, eles todos é que estavam enfeitiçados, obcecados com a ideia de que era Vitor o psicopata.

Começou a relatar para Pedro tudo o que Marina e Júlio haviam descoberto sobre a morte de Kate e sobre a ligação das irmãs, um fenômeno comum entre gêmeos. Na opinião dela, Jennifer devia estar perturbada por não terem encontrado o corpo da irmã, mas talvez existisse algum outro aspecto ainda não esclarecido sobre a morte dela. Pelo fato de as gêmeas serem muito ligadas e se comunicarem telepaticamente, era possível que Kate tivesse transmitido alguma coisa para a irmã antes de morrer. Talvez Jennifer tivesse recebido a mensagem, mas, por conta do AVC, não conseguira se expressar. E a angústia pode ter virado um pesadelo, que acabou provocando o infarto.

— E o que devo fazer, Sara? — perguntou Pedro, querendo ajudar.

— Quero que você toque novamente nela e me descreva, com detalhes, o pesadelo em que ela está vivendo. Com os novos dados que Marina e Júlio trouxeram, acho que podemos ajudá-la.

No quarto, Pedro segurou a mão de Jennifer, que estava em sono profundo, e começou a descrever sua visão:

Ela corre pela floresta. Procura alguma coisa. Ouço novamente o choro de um bebê, mas agora vejo uma linda cachoeira no meio da mata. As águas da cachoeira caem sobre pedras, onde Jennifer está tentando pegar alguma coisa. Espere! Ela pegou. É uma maleta branca que está próxima à cachoeira. Meu Deus! Tem dois corpos presos numa poltrona e alguns destroços do avião no fundo de um riacho. Jennifer está olhando para eles. Ela está chorando, mas parece feliz por ter encontrado a maleta.

Pedro soltou a mão de Jennifer.

— É isso, Sara! Há alguma coisa dentro dessa maleta e precisamos encontrá-la. Provavelmente a equipe de busca resgatou os corpos, mas não encontrou essa maleta.

— Você tem razão, Pedro. Talvez esses corpos fossem os de Kate e do namorado, e a maleta também. Mas como vamos saber onde encontrar a maleta, Pedro?

— Vamos procurar saber onde encontraram os corpos e, chegando perto, eu tenho certeza que consigo identificar o local. Estou de folga este fim de semana e o Zico vai ficar com a Bel. Vamos até lá atrás da maleta.

— Mas, Pedro, eu já estou com problema com o Menezes. Não sei o que dizer para ele... mas, deixa pra lá! Pegamos o avião amanhã bem cedo para Manaus.

Ao chegar em casa, pouco depois das onze da noite, Sara quase tropeçou em Menezes que, ainda acordado, esperava-a sentado numa cadeira em frente à porta de entrada.

— Sara, hoje você extrapolou todos os limites de horário. E a cada dia tem uma desculpa diferente. Deixou de ser mãe e mulher, e, pior, ainda acha que está certa.

— Menezes, por favor, compreenda, eu estou no meio de um caso importante e vou precisar viajar neste final de semana — disse, tentando se explicar.

— O quê? Chega a esta hora em casa e ainda diz que vai viajar? Você perdeu o juízo, Sara? Só pode ser isso! Sinto muito, mas desta vez você não vai.

— Mas eu já marquei com o Pedro, amor. Vou arrumar as malas porque amanhã cedinho vamos para a floresta amazônica.

— Sara, já disse que você não vai. Você está abandonando a sua família para ajudar a família dos outros. E, ainda por cima, quer ir passar um final de semana com o tal do Pedro na floresta amazônica?! Você só pode estar brincando comigo!

A essa altura, Menezes já parecia bem alterado.

— Amor, você nunca se descontrola assim. Está com ciúmes do Pedro, por acaso?

— Não é mais uma questão de ciúmes, Sara. Primeiro era o Vitor. Agora é esse policial. Você está me traindo?

Sem dizer nada, Sara seguiu para o quarto do casal, trancando a porta atrás de si.

Na entrevista, Sara se emociona ao relembrar essa parte da história, e chora. Ela, que nunca gostou de se expor, percebe então que está contando fatos pessoais da sua vida para milhares de telespectadores, e ao vivo!

FLÁVIO: Você quer um copo d'água, Sara?

SARA: Não, Flávio, obrigada. Desculpem, mas é difícil relembrar alguns momentos da vida.

FLÁVIO: Nós entendemos. E se não quiser falar a respeito, não há problema.

SARA: Eu não devia ter tocado nesse assunto, mas isso também faz parte da minha história. É normal casais brigarem, discutirem, mas o Menezes... me fazer aquela pergunta? Nunca pensei que ele desconfiasse de mim!

FLÁVIO: E como você reagiu?

SARA: Fiquei trancada por algumas horas no nosso quarto. Ele acabou dormindo na sala. Durante esse tempo, aproveitei para pensar, refletir. Quando me dei conta de que fui julgada, as minhas energias voltaram. E isso me deu mais força para continuar adiante. Em vez de ficar chorando no quarto, tratei de arrumar a mala.

O fundo do poço

É no fundo do poço que enfrentamos os nossos
medos e os nossos demônios.

No dia seguinte, Menezes acordou no sofá da sala com o barulho dos meninos pulando em sua cama. Foi até o quarto e pediu que eles parassem com aquela gritaria. Sara não estava lá. Menezes dirigiu-se ao banheiro e encontrou um bilhete preso no espelho: "Nunca pensei que pudéssemos chegar a este ponto. Nunca lhe dei motivos e por isso estou magoada. Pense no que você me disse. Volto na segunda."

Menezes, nervoso, deu um murro no espelho. As crianças ouviram o barulho e, assustadas, enfiaram-se embaixo das cobertas.

Pedro guardou alguns *kits* de acampamento numa mochila e, ao entrar no carro para ir se encontrar com Sara no aeroporto, encontrou outro bilhete no para-brisa.

Peça Ajuda ao Papai

No aeroporto, mostrou o bilhete a Sara, que ligou imediatamente para Marina:

— Você já conseguiu decifrar a frase dos ideogramas?

Como era muito cedo, pegara Marina ainda na cama.

— Frase? Ideogramas? Ah! Sim... Que horas são? — perguntou a jornalista, enquanto tentava acordar. — Oi, Sara, desculpe, eu estava dormindo ainda... Quanto aos ideogramas, não consegui nada que fizesse muito sentido, mas...

— Então preste atenção, Marina. Pedro encontrou outro bilhete no carro dele. Diz: "Peça ajuda ao papai". Assim, raciocine: "Ideogramas japoneses"... "Peça ajuda ao papai"...

— Claro! Saquei! Como não pensei nisso antes? Meu pai sabe um pouco de japonês! Pode ficar tranquila, vou falar com ele hoje mesmo...

— Ótimo! — entusiasmou-se Sara. — Mas não conte a ele nem a ninguém sobre o caso do *serial killer*. Estou sendo ameaçada e não quero colocar mais pessoas em perigo.

— Deixa comigo, Sara.

Sara e Pedro partiram para Manaus.

* * *

Marina foi procurar o pai, o seu Oshiro, que explicou que os ideogramas japoneses eram muito mais complexos do que a escrita silábica. Um ideograma representava uma ideia, um significado, e podia ser interpretado de várias maneiras, dependendo do contexto. Sugeriu a Marina um dicionário japonês-português.

Já no jornal, Marina estava toda animada, digitando um texto em sua mesa, quando foi abordada pela amiga e chefe Joana.

— Qual o motivo da euforia, japa?

— Chefinha, eu vou contar. Mas você precisa prometer que vai manter o bico calado. Se essa informação vazar, muita gente pode correr perigo.

— Então fala logo, menina, está me deixando curiosa!

Joana puxou uma cadeira e se sentou perto de Marina. De tão entretidas, não perceberam que o editor-chefe, ao passar entre as mesas, tinha ouvido o comentário sobre o sigilo. Discretamente, foi se aproximando.

— Você se lembra daquelas marcas que o *serial* fez nas costas das vítimas? — perguntou Marina.

— Lembro, lembro... — apressava Joana.

— Então... são ideogramas. O próprio *serial* deixou essa pista para a polícia. Vou descobrir o que aquele psicopata está querendo nos dizer e desta vez ele não escapa da gente.

— Desta vez?! — estranhou Joana. — Vocês já estão na cola dele?! Já descobriram quem é o assassino?

— Sim, já sabemos quem é — sussurrou Marina.

O editor-chefe, ainda disfarçando, ali por perto, arregalou os olhos.

— Pô, japa, isto sim é que é um furo de reportagem! — gritou Joana, levantando-se, apoiada com as duas mãos sobre a mesa de Marina.

— Shiii!!! — Marina pediu silêncio, puxando Joana para mais perto. — Não podemos publicar ainda, porque existe um fato que ainda não conseguimos entender. Se isso vazar agora o assassino pode machucar alguém!

O editor, ainda mais discretamente, foi se afastando e, satisfeito com o que acabara de escutar, chamou um dos outros jornalistas.

— Paulão, vem cá! Preciso que você escreva uma matéria pra mim.

★ ★ ★

Pedro e Sara chegaram a Manaus. Do aeroporto seguiram de táxi para as margens do rio Negro, onde fariam a locação de uma voadeira e partiriam o mais rápido possível para um vilarejo de pescadores, próximo ao local onde tinham sido encontrados os destroços do avião.

No vilarejo, entraram numa bodega, cheia de homens que tomavam seu trago diário, e perguntaram se havia alguém ali que podia levá-los até o local do acidente, depois guiá-los na mata para tentar achar um objeto que pertencia a uma das vítimas do acidente de avião.

Desceu um silêncio pesado na bodega. Pelos rostos assustados dos fregueses, Pedro e Sara perceberam que devia circular alguma história assustadora sobre o acidente, que tinha mexido com a imaginação e a superstição dos habitantes do vilarejo.

No entanto, já que estavam lá e tinham de resolver aquele assunto para tentar salvar Jennifer, ofereceram um bom dinheiro para atrair um possível guia. Antônio, um negro forte de uns 40 anos, que, de tão alto e robusto que era, fazia Pedro parecer uma criança, acabou se oferecendo para guiá-los. E lá se foram eles no barco de Antônio, depois de providenciar algumas coisas de que iam precisar.

No caminho, o guia lhes explicou que a cachoeira a que eles se referiam ficava escondida no meio da mata e passou a causar pânico nos moradores do vilarejo depois do acidente. Vários guias que passaram por ali ouviram gritos de algum espírito que provavelmente estava preso ao corpo que não fora encontrado e estava assombrando o local. Sara desvalorizou a história contada por Antônio, mas aproximou-se de Pedro, sussurrando em seu ouvido.

— Esteja preparado; talvez a gente encontre algo que nos surpreenda naquela cachoeira.

— Minha mãe do céu! — exclamou Pedro, assustado. — Mas não é você que não acredita em espíritos, Sara?

— Pedro, eu não sou a dona da verdade. Sou uma pesquisadora que busca encontrar explicações científicas nos fenômenos, mas estou aberta para todas as pesquisas, principalmente se não houver explicação científica para um caso — disse Sara, surpreendendo Pedro.

Quando chegaram ao local, Antônio já estava bastante assustado, mas aguentou firme. Amarrou o barco e entraram na mata, a caminho da tal cachoeira, localizada num braço do rio que não era navegável. Conforme iam penetrando na floresta densa, Pedro também foi ficando assustado.

— Sara, parece que esse lugar tem vida própria.

— Claro que tem, Pedro, estamos no pulmão do mundo e tudo aqui tem vida.

Mas Pedro começou a ficar paranoico: via as mesmas coisas que tinha visto quando tocara em Jennifer. Ouvia um ruído aqui, um choro de bebê ali... e o tempo todo perguntava se a amiga e o guia estavam escutando também. Sara disse que ele estava se deixando impressionar pelo medo dos nativos e que o fato de algumas pessoas terem morrido no local era insignificante perto do número de pessoas que morriam todos os dias em São Paulo.

A tarde começava a cair quando escutaram o som de uma queda d'água. Devia ser a cachoeira! Correram na direção do som e Pedro reconheceu o lugar. Disse que tinha sido ali que Jennifer encontrara a maleta. Os três começaram a procurá-la entre as pedras e depois nas redondezas, mas sem resultado. A noite vinha chegando e, junto com ela, os ruídos da floresta. Mais assustado ainda, o guia disse que eles não conseguiriam retornar ao barco antes de escurecer, por isso precisavam achar um lugar para passar a noite.

Molhados, saíram em busca de uma clareira que Antônio sabia existir ali perto. Sara pediu que Pedro andasse mais rápido, mas ele estava tomado pelo medo, totalmente paranoico, "vendo coisas" e "ouvindo barulhos" por todos os lados.

Surpreenderam-se ao ver como a clareira era grande, mas mais ainda ao ver que havia uma cabana improvisada, feita com galhos e folhas de árvores. Dentro, havia indícios de que alguém havia acampado ali, mas não havia ninguém por perto e o local parecia abandonado. Acomodaram suas coisas e, quando a escuridão já tomava conta da floresta, Pedro e Antônio foram juntar galhos secos para fazer uma fogueira. Todos estavam com as roupas úmidas e precisavam se aquecer, pois a noite prometia ser fria.

Pedro enfrentou seu medo e seguiu o guia, que teve de se embrenhar na mata porque havia poucos galhos grandes na clareira. Não passou muito tempo até Sara ouvir um grito. Logo em seguida, outro. Depois um grito contínuo, que foi se afastando e se perdendo pela floresta.

— Pedro?! — chamou ela, baixinho. — Pedro, onde vocês estão?

Apesar de estar com muito medo, arriscou-se e foi na direção que eles tinham tomado. Ia sentir-se mais segura ao lado do policial.

Já na borda da clareira, percebeu um movimento entre as árvores.

— Pedro!? É você?

— Sou eu, estou aqui.

— Mas o que aconteceu?

— Não sei, Sara...

— Que gritos foram aqueles?

— Eu gritei. A gente estava catando lenha e acho que a ponta de um galho raspou na minha perna e me machucou. Levei um baita susto e gritei. Logo depois o Antônio também gritou e saiu correndo pela mata. Sara, acho que ele fugiu. Nós estamos sozinhos aqui!

Por um instante, sentiram-se completamente perdidos naquele ambiente opressor e claustrofóbico da maior selva tropical do planeta. Agora tinham como guia apenas as suas habilidades paranormais, seus dons de sensitivos...

Preocupados, voltaram para a clareira. Enquanto Pedro acendia a fogueira, Sara pegou algumas provisões na mochila. Sentados e aquecidos, comeram e trocaram ideias até se sentirem exaustos.

Quando se ajeitava para dormir na cabana, Sara sentiu uma saliência no chão e encontrou uma caixinha embrulhada num pedaço de pano. Dentro havia os pertences da última pessoa que acampara ali: um anel, desodorante, uma carta e um envelope. Sara apontou a luz da lanterna para a carta, que estava úmida e se desfazendo nas bordas, enquanto Pedro a desdobrava. Eles se esforçaram para ler, mas, com a tinta borrada, só foi possível ler a última linha: "Com amor, Jennifer".

— A Jennifer esteve mesmo aqui! — disse Pedro, assustado.

— Não, Pedro, provavelmente é uma carta que Kate carregava no avião. Veja, há uma foto das duas aqui no envelope...

Como Pedro não respondeu, Sara voltou-se para ele, preocupada:

— Pedro, você está bem?

Ele parecia estranho. Pegou a foto, colocou a mão sobre ela e teve outra visão:

Ela encontrou uma caverna e se abrigou nela. O bebê... as roupas... O batuque dos canibais... Os corpos na cachoeira...

— Chega, Pedro! – disse Sara ao perceber que o policial estava se exaltando.

Pedro abriu os olhos.

— Seu medo está atrapalhando a sua visão, não é um bom momento, descanse um pouco.

Pedro realmente estava aterrorizado. Abraçou Sara e acomodou a cabeça no peito da amiga. Como uma criança querendo se proteger no colo da mãe, adormeceu.

No meio da noite, Pedro acordou. Lentamente, foi levantando a cabeça, mas, quando seus olhos chegaram ao rosto de Sara, viu que não era mais ela. Estava deitado no colo de um canibal. Profundamente perturbado, levantou-se e procurou Sara, mas ela havia desaparecido. Em volta da uma fogueira, ainda acesa, giravam crianças de mãos dadas, cantando uma toada que o deixou arrepiado:

— Queima! Queima! Queima!

Suando frio, Pedro ainda olhava para as crianças sujas de sangue quando tentou soltar um grito:

— Sara...

Mas desmaiou.

★ ★ ★

No dia seguinte, Pedro acordou com o canto dos pássaros e a claridade do sol. Tudo parecia calmo, mas Sara ainda não estava ali. Achou que havia sonhado com o canibal e as crianças. Imaginando que Sara devia estar procurando a maleta, resolveu sair pela floresta em busca da amiga.

Que estranho! Pouco adiante, a floresta se abriu e surgiu um bananal. Com fome, Pedro colheu uma penca de bananas maduras e resolveu que era melhor retornar ao acampamento. No caminho, ouviu o choro de um bebê, mas pensou que estava novamente imaginando coisas e continuou andando. O choro, porém, o acompanhou. Resolveu correr em direção à clareira, mas, quanto mais corria, mais longe ela parecia ficar. Paranoico, olhou para um lado, para o outro, coçou a cabeça e ouviu o choro novamente. Deu mais alguns passos e ouviu risadas infantis. Olhou na direção das risadas e enxergou vultos correndo por trás das árvores, como se estivessem brincando de esconde-esconde. As crianças balançavam o corpo e cantavam uma melodia arrepiante:

— Um, dois, é a sua vez... Três, quatro, você vai queimar... Cinco, seis, salve o bebê... Sete, oito, vamos te pegar...

Ao dar um passo para trás, Pedro soltou um grito, "Saraaaaa!...", ao sentir que caía num buraco camuflado pela vegetação. Era um poço muito profundo. Ao tocar o fundo, sentiu os ossos se quebrando com o baque.

★ ★ ★

Enquanto isso, ao lado da cabana, Sara punha mais galhos na fogueira para mantê-la acesa. Sobre a fogueira, colocou uma lata que encontrara no acampamento, cheia com água da cachoeira. Em seguida, pegou as garrafinhas de refrigerante que tinham bebido na noite anterior, tirou da mochila uma camiseta e uma bermuda, cortou-as em tiras e, voltando à cachoeira, lavou tudo cuidadosamente.

Apesar de estar passando um apuro, Sara manteve a calma até perceber, no riacho, a ponta de um objeto grande. Com um pedaço de galho, esforçou-se para puxar o objeto, mas acabou caindo na água. Apesar de estreito, o riacho era fundo. Sara tocou com os pés o objeto, mas ainda assim não conseguiu identificá-lo. Tomou fôlego e mergulhou, assustando-se ao ver duas poltronas de avião presas em alguns destroços e na vegetação submersa abundante daquela parte do riacho. Sara conclui: "É isso! Deve ser aqui que encontraram os corpos de Kate e do namorado, mas por que não retiraram as poltronas? Ah, Pedro, precisava tanto de você agora..."

Ao voltar à clareira, por onde passava tocava e cheirava as diversas plantas do local; algumas esfregava as folhas, cheirava-as e guardava no bolso. Na clareira, amassou as folhas e colocou-as dentro das garrafinhas, já cheias de água. Pôs então as garrafinhas dentro da lata que estava ao fogo e viu que elas flutuaram. Pronto! Estava improvisado um banho-maria.

Um vento soprou mais forte, balançando as árvores ao redor da clareira, mas, quando parou, voltaram os sons normais da floresta. De repente, mais um grito ecoou. Sara levantou-se e caminhou na direção em que ele veio.

Pedro acordou no fundo do poço e, quando tentou se levantar, percebeu que as duas pernas estavam quebradas. O poço estava escuro, mas tocando as paredes percebeu um emaranhado de cipós e se agarrou a eles, para tentar se levantar novamente; não conseguiu. Desesperado, começou a gritar por socorro, porém estava fraco demais e o poço era muito fundo. Pareceu-lhe inútil todo aquele esforço. Com fome, comeu algumas das bananas que tinham caído junto com ele. Sentia-se dolorido, molhado, desconfortável no fundo lamacento do poço. Porém, ao passar a mão pelo corpo e pelo chão e levar os dedos ao nariz, percebeu que o cheiro não era de lama, como imaginara. Lembrou-se do isqueiro que carregava no bolso. Ao acendê-lo, viu que as mãos estavam ensanguentadas. Iluminou o resto do corpo e ficou apavorado: estava deitado sobre uma poça de sangue! Do seu próprio sangue!

— Socorro! Vou morrer! Sara! Me ajude!

Cansado, depois de muito gritar, desistiu. O silêncio então tomou conta do poço, até ser interrompido por vozes de crianças, que pareciam cochichar ao redor de Pedro.

— Quem está aí? Quem são vocês? — perguntou ele, procurando o isqueiro, que deixara cair. Ao acendê-lo, viu que eram elas novamente! As crianças ensanguentadas, com os braços estendidos em sua direção e cantando novamente:

— Queima! Queima! Queima!

— Não falem isso, pelo amor de Deus! Quem são vocês? — perguntou, sem querer acreditar que estava diante de espíritos de crianças possuídas.

— O que está acontecendo comigo? Meu Deus, não me abandone agora...

Mas as crianças começaram a tocar o corpo de Pedro, formando um círculo ao seu redor.

— Eu não fiz nada! O pastor é um mentiroso... Me deixem em paz! — começou a gritar.

Apavorado, sacou a 9 milímetros que levava no coldre, mirou as crianças, que passaram a cantar:

— Salve o bebê!... Salve o bebê!... Salve o bebê!...

— Perdão, Zico, papai falhou... — disse engatilhando a arma. Lentamente, apontou-a para a boca e atirou.

Em São Paulo, Marina e Júlio estavam a caminho da clínica de reabilitação. Tinham conseguido uma permissão especial para visitar Bruno, mas, no caminho, Júlio sofreu uma crise de dor de cabeça e pediu que ela parasse o carro. Na beira da estrada, ele teve uma visão:

Sara e Pedro estão em dificuldade numa floresta. Pedro corre risco de vida.

Marina não sabia onde Sara estava naquele domingo, mas diante da visão de Júlio, ligou para Menezes. Ele respondeu rispidamente, dizendo que Sara tinha abandonado a família e ido para a floresta amazônica com Pedro. Percebendo a irritação de Menezes, Marina agradeceu e desligou. Tentou ligar para os celulares de Sara e Pedro, mas nenhum atendeu; então ligou para Rosana, contando sobre a visão de Júlio. A detetive explicou que os dois tinham viajado para o Amazonas à procura de pistas do caso Jennifer e garantiu a Marina que providenciaria uma equipe de busca.

Já mais sossegados, Marina e Júlio chegaram à clínica. Bruno, feliz com a visita dos amigos, foi logo perguntando:

— Vocês estão aqui por causa disto, né? — e mostrou a manchete do jornal de domingo: "Grupo do IPESPA sabe quem é o *serial killer*".

— Caraca! Quem fez isso comigo? — disse Marina, assustada.

— Oras, não foi você que escreveu a matéria? — perguntou Bruno em tom irônico.

— Meu Deus... a Sara vai me matar! Temos que voltar, Júlio. Diga logo ao Bruno o que nos trouxe até aqui.

Júlio, com seu modo simples, explicou que não queria de modo algum se aproveitar da amizade de Bruno para beneficiar a mãe, mas tinha recebido uma carta dela, dizendo que estavam passando por sérias dificuldades e que não recebiam pagamento há dois meses. Bruno ficou indignado, pois o administrador da fazenda ganhava muito bem para cuidar de tudo por lá. Júlio completou que este era o maior problema: há meses o administrador mal aparecia na fazenda. Bruno confessou que não entendia nada de negócios, mas ligaria imediatamente para seu advogado, pedindo que ele tomasse todas as providências necessárias. Tranquilizou Júlio em relação à mãe, prometendo que, o mais rápido possível, todos os trabalhadores receberiam cestas básicas e os pagamentos atrasados.

Preocupados com a manchete do jornal, Marina e Júlio despediram-se de Bruno e foram para o IPESPA.

★ ★ ★

Menezes estava com as crianças a caminho do shopping. A família tinha combinado durante a semana que, no domingo, todos iriam à estreia de um aguardado filme infantil. E, mesmo Sara viajando, os meninos não tinham se esquecido do combinado. Pobre Menezes, era difícil dirigir e manter as crianças sossegadas no banco de trás, por isso não percebeu que era seguido por um furgão preto. O mesmo que perseguira Sara.

Já no cinema, enquanto Menezes comprava os ingressos com Dudu no colo, Ed e Beto foram se abastecer de pipocas, refrigerantes e doces. Felizes, entraram para assistir ao filme. Logo que se acomodaram na sala de projeção, entraram dois homens de terno preto e com *walkie-talkies* nas mãos; cada um ocupou uma das extremidades da fileira em que estavam Menezes e os filhos. Entretidos com os *trailers*, ninguém da família percebeu.

Na metade do filme, Dudu quis ir ao banheiro. Menezes levou-o e, ao retornar, trouxe mais três pipocas; ficou com uma para ele e Dudu, passou a outra para Ed e, ao tentar entregar a terceira ao Beto, viu que o filho não estava na poltrona.

— Ed, cadê seu irmão?

— Sei lá, pai, deve ter ido ao banheiro, pra variar...

O pai pôs a pipoca na poltrona de Beto, para quando ele voltasse, e se deixou envolver pelas cenas mirabolantes do filme, que era divertidíssimo.

As luzes se acenderam, Menezes se levantou, dando uma boa espreguiçada, pegou o pequeno Dudu no colo e chamou Ed e Beto... Mas Beto não estava lá e o saco de pipocas continuava cheio sobre a poltrona.

— Mas como? Ele não voltou ainda? — perguntou, alarmado, para o filho mais velho.

— Pai, parece que você não conhece o Beto! Ele fica horas no banheiro! — respondeu Ed, tirando um sarro do irmão.

— Vamos até lá, então — disse, começando a ficar preocupado. — Tenha dó... nem no cinema ele para de dar trabalho!

Mas Beto não estava no banheiro. Menezes perguntou a um funcionário do cinema se tinha visto o menino. O rapaz disse que, durante o filme, tinham saído do cinema dois homens, um deles com um menino no colo. E que ouviu quando o homem que carregava o menino dissera ao outro que o filho tinha pedido a semana inteira para assistir ao filme, mas acabara dormindo no meio da sessão.

Menezes ficou desconfiado e quis saber que roupa o menino vestia. O rapaz não se lembrava, afinal eram tantas crianças! Mas uma coisa tinha lhe chamado a atenção, quando passaram por ele a caminho da porta: o relógio enorme e colorido de um super-herói da tevê no pulso do menino. Segundo o rapaz, seu filho queria um daqueles de aniversário.

— Meu Deus! O relógio do Beto! Chamem a polícia. Sequestraram o meu filho. Socorro!

Em poucos minutos, todos os seguranças do shopping estavam na porta do cinema e Menezes, com a voz trêmula e muito nervoso, contou sobre o sequestro. O funcionário do cinema descreveu os homens para os seguranças, que imediatamente acionaram a polícia.

Todo aquele tumulto e o estado lastimável do pai deixaram Ed e Dudu desesperados. Menezes ligou para a casa dos pais e pediu que eles fossem imediatamente ao shopping para pegar as crianças.

Dona Flora, já idosa, perguntou se Sara não podia pegá-los, pois ela estava terminando de assar um bolo. Menezes então contou à mãe que Beto fora sequestrado no shopping e que ela precisava ficar com Ed e Dudu.

— E Sara está bem, meu filho?

— Mãe — respondeu Menezes, irritado — Sara foi para a floresta amazônica "estudar a morte da bezerra"!

Menezes desligou, deixou Ed e Dudu com uma funcionária da administração do shopping e saiu junto com os outros seguranças à procura do filho. As viaturas policiais chegaram ao local e bloquearam todas as saídas. Um pouco mais aliviado com o início das buscas, Menezes conversava com um dos policiais:

— Eles drogaram o meu filho, drogaram o menino... e ele é alérgico, sofre de asma, pode ter um choque anafilático. Por favor, encontrem logo o menino.

Dona Flora e seu João chegavam nesse momento ao shopping. A avó foi direto à administração, conforme o filho havia pedido, enquanto seu João ia acalmar Menezes, dizendo que a polícia já cercara o local e logo encontrariam o garoto. Pediu que ele tivesse fé, pois o anjo da guarda de Beto lhe dava proteção.

Os policiais garantiram a Menezes que a entrada e a saída do shopping seriam controladas até o menino ser encontrado, mas que isso poderia levar algumas horas. Quando dona Flora e os meninos chegaram, Menezes pediu que os pais levassem as crianças para a casa deles e ficassem todos trancados lá.

O shopping estava tumultuado. O porta-malas de cada carro que se dirigia para a saída era revistado e, se dentro do carro houvesse alguma criança que lembrasse remotamente a descrição de Beto, a polícia chamava Menezes para a identificação; só depois de constatar que não era o menino, o carro era liberado. Menezes já estava um pouco mais calmo ao ver essa operação policial, mas então o seu celular tocou:

— O seu filho já está no cativeiro, dormindo tranquilamente e ainda não sofreu nada. Você está sendo observado, por isso siga todas as minhas instruções. Diga para a polícia que você está falando com a sua mulher e que ela já encontrou o menino. Vamos, estou mandando, diga já!

Nesse instante, o desespero de Menezes voltou, mas ele teve de aparentar tranquilidade e fingir que falava com a mulher ao telefone, enquanto se aproximava dos policiais.

— Graças a Deus, querida, leve o Beto para casa, que já estou a caminho... — e dirigindo-se para um policial: — Oficial, a minha esposa está na linha. Ela encontrou o Beto quando ele chegava em casa a pé.

— Mas, senhor, como pode isso? O senhor tem certeza? — duvidou o policial.

Menezes pôs novamente o celular no ouvido e fingiu falar com a esposa, para não levantar suspeita:

— Querida, o Beto está bem mesmo?

Do outro lado da linha, o sequestrador cumprimentou Menezes:

— Você está indo bem. É bom mesmo convencer a polícia a sair do caso senão o seu filho morre! Assim que terminar aí, vá para casa e espere uma nova ligação — e desligou.

Menezes voltou-se para o policial.

— Sim, senhor, tenho certeza. Ele se perdeu de nós quando foi ao banheiro do cinema e resolveu ir embora sozinho. Coisa de criança! Desculpem pelo transtorno e agradeço muito pelo que fizeram...

O policial passou uma mensagem pelo rádio para os colegas:

— Alarme falso, pessoal, a mãe encontrou o menino. Suspendam a busca e liberem a saída dos carros.

Menezes, seguindo as instruções do sequestrador, foi para o apartamento.

★ ★ ★

FLÁVIO: Sara, dizem que o vínculo entre mãe e filho é muito grande... que as mães pressentem quando um filho está em perigo. Você não sentiu nada de errado acontecendo?

SARA: É verdade, Flávio. As mães pressentem. Toda mãe é, de certa maneira, uma telepata. Pelo menos em relação aos filhos. Mas eu não senti nada... Tenho de confessar isso. Essa questão me perseguiu por muitos meses e ainda não sei como explicar. Só posso dizer que sou humana e as pessoas falham... Eu estava no outro extremo do país, numa aventura no pulmão do mundo, no meio da floresta...

FLÁVIO (*brincando*): E como os celulares não pegam lá, talvez as ondas telepáticas também não...

Uma nova vida

Existe somente um vínculo maior do que o que existe entre pais e filhos: o vínculo entre gêmeos.

Rosana contou ao chefe que Pedro corria perigo de vida na Amazônia; precisavam enviar urgentemente uma equipe de busca ao local. O chefe quis saber o que Pedro estava fazendo lá e como ela sabia que ele corria perigo. Não podendo contar toda a verdade, Rosana inventou que Pedro fora a passeio com alguns amigos e deixara uma mensagem no celular dela dizendo que iam entrar na mata para resgatar um dos amigos que se ferira numa cachoeira; caso ele não retornasse a ligação dentro de algumas horas, era para ela enviar uma equipe de busca para resgatá-los.

A história acabou convencendo o chefe, que estava mais preocupado com um caso muito importante; ele ligou para Manaus, pedindo que a polícia de lá enviasse uma equipe de busca. Então Rosana pegou o telefone e passou as coordenadas do lugar.

★ ★ ★

Sara andou mais um pouco na direção do novo grito, mas depois de alguns metros acabou retornando à cabana, com medo de se perder. Convencida de que poderia ter se enganado, continuou a preparar a poção com as folhas que colhera. A certa altura, tirou as garrafinhas do banho-maria e jogou fora a água fervente da lata. Depois colocou as tiras de pano no fundo da lata e despejou por cima as poções de ervas que estavam em cada uma das garrafinhas. Mesmo com recursos escassos, conseguira preparar compressas em plena floresta!

Nesse instante, outro grito chamou a atenção de Sara. Dessa vez parecia mais próximo e ela pôde distinguir que a voz gritando por socorro era de mulher.

Sara pegou a mochila que o guia, na pressa, tinha abandonado e tirou dali uma lata de tinta vermelha, que ele levara justamente para a finalidade que ela tinha em mente: a cada poucos metros que percorria, ela mergulhava um galhinho na tinta e fazia uma marca no tronco de uma árvore, para que pudesse encontrar o caminho de volta. Depois de um tempo que lhe pareceu interminável, ela se deparou com o pé de um sapatinho de bebê, jogado no chão. Pegou o sapatinho de lã azul, sujo de barro, e continuou caminhando até avistar outra peça azul, pendurada no galho de uma árvore. Era o outro pé. Um pouco mais adiante viu um casaquinho e imaginou que a mulher que gritava devia estar com um bebê. Continuou seguindo essa espécie de trilha, que parecia ter sido deixada de propósito, assim como ela fazia com a tinta vermelha.

Logo à frente, ela avistou uma maleta igual à que, na visão de Pedro, Jennifer tentava abrir na cachoeira. A maleta era a última pista e não levava a lugar algum. Então o grito ecoou novamente pela floresta. Sara não sabia ao certo que caminho devia seguir, mas, ao avistar uma caverna, lembrou:

— A caverna! Pedro disse que alguém estava escondido numa caverna!...

Sara se aproximou da abertura, mas o interior estava escuro. Sentiu medo. Todos os acontecimentos recentes, as visões de Pedro, os pesadelos de Jennifer, as histórias da população ribeirinha... Ela não sabia o que ia encontrar pela frente! Mesmo assim, respirou fundo e deu alguns passos em direção aos gemidos que ouvia. Mal tinha entrado na caverna, tropeçou em alguma coisa macia, que parecia se arrastar pelo chão. Sara caiu, ao mesmo tempo em que ouviu uma voz feminina ao seu lado:

— Vá embora! Me deixe em paz!

— Moça, eu ouvi os gritos e vim ajudá-la — disse Sara, tentando tranquilizá-la, enquanto se levantava.

— Eu já me acostumei com esta maldita floresta. Sei que você é outra alucinação!

Sara tentou ajudar a moça, mas ela resistiu; gritava e chamava constantemente por "Bill". Atordoada, Sara a conduziu à força até a saída da caverna e perguntou quem era Bill. Lembrou-se de que Pedro também ouvira esse nome em sua visão, ao tocar Jennifer no hospital.

— Bill é o meu herói. É ele quem vem me salvar — dizia a moça, visivelmente perturbada.

— Tem algum bebê aqui com você? — perguntou Sara, preocupada.

— Tem. Não, tinha... os canibais levaram...

Ao perceber que a moça delirava, Sara achou melhor cuidar logo dela.

— Vamos até a cachoeira, vou ajudá-la a se limpar.

As duas seguiram as marcas vermelhas nas árvores, passaram pela clareira e foram até a cachoeira. Juntas, entraram na água. Ao limpar o rosto enlameado da mulher, Sara estremeceu.

— Meu Deus, você é Jennifer?! — gritou Sara, confusa. — Eu também entrei no seu pesadelo? Como isso pode ter acontecido?

A moça segurou firmemente os braços de Sara e, olhando-a nos olhos, disse:

— Eu não sou Jennifer. Sou a irmã dela, Kate.

Nesse momento, Kate sentiu que recuperava a sanidade mental, depois de tanto tempo enlouquecida, devido ao acidente, sobretudo à morte de Bill.

Ela então contou tudo a Sara.

★ ★ ★

Menezes andava de um lado para o outro no apartamento. Desesperado, aguardava uma ligação do sequestrador, mas o telefone não tocava. Pensando numa alternativa para recuperar o filho, ele ligou para Marina, que era com quem mais tinha intimidade, e contou que estava tendo um problema muito sério e precisava que os Sensitivos o ajudassem.

— Mas qual é problema? — perguntou a jornalista, temendo que Menezes a recriminasse por causa da matéria.

— É muito grave, Marina, por favor, me ajude! Estou sendo vigiado e me proibiram de falar qualquer coisa.

— Posso ir até aí?

— Não, não venha, pode ser perigoso.

— Então faça o seguinte. Desligue o telefone e me ligue do seu celular para este número aqui...

Ela deu o outro número e Menezes ligou novamente.

— Oi, Menezes, agora estamos numa linha segura. Acabei de bloquear esta ligação e nem a polícia pode escutar o que estamos falando. Então, por favor, me conte o que está acontecendo...

— Sequestraram o Beto, Marina — disse ele, chorando. — Estou desesperado, aguardando as novas instruções do sequestrador, mas ele não liga.

— Meu Deus! Isso foi vingança do *serial killer* por causa da matéria! A culpa é minha...

— Que matéria? Culpa de quê, Marina? — perguntou ele, que nem tinha visto o jornal nesse dia.

— Nada, esquece, Menezes. Vou desligar e rastrear as últimas ligações que você recebeu no celular. Assim que eu localizar o sequestrador, ligo pra Rosana e depois pra você, ok?

— Mas, Marina, o que faço enquanto isso?

— Nada, só fique aguardando a ligação do sequestrador.

Marina em seguida telefonou para Lisa e contou sobre o sequestro. Pediu que a enfermeira tentasse se comunicar telepaticamente com

Beto, para descobrir onde ele estava. Lisa nunca se comunicara com alguém à distância, mas deitou-se em sua cama, fez um relaxamento e começou a transmitir:

— *Beto, Beto, pode me ouvir?*

O menino não respondia. Lisa concentrou-se ainda mais, usando a técnica da visualização. Imaginou o rosto do menino e em que tipo de lugar ele poderia estar preso, depois mentalizou e visualizou a imagem de Beto. Tentou novamente.

— *Beto, pode me ouvir? Preciso falar com você!*

Nesse momento, o menino estava sedado. Sonhava com ele e os irmãos tomando banho... De repente puxaram a mãe com roupa e tudo para dentro da banheira... e ele olhou para o rosto da mãe, que dizia: *Beto, pode me ouvir? Preciso falar com você!*

— *Mamãe, estou te ouvindo!*

— *Beto, você está dormindo neste momento e está sonhando. Não sou a sua mamãe. Sou ... sou seu anjo da guarda e vim aqui pra falar com você. Podemos conversar?*

No sonho de Beto, a cena se congelou: o pai dando banho em Dudu, Ed jogando água na mãe e ele diante de um lindo anjo com asas brancas e um manto azul.

— *Agora posso te ver, você é linda! Eu continuo sonhando?*

E o "anjo" respondeu que sim, que aquilo era um sonho, mas ele, Beto, era real. Então Lisa pediu para ele prestar atenção ao que ela ia dizer:

— *Você estava no cinema com o seu pai e um homem malvado levou você embora. Você agora está preso, por isso eu vim aqui. Quero que você saiba que o papai já está a caminho e que eu vou ficar o tempo todo ao seu lado.*

Beto percebeu que não conseguia mexer as mãos e começou a sentir medo, mas o anjo pediu para ele se acalmar, repetindo que o pai o encontraria, onde quer que ele estivesse.

Lisa explicou que o menino não precisava falar para que ela o ouvisse. Bastava pensar. Na verdade, ela estava se precavendo caso ele estivesse preso num lugar com pouco ar. Se ficasse quieto, aguentaria mais tempo.

Nesse momento, Beto "disse" que, de repente, tudo tinha ficado escuro e apertado, e ele não via mais o anjo, só ouvia. Começou a sentir medo. Lisa "explicou" que ele tinha acordado, por isso devia se acalmar e fingir que ainda estava dormindo. Ela prometeu que, em pensamento, estaria com ele o tempo todo e não deixaria que nada de mal lhe acontecesse.

★ ★ ★

O telefone de Menezes tocou. Era o sequestrador para dar o número de uma conta bancária fora do país e exigindo que ele transferisse, em quinze minutos, a quantia de R$ 150.000,00 se quisesse que o filho fosse libertado. Menezes quis falar com o filho, mas o sequestrador disse que o menino estava bem e, assim que o dinheiro caísse na conta, ele ligaria novamente para informar onde deixaria o menino. Menezes insistiu em falar com o filho e então Beto foi colocado na linha:

— Estou bem, papai, faz o que eles querem e logo vou pra casa...

Menezes tentou falar mais com o filho, mas o sequestrador tomou o telefone e intimou:

— Você tem quinze minutos, senão ele morre.

Menezes implorou para o sequestrador não machucar nem assustar o menino, pois ele sofria de asma e, se sentisse medo, podia ter um ataque. E garantiu que faria a transferência imediatamente.

★ ★ ★

A respiração de Beto começou a ficar ofegante, pois, além de ele estar assustado, o oxigênio do lugar estava acabando.

— *Você pode aplicar um jato da bombinha na minha boca?* — pediu Beto para o anjo, que na verdade era Lisa e, como não tinha condições de fazer isso, improvisou:

— *Vou fazer melhor que isso! Vamos fazer uma brincadeira pra que você tenha bastante ar nos pulmões.*

— *Mamãe sempre põe CDs de relaxamento pra gente brincar de imaginar* — comentou o menino.

— *Mas esta brincadeira é especial. É feita pelo seu anjo da guarda* — inventou Lisa a fim de acalmá-lo e evitar uma crise de asma.

Sara e Kate estavam entrando na clareira, vindas do riacho, quando ouviram o barulho do helicóptero. Sara correu para pegar folhas verdes e jogá-las na fogueira a fim de aumentar a fumaça. Do helicóptero avistaram o sinal e um dos paramédicos apontou:

— Devem ser eles!

Ao se aproximar, a equipe de resgate viu as mulheres e o helicóptero pousou na clareira.

— As senhoras estão bem? — perguntou um policial.

— Eu estou bem, mas cuidem da moça. Ela é sobrevivente daquele acidente de avião. Apesar de tudo o que passou, parece que está bem — explicou Sara. — Encontrei mais destroços do avião logo ali, no riacho, e embaixo de uma tenda na clareira está enterrado o corpo de Bill, outra vítima do acidente.

Os paramédicos ficaram chocados e logo pediram reforços para o local. Conduziram Kate para o helicóptero. Quando dois policiais foram recolher os pertences que estavam na clareira, Sara chamou-os até a cabana. Apontando para o interior, disse:

— Este é o policial Pedro. Ele foi picado por uma cobra na noite passada e está delirando muito por causa da febre alta. Fiz um curativo e estou controlando a febre e o ferimento com ervas que encontrei na floresta.

Pedro foi levado numa maca para o helicóptero e todos seguiram para Manaus.

★ ★ ★

Depois de transferir o dinheiro para a conta indicada pelo sequestrador, Menezes, agoniado, ficou aguardando o telefonema que indicaria onde Beto seria libertado.

O celular tocou, mas era Marina, dizendo que conseguira rastrear a ligação do sequestrador. Menezes interrompeu-a e contou que o sequestrador já tinha ligado e ele conseguira falar com Beto, que estava bem e logo seria solto, pois o resgate havia sido pago. Marina criticou o ato de Menezes e explicou que a voz que ele ouvira não podia ser a de Beto, pois Lisa dissera que o menino estava preso em algum lugar apertado e nem sabia que se tratava de um sequestro. Mas Menezes afirmou que a voz era mesmo do filho.

Marina, que já tinha feito uma matéria sobre falsos sequestros, explicou a Menezes que era comum os pais ouvirem uma voz do outro lado da linha, pedindo "Por favor, pai, me ajude, eu fui sequestrado...", e acreditarem que estavam ouvindo a voz dos próprios filhos, quando, na verdade, era um bandido fingindo. E existia uma explicação lógica para isso: o medo da perda e a culpa. A mente dos pais faz com que eles ouçam a voz dos filhos, mesmo sendo a de outra pessoa. Eles pensam, "Imagine se é meu filho pedindo socorro e eu não acredito? Vou me sentir culpado pelo resto da vida!" Aí a mente faz com que os pais realmente creiam que são seus filhos na outra extremidade da linha. Por isso Menezes pensara que tinha falado com Beto, embora não tivesse.

A explicação de Marina fez Menezes entrar novamente em desespero, mas ela acalmou-o, informando que, como já havia rastreado o celular do sequestrador, Rosana o encontraria em poucos minutos.

★ ★ ★

Em Manaus, já medicado, Pedro logo voltou à consciência e Sara lhe explicou o que havia acontecido na floresta.

— Quando você pensou que tinha raspado a perna num galho, o que aconteceu, na verdade, foi que uma cobra o picou. Mas, como sempre digo, nada acontece por acaso. Pense comigo... se tivéssemos achado logo a maleta, teríamos ido embora antes do anoitecer. Assim, não precisaríamos acender uma fogueira. Sem fogueira, você e o guia não teriam ido buscar galhos secos e você não teria sido picado pela cobra. Consequentemente, não teríamos encontrado Kate, entende? Tudo isso precisava acontecer.

— Mas como, Sara? — indagou Pedro, ainda confuso. — Quer dizer que a picada foi benéfica?

— De certo modo, sim. O veneno da cobra potencializou as suas habilidades e você teve uma "visão remota". Mesmo em estado alucinatório, conseguiu me contar que alguém estava escondido na caverna. Foi quando eu encontrei Kate e depois o corpo de Bill, namorado dela. Eles caíram naquele riacho, conforme você previu.

— Como assim? Encontrou Kate viva ou morta?

— Viva. Graças a você, ela foi salva. Você visitou mentalmente o local em que ela estava e me passou a informação. Achei não só a maleta, mas também a moça.

— E como ela está?

— Não se sabe como, mas, milagrosamente, Kate está bem, apesar do trauma que sofreu. Talvez seja a vontade de se encontrar logo com a irmã. Quando você tocou Jennifer no hospital e viu os dois corpos no riacho, realmente eram de Kate e do namorado. O inconsciente de Jennifer captou essa cena telepaticamente, logo depois do acidente. No entanto, quando ela recebeu a notícia de que a irmã estava morta, essa imagem veio à tona no seu consciente e ela teve o AVC. Kate me contou que Bill já caiu desmaiado ou morto, mas ela se debateu tanto que conseguiu se soltar do cinto de segurança e saiu do riacho, mas não conseguiu salvá-lo. O cinto de Bill estava emperrado e Kate só conseguiu soltá-lo horas depois, com a ajuda de um canivete que encontrou na beira do riacho. Kate foi muito corajosa. Ela mesma tirou o corpo de

Bill do riacho e o enterrou bem embaixo da cabana onde dormimos aquela noite. Agora ela já está bem. Foi liberada pelos médicos e volta comigo para São Paulo hoje mesmo.

— Que história, Sara! Mas, e tudo aquilo que eu vi? Os canibais, as crianças ensanguentadas, o bebê assando e o fundo do poço? Foi tudo alucinação?

— Bem, Pedro, nem tudo. Na verdade, você teve alucinações por conta de suas memórias traumáticas, da sua separação, da culpa por não ter ficado mais tempo com Zico e da experiência que teve na igreja. Lembra como ficou chocado ao ver as crianças na igreja gritando para você queimar? Então, você misturou todos os seus traumas com as lembranças que acessou na memória de Jennifer quando teve a *visão remota*. Essa confusão aconteceu como consequência do stress causado pelo veneno da cobra percorrendo a sua corrente sanguínea. Aliás, as potencialidades do veneno da cobra estão sendo muito estudadas pelos cientistas atualmente. Com mais calma, depois explicarei isso ao grupo.

— Você pelo jeito também já estudou sobre as cobras e por isso conseguiu cuidar de mim, não é? – perguntou Pedro.

— Na verdade, Pedro, se você ainda está vivo é graças a um curso que fiz de fitoterapia.

Nisso, o telefone de Sara tocou. Era Marina, que finalmente conseguia se comunicar com eles. Sara relatou tudo o que tinha acontecido e garantiu que eles estavam bem. Contou que Pedro tinha sido picado por uma cobra e precisaria ficar em Manaus até se recuperar, mas que ela já estava de saída para o aeroporto e, em poucas horas, chegaria a São Paulo com uma grande surpresa.

Marina ainda não queria alertar Sara sobre o filho, então perguntou se Pedro estava consciente. Sara disse que sim, que ele estava ao seu lado, tomando o soro antiofídico. Marina pediu para falar com ele um minuto e Sara passou-lhe o telefone.

— Pedro, você está bem?

— Estou ótimo, em dois dias estou de volta.

— Por favor, Pedro, escute o que vou dizer e não repita nada. Sara não pode ficar sabendo, entendeu?

— Claro, Marina, perfeitamente! - respondeu o colega, já antenado.

— O Beto, filho da Sara, foi sequestrado e só você pode descobrir onde é o cativeiro.

— E como eu posso fazer isso? — perguntou ele, tentando disfarçar.

— Preste bem atenção no que vou dizer.

Marina então começou a lhe passar as instruções.

— Primeiro, diga a Sara que você está com muita saudade de Zico e que gostaria muito de saber se o menino está bem. Ela sempre carrega na carteira uma foto do Zico com os filhos dela. Depois, comente que, se você tivesse uma foto do Zico nas mãos, podia não só matar as saudades dele como também visualizar como o menino está. Com certeza, ela vai se lembrar da foto e emprestar pra você. Faça com muito jeito pra que ela não perceba nada. E assim que ela sair, você liga no meu celular, está bem?

Pedro, esperto, despediu-se de Marina, agradecendo, como se ela estivesse lhe dando força. Depois comentou com Sara que estava com muitas saudades do Zico e que, se tivesse uma foto do menino, podia visualizar se ele estava bem.

Ao ouvir isso, Sara tirou a foto imediatamente da bolsa:

— Problema resolvido, amigo, pode ficar com esta foto.

Pedro, fingindo surpresa, disse a Sara que agora ficaria mais tranquilo. Sara despediu-se do amigo, dizendo que em poucos dias se encontrariam novamente, e partiu com Kate para o aeroporto.

Enfim o sequestrador ligou para Menezes, confirmando a transferência, mas informou que, mesmo assim, o menino seria sacrificado, pois essa tinha sido a "encomenda" que lhe tinham feito.

Menezes, aos prantos, implorou e assegurou que aceitaria pagar mais assim que o menino fosse entregue em segurança. Mas o sequestrador disse que era tarde demais, o menino já devia estar morto e desligou o telefone. Desesperado, Menezes saiu de casa e foi ao encontro de Marina no IPESPA, imaginando que Rosana já devia estar próxima do sequestrador. Talvez Beto tivesse uma chance.

A "conversa" entre Lisa e Beto continuava, mas o menino estava com pouco ar e quase perdendo os sentidos. Lisa percebeu que ele não ia resistir e, sem outra alternativa, comunicou:

— *Beto, agora vou cantar uma linda canção pra você. Pra que você relaxe.*

— *Obrigado por ficar comigo, mas agora preciso dormir* – disse Beto.

Lisa começou a cantar, ao mesmo tempo que tentava segurar o choro por ver que Beto estava partindo:

— *Mãezinha do céu, eu não sei rezar. Só sei dizer quero te amar. Azul é seu manto, branco é seu véu. Mãezinha, eu quero te ver lá no céu...*

Pedro ligou para Marina.

— Marina, toquei na foto e consegui ver. Beto foi enterrado no jazigo 9, do corredor B, do cemitério JULIX. Prepare o Menezes para uma má notícia, acho que o menino está morto.

Menezes chegou ao IPESPA quando Marina já estava saindo. Saltou rapidamente do carro e entrou no dela.

— Menezes, tente manter a calma. Os policiais já foram atrás dos sequestradores, mas Beto não está no esconderijo.

— Como assim, onde está o meu filho?

— Através de uma foto de Beto, Pedro visualizou onde ele está. Já estamos quase chegando. Preciso que você mantenha a calma se quiser salvar o seu filho, está bem?

— Pedro? Mas ele não está na floresta com Sara?

— Ai, Menezes, é uma longa história, mas agora vamos encontrar o Beto.

— Para onde estamos indo?

— Para o cemitério, Menezes. Beto foi enterrado lá — disse ela.

Menezes começou a chorar, pedindo que Marina voasse com o carro porque se o filho tivesse uma crise de asma... Mas Marina cortou-o, ao chegar à porta do cemitério:

— Chegamos! Corra até o jazigo 9, no corredor B, e comece a cavar com o que encontrar. Enquanto isso, vou pedir ajuda.

Menezes e Marina saíram correndo, cada um numa direção. Marina chamou os coveiros e pediu urgência, dizendo se tratar de um caso policial e que havia um menino enterrado vivo num jazigo do cemitério.

Todos se equiparam e correram ao local onde Menezes cavava com as próprias mãos, desesperado.

— Se afaste pra gente trabalhar, moço — pediu um dos coveiros.

— Por favor, rápido! — implorou Menezes, desesperado.

Os coveiros chegaram ao caixão e começaram a erguê-lo. Menezes, sabendo que segundos sem ar poderiam matar Beto, pulou sobre o caixão e, com uma marreta, começou a abrir um buraco para que o ar entrasse o mais rápido possível. Os coveiros abriram o caixão, mas Beto já estava totalmente branco, com os olhos fechados e a boca entreaberta. Marina abraçou o pobre pai e pediu que ele fosse forte. Mas é difícil ser forte diante de um filho morto!

— Não é justo, Marina! Sara vai chegar e encontrar Beto morto! Perdi meu menininho... — chorava ele, inconformado.

Foi um momento muito triste. Só os pais que já perderam um filho são capazes de avaliar a dor de Menezes.

Ainda abraçados e se lamentando, ouviram uma tosse vinda do caixão, seguida de uma voz rouca, que cantava:

— Mãezinha do céu, eu não sei rezar, só sei dizer quero te amar...

Sem acreditar no que ouvia, Menezes virou-se e caiu ajoelhado ao lado do caixão.

— Filho, papai está aqui com você! Meu Deus, é um milagre! Obrigado, obrigado! Papai está aqui agora e tudo vai ficar bem! — dizia Menezes, abraçado ao menino, que estava muito fraco, porém vivo.

Beto abriu os olhos, tossiu e disse, com dificuldade:

— Oi, papai... o meu anjo da guarda... também estava aqui comigo...

Nesse momento, Lisa, deitada em sua cama, ouvia tudo e chorava emocionada:

— Obrigada, meu Deus, jamais me esquecerei deste dia!

Rosana estava em frente ao endereço que Marina lhe dera. Apesar de já saber que Beto fora encontrado, aguardava o esquadrão antissequestro para invadirem o local.

— É aqui! — informou Rosana aos colegas, assim que chegaram.

Cercaram sorrateiramente o grande terreno na periferia de São Paulo. O mato estava tão alto que mal se via, no centro, uma clareira com um casebre de madeira e, estacionado ao lado, um furgão preto.

Comunicando-se por sinais, os policiais se posicionaram para invadir o suposto cativeiro. Um deles olhou cuidadosamente por uma das janelas e avisou aos colegas que havia dois homens lá dentro. Com os dedos sinalizou 3... 2... 1... e então arrombaram violentamente a porta e invadiram o local, apontando os fuzis para os sequestradores.

— Mãos ao alto, estão presos!

— Pelo amor de Deus, a gente não fez nada! — disse um dos bandidos, alarmado, enquanto o outro permanecia paralisado na cadeira.

— Cala a boca e levantem as mãos! — esbravejou o policial, apontando a arma.

— Sargento! — chamou outro policial, indicando uma mesa no canto do barraco onde havia um celular, várias armas, e fotos e anotações sobre Beto e a família dele.

— A casa caiu, é melhor começarem a abrir o bico, senão a coisa vai ficar feia! — ordenou o sargento.

— Veja bem, seu dotor... — tentava explicar o sequestrador.

O sargento já foi interrompendo a tentativa de explicação do sequestrador, dando-lhe um tapa na cara.

Boquiaberta, Rosana assistia a toda a operação. Estava um pouco assustada com a atitude do colega, mas sabia que em alguns momentos a polícia tinha de ser severa e agir de maneira firme com bandidos perigosos. O sargento era muito bem treinado e aqueles sujeitos tinham sequestrado uma criança, ameaçado e extorquido uma família.

O sequestrador acabou contando que o crime tinha sido encomendado pelo pastor da igreja que eles frequentavam. Segundo o pastor, Deus enviara uma mensagem dizendo que aquele menino estava possuído pelo demônio e tinha de ser enterrado vivo para que o espírito maligno ficasse preso para sempre.

O sargento, em tom firme e severo, insistiu em saber o nome do mandante do sequestro, mas o sequestrador relutou em revelar, pois, se o fizesse, estaria condenado a passar a eternidade queimando no inferno. Porém, quando o sargento resolveu "apertar" o outro sequestrador, que durante todo o tempo tinha ficado paralisado na cadeira, ele não aguentou a pressão e as ameaças, e "entregou" quem era o mandante.

— É o pastor Roberto... o pastor Roberto França! Mas, pelo amor de Deus, não diga nada pra ele, a gente tem família, a gente fez isso pela igreja — gritava desesperado, imaginando o castigo que receberia.

— Meu Deus! Mas que cara sem escrúpulos! — deixou escapar Rosana — Onde é que está o pastor? — perguntou ao sequestrador.

— Vamos, desgraçado, responde pra moça! Por onde passa um boi passa uma boiada! — o sargento ratificou a pergunta.

— A gente não sabe, dona... Ele só falava no telefone. Ligava só de telefones públicos, e cada vez de um lugar...

— Você está de brincadeira comigo? Está querendo morrer, desgraçado? — disse o sargento, apontando a arma.

— Não... péra aí... — implorou o bandido. — A única coisa que a gente acha é que ele está escondido na casa da mulher, porque ela nunca mais apareceu na igreja com o menino.

— Uma mulher com um menino? Está falando da Bel e do Zico? — perguntou Rosana, temendo que a ex-mulher de Pedro estivesse envolvida.

— Não conheço, não, dona. Só sei que é uma mulher lá da igreja que ficou viúva mês passado.

Rosana deu um sorriso irônico. As suspeitas de que o pastor Roberto era, além de charlatão, um tremendo cafajeste estavam agora confirmadas. E também um criminoso, como tinham acabado de saber.

Sara e Kate foram direto do aeroporto para o Hospital San Marco. Sara estava inquieta e com muita pressa de chegar. No quarto de Jennifer encontraram Gustavo e o dr. Verman, que se assustaram com a chegada das duas. Kate correu para a irmã e lhe deu um forte abraço, dizendo:

— Foi você, minha irmã, que me encontrou — disse, enquanto Gustavo olhava para ela, espantado e trêmulo.

— Kate? Como isso é possível? Então você não morreu?

Sara explicou a Gustavo e ao médico tudo o que havia acontecido com Kate e Bill. Disse que o horror de soltar o corpo do namorado daquela poltrona e enterrá-lo fez com que ela perdesse o juízo temporariamente. Só voltou a si quando Sara a encontrou e falou o nome da irmã.

Gustavo abraçou Kate e lhe disse que não adiantava falar com Jennifer.

— Ela não ouve nada. Vive como um vegetal.

Mas Kate, desprezando o comentário do cunhado, sentou-se na beira da cama da irmã.

— Você pediu que eu viesse para uma surpresa, minha querida, mas eu já sabia de tudo e trouxe um presentinho pra vocês — disse Kate emocionada, pegando a maleta.

Colocou-a no colo da irmã e tirou de dentro as roupinhas de bebê.

— Eu já sabia, minha querida, eu já sabia.

O dr. Verman logo percebeu o que estava acontecendo e, assustado, disse:

— Não é possível, como não pensamos nisso?

— Mas do que vocês estão falando? O que está acontecendo aqui? — perguntou Gustavo, sem entender nada.

— Você vai ser papai! — disse Sara. — Parabéns!

Ainda sem entender como aquilo era possível, Gustavo se aproximou de Jennifer, ajoelhou-se na sua frente, olhou para seus olhos sem expressão e, chorando, disse:

— Não é possível, meu amor! Era essa a surpresa que você queria me fazer?

Jennifer, que até aquele momento só conseguia piscar e com muita dificuldade, levou a mão à barriga e uma lágrima escorreu dos seus olhos. A emoção tomou conta de todos. Estava ali um ser humano, não um vegetal!

O médico pediu que Sara o acompanhasse até sua sala. Não conseguia conter a curiosidade... Como Sara descobrira tudo aquilo? A irmã, tida como morta, estava viva! E Jennifer? Como, dentro de um hospital, ninguém tinha percebido que ela estava grávida? Como Sara havia ligado todos os fatos?

Então ela explicou: Kate, perdida na floresta, tinha começado a ter alucinações. Como as gêmeas sempre se comunicaram telepaticamente, Jennifer, mesmo depois do AVC, sentia que a irmã ainda estava viva e precisando de ajuda, mas, por conta da doença, não conseguia comunicar isso a ninguém. Quando Lisa pensou estar lendo os pensamentos de Jennifer e ouvindo os pedidos de socorro, na verdade, ouvia a mensagem telepática enviada por Kate através de Jennifer. A mesma coisa aconteceu com Pedro. Ao tocar em Jennifer, ele achou que era ela quem vivia aquele terror na floresta, mas, na verdade, estava acessando a mente de Kate, através de Jennifer.

Jennifer era a única pessoa que poderia salvar Kate e, salvando-a, também salvaria seu bebê, pois somente Kate poderia contar que Jennifer estava grávida, antes que os medicamentos que ela estava tomando afetassem a saúde do feto. Pedro, ao ser picado pela cobra, teve as suas habilidades potencializadas, o que o levou a ter uma "visão remota". Assim, mesmo sem tocá-la, conseguiu "ver" que alguém estava dentro de uma caverna e, mesmo com alucinações, conseguiu passar a mensagem para Sara a tempo.

Nesse instante, Gustavo pediu licença e entrou na sala do Dr. Verman, interrompendo a conversa.

— Vão me desculpar, não quero parecer ingrato, mas preciso saber: como será daqui pra frente e como Jennifer pode ser mãe no estado em que está?

— Você não tem fé? — perguntou Sara — Depois de tudo o que viu hoje ainda acredita que Jennifer é um vegetal? Ela está ligada a tudo o que está acontecendo, só que não consegue se expressar. Aliás, não conseguia, porque daqui em diante ela vai melhorar a cada dia.

— Mas por mais que tenha conseguido se comunicar hoje, ela não é uma pessoa normal. Além disso, os médicos garantiram que ela vegetaria pelo resto da vida — afirmou Gustavo, cético.

— Gustavo, médicos também erram — disse o Dr. Verman. — Ninguém, ninguém mesmo, é superior à vontade de Deus e à força que o ser humano possui, mesmo parecendo desligado do mundo. Confie em Sara, ela sabe o que está falando — disse o médico, encantado com as habilidades de Sara.

— A vontade que Jennifer tem de viver é ainda maior pelo fato de estar grávida — completou Sara. — O bebê é o maior motivo para ela querer se recuperar. E se ela realmente quiser, com a nossa ajuda e uma boa fisioterapia, vai conseguir!

★ ★ ★

Uma enfermeira entrou na sala do dr. Verman, avisando que o menino que havia dado entrada no hospital com ataque de asma estava acordando e o pai dele tinha pedido para chamá-lo. Nesse momento, Sara sentiu um arrepio. O médico foi cauteloso e pediu que ela o seguisse, afinal Sara ainda não sabia nada sobre o sequestro e muito menos que Beto estava no hospital. Ao ver Menezes na porta do quarto onde Verman entrara, logo deduziu que o menino com o ataque de asma era Beto.

Sara correu ao encontro do marido, mesmo achando que ele devia estar furioso por causa da sua viagem com Pedro. Precisava saber sobre o estado de Beto, pois há muito tempo ele não tinha crises. Porém, ao ver Sara, Menezes recebeu carinhosamente a esposa.

— Querida, me perdoe, eu estava nervoso. Nunca mais vou desconfiar de você.

— Também peço perdão por ter saído daquele jeito. Mas o que importa agora é a saúde de Beto.

— Ele já está acordando, Sara. Está bem agora. Você me perdoa?

— Amor, vamos esquecer o que aconteceu. O que importa é o que vem daqui pra frente. Não vamos fazer do passado um "sofá", onde ficamos sentados e estagnados, mas sim um "trampolim" para evoluirmos e melhorarmos cada vez mais — filosofou Sara.

O dr. Verman, que examinava Beto dentro do quarto, ouvia as palavras românticas trocadas pelo casal. Era evidente que ele estava com ciúmes. Mas que direito tinha ele? Sara era casada e amava o marido. Ele também era casado, apesar de estar passando por uma crise conjugal. Pensou nas palavras da própria Sara: *"Dê tempo ao tempo, o que tiver de ser, será"*, e conformou-se.

— Podem entrar — chamou o dr. Verman — ele ainda está sonolento, mas já está bem. Acabando este soro já pode ir pra casa. Fiquem à vontade.

— Obrigada, Verman — agradeceu Sara, enquanto o médico saía do quarto.

Menezes esperou que ela se acomodasse ao lado do filho, para começar a lhe contar tudo o que acontecera:

— Querida, aconteceu uma tragédia e depois um milagre! Beto foi sequestrado, enterrado vivo num caixão e...

Menezes então contou a Sara a situação desesperadora que tinham vivido naquele dia. Ela ouviu toda a história, acariciando a mãozinha de Beto, que já estava recobrando a consciência. Chorou nos momentos tristes e sorriu quando Menezes chegou ao final, com o "milagre" de Beto ainda estar vivo. Sentiu-se culpada por não estar presente e ainda não ter sentido que algo de tão grave acontecera com o filho, apesar de estar justificada a pressa que sentira para chegar logo ao hospital.

— Filhinho, mamãe está aqui, agora — disse Sara a Beto.

Ainda entorpecido, Beto virou-se para a mãe.

— Mamãe, foi meu anjo da guarda. Ele conversou comigo o tempo todo enquanto eu estava preso.

— Seu anjo? — perguntou Sara.

Nesse momento, Lisa estava na porta do quarto e uma lágrima escorria pelo seu rosto. Ao compreender o que se passara, Sara foi até ela, puxou-a pela mão até o corredor do hospital e fechou a porta do quarto. Abraçou-a e sussurrou em seu ouvido:

— Você é o melhor anjo da guarda que já conheci. Obrigada pelo que fez, minha amiga.

Enquanto abraçava Lisa, Sara sentiu um forte arrepio por todo o corpo e percebeu o vulto de um homem passando ao seu lado no corredor. Intuitivamente, afastou-se de Lisa e seguiu-o. O homem entrou num dos quartos e parou de frente para a janela. Sara entrou logo atrás e o reconheceu, mesmo de costas:

— Vitor?! É você? — perguntou, fechando a porta.

Ele se virou e esboçou um sorriso. Sara continuou:

— Como pode estar aqui? Todos estão atrás de você! Foi você quem sequestrou Beto também?!

— Sara, você sabe as respostas. Sabe que a realidade é aquela que os olhos não veem. Estou aqui para lhe dizer que você precisa descansar alguns dias. Em breve, um menino dará entrada no hospital. Ele será violentado, assim como foi a menina, filha do segundo casal vítima da chacina. Você precisará estar totalmente revigorada para encarar o que vem pela frente.

— Revigorada? Quem é você pra dizer o que eu tenho ou não que fazer? — perguntava Sara totalmente alterada. — Esse menino de que você está falando... Você está me avisando que vai cometer outra chacina?! Meu Deus!... Você mata os pais para violentar as crianças, seu MONSTRO!!! Vai violentar esse menino também?! Você é pedófilo?!

Enquanto acusava Vitor, a imagem dele foi aos poucos se desvanecendo. Sara sentiu uma fraqueza, sua visão ficou embaralhada e seu corpo todo estremeceu.

Lisa e o dr. Verman, ao ouvirem do corredor a voz alterada de Sara, entraram no quarto e a viram sozinha, cambaleante, como se procurasse algo em que se apoiar. Com cuidado, Lisa tocou o ombro de Sara.

— Com quem você está falando? Quem é pedófilo? — perguntou assustada, apoiando o braço da amiga, que parecia à beira de um desmaio.

— Com ele, Lisa... Vitor estava aqui... — respondeu num fio de voz.

Lisa reparou que a janela do quarto estava aberta e concluiu que Vitor Gomes fugira novamente.

Enquanto o médico e Lisa acomodavam Sara na cama do quarto, ela, com muita dificuldade, disse:

— Vitor disse que em breve um menino vai chegar aqui vítima de violência sexual. Ele é um... Ele é...

A cabeça de Sara tombou no travesseiro e ela desmaiou.

— Lisa, meça a pressão dela! — pediu o dr. Verman, alarmado.

Ao verificar a pressão, Lisa franziu a testa, com uma expressão preocupada.

— Não é possível, doutor! A pressão está muito baixa! E ela está gelada!

— Está em choque, Lisa. Fique com ela, vou preparar os medicamentos.

Sozinhas no quarto, Lisa tentou conversar telepaticamente com Sara, ainda inconsciente.

— *Sara, você está bem?*

Uma voz ecoada e misteriosa respondeu-lhe.

— *Diga a Sara para se lembrar da infância. Ela precisa "ver" com a pureza de uma criança e confiar nela mesma.*

A enfermeira olhou para os lados, mas as duas continuavam sozinhas no quarto.

— *Lisa, sou eu, Vitor* — disse a voz. — *Estou preso aqui.*

Vendo Sara ali deitada, Lisa pôs as mãos na cabeça, não querendo acreditar naquilo que era tão evidente!

— Meu Deus! Foi assim que ele usou o computador de Sara para fazer o blog. Ele entra na mente dela!

Nesse momento, o dr. Verman chegou com os medicamentos e avisou Lisa que Sara tinha que ficar em observação. Pediu a Clara para acompanhar o caso, pois ele entraria numa cirurgia demorada.

Enquanto Sara dormia, Lisa pôs Menezes a par dos acontecimentos e ligou para Marina, contando o que acabara de acontecer.

— É isso, Marina, ele entra na mente dela!

Nesse momento, Sara acordou e perguntou a Lisa quem entrava na mente de quem. Ela ainda estava atordoada e Lisa conseguiu despistar. Desligou o telefone e disse a Sara que estava conversando com uma colega sobre um capítulo da novela, que tinha passado na noite anterior.

— Sara, você estava sonhando com Vitor? — perguntou a enfermeira.

— Tive um sonho confuso que há muito tempo não tinha. Sonhei com a minha infância.

— Sara, Vitor se comunicou telepaticamente comigo. Disse exatamente isso, para você se lembrar da sua infância e confiar mais em si mesma.

— Lisa, me faça um favor — disse Sara, já totalmente recuperada. — Nunca mais me fale o nome desse monstro.

Sara então contou a Lisa a conversa que tivera com Vitor. Ele era realmente o *serial killer*. Um psicopata cheio de habilidades paranormais e ainda um pedófilo. Pediu que Lisa transmitisse tudo ao grupo, pois ela queria focar suas energias para capturá-lo.

Lisa ouvia com atenção toda a história que Sara lhe contara, omitindo dela somente o segredo que Marina dividira com ela, de que Vitor poderia estar agindo por intermédio de Sara. Naquele momento, Sara estava tão fragilizada que não poderia saber que talvez Vitor estivesse invadindo sua mente e, quem sabe, até seu corpo.

Nesse instante, Clara entrou no quarto e quis saber como estava a paciente. A pressão de Sara tinha se normalizado e ela se sentia melhor, apesar de estar com muita dor de cabeça. Pediu a Clara que lhe desse alta, queria descansar em seu apartamento. A médica tentou convencê-la a permanecer um pouco mais no hospital, mas Sara insistiu, dizendo que descansaria ao lado de Beto. Clara concordou, desde que Sara prometesse repousar. Ela estava visivelmente estressada.

Pedro retornou de Manaus totalmente curado da picada de cobra. Ao chegar ao setor de desembarque do aeroporto viu que Rosana estava à sua espera. Sara tinha pedido que ela fosse buscá-lo, pois os Sensitivos estavam preparando uma surpresa para recebê-lo. Sara não ia participar, pois Clara e o dr. Verman acharam melhor que ela repousasse durante alguns dias, por causa do desmaio e do stress.

Pedro foi ao encontro de Rosana. Apesar de ser mais velha que ele, Rosana era uma mulher muito bonita. Tinha seios fartos e um corpo bem-feito, por conta da sua assiduidade às aulas da academia de polícia. Naquele dia, em especial, a detetive estava muito provocante. Enquanto se cumprimentavam, Pedro notou que um botão da blusa dela estava aberto e mostrava parte de um seio rijo. Pela primeira vez, Pedro estava vendo

Rosana como mulher... *E que mulher!*, pensava ele, *será que a picada da maldita cobra aumentou o meu apetite sexual? Maldita, não; bendita!*

Rosana recebeu Pedro com um abraço apertado, que demonstrava a sua satisfação em vê-lo recuperado. Em pleno aeroporto, ficaram um tempo abraçados, muito próximos, até que Rosana sentiu a rigidez de Pedro contra ela.

— Pedro... — disse ela, desconcertada.

— Desculpe, Rosana... não deu para evitar.

Mas a ereção do amigo não a desagradou e, ali mesmo, ela beijou Pedro apaixonadamente. Ele, ainda supreso com o ocorrido e totalmente enfeitiçado pelo beijo, disse sem pensar:

— Acho que temos que fazer uma parada estratégica no caminho, parceira...

— Positivo e operante — brincou Rosana com um olhar malicioso, enquanto o puxava pelas mãos.

Algumas horas depois, o casal chegou ao IPESPA. Pedro se emocionou com a surpresa de boas-vindas que os Sensitivos tinham preparado.

— Papai, por que vocês demoraram tanto? — perguntou Zico, que também estava à espera do pai.

Pedro, envergonhado e gaguejando, disse que o voo atrasara um pouco. Mas Lisa, lendo os pensamentos de Rosana, deu um sorriso maroto e disparou:

— Sei... Sei...

Pedro piscou um olho como resposta e, depois, com um sorriso feliz e de mãos dadas com Rosana, explicou a Zico que eles estavam namorando. O menino ficou radiante com a notícia e disse que adorava a tia Rosana e o jeitão dela. Todos riram e comemoraram.

★ ★ ★

O terapeuta recebeu autorização para fazer uma terapia individual em Bruno. O anestesista sedou-o com uma droga que impediria uma eventual crise, mas o deixaria consciente o bastante para se expressar e compreender o que se passava ao redor.

Sozinho no quarto com o paciente, o terapeuta pediu que Bruno relatasse o que tanto o incomodava. Bruno resistiu novamente, mas o terapeuta insistiu em saber o que se passava em sua cabeça no momento em que ele tinha os ataques. Queria saber qual era o agente desencadeador, qual o gatilho que fazia disparar o problema do rapaz.

Bruno começou a se lembrar da cena confusa do menino na lavoura. Depois, alguns *flashes* vieram à sua mente e ele reconheceu seu quarto na fazenda, onde viu um homem se aproximando da sua cama e desabotoando a própria braguilha. Bruno estava sentindo que confundia as lembranças da fazenda com a cena que Cláudia descrevera dos abusos do padrasto.

— Conte-me o que está vendo. O que lhe vem à memória, Bruno? Só quero ajudá-lo! — pediu o terapeuta ao perceber que Bruno estava agitado, relutante em se abrir.

Nesse momento, Bruno lançou ao terapeuta um olhar diferente do habitual. De repente recuperou todo o vigor, mostrando que estava bem e convicto.

— Na realidade, tenho que confessar uma coisa a você — disse então. — A verdade é que tenho as crises porque continuo consumindo drogas.

— O quê?! — espantou-se o terapeuta. — Isso não é possível! Como você tem conseguido as drogas?

— Com dinheiro a gente consegue o que quiser em qualquer lugar. Mesmo aqui dentro! — mentiu Bruno, pois tinha idealizado um plano e estava usando essa desculpa para não ter de assumir os seus traumas e muito menos falar deles. — Agora que você já sabe qual é o meu problema, precisa saber também que, além de muito rico, sou adulto e fiz a minha opção. Sou um dependente químico e quero ir embora pra casa — concluiu ele, com imponência.

— Você está enganado — disse o terapeuta. — Acha que pode sair assim? Vou ver imediatamente quem é o responsável por você aqui na clínica e chamá-lo para uma reunião.

— Eu já disse que quero ir embora pra casa, e quero ir hoje — exigiu Bruno, enquanto tirava o laptop da gaveta do criado-mudo.

— Como você conseguiu isso, Bruno? — quis saber o terapeuta, um dos poucos que não sabiam que Bruno tinha um computador.

— Já disse que sou rico. Aliás, posso neste momento fazer uma doação de R$ 200.000,00. Isso não ajudaria os seus projetos?

— Você está tentando me subornar? — perguntou o terapeuta, aproximando-se do laptop cuja tela confirmava que Bruno já acessara o banco virtual.

— Isso é só uma doação para os seus projetos. Basta me dizer para que conta devo transferir. Adoro colaborar com as pessoas.

★ ★ ★

Duas horas depois, lá estava Bruno, diante da clínica e já entrando num táxi. Ele não contara aos amigos que tivera alta; pretendia fazer uma surpresa ao chegar repentinamente e surpreender Júlio.

No caminho para São Paulo, cruzaram com uma viatura policial parada perto de uma universidade. Dois policiais conversavam com alguns jovens bem-vestidos. Depois de pedir que o taxista parasse o carro, Bruno foi ao encontro dos policiais e, em poucos minutos, já estava de volta com um pacotinho nas mãos.

Mandou o taxista seguir viagem e, sem se preocupar com o que ele pudesse pensar, tirou do bolso o pacotinho e ali mesmo, sobre o laptop, preparou algumas carreiras de cocaína. Cheirou-as com um prazer redobrado; um prazer que se negara durante alguns meses. Já com outro tom de voz e expressão facial, pediu ao motorista que parasse no shopping logo ali adiante e o esperasse, enquanto faria compras.

O taxista, que naquela altura estava assustado, inventou uma desculpa qualquer e disse que não podia esperá-lo, mas Bruno jogou várias notas de R$ 50,00 no banco da frente e saiu, dizendo que em uma hora estaria de volta, e daí pagaria o resto. Feliz com a sua sorte, o taxista garantiu a Bruno que não sairia daquele lugar; ele podia fazer as suas compras tranquilamente.

★ ★ ★

No apartamento de Bruno, Júlio sonhava com Marina.

Estão casados e ela prepara o jantar. Do sofá, ele observa Marina, de costas, cozinhando. Ela usa um pequeno avental sobre o corpo nu. Então ela começa a pôr a mesa do jantar, mas, de repente, Júlio passa a enxergar no rosto dela o rosto de outra mulher, que está chamando o marido. O marido chega, senta-se à mesa e grita para o filho vir jantar. Um menino sobe a escada do porão. Deve ter uns 5 anos e está muito triste. O casal reza, agradecendo pelos alimentos, enquanto o menino enxuga as lágrimas que escorrem pelo seu rosto. Nesse momento, a porta de entrada se abre subitamente e um vento sobrenatural invade a casa. É ele... o serial killer *e sua capa preta, com um capuz que esconde o rosto. Somente ao apontar o dedo, sem tocar os corpos, o psicopata faz as cabeças do casal rolarem pelo chão. O menino, que já chorava, esbugalha os olhos, aterrorizado com a cena, enquanto o assassino se aproxima e, com uma das mãos, acaricia a cabeça da criança, cochichando em seu ouvido algumas palavras que Júlio não consegue ouvir. No calendário, exposto na porta da sala de jantar, Júlio vê a data e, no relógio de parede, a hora em que o monstro faria o novo ataque. Pela janela, pode ver que o portão da casa é vermelho e ela fica em frente à Escola Municipal Prestes Gonçalves.*

Júlio acordou suado e olhou para o relógio de pulso:

— Meu Deus! O crime vai acontecer em quinze minutos — confirmou, desesperado.

Imediatamente, ligou para Sara, mas a ligação caiu na caixa postal. Menezes havia escondido até o celular para que ela realmente descansasse por uns dias. Júlio então ligou para Pedro e contou que Vitor atacaria em poucos minutos numa casa em frente a uma escola.

Pedro e Rosana saíram em disparada, enquanto a Central confirmava o endereço exato da escola municipal. Porém, chegaram tarde demais. O menino pálido e em estado de choque foi encontrado no porão. Enquanto Rosana o retirava de lá, Pedro tocava nos corpos das vítimas decapitadas, mas, como sempre, não conseguiu ver nada. Tentou tocar na cabeça da mulher e nada. Quando se aproximou da cabeça do homem, reconheceu-o na hora, pois ele estava com uma expressão normal, como se nada tivesse acontecido. Era o pastor Roberto França.

Enquanto a perícia fazia seu trabalho, Rosana procurava pistas no computador da casa.

— Pedro, é bom você ver isto aqui.

— Nossa! O cara também era pedófilo!

Rosana tinha aberto a caixa postal do pastor. E lá estavam vários e-mails com fotos de crianças sendo abusadas sexualmente. Quando leram o texto de um dos e-mails, além do horror que estavam sentindo, também ficaram espantados:

"Gostou das fotos do "bacanal no jardim de infância" que te mandei? Agora só falta dar outro susto em Sara Salim. Já transferi um valor pra sua conta. Depois do serviço, dou o resto da grana."

Nem bem acabaram de ler, ouviram:

— Pessoal! Vejam isso! — chamou um dos peritos que investigava na sala ao lado.

Pedro e Rosana foram até lá e viram no espelho, escrito com o sangue das vítimas:

"NÃO MANDEI PEGAR A CRIANÇA. EIS A OUTRA PARTE DO PAGAMENTO, FANTOCHE INCOMPETENTE!"

— Vitor usou o pastor, Rosana. Ele foi o verdadeiro mandante, mas não era para sequestrar o menino, e sim para assustar Sara.

— Você está certo, Pedro. Sara estava sendo perseguida pelo pastor a mando de Vitor o tempo todo. Cadê o menino? — perguntou Rosana, olhando para os lados.

— Foi levado para o Hospital San Marco — respondeu Pedro.

Atordoada, só então Rosana se lembrou de ligar para Júlio, contando que, infelizmente, não tinham conseguido evitar o crime.

Júlio ainda chorava, triste por não ter conseguido ajudar a tempo, quando foi pego de surpresa pela chegada de Bruno, todo feliz e esperando ser recebido com pulos de alegria. No entanto, encontrou Júlio em prantos.

Os dois conversaram longamente sobre o que tinha acontecido.

FLÁVIO: Mesmo com um crime acontecendo, você continuou descansando? Como diretora do IPESPA não deveria estar presente nessa situação?

SARA: Pois é, Flávio, devia. Mas o Menezes, depois que me flagrou na internet, escondeu o meu celular e o laptop. Ele realmente me obrigou a seguir as ordens médicas. Mas todos sabiam que, em caso de emergência, podiam ligar diretamente para a minha casa. E foi o que fizeram assim que o menino deu entrada no Hospital San Marco.

Revelações

Pode-se enganar uma pessoa por muito tempo, algumas por algum tempo, mas não se consegue enganar todas por todo o tempo.

— ABRAHAM LINCOLN

O dr. Verman já examinava o garoto que chegara em estado de choque quando Sara entrou no hospital:

— É ele, Verman, é deste menino que Vitor me falou naquele dia! — ela sussurrou no ouvido do amigo.

— Eu imaginei isso, Sara. Ele tinha sinais de sangue no shortinho. Tive que atender outro paciente, por isso ele está sendo examinado por outro médico.

Sara ainda sentia uma enorme dor de cabeça e, mesmo medicada, seu semblante demonstrava seu sofrimento.

— Por que não aproveita que está aqui e toma um soro com medicamento para melhorar esta cara?

— Obrigada, Verman, não quero, não. A dor aumentou quando Pedro me ligou contando tudo. Mas essa dor não está aqui à toa, nada é à toa...

— Dá licença, doutor — pediu Portuga ao abrir a porta. Está confirmado, o menino realmente foi violentado. Coloquei-o para dormir e já fiz as suturas. Judiaram dele pra valer!

— Coitadinho! – disse Sara. – Este menino deve ter sido violentado pelo *serial* e pelo pastor Roberto. Monstros!!!

— Obrigada, doutor — agradeceu Verman. — Daqui a pouco vou ver a criança.

Diante da confirmação de que Vitor realmente dissera a verdade naquele dia, Sara pediu que Verman ligasse para a clínica psiquiátrica, onde a menina, filha do segundo casal assassinado, estava internada.

— Quem sabe você que é médico descobre algo, Verman. Nós já tentamos, mas eles não dizem nada.

— Conheço o diretor dessa clínica, vou ligar agora mesmo.

Com muito jeito, o dr. Verman conseguiu que o colega lhe contasse toda a verdade. Os avós da menina internada não tinham permitido que o fato fosse divulgado pelo bem da menina, que já sofrera muito. Mas, como dr. Verman prometeu manter o sigilo médico, o médico confirmou que a menina realmente tinha sido violentada, e das mais variadas formas. Após vários meses ela ainda tinha as marcas de espancamento por todo o corpo. O dr. Verman agradeceu ao amigo e transmitiu a Sara toda a história.

Sara sentiu uma enorme pontada na cabeça; não se conformava de ter sido usada por Vitor. Aquele crápula! Sentia nojo, repulsa e, sobretudo, vergonha de ter confiado nele um dia.

A caminho de casa, ligou para Pedro e contou sobre a outra menina estuprada. Pediu ao policial proteção da polícia. Agora ela realmente estava com medo de Vitor Gomes, aquele que um dia fora seu grande amigo.

* * *

Na manhã seguinte, Júlio acordou chorando, banhado em suor. Havia sonhado novamente com a noite que finalmente prenderiam o *serial*, e, mesmo sabendo que era Vitor, ele ainda não conseguia ver nitidamente seu rosto.

Para Júlio, o pior era que Marina continuava morrendo no sonho e ele estava desesperado. Dessa vez, conseguiu ver quando e onde o crime aconteceria. Lembrava-se de que dava para enxergar o estádio do Morumbi da casa das vítimas e tinha certeza de que saberia identificar aquela casa. Aquela maldita casa!

Sara estava em seu apartamento quando Júlio ligou aos prantos.

— Agora tenho certeza, Sara, sei onde vai ser a próxima chacina. E vai ser esta noite, temos que correr!

Ela havia acabado de acordar, ainda com a dor de cabeça e atordoada com os efeitos dos remédios que tomara. Pediu a Júlio que não contasse a ninguém sobre o sonho e, muito menos, sobre o local do crime. Disse que iria ao apartamento dele, pois queria saber dos detalhes pessoalmente.

Júlio desligou e virou-se para Bruno, que estava ao lado, insistindo em saber sobre o sonho e por que ele estava naquele estado. Bruno estava com um comportamento estranho naquela manhã, parecia revoltado. Porém Júlio seguiu as instruções de Sara. Despistou Bruno, dizendo que o sonho era confuso, por isso Sara viria ao apartamento para fazer uma regressão que o ajudaria a se lembrar dos detalhes.

— Acha que sou bobo, cara? — perguntou Bruno. — Sei que está me escondendo alguma coisa. Estou pressentindo que tem algo estranho no ar, Júlio. Preciso que confie em mim, cara. Cadê aquela cumplicidade que sempre tivemos?

— Cumpli... o quê? — perguntou Júlio, engolindo em seco, sem saber se obedecia a Sara ou se confiava no amigo.

— Cumplicidade, Júlio. A confiança que sempre tivemos um no outro na infância.

— Olha, Bruno, pra dizer a verdade, Sara pediu que eu não contasse a ninguém sobre o sonho que tive. Sempre seguimos as orientações dela e por isso as coisas têm dado certo.

— Tudo bem, Júlio. Quer saber? Eu estive pensando este tempo todo em que estive preso, naquela clínica. Estou com dúvidas em relação a Sara. Desde que ela apareceu vocês ficam atrás desse assassino e não percebem quantas outras pessoas estão sendo prejudicadas. Eu então... fiquei meses preso naquela clínica. Sem contar que ela é a melhor amiga do Vitor e a gente descobriu depois que ele é o assassino. Acho que ela enfeitiçou todos nós!

— Para, Bruno. Você está me confundindo.

— Valeu, cara. Faça como quiser, mas saiba que com isso você pode estragar tudo — disse Bruno, nervoso, antes de bater a porta e sair do apartamento.

Júlio ficou pensando nas palavras do amigo e tentando chegar a uma conclusão. Será que Bruno estava certo? Em quem ele devia confiar: numa mulher que conheceu há poucos dias e defendeu até o último instante o assassino ou em seu grande amigo de infância, aquele que sempre o apoiava?

Antes de ver Júlio, Sara tomou um banho de imersão para se revigorar, pois, afinal, seria um dia daqueles! Relaxada dentro da água, relembrou as inúmeras boas ações de Vitor: o bebê do viaduto, a ajuda com os traficantes na favela, as conversas e dicas que ele lhe dava e como se sentia bem ao seu lado... *Pare, Sara*, criticou-se, ao lembrar que ele violentara aquelas crianças. *Monstro, maldito!*

Havia chegado o dia em que finalmente o prenderiam e, segundo as previsões de Júlio, seria *ela* mesma quem o encontraria primeiro. Será que fraquejaria na hora? Não, ela não tinha mais dúvidas. Vitor era um monstro! O pior deles.

Ao se enxugar diante do espelho do banheiro, Sara viu, em vez do seu próprio reflexo, o de Vitor, que lhe dizia:

— *Sara, olhe com os olhos da mente e veja como uma criança.*

— Você está tentando me confundir, Vitor. Às vezes penso que você é o próprio demônio... — disse a ele, que a fitava do outro lado do espelho.

— *Você não está acreditando em si mesma e por isso está tão confusa. Eu vou te ajudar, Sara. Mas terá que confiar no seu impulso. Confiar em você* — disse Vitor.

— SEU MALDITO! — gritou Sara, dando um murro no espelho, que se trincou inteirinho, fazendo alguns cortes em sua mão.

Vitor desapareceu e Sara voltou a ver sua própria imagem, porém distorcida, devido às trincas no espelho. Sentiu-se feia e reconheceu em seu rosto o pior dos sentimentos: o ÓDIO.

Enrolou uma faixa na mão, vestiu-se e se dirigiu àquele que, a essa altura, era o único em quem podia confiar: *Senhor. Eu errei, me perdoe. Sou um ser humano. Fiz o que pude até aqui, mas agora, entrego em suas mãos aquilo que não consegui fazer. E que assim seja!*

★ ★ ★

Algum tempo depois, Sara chegou ao apartamento de Júlio. Enquanto ele descrevia o sonho, ela sentiu um impulso e lembrou-se das palavras de Vitor: "Confie no seu impulso". Sabia que Vitor estava querendo confundi-la, mas, mesmo assim, não resistiu; levantou-se e foi até um móvel onde havia vários porta-retratos. Num deles, duas crianças e um homem ao fundo.

— Quem são estes meninos aqui na foto, Júlio?

— Eu e o Bruno, lá na fazenda. A avó do Bruno mandou ampliar a foto e fez um pôster gigante pra ela. Fica lá na sala da casa sede.

Seguindo o seu impulso, Sara escondeu disfarçadamente o porta-retratos na bolsa e disse a Júlio que precisava ir embora. Pediria a Pedro que o pegasse para irem identificar a casa onde, supostamente, ocorreria o assassinato naquela noite.

Júlio estava desesperado; por mais que o sonho mudasse, em todas as vezes Marina morria.

— Fique calmo, Júlio, daqui a pouco Pedro vem buscar você. Nós vamos impedir que as coisas aconteçam como você sonhou, e vamos capturar de vez esse monstro — disse Sara, já saindo do apartamento.

Apesar de ser distraído, depois de tudo o que Bruno lhe falara, Júlio tinha ficado atento a Sara e percebido quando ela colocara o porta-retratos na bolsa. Confuso e sem saber em quem confiar, contou a Marina sobre a desconfiança do Bruno e a estranha atitude de Sara, ao pegar o porta-retratos.

★ ★ ★

Sara mandou ampliar a foto das crianças. Para sua surpresa, o homem ao fundo era Vitor Gomes. Mas como? O que Vitor fazia na fazenda quando Bruno e Júlio eram crianças? *Ah! Vitor, Vitor...*, pensou ela. Ele devia estar dando pistas falsas para afastá-la da cidade. Provavelmente, já sabia que ia ser capturado nesse dia e, por meio dos seus poderes, aparecera naquela foto. *Mas seria possível tal poder?*, perguntava-se ela, tentando ver alguma lógica naquilo tudo. Se ele realmente estava na fazenda naquela época, seria uma criança, como Bruno e Júlio!

Ah, mas não vou sair da cidade por causa disso, não!, pensou, sentindo que Vitor tentava enganá-la. *Vou fazer melhor que isso!*, Sara ligou para Marina e contou sobre o mistério da foto. Pediu que ela e Rosana fossem até a fazenda Pontalti, perto de Vinhedo, para investigar. Contou que na sala da fazenda havia um pôster, com Vitor ao fundo. Queria que Marina e Rosana descobrissem tudo a respeito da foto. A solução de todo mistério podia estar lá, em Vinhedo.

Sara não contou a Marina que aquele era o dia em que prenderiam o *serial*. Pediu que ela e Rosana investigassem a fazenda com muita calma e avisou que faria uma reserva num hotel em Vinhedo, para que elas pudessem voltar no dia seguinte.

Apesar de saber que elas encontrariam respostas na fazenda, aquela era uma boa desculpa para tirar Marina da cidade aquele dia, em que supostamente morreria.

Marina também estava desconfiada de Sara. Bem, não propriamente dela, mas de que fosse Vitor agindo por intermédio dela. Ninguém conhecia ainda todas as habilidades de um Sensitivo e muito menos as de Vitor.

Marina ligou para Rosana e contou a história das fotos. Rosana também achou impossível um Vitor adulto aparecer ao lado de Bruno e Júlio crianças, mas Marina repetiu o que Sara sempre dizia: "Nada é impossível." *Quem sabe Sara estivesse certa,* pensou Marina, movida pela curiosidade inerente de sua profissão. E as duas pegaram a estrada para a fazenda.

Sara ligou para Júlio, tranquilizando-o. Disse que Marina precisara viajar a trabalho e só voltaria no dia seguinte. Por isso, não estaria com eles na noite em que prenderiam Vitor e ela corria risco de morrer. A preocupação de Sara com Marina deixou Júlio ainda mais confuso. Afinal, ela encontrou um meio de salvar Marina da morte, o que lhe parecia inevitável.

Do IPESPA, Sara ligou para os outros Sensitivos, avisando que Vitor atacaria novamente. Disse que, assim que fosse localizada a casa do futuro crime, ela enviaria uma mensagem para os celulares deles e todos deveriam ir até o local.

Sara não conseguiu falar com Bruno; a ligação caía sempre na caixa postal, mas ela imaginou que logo ele estaria no instituto ou no apartamento, então ela ou Júlio lhe passariam as informações.

Mal imaginava que Bruno, na verdade, estava com raiva e desconfiando dela.

Já passava de uma hora da tarde e dona Idália almoçava no meio do canavial, quando Garibaldo, filho do compadre Bento, chegou ofegante, pois viera correndo desde a casa sede.

— Tia Idália... tia Idália... tem duas moças da cidade querendo falar com a senhora lá na casa sede.

Dona Idália, curiosa, deu o resto de sua marmita para uma colega e foi correndo ver quem a aguardava.

Marina se apresentou como amiga de Bruno e Júlio. Idália recebeu-as com muito carinho, apesar de deixar evidente sua preocupação com Júlio. Marina não fez rodeios e foi logo dizendo o motivo da visita.

— Dona Idália, não sei bem como dizer em outras palavras, por isso vou direto ao assunto — começou. — Júlio faz parte de um grupo que está investigando um caso policial, e esta aqui é a detetive Rosana.

Idália deu pouca importância à detetive; estava mais preocupada em saber com o que o filho podia estar envolvido.

— E o Júlio? Tá metido em encrenca, né? — perguntou, nervosa.

— Não, dona Idália, o Júlio está ótimo. O que viemos fazer é investigar um caso que o Júlio está ajudando a solucionar. Ele já comentou comigo que a senhora guarda um segredo e que vive pedindo perdão por alguma coisa que ninguém sabe o que é. A senhora pode nos falar a respeito? — perguntou Marina.

Idália ficou alguns minutos em silêncio, pálida, até que a sua fisionomia começou a mudar e ela caiu no choro, apoiando-se no ombro de Marina.

— Me perdoa, meu Deus, me perdoa! Descobriram, é isso? Eu num devia ter escondido, Júlio num vai me perdoar...

— O que a senhora escondeu? Conte tudo, por favor, isso é muito importante — implorou Marina. — Eu prometo que o que a senhora disser a gente não conta pro Júlio, desde que a senhora mesma conte.

Idália se acalmou, enxugou as lágrimas na barra do avental e começou a contar.

— Eu era moça bonita naquela época. Trabalhava aqui na casa sede. O pai do Bruno aproveitava de tudo que era empregada e eu acabei pegando barriga dele.

— Meu Deus, o Júlio é filho do pai do Bruno? Eles são irmãos?!

— É, moça — afirmou Idália. — Só que eu era solteira e nunca contei pra ninguém de quem era a criança. Se falasse, toda a minha família ia pra rua. Tomei uma sova do meu pai, acho até que é por isso que o Júlio nasceu com problema. Mais, mesmo apanhando, num tive coragem de contar pra ninguém. Então o Zé Garcia, que era amigo do meu pai e bem mais velho que eu, aceitou casar comigo e registrar o Júlio como filho dele. O Zé andava com o Júlio pra cima e pra baixo; adorava o menino. Por causa disso nunca contei nada pro Júlio, que sempre chamou o Zé de pai. O Zé teve muita paciência; levei um tempão pra me deitar com ele. Eu tava muito assustada com o que o patrão fazia comigo, sabe?

— Sei, eu imagino! Mas e as pessoas que moravam aqui? Não contaram a verdade pro Júlio? — perguntou Marina.

— Ah, isso é uma história comprida, minha filha. O povo daqui não comenta nada porque todo mundo tinha o rabo preso por causa da morte dos patrões.

— Como assim? Eles não morreram num acidente no celeiro? — questionou Marina, já nervosa com a história.

— Moça, isso foi história inventada pelo avô do Bruno. Eu tava aqui naquela noite e vi quando o velho mandou um capanga dele carregar os corpos dos pais do Bruno de dentro da casa até o celeiro. Depois ele tocou fogo no celeiro pra fingi que foi acidente. Na verdade, eles não morreram de morte morrida, foi de morte matada, memo.

— Mas o que aconteceu na verdade? Conte, dona Idália, estou curiosa — pediu Marina, já roendo as unhas.

— Na verdade, o pai do Bruno andava com tudo que é moça daqui da fazenda. Umas escondiam do marido, mas outras acabaram contando a verdade. E elas odiavam a mãe do Bruno, porque ela sabia muito bem o que o marido fazia. Teve vez que ele fez coisa comigo na frente da mulher! Acho que aquela gente era meio doente da cabeça, sabe?

Enquanto Idália contava, Rosana aproveitou para circular pela sala, olhando os quadros que enfeitavam as paredes, até achar o pôster que Sara havia descrito. Só havia duas crianças na foto e mais ninguém!

— Dona Idália, existe outro pôster do Bruno e do Júlio quando pequenos? — interrompeu Rosana.

— Não, só esse. O Bruno tem até um porta-retrato igualzinho, que carrega com ele — disse Idália. — Moça, vou pegar um café, só um minutinho.

Rosana chamou Marina e perguntou como era possível Sara ter visto Vitor na foto, sendo que ele não aparecia no pôster, que era uma cópia. Marina, que já estava desconfiada de Sara, disse a Rosana que Sara devia ter mentido sobre Vitor estar na foto, somente para afastá-las da cidade. Disse que era uma longa história e que ela lhe contaria assim que saíssem da fazenda.

★ ★ ★

Enquanto isso, em São Paulo, Pedro e Júlio faziam uma ronda pelo bairro do Morumbi. Pedro entrava e saía de todas as ruas que cercavam o estádio para que Júlio pudesse reconhecer a casa das próximas vítimas.

— Para, Pedro, é aqui! — gritou Júlio.

Eles avançaram um pouco mais, desceram do carro e voltaram a pé.

— Pedro, é esta a casa, tenho certeza!

— Ótimo. Vou ligar pra Sara — disse Pedro, já com o celular na mão.

— Não, Pedro, espere um pouco. Tenho que te contar uma coisa.

E Júlio contou a Pedro que Bruno acordou agindo de modo muito estranho e com uma forte suspeita de Sara estar acobertando Vitor. Disse que ele não tinha dado muito crédito, mas logo depois, Sara estivera no apartamento dele e agido realmente de modo suspeito, roubando um porta-retratos deles e escondendo na bolsa. Disse que o mais estranho é que ele tinha ligado para Marina e contado tudo isso, mas logo em seguida Sara o avisou de que Marina precisara viajar a trabalho e só voltaria no dia seguinte. Marina jamais viajaria sem avisá-lo e, diante de tudo isso, ele também estava desconfiado de Sara.

Pedro ouviu atentamente toda a história e achou que talvez Sara estivesse tramando algo, para que eles não prendessem Vitor.

— Mas ela disse que está com ódio dele! Não vê a hora de prender o Vitor... — disse Júlio.

— Talvez seja só uma encenação, Júlio, ou talvez ele esteja usando uma das suas habilidades para manipular a Sara. Vou ligar para ela e vamos dar sequência ao plano, porém, quando chegarmos na casa, você não sai da cola dela, tudo bem?

— Claro, Pedro. Xá comigo!

Pedro ligou para Sara, passando o endereço, e disse que ele mesmo enviaria uma mensagem ao resto do grupo, marcando para que todos estivessem em frente à casa às 18 horas.

★ ★ ★

Na fazenda, Idália servia o café para Marina e Rosana.

— Dona Idália, o que realmente aconteceu na noite que os pais de Bruno morreram? — perguntou Rosana.

— Bom... Bruninho e o Júlio estavam brincando na sala da casa sede. Eu tinha acabado de servir a janta pra eles. Os avós do Bruno jantaram antes e foram pro quarto deles. Eu estava acabando de cuidar da louça quando escutei um barulho na sala. Só deu pra ver que eram três bêbados armados com foice e facão. Ouvi os gritos da mãe do Bruno, mas quando olhei pela fresta da porta da cozinha, ela já tava caída no chão, pelada e sem cabeça. Fiquei desesperada porque os meninos estavam na sala, assistindo a tudo aquilo. Mas se eu entrasse, eles iam me matar também. Vocês entendem, né? — perguntou Idália, buscando o apoio de Marina.

— Sim, entendo, dona Idália. Continue, por favor — pediu Marina.

— A única coisa que consegui fazer na hora foi ajoelhar dentro da dispensa e pedir ajuda pra Santo Agostinho. Pensei comigo: se eles chegarem perto das crianças, eu entro lá, nem que morra junto. Mas um deles então falou: "E agora, patrão? É bom ver outro homem judiando da sua mulher?" Eu reconheci na hora aquela voz, era o Zé.

— Seu José Garcia? — quis saber Marina.

— É, ele era um deles. E depois foi outro que começou a falar: "Era assim que a gente se sentia quando o patrão aproveitava das nossas patroas. Mas agora chegou a hora do patrão parar com isso". Pela voz dele e pela risada dos outro, dava pra ver que eles estavam bêbados de cair. Acho que foi por isso que tomaram coragem e foram lavar a honra naquela noite. O pai do Bruno não falou nada, mas também não demorou muito pra cortarem a cabeça dele. Mas dele, eu ouvi só um grito. Só depois fui descobri por quê.

— O que a senhora descobriu? Por que ele gritou só uma vez? Foi quando cortaram a cabeça dele? — perguntou Marina, hipnotizada com a história.

— Não, só descobri no outro dia quando fui limpar a casa. Antes de cortar a cabeça do patrão eles cortaram os "documentos" dele. Foi por isso que ele gritou. O avô do Bruno tomou cuidado pra limpar bem a casa, mas no outro dia eu achei o "negócio" do homem embaixo da estante.

— E o que a senhora fez com o... "negócio" dele?

— Ah, minha filha... Isso não interessa. Mas posso garantir que "aquilo" teve o que mereceu... — disse Idália, com um ar de satisfação. — Quando eu vi que os bebuns saíram correndo, sem fazer nada com os meninos, taquei um pau na janela do quarto dos velhos pra eles acordarem e fui correndo pra casa. De lá, vi que os corpos foram levados pro celeiro e que tocaram fogo em tudo, pra fingi que foi acidente. O povo daqui, que sabe da história, diz que o avô do Bruno não queria que a história se espalhasse. Ele sabia que aquilo era vingança e não queria que o filho sem-vergonha sujasse o nome da família. Todo mundo fingiu que foi acidente, ainda mais depois do velho dar um envelope de dinheiro pra cada um, dizendo que era um agrado. Mas a gente não é tão bobo assim, não, todo mundo sabia que aquilo era pra gente ficar quieto. Entendeu, milha filha?

— Entendi, dona Idália — respondeu Marina. – Continue, continue...

— Então, depois da matança, cheguei perto da casa e vi pela janela. O avô do Bruno tava passando a mão na cabeça deles e dizendo que *nada que viram era verdade, que era só um pesadelo*. No outro dia, contou pro Bruno que os pais tinham morrido queimado num acidente no celeiro.

— Mas os meninos acreditaram? — perguntou Marina.

— Olha, moça. Júlio, além de novinho, nasceu com o cordão enrolado no pescoço e nunca foi muito certo da cabeça, não. Bruninho era mimado e acreditava em tudo que era história que o avô contava. Ademais, acho que anos ouvindo a história do fogo no celeiro fez que o Bruninho acreditasse e achasse que o que tinha visto era só pesadelo, mesmo. Mas que os dois pioraram das ideia depois disso, ah... isso sim. Júlio vivia dizendo que tudo voava no quarto do Bruno, mas ninguém nunca viu nada, só o Júlio. Quando eu ia ver, estava tudo bagunçado e quebrado. Júlio falava que era o Bruno e o Bruno falava que era o Júlio. O Bruninho também odiava gato, ele num pode com pelo de gato, sabia? Mas depois de tudo isso, o que a gente encontrava de gato morto aqui... Não ficou nenhunzinho pra contar história. Mas o pior é que quem fazia isso era maldoso, porque matava os pobrezinhos e arrancava a cabeça deles.

Marina e Rosana se entreolharam ao ouvir a história dos gatos decapitados.

— E quem matava os gatos, dona Idália? — perguntou, desconfiada.

— Olha, moça, eu estava meio desconfiada dos meninos e um dia segui os dois safado. Vi quando eles saíram do celeiro e corri lá pra vê. O gatinho estava lá, sem cabeça, mortinho da silva. Eu perguntei pros dois quem é que estava fazendo aquela maldade com os bichinhos, mas aqueles dois... Eles juraram por tudo que é santo que não tinha sido eles. Um sempre dava cobertura pro outro, sabe? A avó do Bruno dizia que eles eram *cúmprique*.

— Cúmplices, dona Idália, cúmplices — corrigiu Marina, que percebia por que Júlio falava daquele jeito.

— Isso, é isso aí mesmo.

— E o seu marido? O que ele disse pra senhora?

— O Zé nunca mais voltou depois daquela noite. Ele e os outros sumiram. Tem gente que diz que os capangas do avô mataram eles e queimaram os corpos no celeiro também. Mas tem quem diz que eles ficaram com medo e fugiram. Pra mim... um traste a mais ou a menos, não fez diferença, não. Depois que o Zé deu pra beber, eu já não estava aguentando mais mesmo...

Rosana, que ainda circulava pela sala, notou alguns enfeites japoneses na estante:

— De quem são estes enfeites, dona Idália? — perguntou Rosana.

— Dos avós do Bruninho. Eles gostavam dessas coisas de japonês. Depois da matança viviam viajando pro Japão. Teve uma vez que ficaram quase um ano com o Bruninho lá. Quando voltaram, ele quis ensinar japonês pro Júlio.

— E ele aprendeu? — perguntou Marina, já cheia de dúvidas.

— Ah, ele vivia desenhando umas coisas estranhas, falava que era japonês que aprendeu com o Bruno. Acho que aprendeu, né? Depois que Bruno foi embora de vez, Júlio pegou um monte de livros dele e passou a estudar ainda mais o tal do japonês. Eu achei estranho, ele nem falava o português direito e já queria aprender a falar outra coisa. Mas eu tinha dó do menino, porque ele tinha parado de estudar pra me ajudar na roça, coitado! Então que mal tinha ele ler os livros nas horas de folga, né? Quando os dois eram crianças, eles pintaram junto uns quadrinhos com uns desenhos esquisitos.

— E onde estão esses quadros, dona Idália? — perguntou Marina, desconfiada.

— Olha, primeiro eu via o Bruno escondendo eles numas tábuas soltas do quarto dele, mas, depois que ele foi embora, Júlio guardava aquelas tranqueiras num baú velho que não deixava ninguém mexer. Mas quando ele foi pra capital, levou com ele aquela tralha toda.

— Dona Idália, obrigada por tudo, mas temos que ir — disse Marina apressada.

— Mais, por que as moças num ficam pra jantar?

— Não, dona Idália, não podemos. Temos que ir embora agora. Obrigada.

Apesar de Sara ter reservado um quarto de hotel para que elas pernoitassem em Vinhedo, diante das descobertas, Rosana e Marina resolveram voltar logo para a capital. Ainda era dia e precisavam encontrar aqueles quadrinhos. Marina sabia que estavam no baú que Júlio guardava embaixo da cama e nunca a deixou ver. Lá poderia estar a resposta de todo o mistério.

— Marina, os dois aprenderam japonês, assistiram aos pais de Bruno sendo decapitados e depois os gatos começaram a aparecer sem cabeça... Está pensando o mesmo que eu? — perguntou Rosana.

— Olha, Rosana, na verdade dona Idália não tem certeza se Júlio realmente conseguiu aprender. Sabemos que nem português ele fala direito! Estou confusa, mas tenho uma história pra te contar que talvez faça você me ajudar a entender.

Marina então contou à amiga que o IP do Vitor era o mesmo do laptop de Sara, que Lisa tinha conversado telepaticamente com o Vitor enquanto Sara estava desmaiada e que ele dissera que estava preso dentro de Sara. Depois contou que Sara tinha roubado o porta-retratos de Júlio e mentido que Vitor estava na foto, na fazenda, só para afastá-las da cidade. Concluiu, por fim, que talvez Sara estivesse realmente sendo hipnotizada por Vitor, que, com suas habilidades, descobrira sobre o passado do Bruno e do Júlio e estivesse tentando incriminá-los pra se safar.

As dúvidas de Marina passaram também a ser as dúvidas de Rosana, e agora o grupo todo estava confuso. Júlio e Bruno desconfiavam de Sara; Rosana e Marina suspeitavam que Vitor estivesse usando Sara para incriminar Bruno e Júlio; Lisa e Pedro, que eram os que menos sabiam de toda a trama, eram imparciais, mas estavam atentos a todas as possibilidades. Sara, por sua vez, tinha sumido aquela tarde toda e só aparecido na hora marcada, em frente à casa.

★ ★ ★

Quando todos se reuniram diante da casa, Júlio ainda estranhava o sumiço de Bruno e o fato de ele ter deixado o celular desligado durante todo aquele tempo. No entanto, agora já era tarde. Teria que agir sem ele. A postos, todos desligaram os celulares e Sara explicou ao grupo qual era o plano.

Pedro tomou fôlego e tocou a campainha da casa. Ouviu passos de alguém vindo até a porta. Uma fresta, segura por um trinco, se abriu.

— Pois não? — perguntou a voz de uma mulher assustada.

— É a polícia, precisamos falar com a senhora e o seu marido — intimou Pedro.

A mulher pediu um minuto e fechou a porta, com o intuito de soltar o trinco. No entanto, antes de abrir toda a porta, chamou o marido, que veio apressado. Pedro escutou a conversa do casal, enquanto a mulher continuava a segurar a porta fechada por alguns segundos.

— Será que eles sabem de alguma coisa? — a mulher sussurrou ao marido.

— Sei lá, vamos...

— Senhores! — interrompeu Pedro, batendo mais uma vez. — É muito importante o que temos para conversar!

Sem alternativa, a mulher abriu finalmente a porta. O marido, que estava ao lado dela, aparentando nervosismo, tentou se explicar:

— Olha, senhor policial, nós gostamos de fazer algumas brincadeiras, mas amamos o nosso filho e...

— Senhor, não é por isso que estamos aqui! — interrompeu Pedro mais uma vez, apesar de estar desconfiado da atitude do casal. — Os senhores acompanharam a onda de assassinatos nos últimos meses?

— Acompanhamos, as famílias foram encontradas decapitadas. Mas o que houve? — perguntou o marido, demonstrando estar mais aliviado com o motivo da visita.

— Temos fortes indícios de que o *serial killer* vai atacar novamente esta noite, aqui, na casa de vocês — esclareceu o policial.

— Mas como?! Nós fizemos alguma coisa errada? — perguntou a mulher, ainda tentando descobrir se alguém descobrira algo sobre sua família.

— Não existe certo nem errado para esse psicopata. Ele escolhe as vítimas e pronto! — disse Sara depois que todos os Sensitivos se aproximaram. — Estamos aqui simplesmente para elaborar um plano para prender o assassino de uma vez por todas. Mas precisamos da colaboração de vocês.

— Claro que sim! — respondeu o marido, procurando parecer um cidadão disposto a colaborar com a polícia. — O que devemos fazer?

Pedro, experiente, olhava desconfiado para o casal. Ele sabia que havia alguma coisa errada com aquela família. Sara percebeu o olhar dele, mas, naquele momento, o mais importante era prender Vitor, portanto tomou as rédeas da situação.

— Senhores, o plano é o seguinte...

Sara explicou o plano para o casal e garantiu que, se agissem da maneira planejada, nada aconteceria à família.

Ao chegarem a São Paulo, Rosana e Marina, sem saber que o resto do grupo estava em ação naquele momento, foram direto ao apartamento de Júlio e Bruno. Marina tinha as chaves que Júlio lhe dera e esperava encontrar lá os tais quadrinhos.

No apartamento, Marina foi direto para o quarto de Júlio. Pegou o baú que ele guardava embaixo da cama e encontrou nele todos os quadrinhos.

— São ideogramas japoneses! – exclamou Rosana.

— São, sim, Rosana. Os mesmos marcados nas costas das vítimas, mas, com mais caracteres, a frase parece estar completa.

Ela abriu o dicionário de japonês que levara com ela e traduziu:

— “Na tábua 8 do meu quarto, guardamos nossos segredos.”

— Caraca!!! — exclamou Marina. — Dona Idália falou que Bruno escondia esses quadrinhos embaixo de uma tábua do quarto dele na fazenda, lembra?

— Lembro sim, Marina — respondeu Rosana. — Será que ele trouxe esses segredos aqui para o apartamento? Onde fica o quarto de Bruno?

Juntas, correram ao quarto de Bruno, onde havia um desnível no chão. Ali encontraram uma tábua solta. Era a tábua de número 8, quando se contava a partir da porta de entrada. Dentro da cavidade, havia uma caixinha com o número 8 na tampa, escrita com letra de criança. Dentro, fotos de Júlio e Bruno crianças, sendo molestados pelo próprio pai; fotos de pedofilia, nas quais os pais, vítimas do *serial killer*, molestavam os próprios filhos; uma lista com os nomes e endereços das próximas vítimas e um DVD. Finalmente, as coisas começavam a fazer algum sentido para elas. Entenderam que, na verdade, Bruno ou Júlio, ou quem sabe os dois juntos, estavam matando pedófilos.

Horrorizadas com a descoberta, pensavam em como o pai deles podia abusar dos dois filhos ao mesmo tempo! E mais, quem teria tirado aquelas fotos? *Meus Deus! Será que a mãe do Bruno tinha participado daquilo também?*, pensou Marina. Realmente, era difícil imaginar uma coisa daquelas, mas, enfim, existem pais e "pais"...

Enquanto isso, na casa das próximas vítimas, a mulher começou a servir o jantar, dando início ao plano; porém, depois de ela chamar o filho e o marido para comer, Pedro retirou toda a família pela porta dos fundos, mandou que entrassem no carro de Sara e deixassem o local. À mesa, sentaram-se Pedro e Lisa. Sara e Júlio se esconderam num dos quartos, no andar superior.

A tevê estava ligada no jornal da noite e, naquele momento, o locutor se despedia, dizendo que depois da novela seriam exibidas as imagens ao vivo do sambódromo. A mesma cena que Júlio previra. Lá fora, via-se que uma tempestade estava começando a se armar.

Era chegada a hora. Pedro e Lisa fingiam jantar, esperando o momento em que o *serial killer* apareceria. *Será que ele viria de capa? Como seria o rosto de Vitor Gomes?*, pensava Pedro.

A maçaneta da porta de entrada começou a girar. Pedro se posicionou. A porta foi se abrindo lentamente, com um forte rangido. Nesse instante, um raio cruzou o céu e, depois do estrondoso trovão que o seguiu, houve uma queda de energia. Lisa soltou um grito de susto, enquanto Pedro dava ordem de prisão:

— Parado! É a polícia!

Então a chuva começou a cair. Com uma lanterna, Pedro iluminou a porta para ver quem estava na entrada. Mas o feixe iluminou o rosto de Bruno, que, com as mãos, tentou proteger os olhos da luz forte.

— Sou eu, cara... Apague essa coisa!

— Puxa, Bruno, que susto! Feche a porta, *ele* está pra chegar. Sara conseguiu avisar você?

— Não, foi Júlio quem me avisou — respondeu Bruno.

Pedro, mais aliviado, gritou ao pé da escada:

— Sara, Júlio? Tudo bem aí em cima? Era só o Bruno, ele vai subir. Agora vamos voltar para as nossas posições.

— Tudo certo por aqui, Pedro — respondeu Sara.

Bruno entrou vagarosamente na sala. Vestido de preto, seu corpo misturava-se com a escuridão. O rosto branco e os olhos claros, porém, se destacavam. Antes de subir, parou diante do espelho da sala de jantar. O olhar estava mudado; carregava um ar de sarcasmo e de raiva.

No apartamento...

— Só pode ser isso, Rosana! — disse Marina. — Bruno foi abusado pelos pais. Assistiu aos dois sendo decapitados. Matava os gatos na fazenda, arrancando a cabeça deles, e depois de adulto passou a matar todos os pedófilos, decapitando-os, como fizeram com os pais dele. Ele é o *serial killer*. Foi Bruno! Bruno é o *serial killer*. Temos que avisar o grupo. Foi ele, não foi, Rosana? — procurando um apoio da amiga.

— Calma, Marina, você sabe por que está nervosa. Tente ficar calma. Vamos assistir a esse DVD antes de concluir qualquer coisa.

— Sabe, Rosana. Estou com um nó na garganta e um aperto no coração. Nunca fui de pressentir nada, mas desta vez... — disse Marina, aflita.

— Marina, querida. Não se engane. O aperto que você sente no coração é porque sabe que o Júlio também pode ser o *serial*. Ou, o que é mais provável, talvez os dois sejam cúmplices como eram na infância — afirmou Rosana, enquanto Marina chorava, confirmando que era isso mesmo que temia.

★ ★ ★

Na casa do Morumbi, um vento forte escancarou a janela do quarto onde estavam escondidos Júlio e Sara. O relâmpago que rasgou o céu naquele instante iluminou o quarto, mostrando que Júlio começava a agir estranhamente...

— Tenho que sair — disse ele, impaciente.

— Não, Júlio, o que está querendo? Estragar tudo? — perguntou Sara.

Ele, no entanto, não deu atenção às palavras dela. Fitou-a com indiferença, o olhar esbugalhado, totalmente diferente do seu olhar meigo. Saiu para o corredor, deixando Sara extremamente desconfiada.

★ ★ ★

No apartamento, enquanto Marina colocava o DVD no aparelho da sala, Rosana colocou seu celular para carregar.

Boquiabertas, assistiram ao DVD. Foram oito minutos de gravação que deixaram as duas chocadas.

— Meu Deus!... É possível isso?! — perguntou Marina, indignada.

Nesse instante, o celular de Rosana alertou para a chegada de uma mensagem de Pedro:

"Preparamos uma emboscada. Vamos capturar Vitor Gomes hoje às 19h30. Se eu não te ligar até às 21h, mande reforços no seguinte endereço..."

— Marina do céu! — exclamou Rosana. — Eles armaram uma emboscada! Ainda pensam que é Vitor Gomes e estão todos reunidos para capturarem ele.

Marina tentou ligar para Sara, depois para Lisa e Pedro, mas todos os celulares estavam desligados. Rosana olhou para o relógio.

— Ainda há tempo. Eles estão aqui no Morumbi, se formos rápidas chegamos a tempo. Vamos correr que eles estão em perigo!

Na casa, todos estavam a postos. Com exceção de Júlio, que tinha saído misteriosamente do quarto, e de Bruno, que tinha sumido. O silêncio absoluto aumentava a expectativa de todos. *Ele* entraria a qualquer momento.

Sara quebrou o silêncio ao soltar um grito ensurdecedor.

— VITOR ESTÁ AQUI!

Pedro e Lisa subiram as escadas correndo e entraram no quarto, mas se depararam com Sara em pé, diante de um grande espelho, que ela apontava e afirmava ser Vitor.

— Ele deve ter entrado pela janela e ela viu pelo reflexo — disse Pedro.

— Sim, mas está catatônica, em estado de choque — Lisa murmurou para Pedro.

— Fique com ela, Lisa, e tranque a porta. Vou procurá-lo.

O policial saiu, engatilhando a arma, e andou cautelosamente pelo corredor à procura de Vitor.

Um barulho vindo do andar térreo assustou-o:

— Saia, Vitor! Estou vendo você! — blefou Pedro.

— Não é o Vitor, Pedro — e Marina subiu a escada aos berros, com Rosana logo atrás. — Pare! Descobrimos tudo. Vitor não é o *serial*!

Um barulho de descarga, vindo do banheiro do corredor, assustou Marina e Rosana, que passaram correndo por Pedro e entraram no quarto onde estavam Sara e Lisa. Júlio saiu do banheiro. Rosana apontou na direção dele e gritou:

— Prenda ele, Pedro. Ele é o *serial*!

Nesse momento um vento forte invadiu a casa, fechando Rosana, Lisa, Marina e Sara dentro do quarto.

Pedro apontou a arma na direção de Júlio, que perguntou com um tom ameaçador:

— O que foi, Pedro? Por que está apontando a arma pra mim? Tá me estranhando, meu irmão?

Júlio não percebeu que Bruno havia subido a escada e estava parado atrás dele.

Pedro, confuso, não sabia para qual dos dois Rosana havia apontado. Rosana e Marina gritavam do quarto, mas o barulho do vento e dos trovões não permitia que Pedro as ouvisse.

O *playboy* tinha no rosto um sorriso sarcástico e um olhar aterrorizante. Júlio continuava com os olhos esbugalhados.

Apontando a arma na direção deles, Pedro se aproximou.

Júlio ajoelhou-se e chorando começou a rezar:

— Meu Santo Agostinho... meu santo protetor... meu Santo Agostinho... — chamava ele, pedindo a ajuda do seu santo protetor.

Objetos começaram a voar. Bruno mostrava nervosismo, Júlio rezava, raios e trovões riscavam o céu e tudo acontecia ao mesmo tempo. Bruno arregaçou as mangas e Pedro viu cicatrizes de arranhões num dos seus braços; lembrou-se então da vez em que perseguira o *serial killer* e um gato arranhara o braço dele do mesmo modo. Ainda indeciso, Pedro tocou a cabeça de Júlio com o cano do revólver, enquanto com a outra mão agarrou o braço de Bruno e teve visões esclarecedoras:

Dedos teclando um laptop, enviando e-mails para Sara e para o pastor. O pastor e as demais vítimas sendo decapitadas somente com um apontar de dedo e, da mesma maneira, as marcas sendo desenhadas nas suas costas. Uma mão acariciando a cabeça de diversas crianças e o serial *lhes dizendo: "O que você viu não é real, você está tendo apenas um pesadelo". Por fim, o* serial *retirando o capuz:*

Era Bruno Pontalti!

Nesse instante começou a chover torrencialmente. Rosana forçou a porta do quarto onde estavam Sara e Lisa, mas ela não cedeu. Deu dois tiros na porta e, com pontapés, ela e Marina conseguiram arrombá-la. No quarto, tentando protegê-la dos objetos que voavam, Lisa abraçava Sara, que continuava catatônica em frente ao espelho. Do corredor, Bruno empurrou Pedro e Júlio com uma força acima do normal, atirando-os sobre Rosana e Marina e encurralando todos dentro do quarto.

Enfurecido, revelou-se:

— O que eu faço é JUSTIÇA! Mato os pais pedófilos, pais que abusam e vendem as imagens dos filhos pela internet. Eu mandei um e-mail para Sara, mostrando o que esses canalhas faziam, mas a burra não entendeu nada! Estou fazendo o que a polícia não faz!

— Já sei de tudo o que aconteceu com vocês — disse Marina, jogando sobre ele as fotos em que ele e Júlio apareciam nus e sendo violentados. — Mas isso não é motivo pra você sair matando pessoas, Bruno.

Bruno teve um ataque de fúria contra Marina e apontou o dedo para uma espada de samurai que enfeitava a parede:

— Não me chame de Brunoooo! — gritou, já totalmente dominado pela personalidade do *serial killer*.

A espada se soltou e rodopiou violentamente na direção de Marina, perfurando seu peito.

Apavorados, Lisa e Júlio se voltaram para ela, que agonizava no chão. A enfermeira agachou-se tentando estancar o sangue com as mãos e Júlio, agora em total desespero, gritava, pedindo à amada que resistisse.

Marina, um pouco antes de perder os sentidos, murmurou para o jovem:

— Eu te amo...

Júlio, revoltado, correu para cima de Bruno.

— Você matou a Marina! Você é um doente! — gritava, segurando o irmão pela gola.

Bruno atirou Júlio novamente sobre o grupo e esbravejou:

— Olha pra estas fotos, Júlio. Você não lembra o que eles faziam com vocês? Você devia me agradecer por tudo isso. Estou vingando você e o Bruno! Lembra daquela noite sangrenta em que o pai do Bruno molestava vocês, enquanto a mãe dele tirava fotos? Todos sempre pensaram que a grana vinha só da fazenda; não imaginavam que aqueles monstros enriqueciam à custa de vocês, vendendo pornografia infantil.

Enquanto Bruno falava, Júlio chorava sem parar. Bruno continuou:

— Estas fotos eu encontrei depois de anos num dos clubes secretos que eles fundaram. Durante anos vocês ficaram expostos. Eles usavam estas fotos para aqueles anormais saciarem seus prazeres bizarros! Monstros!

— Meu Santo Agostinho... me ajude, meu Santo Agostinho... não quero ver isso — Júlio rezava, agora ajoelhado ao lado do corpo de Marina e tapando os olhos com as mãos.

— Chega, Bruno, acabou! — gritou Rosana, enquanto ajudava Pedro a se levantar.

— Não me chame de BRUNOOO! — gritou enfurecido. — Se não fosse eu, Bruno já teria se matado, aquele fraco! Mas não acabou ainda não... Tem muita criança ainda pra eu libertar de pais pedófilos, desses monstros.

Bruno agora estava eufórico, nem parecia ele mesmo. E de fato não era. Aquele era o *serial killer*, provavelmente uma personalidade que a mente de Bruno criara para conseguir suportar o trauma do passado.

Enfurecido, deu um passo na direção dos Sensitivos e arrancou rapidamente a espada fincada no peito de Marina.

Um raio caiu, seguido por um trovão, que ecoou por todo o bairro. Bruno levantou a espada com a mão direita e, olhando para cima, soltou seu grito de glória:

— EU SOU AS MÃOS DE DEUSSSSSSSS...

Sara ainda estava parada diante do espelho, como se estivesse numa outra dimensão, sem tomar conhecimento do que acontecia ao seu redor. Lisa então lhe enviou uma mensagem telepática: "*Sara, precisamos de você!*"

Nesse momento, Sara começou a sofrer uma transformação. Suas pupilas foram clareando e já estavam brancas quando ela olhou para a espada que Bruno apontava para o alto; depois ela olhou para a janela e novamente para a espada e, com um único movimento com a cabeça, um raio entrou pela janela, atingindo a espada e arremessando Bruno contra a parede. O rapaz caiu desmaiado.

Dias depois...

Numa tarde chuvosa, todos estavam no IPESPA aguardando Rosana, que logo chegaria com o DVD a que ela e Marina tinham assistido no apartamento de Bruno.

A lista com as iniciais das próximas vítimas de Bruno, juntamente com uma lista de endereços e as fotos guardadas na caixinha levaram os policiais a identificar uma das maiores redes de pedofilia virtual existentes até então. De algum modo, Bruno havia ajudado o mundo a se livrar de uma boa parte da "escória humana" que, de acordo com algumas doutrinas espiritualistas, foi despejada sobre a Terra por uma nave espacial, em tempos remotos da história da humanidade.

Lixo humano!, pensava Júlio, entristecido, sentado no canto da sala, observando os casais: Sara e Menezes, de mãos dadas, Lisa e Portuga, que tinham decidido assumir o namoro, e Pedro, eufórico, olhando no relógio, ansioso pela chegada de Rosana. E ele? Estava sentindo muito a falta de Marina, da sua alegria, do seu alto-astral... O que lhe adiantaria tanto dinheiro, se ela não estava ao seu lado. Era justo ele estar ali sozinho? Mas seus pensamentos foram interrompidos por uma ótima surpresa: era Rosana que chegava, empurrando a cadeira de rodas de Marina.

— Que saudade, meu amor! — exclamou Júlio, correndo ao encontro dela. — Eu estava pensando em você agorinha mesmo, não sabia que ia ter alta hoje!

— Que amor, que nada! Sai fora, Júlio! — disse ela, para todos ouvirem.

Depois sussurrou no ouvido do rapaz:

— Não dá pra ser mais discreto, não?

E dirigindo-se novamente a todos com o bom astral que lhe era peculiar:

— Olha, gente, fiquei esses dias no hospital, mas agora já estou pronta pra outra!

Pedro foi ao encontro de Rosana e deu-lhe um abraço apertado, mas Rosana sussurrou em seu ouvido:

— Não encontrei nada sobre Vitor Gomes, acho que este não era o nome verdadeiro dele.

— Deixa pra lá, Rosana. Ele já foi embora mesmo! — disse Pedro.

— Mas você acreditou no que Sara contou? — perguntou Rosana.

— Quem se importa? Ele não era o culpado...

Rosana colocou o DVD e todos se calaram para assistir. Era uma filmagem caseira feita por Bruno.

Nela aparecia Bruno posicionando a câmera e se sentando num sofá. A outra personalidade já tinha assumido seu corpo. Era o *serial killer,* que estava com um baralho de mágica nas mãos. Tirou uma carta, mostrou para a câmera e disse: *"O oito sempre foi o meu número da sorte".*

Ele então pegou uma caixinha ao seu lado, que também tinha o número 8 desenhado na tampa.

"É aqui que eu guardo as provas da maior mágica da vida: a vingança. Oito foi o número de pedófilos que matei até agora e oito foram as vezes que Bruno e Júlio foram estuprados pelo próprio pai."

Em frente à câmera, Bruno teve um ataque de fúria e objetos começaram a voar. Ele desmaiou e, ao cair, derrubou no chão a câmera, que continuou filmando seu rosto, agora de olhos fechados. O barulho da porta se abrindo o acordou; era a faxineira. Ele se levantou, segurando a câmera, sem perceber que ela estava ligada. "Oi, Shirley, o que essa câmera está fazendo aqui? Faz anos que ela estava sumida...", perguntou com a sua típica voz doce e brincalhona. *"Acabei de chegar, seu Bruno. O senhor estava dormindo e isso já estava aí"*, respondeu a faxineira.

A filmagem terminou com Bruno colocando a câmera sobre a estante e falando consigo mesmo: *"É, Shirley... Tá cheio de louco neste mundo!"*

★ ★ ★

Na entrevista...

FLÁVIO: Bruno era realmente doente ou ele fingiu o tempo todo?

SARA: Olha, Flávio, Bruno tinha um sério transtorno psiquiátrico, sofria de dupla personalidade. Porém, num determinado momento, a personalidade do *serial killer* tomou conta de vez. Foi quando ele se revelou.

FLÁVIO: E como ele está agora?

SARA: Depois que Bruno foi transferido para o manicômio judicial, graças a Verman, consegui uma permissão especial para fazer um trabalho intensivo com ele. A cada dia melhorava um pouco e dizia que tudo o que queria era ter uma nova chance. Afinal, julgava-se inocente, uma vez que não tinha consciência do que o *serial* fazia quando dominava o seu corpo. Coitado! Eu sabia que ele ficaria preso naquele lugar pro resto da vida.

FLÁVIO: Mas mesmo depois de ele ter fugido, você ainda acredita nesta "suposta" inocência dele?

SARA: Acredito, Flávio. Eu continuo achando que Bruno foi em busca de uma segunda chance. Prova disso é que não houve mais crimes. Júlio tomou posse da sua parte da herança e foi nomeado curador da parte de Bruno. Mas, veja, nem pra pedir dinheiro para o Júlio ele voltou. Imagino que esteja vivendo uma vida simples, em algum lugar por aí, livre de sua "outra personalidade".

FLÁVIO: Sara, apesar de toda a sua generosidade, eu acho estranho essa credibilidade que você dá ao Bruno. Afinal, ele mandou matar seu filho, não foi?

SARA: Nada disso, Flávio. Em primeiro, lugar, não era o Bruno e sim o *serial killer,* e disso eu tenho certeza. Segundo, o *serial* pagou ao pastor para dar um susto em mim, como ele mesmo disse. A iniciativa de sequestrar o Beto e tentar matá-lo foi obra do pastor, que se aproveitou para levar mais uma grana nessa.

FLÁVIO: E o IPESPA, Sara? É verdade que vocês estão construindo uma filial em Sorocaba?

SARA: Sim, é verdade. Depois do caso do *serial killer*, começamos a receber muitas cartas, em sua maioria de pais desesperados, relatando que seus filhos têm habilidades paranormais e não conseguem se integrar à sociedade. Então deixei de lado todos os projetos relacionados ao meu antigo sonho, que era construir um condomínio na chácara de Sorocaba, e me dediquei ainda mais aos estudos. No próximo ano o IPESPA, em parceria com o Hospital San Marco, estará funcionando dentro daquela "chácara mágica", onde tudo começou. Também vou defender minha tese de doutorado. Daí, sim, podem me chamar de "doutora" (*brincou Sara*). Se Deus quiser, em breve teremos muitas respostas para diversas questões que ainda estão em aberto.

FLÁVIO: Sara, infelizmente nosso tempo está acabando. Queria agradecer muito à sua presença e, para encerrar nossa entrevista, gostaria que você nos dissesse que fim levou Vitor Gomes.

SARA: Foi um imenso prazer estar com vocês aqui esta noite. Quanto a Vitor, ele realmente voltou para sua "terra natal" e não fala comigo já há algum tempo. Para aqueles que ficaram confusos com a história, aconselho que leiam novamente o livro para encontrar as respostas em suas linhas, ou quem sabe, nas entrelinhas, lembrando-se sempre de que:

"Nem tudo que não é explicado é inexplicável".

Epílogo

O vento sopra forte, balançando o capim alto do lindo campo por onde ele caminha. O sol aquece suavemente o seu rosto. De braços abertos, contemplando o pôr do sol, ele vislumbra a inigualável beleza do mundo quando a ouve gritar seu nome:

— Vitor está aqui!...

Ao olhar na direção do portal que liga os dois mundos, Vitor vê Sara paralisada, apontando para ele. Estende a mão, convidando-a para entrar. Sara, que está diante do espelho, dá um passo na direção de Vitor, passa pelo portal e entra no campo.

— Por que eles não veem você, porque você está dentro do espelho? — pergunta Sara.

— Na verdade, você é que não está vendo claramente as coisas, Sara. Está me vendo pelo espelho porque estou preso dentro de você desde que desconfiou de mim, e de você também. Venha comigo.

Vitor leva-a para baixo de uma majestosa árvore, onde os dois se sentam.

— Onde estamos?

— No meu mundo, Sara... na sua mente... em outra dimensão. Dê o nome que preferir a este lugar. Olhe-o com a pureza de uma criança e se lembrará daqui; se lembrará de "tudo" o que esqueceu.

Vitor espalma as mãos nas de Sara e, fitando-se nos olhos, eles voltam a ser crianças.

— Agora vejo — disse Sara criança. — É você. Sempre foi você!

— Sim, Sara, sempre estive junto de você, mas eu também cresci, né?

A pequena Sara sente o corpo todo arrepiar. O vento sopra mais forte e faz seus cabelos esvoaçarem. É um momento mágico! Ela sente o cheiro inconfundível daquele campo e logo reconhece a majestosa árvore, a Sabedoria.

— Agora eu me lembro, era aqui que a gente brincava. Ninguém acreditava que eu tinha um amigo, ninguém nunca te viu! Por que só eu te vejo?

— Porque nós dois temos uma missão juntos, e foi por isso que eu sempre te ajudei, para que você ajudasse os outros. Olhe para o portal.

A pequena Sara olha para o portal e vê, do outro lado, Bruno atirando a espada contra Marina.

— Bruno é o *serial killer* e o sonho de Júlio realmente aconteceu! Marina vai ficar boa?

— Isso só depende dela, Sara. A vida e a morte na Terra só dependem da vontade da alma de cada um e da "Grande Alma".

— E por que você me deixou pensar que era você? — pergunta Sara amuada. — Por que não me disse logo que Bruno era o "homem mau"?

— Porque você precisava descobrir sozinha. Se eu tivesse contado logo, você não teria ajudado todas aquelas pessoas. E você só achou que era eu porque deixou de acreditar em si mesma. Você estava enfraquecida, Sara.

— Era aqui que você escrevia os bilhetes? E o blog? Aqui tem computador? — pergunta a menina Sara, ainda confusa.

— Não, Sara, era você quem escrevia, não se lembra?

Vitor toca a testa de Sara e *flashes* vêm à mente dela. Foi ela quem fez os bilhetes, ajudou Pedro na favela, expeliu o ectoplasma do bebê no beco, telefonou para os bombeiros e criou o perfil de Vitor no blog.

— Fui eu que fiz tudo isso?! — pergunta a pequena Sara.

— Fomos nós, Sara, fomos nós...

A conversa é então interrompida pelo estrondo de um trovão vindo do outro lado do portal.

— Eles estão precisando de você, Sara.

E, fitando-se nos olhos, os dois vão voltando à forma adulta.

— Não quero ir. Me sinto bem aqui e não tenho mais aquela dor.

— Mas você precisa ir. Se confiar em si mesma, não terá mais esta dor. Eles precisam de você! O mundo precisa de você.

— E como faço para te encontrar novamente?

— Olhe para você mesma e... é só me chamar. As pessoas me chamam por diversos nomes. Que importância tem isso? Mergulhe dentro de você, conecte-se com o Universo e me encontrará.

— E Bruno? Por que ele fez tudo isso? O que acontecerá com ele?

— Veja bem, Sara. Aquele não é Bruno e essa história não acaba aqui. Meus laços com você são bem maiores do que você imagina! E, quanto ao destino de Bruno, bem... muitas coisas ainda vão acontecer, mas eu prometo que estarei ao seu lado.

A voz de Lisa ecoa por todo o campo: *Sara, precisamos de você!*

— É hora de ir, Sara.

— Mas, o que direi a eles sobre você, Vitor?

— Sara, querida. Eles ainda não estão preparados para entender tudo isso. Você encontrará uma boa desculpa.

Ela dá um forte abraço em Vitor e flutua até o portal, acenando em despedida.

Mas, afinal, quem é Vitor? Qual dos mundos é o “mundo real”?

Já perto de atravessar o portal, Sara avista Vitor, distante e pequeno no meio do campo. Percebe alguns “sinais” no capinzal; tenta memorizar aqueles símbolos, mas uma forte luz a cega por alguns instantes.

Ao abrir os olhos, Sara viu que estava no quarto, de frente para o espelho. Pelo reflexo, viu Bruno com os braços erguidos, segurando a espada. Olhou para a janela e novamente para a espada e, com um único movimento com a cabeça, um raio entrou pela janela, atingindo a espada e arremessando o *serial killer* contra a parede. Bruno cai desmaiado.

★ ★ ★

O tempo passou e novos fatos aconteceram. A filial do IPESPA acabava de ser inaugurada e o número de sensitivos procurando a ajuda de Sara aumentava cada vez mais.

Certo dia, Sara acordou com uma enorme inspiração, sentou-se diante de sua mesa e cumprimentou Vitor, sentado à sua frente. Abriu o laptop e começou a digitar:

"Depois que Bruno fugiu do Manicômio Judicial..."

Agradecimentos

Primeiramente, agradeço a Deus Pai, o Ser Superior que é a nossa fonte, que nos concedeu o dom da vida e o privilégio de sermos sua imagem e semelhança. A Ele serei eternamente grata pela segunda chance que recebi de desfrutar a vida.

Minha gratidão a meus pais, Célia e José Carlos Koury, pelas noites sem dormir, pelos cabelos brancos para os quais muito contribuí, pelas vezes em que foram instrumentos do Ser Superior para me ajudar nas jornadas difíceis.

Este livro não seria possível sem os casos e fenômenos que presenciei ao longo da minha jornada. Em sua maioria, esses fenômenos paranormais se passaram com amigos meus, a quem agradeço muito; a pedido deles, os seus nomes foram trocados.

E um agradecimento especial para alguém que me inspirou muito enquanto eu escrevia este livro — um anjo chamado Tainá. Querida, tenho certeza de que você já recebeu suas asas.

Agradeço também a meu marido, Marco Zaccariotto, pela imensa ajuda e apoio que me deu durante todo o processo.

Em especial, dedico esta obra aos meus "motivos": Lucas (10), Thiago (8) e os gêmeos Henry e Alan (2). Se não fossem vocês, possivelmente mamãe não... bom, vocês sabem...

Amo todos vocês.

Sugestões de leitura

Braden, Gregg. *A Matriz Divina – Uma Jornada Através do Espaço, dos Milagres e da Fé.* Editora Cultrix, São Paulo, 2008.

Brennan, Barbara Ann. *Mãos de Luz – Um Guia Para a Cura Através do Campo de Energia Humana*. Editora Pensamento, São Paulo, 1990.

Gawain, Shakti. *Visualização Criativa – Consiga o que Você Quer na Vida Usando o Poder da Imaginação*. Editora Pensamento, São Paulo, 1990.

Hall, Katie e Pickering, John. *Fotos do Mundo Paranormal – Encontros com Orbes, Anjos e Misteriosas Formas de Luz.* Editora Cultrix, São Paulo, 2009.

Hamilton, R. David. *Mente e Emoções – O Poder do Pensamento sobre a Matéria e sua Influência para o Bem-Estar do nosso Corpo*. Editora Cultrix, São Paulo, 2009.

Hellinger, Bert e Hövel, Gabriele T. *Constelações Familiares – O Reconhecimento das Ordens do Amor.* Editora Cultrix, São Paulo, 2001.

Jones, Marie D. *Ciência Parapsíquica – As Novas Descobertas na Física Quântica e na Nova Ciência sobre Fenômenos Paranormais.* Editora Cultrix, São Paulo, 2009.

Mayer, Elizabeth Lloyd. *Paranormalidade: Um Conhecimento Extraordinário – Uma Nova Visão da Ciência Sobre os Poderes Inexplicáveis da Mente Humana*. Editora Cultrix, São Paulo, 2009.

Soskin, Julie. *Você é Sensitivo?* Editora Cultrix, São Paulo, 2002.

Impressão e Acabamento